여름은 오래 그곳에 남아

火山のふもとで

여름은 오래 그곳에 남아

火山のふもとで

마쓰이에 마사시

김춘미 옮김

Matsuie Masashi

비채

차례

여름은 오래 그곳에 남아 / 7
옮긴이의 말 / 422

여름은 오래 그곳에 남아

火山のふもとで

1

火山のふもとで

여름 별장에서는 선생님이 가장 일찍 일어난다. 날이 새고 얼마 있다 잠이 깬 나는, 좁은 침대에 누운 채 아래층에서 들려오는 선생님 기척에 가만히 귀를 기울인다. 머리맡에 둔 손목시계를 들고 어둠 속에서 시간을 본다. 5시 5분이다.

나는 현관 바로 위의 침대가 있는 서고에서 지내고 있다. 새벽녘, 침대 밑 마루에서 오래된 나무 기둥과 벽을 타고 덜컹덜컹 조심스러운 소리가 기어오르듯 희미하게 들려온다. 현관 안쪽에 걸어둔 버팀목을 떼서 벽에 세우는 소리다. 커다란 미닫이를 왼쪽에 있는 두껍닫이에 집어넣은 뒤, 그 앞에 있는 문이 벽에 닿을 때까지 백팔십도 열어젖히고 놋쇠 문고리에 마로 된 고리를 걸어둔다. 그렇게 하면 바람이 불어도 문이 닫히지 않는다. 그러고 나서 안쪽 망사문을 연다. 선생님은 산책을 가신 것 같다. 밤의 숲에서 차가워진 공기가 망사문을 통해 천천히 들어온다. 여름 별장은 다시 조용해진다.

표고 1000미터가 넘는 고요한 숲에서, 새벽녘의 정적을 맨 처음 깨는 것은 선생님보다 더 일찍 일어나는 새들의 울음소리다. 오색딱따구리, 제주밀화부리, 큰유리새, 검은지빠귀, 황금새……. 머릿속에 새 이름이 스쳐간다. 울음소리는 기억하지만, 도저히 이름이 생각나지 않는 새도 있다.

해가 뜨기 얼마 전부터 하늘은 신비한 푸른빛을 띠며, 모든 것을 삼킨 깊은 어둠 가운데에서 순식간에 숲의 윤곽이 떠오른다. 일출 시간을 기다리지 않고, 아침은 싱겁게 밝아온다. 침대에서 일어나 가운뎃마당에 면한 작은 유리창 블라인드를 올린다. 안개다. 어느 틈에 어디에서 솟구쳤는지 하얀 덩어리가 계수나무 가지와 잎사귀를 천천히 쓰다듬으며 움직인다. 조용했다. 새도 포기하고 지저귐을 그만두었나보다. 유리창을 열고 코를 멀리 밀듯이 얼굴을 내밀고 안개 냄새를 맡는다. 안개 냄새에 색깔이 있다면 그것은 하얀색이 아니라 초록색일 것이다. 옆의 설계실 블라인드를 소리나지 않게 올린다. 좌우로 넓게 퍼진 남향창 가득히 안개가 흐르고 있다. 가운뎃마당에 있는 큰 계수나무가 안개 속에 가라앉고, 안개 속에 떠 있다. 선생님은 이런 숲 속을 산책하는 걸까. 길을 잃지는 않으실까.

안개는 아무리 깊어도, 해가 뜨면 이윽고 흔적도 없이 사라져 버린다. 새들은 아무 일도 없었던 것처럼 다시 지저귀기 시작한다. 이제 얼마 안 있으면 선생님이 돌아오실 거다. 한 시간 정도 지나면 다른 스태프들도 일어나리라.

기타아오야마의 주택가, 자칫하면 못 보고 지나치기 쉬운 골목 안에 고즈넉이 무라이 설계사무소가 있다. 콘크리트로 된 단독 건물로, 처마 밑에 자동차 세 대분의 주차 공간이 있다. 매년

7월 말부터 9월 중순까지 기타아오야마 사무소는 반쯤 개점휴업 상태가 되는데 기타아사마에 있는 오래된 별장지, 통칭 아오쿠리 마을에 있는 '여름 별장'으로 사무소 기능이 옮겨가기 때문이다.

이동 준비를 하기 시작하면 사무소는 갑자기 바빠진다. 고객과 현안에 대한 상의를 마치기 위해 빈번하게 미팅이 이루어진다. 여름 별장에 가져갈 비품도 보충해야 한다. 스터디 모형용 스틸렌보드, 제도용 연필인 스테들러 루모그래프, 유니 지우개, 트레이싱페이퍼, 편지지 세트. 아오쿠리 마을에 있는 이발소를 꺼려 무턱대고 머리를 짧게 자르는 직원도 있고, 허둥지둥 동네 치과로 달려가는 직원도 있다. 입사한 지 아직 넉 달도 안 된 나는, 특별히 준비해야 할 것이 생각나지 않아 그저 요리 당번일 때에 대비해서 초보자용 요리 입문서를 한 권 사두었다.

경리 담당인 요시나가 씨와 남편과 아이가 있는 여직원 둘, 그리고 이제 막 시공이 시작된 현장을 관리해야 하는 남직원 두 사람은 사무실도 지킬 겸 기타아오야마 사무소에 남기로 했다. 선생님 부인은 요요기 우에하라의 자택에서 소아과병원을 운영하기 때문에 도쿄를 떠나는 일이 거의 없었다.

무라이 설계사무소는 선생님과 경리 담당을 포함해서 열세 명의 멤버로 이루어져 있다. 개인 건축가가 주재하는 설계사무소치고는 작지 않은 규모이지만, 전후 일본 건축사에 이름을 올린 설계사무소치고는 오히려 작다고 할 수 있다. 키우려고 했으면 언제라도 키울 수 있었을 것이다. 그러나 선생님은 사무소 규모에 맞춰 일을 선택하고, 내키지 않는 일은 정중하게 거절하며 사무소 키울 기회를 담담하게 흘려보냈다.

공공 건축이나 도심의 빌딩 공사가 많던 1960년대를 지나 1970년대에 들어서자, 주택 설계 비율이 점차 늘어갔다. 고객들은 아는 사람의 소개가 거의 반쯤이었고, 소개하는 사람이 있어도 "집이 완공될 때까지 최소 이 년 혹은 그보다 더 기다리셔야 할 텐데 괜찮으세요?" 하고 사무장인 이구치 씨가 침울한 표정으로 설명하는 것이 관행이었다. 그러나 그렇다고 단념하는 사람은 거의 없었다. 무라이 슌스케에게 자기 집 설계를 부탁하는 사람들은 그만한 것은 미리 알고 있었기 때문이다. 그렇지만 이름 있는 건축가라면 아무라도 상관없다는 돈 많은 의뢰인이 올 때도 있었다. 이구치 씨는 '최소 이 년'을 '최소 삼 년'으로 바꿔서 방파제를 높인다. 그래도 괜찮으니 꼭 부탁한다, 하는 사람은 거의 없었다. 사람들은 집을 지으려고 마음먹으면 하루라도 빨리 완성하고 싶어하는 법으로, 집 짓는 것이 취미인 사람 아니면 부자일수록 기다릴 줄을 모르기 때문이다.

내가 무라이 설계사무소에 들어간 1982년, 선생님은 이미 칠십대 중반에 들어서 있었다. 회사원이라면 벌써 은퇴했을 나이지만, 삼십대는 초짜, 사십대가 되어도 젊은 축인 건축계에서 칠십대 현역은 드물지 않았다. 선생님은 설계뿐 아니라 현장에 자주 나가 의뢰인들과 긴밀하게 상의하는 것을 번거로워하지 않았다. 선생님의 건강 상태도, 아마도 사무소의 재정 상태도 별 문제가 없었을 것이다. 다만 사무소가 오 년, 십 년 뒤에 어떻게 될지 표면적으로는 아무도 말하지 않았지만, 직원들은 무엇보다 그것이 궁금했을 것이 틀림없다.

1980년대에 들어선 뒤 무라이 설계사무소는 서서히 브레이크를 밟기 시작해 완만하게 속도를 떨어뜨리다 이윽고 조용히 멈추는 과정에 있었는지도 모른다. 대학을 갓 졸업한 학생을 마지막으로 채용한 것이 1979년으로, 새로 직원을 채용할 일은 더는 없을 것이라고들 했다. 그래도 포기하지 않은 학생들이 다음 해에도, 그다음 해에도, 한 사람, 두 사람 찾아왔지만 역시 채용되지는 않았다.

4학년이 된 나는 대학원에 진학해 계속해서 건축을 연구할 생각도 없었고, 그렇다고 빡빡한 조직인 종합건설회사 설계부에 잘 융화될 수 있을 것 같지도 않았으며, 내가 그런 곳에서 일하는 모습은 떠올릴 수조차 없었다. 포스트모던계 아틀리에가 인기였지만, 나는 그런 디자인에 전혀 소질이 없었다.

수습부터 시작해서 도편수 밑에서 일해보려고 생각한 적도 있었다. 대학 3학년 여름방학에는 작은 건축회사에 부탁해 현장 두 군데에서 일했다. 그러나 그즈음부터 이미 건축회사는 발주와 감리만 하는 조직에 지나지 않았고, 유명한 목수들은 건축회사에서 의뢰받아 개인으로 일하는 사람들뿐이었기 때문에, 제자를 받을 여지가 없었다. 가공이 다 된 재료를 조립하기만 하면 되는, 끌도 대패도 톱도 거의 필요하지 않는 집, 즉 숙련공의 솜씨가 전제되지 않는 공산품으로서의 집이 잇달아 시공되는 시대에 들어서고 있었다.

사실은 처음부터 아무 데에도 소속되지 않은 채 해나가고 싶었다. 그러나 그것은 아무래도 불가능한 이야기였다. 1급 건축사 자격을 따야 하고, 대학원에 가지 않는 이상 실무 경력이 이 년 이상 필요하다. 건축가로 독립하려면 적어도 처음 몇 년간은 어딘가의 설계사무소에 들어가서 낮은 월급을 감수하면서 수련하고 1급 건축사 자격을 따는 것이 상식적인 순서였다.

딱 한 사람 존경하는 건축가가 있었다. 무라이 슌스케였다. 1964년의 도쿄 올림픽과 1970년의 만국박람회 등, 고도 경제 성장기의 일본을 상징하는 무대에서 스포트라이트를 받으면서 튀는 건축물을 설계한 사람은 아니었다. 말수가 적고, 본업 이외의 다른 일에는 관여하지 않았기 때문에, 건축에 관심이 많은 사람이 아니면 그 이름을 알 기회가 거의 없었을 것이다.

1960년대 말부터 1970년대 초까지의 무라이 슌스케는 일본보다 미국에서 더 유명했는지도 모른다. 1967년에 뉴욕현대미술관에서 열린 20세기 건축전에 일본인으로는 유일하게 소개된 건축가였기 때문이다. 무라이 슌스케는 동양의 전통적 양식을 배경으로 하는 동시에 모더니즘 색채를 띤 참신한 작품을 만드는 드문 일본인 건축가로 평가받고 있었다. 1960년대 전반의 대표작 중 하나인 교토의 오래된 여관 '고모리야' 일부가 '일본적 모더니즘'의 작품 사례로 미술관 중정中庭에 재현되어 관람객의 관심을 모았다. 뉴요커들의 뇌리에 남은 것은 무라이 슌스케라는 이름보다 현관에서 구두를 벗는 신기한 관습이라든지, 실내에 떠도는 다다미속에 짚을 넣어 방에 까는 돗자리 냄새였는지도 모른다. 그러나 일본뿐 아니라 중국, 한국, 나아가 유럽에 가서 오래된 건축물을 찾는 한편, 철과 유리, 콘크리트가 개척한 심플하고 합리적인 모더니즘 방법론에 일찍부터 통달해 독자적 작풍을 확립한 그에게 일찌감치 주목한 안목 있는 사람들도 있었다.

전람회 오픈파티에서 갑자기 집 설계를 부탁한 이는 미국 동부 굴지의 재벌이었다. 동부 해안을 중심으로 한 철도사업으로 부를 일군 가문의 삼대손인 제프리 휴버트 톰슨은 모교인 하버드 대학에서 문화인류학 강의를 맡는 한편, 현대회화 수집가로도 유명했다. 학창시절 동아프리카의 화이트나일 강가를 현장조사하던 중 행방불명되었다가 약 석 달 뒤 실종된 장소에서 수백 킬로미터 떨어진 마을에서 무사히 발견된 에피소드의 주인공이기도 했다. 현지 여성과의 연애사건을 폭로한 미디어도 있었지만, 본인은 침묵을 지켰고 가십은 그대로 전설이 되었다.

그러고 나서 이십 년, 톰슨 씨는 미혼인 채 사십대를 맞이하고 있었다. 건축전의 특별 게스트였던 그는 파티 손님들이 얘기에 열중하는 사이 고모리야의 작품해설을 숙독하고, 도코노마계절의 꽃꽂이를 놓는 등 일본식 방에 바닥을 한층 높게 만든 곳와 난간, 툇마루, 종이로 된 장지문, 맹장지방의 경계가 되는 종이 미닫이문의 디테일을 열심히 보았다. 콘크리트와 목재를 섞은 구조물에 어떠한 이점과 문제점이 있는가, 일본처럼 습기가 많은 땅과 건조한 기후의 땅에서 어떻게 다른가, 이것이 무라이 슌스케에게 던진 첫번째 질문이었다.

그날의 대화로 톰슨 씨를 신뢰한 선생님은 설계를 수락했고 몇 달 동안 미국 동부에 체재하면서 현장 감리를 맡았다. 제2차

세계대전 전 이 년 동안 프랭크 로이드 라이트의 설계사무소에 '제자'로 들어가 근무한 이래, 두번째 미국 체재였다. 부지 안에 강이 흐르고, 야생 사슴이 뛰노는 뉴욕 교외의 대저택은 미국 건축 잡지에 크게 실렸다. 선생님한테 새로 집을 설계해달라는 의뢰가 여럿 들어왔지만, 일본의 일이 밀렸다는 핑계로 모두 거절했다.

"그렇게 큰 집만 설계하다가는 스케일 감각이 이상해지거든."

혼잣말처럼 이구치 씨에게 이야기한 것이 진짜 이유였다. 1960년대에 들어서고 나서 몇 년간 국가가 관여하는 대규모 공사를 위촉받아 침식을 잊고 일했지만, 설계 방침을 둘러싸고 담당 부서와 대립하다가 굴복하는 일이 잦았다. 그러니만큼 미국에서의 경험과 평가는 눈에 보이지 않는 버팀목이 되었을 것이다. 같은 시대에 활약한 대부분의 건축가는 미래지향적 도시론이나 문화론을 웅변하면서 잇달아 공공 건축을 낙찰했다. 한편 선생님은 설계 경합을 전제하는 공공 건축에는 관여하지 않았고, 원래가 튀는 건축론을 피력하는 사람도 아니었기 때문에 미디어가 다루는 기회도 저절로 적어졌다. 그러나 나는 그 시절의 선생님 건축을 십 년, 이십 년 뒤에 직접 보고 돌아다니면서 무라이 슌스케라는 건축가가 묵묵히 계속해온 일의 비범함을 피부로 느끼게 되었다. 고도경제성장의 파도에 휩쓸리지 않고, 안이한 자기과시욕에 구애되지 않고, 실질적이면서도 시대에 좌우되지 않는 아름다움을 지닌, 그러면서도 사용하기 편리한 건물을 무라이 슌스케는 하나하나 만들어내고 있었다.

대학 4학년 가을이 되어 막다른 골목에 몰린 나는 거의 가능성이 없는, 그러나 가장 바라던 바를 향해 발을 내딛기로 했다. 추분이 지나고 얼마 되지 않은 때였다. 도쿄에서는 드물게도 잠자리 떼가 북서쪽에서 찾아와서 상공을 호버링하고, 전선이나 벽돌담에 앉아 날개를 쉬기도 했다. 이층 베란다에 나가서 빨래 건조대와 난간에 앉아 있는 잠자리를 가까이에서 보았다. 얇은 금속 같은 정교한 날개와 깊은 붉은색을 띤 동체, 복안複眼의 번지는 듯한 광휘. 인간의 손으로는 결코 만들 수 없는 창조물은 삼십 분도 되지 않아 모두 날아가버렸다. 바람이 없는 건조한 날이었다.

잠자리를 보낸 뒤, 내 방 책상으로 돌아와서 무라이 설계사무소에서 일하고 싶다는 편지를 정중하게, 그러나 가능한 한 짧게 썼다. 졸업작품으로 준비하던 휠체어 생활이 가능한 소형주택 플랜도 동봉했다. 우체통 바닥에 편지봉투 떨어지는 소리가 선명하게 귀에 남았다.

일주일 정도 지나 사무장이라고 하는 이구치 히로시 씨한테서 전화가 왔다. 채용 예정은 없지만, 잠깐이라면 선생님이 만나보겠다고 하신다는 내용이었다.

약속한 날, 지도에서 확인해둔 기타아오야마 사무소로 찾아갔다. 초록색 담쟁이덩굴에 뒤덮인 삼층짜리 콘크리트 건물 이층, 북향의 어둑한 소장실에서 선생님과 얘기를 나눴다. "사카니시 도오루 군이신가" 하고 묻는 선생님 목소리는 예상외로 나지막했다. 왼쪽으로는 채광이 좋은 유리창이 있었고, 장지문 너머로 약한 햇살이 선생님의 오른쪽 볼을 비추고 있었다. 단단한 체구에 진지한 표정, 엄격함은 있지만 신경질적인 느낌은 없었다. 뭔가의 장인이라고 하면 납득될 것 같은 단단한 턱. 부드러운 목소리로 얘기하는 선생님은 의외로 표정이 풍부했다. 내 말에 따라서 웃기도 하고 잠깐 생각에 잠기기도 했다. 내 얘기를 그렇게 진지하게 들어주는 사람을 나는 그때까지 만난 적이 없었다.

"휠체어를 타는 가족분이 계신가?" 선생님이 물었다.

"아닙니다."

"그럼 왜 휠체어 집을?"

"휠체어가 들어가면 전체 비율이 어떻게 변하는지 확인하고 싶어서요."

가볍게 고개를 끄덕인 선생님이 평면도에 눈길을 준 채 질문을 계속했다.

"주택설계에서는 뭐가 제일 힘들까?"

선생님이 손을 올려놓은 도면을 보면서, 생각하고 생각한 뒤에 대답했다.

"한정된 공간 속에서 덧셈도 뺄셈도 하지 않고 새로운 공간을 만들어내야 하는 부분일까요? 주택설계에는 덧셈뺄셈이 많다고 생각합니다."

선생님은 잠자코 고개를 끄덕이고 나서 나를 똑바로 보았다.

"자네는 덧셈뺄셈은 잘하나?"

"잘한다고는 할 수 없지만, 저에게 어울리기는 한 것 같습니다."

"덧셈이나 뺄셈으로 하는 건축에는 어떤 것이 있다고 생각하지?"

"고층 집합주택에 그런 측면이 있다고 생각합니다."

선생님과의 대화를 마치고 같은 층에 있는 설계실 옆을 상기된 채 지났다. 다들 고개를 숙인 채 묵묵히 일을 하고 있었다. 오래된 나무책상과 하얀 벽, 나무 바닥은 선생님의 얼굴, 목소리, 인상과 어딘가 비슷했다.

얼마 있다가 이구치 씨가 다시 전화로 임시 채용이 결정되었다고 알려왔다. 기분 때문인지 이구치 씨의 어조에 의외라고 놀라는 기척이 묻어 있는 듯했다. 입사를 희망하는 오 년, 십 년 경력의 1급 건축사들 리스트가 별도로 있는 듯했으니 놀라는 것도 당연했다. 나 자신 또한 채용이 결정되었다는 기별에 어안이 벙벙했다. 다음 날 사무소를 찾아가자 선생님은 면담 때와 똑같은 표정으로 내 눈을 똑바로 보면서 "여기 있는 동안 많이 공부하고, 좋은 일도 많이 해주세요" 하고 말했다.

새해가 되어 학교 수업에 가야 하는 날을 뺀 월수토 사흘은, 아침부터 사무소에 나가기로 했다. 설계실 제일 구석에 책상이 배정되었다. 그러나 가만히 앉아 있을 여유는 없었다. 옆 자리의 교육 담당인 열두 살 위의 우치다 씨가 하달하는 잡일을 간신히 처리하면서 일을 익혀가는 나날이 이어졌다. 잡일이라고 해도, 그 디테일에는 모두 이유가 있었고 모든 것이 최대한 합리적으로 움직이고 있었다. 이삼 주가 지나자 무라이 설계사무소 일은 건축물 투시도처럼 앞이 훤히 트이게 조립되어 있다는 것을 알 수 있었다. 거기에는 불합리한 명령도, 헛수고가 될 잡일도 없었다. 그래서 오히려 긴장을 늦출 수 없었다.

1980년대 초반의 어딘지 어수선하고 떠들썩한, 바람을 가르는 듯한 기세였던 건축계에서 선생님 작품은 보편적인 전통의 흐름을 이어받은 다소 예스러운 것으로 평가되었지만, 나는 그렇게 생각하지 않았다. 사무소 운영에도, 건축에도 일본적이라고 하기 어려운 합리성이 관철되고 있었기 때문이다.

선생님이 만드는 공간이 차분하게 가라앉은 것으로 느껴진다면, 거기에는 이유가 있었다. 그것은 예컨대 천장높이나 마루에 놓아두는 조명, 남쪽 유리창에 낀 장지문이 시각적으로 초래하는 것이지 특별한 비법이 있는 것은 아니었다. 선생님은 그에 대해 외부에는 거의 얘기하지 않았지만 우리 직원에게는 도면을 가리키면서, 또 설계실 벽이나 천장을 올려다보고 벽에 대나무자를 갖다대기도 하고, 때로는 장지문이나 문을 열었다 닫았다 해보이면서, 정서적이 아니라 이론적으로 납득할 수 있는 구체적인 형태로 전달하려고 했다.

“침실은 너무 넓지 않은 쪽이 마음을 가라앉히고 숙면을 도와. 천장도 높지 않은 편이 좋아. 천장까지의 공간이 너무 넓으면 유령이 떠돌 여지가 생기거든.” 우스갯소리를 하듯 말했다. “침대와 벽 사이는 말이야. 한밤에 잠이 깨서 화장실에 갈 때, 한 손을 가볍게 내밀면 바로 닿을 만한 거리가 좋아. 캄캄해도 벽을 따라서 문까지 갈 수 있고 말이지. 다이닝 키친의 경우, 요리하는 냄새가 좋은 것은 식사하기 전까지만이고 식사가 끝나면 바로 싫어지지. 주방의 천장높이와 가스풍로, 환기통 위치가 냄새를 컨트롤하는 결정적인 수단이야." 장인이 전달하는 비법 비슷했다.

그리고 봄이 되었다.

모직코트가 필요 없을 만큼 따뜻한 4월 1일 밤, 사무소 근처에 있는 이탈리안 레스토랑에서 내 입사를 축하하는 회식이 있었다.

주택가 어둠 속에서 달콤한 꽃내가 풍기는(캐롤라이나 재스민이라는 꽃이라고 삼 년 선배인 나카오 유키코가 가르쳐줬다) 어두운 길을 선생님과 직원들이 온화한 목소리로 얘기를 나누며 걸어간다. 그날 밤의 광경은 지금도 생생히 기억하고 있다. 주방에도, 웨이터 가운데도 이탈리아인이 있는 레스토랑에서 밥을 먹는 것이 나는 처음이었다.

마지막에 나온 'ㄷ'자형의 하얀 케이크에는 네모난 빨간 초가 한 개 꽂혀 있었다. 내 교육 담당인 우치다 씨가 특별히 도면을 그려 주문했다고 한다. 기타아사마의 여름 별장을 본뜬 것으로, 짧고 빨간 초는 지붕 중앙에 서 있는 굴뚝이라며 오십분의 일 사이즈라고 우치다 씨가 설명했다.

"다음 케이크는 저 정도도 안 돼. 몇 분의 일이 되려나?"

그 말을 기다렸던 것처럼 주방에서 또 하나 케이크가 나왔다. 한 아름은 되는 몽블랑밤을 얹은 산 모양의 케이크이었다. 산 표면은 팔레트나이프로 다듬어져 있고, 정상에는 하얀 설탕가루가 듬뿍 끼얹어져 있었다. 눈이 남아 있는 봄의 아사마 산이었다. 누구라고 할 것 없이 탄성이 흘러나왔다.

우치다 씨가 쑥스러운 듯이 찡그린 얼굴로 말했다. “산에는 설계도가 없으니까 그럴싸하게 재현하는 것이 의외로 어렵거든요. 등고선이 있는 지도와 사진을 여러 장 참고했어요.”

“자료는 중요하지. 수고 많았네.” 살짝 취기가 있는 이구치 씨가 기분 좋은 듯이 말했다.

“몽블랑 형태를 만들 때는 셰프한테 허락받아 저도 같이 거들었어요. 여름 별장에서 보이는 아사마 산 모습은 십 년 이상 봐왔으니까 나름 비슷하게 됐다고 생각합니다.”

케이크 반대편에 앉은 선생님이 말했다. “이쪽은 뒤쪽 가루이자와 사이드에서 본 아사마로군. 오이와케나 고모로 쪽에서 보는 모습은 이런 느낌이지. 훌륭하네. 노작勞作이야.”

몽블랑인 아사마 산기슭에 여름 별장이 기대듯이 있었다. 우치다 씨가 방향을 조정한다. 빨간 굴뚝에서 촛불의 불꽃과 희미한 연기가 올라온다. 도면으로 여러 번 본 여름 별장에 있는 나를 상상해본다.

케이크를 자르기 전에 케이크를 중앙에 두고 기념사진을 찍기로 했다. 우치다 씨가 늘 갖고 다니는 라이카의 파인더를 들여다본 다음 식당 사람에게 건넸다.

“됐습니까? 찍겠습니다.”

뒤쪽 벽에 허리를 구부리고 어깨를 가까이한 직원들이 늘어서 있다. 중앙에 앉은 선생님과 나의 안경에 촛불이 비치고 있다. 나중에 보니 선생님과 나란히 찍은 사진은 그것 한 장뿐이었다. 플래시를 터뜨리지 않고 찍은, 거친 입자의 사진은 이웃고 직원 모두에게 말로 다 할 수 없는 그리움을 불러일으키는 것이 되었다.

한 달 뒤, 사무소 라디오에서 아사마 산 분화 뉴스를 들었다. 1973년 이래 대략 십 년 만의 분화였다. 군마 현 주위의 농작물은 화산재를 뒤집어쓰고, 서풍을 탄 화산가스는 보소 반도까지 미쳤다. 여름 별장 주변에는 쌀알 크기에서 완두콩 크기까지 다양한 화산석이 후드득 떨어졌다. 지붕도, 유리창도 재를 뒤집어썼다고 아오쿠리 마을 관리조합사무소에서 연락이 왔지만, 유리창 하나 깨지지 않았고, 건물은 피해가 없었다. 분화 직후에는, 여름 별장에 갈 수 있을지 걱정하는 소리도 있었으나, 5월이 지나고 6월이 되자 화산활동은 완전히 진정된 것 같았다. 그리고 7월 마지막 목요일, 점심을 마치자 사무소가 총동원되어 설계도부터 모형, 자료파일, 견적서, 고객과 주고받은 내용을 기록한 노트까지 필요한 모든 것을 골판지 상자에 넣어 투어링 왜건 세 대에 나눠 실었다. 여러 번 사용한 듯한, 검정테이프로 보강한 골판지 상자에는 번호가 붙어 있었다. 왜건 짐칸 오른쪽부터 차례차례 쌓아가자 빈틈없이 딱 맞아떨어졌다. 라디오 뉴스에서 태풍 10호의 접근을 보도하고 있었다. 태평양에서 커다란 소용돌이를 그리고 있는 태풍의 진로에는 간토 지방, 야마나시 중부, 니가타, 나가노 지방이 포함되어 있었다. 직원들이 나눠 탄 세 대의 왜건은 무리에서 떨어진 철새 떼처럼 작은 대열을 이룬

채 가까이 다가오는 태풍을 등에 느끼면서 기타아오야마에서 간토 평야 북서쪽을 향했다.

우스이 고개를 넘은 차는 18번 국도를 서쪽으로 가다가 나카가루이자와에서 북쪽으로 우회전한다. 숲이 끊긴 곳에서 가끔 커다란 얼굴을 내미는 아사마 산을 올려다보면서, 꾸불꾸불한 언덕을 느릿느릿 올라간다. 시야가 뚫리자 아사마 산이 긴 여름날을 마치려는 석양을 받고, 놀랄 만큼 커다란 모습으로 우리를 내려다보고 있었다. 바로 석 달 전까지 화산을 쏘아올리고, 소규모 화쇄류火砕流를 뿜어낸 활화산이다. 이 길에서 분화하는 것을 보았더라면 위험을 피부로 느꼈을 것이다. 그렇지만 지금은 구름으로 오인할 것 같은 수증기가 정상에서 희미하게 올라오고 있을 뿐이었다. 고개를 넘어 아사마 고원에 들어선 뒤에는 그저 곧장 북상한다. 울창한 아오쿠리 마을에 들어서자 주위가 갑자기 어두워진다. 간선도로 십자로에서 동쪽으로 꺾어, 오른쪽의 구기타아사마 역을 지나 몇 분 더 달리면, 아오쿠리 마을에서 제일 오래된 이치조 거리에 도달한다. 여름 별장은 이치조 거리 북쪽에 있었다.

커다란 계수나무를 양팔로 끌어안고 있는 것 같은, ㄷ자형 산장은 콘크리트 위에 목조 이층건물이 놓여 있는 혼합구조였다. 짙은 감색 삼나무 판때기로 된 미늘 판자벽 때문에 보이지 않았지만, 콘크리트 부분만도 반개층 높이가 있었고, 목조 일층 레벨은 땅에서 떨어져 숲의 습기가 기어오르기 어려운 구조로 되어 있었다.

세 대의 차는 왼쪽에서 가운뎃마당으로 들어간 뒤 커다란 계수나무를 빙 둘러싸고 있는 찻길을 따라 시계방향으로 반원을 그리며 주차했다. 엔진이 꺼지고 문이 열리자 순식간에 공기가 달라졌다. 잎사귀 스치는 소리와 매미, 벌레, 새소리가 한데 섞여 머리 위에서 쏟아져내린다. 풀과 잎사귀 냄새를 머금은 약한 바람. 올려다보니 주변보다 훨씬 밝은 파란 하늘이 나무 사이로 보인다. 태풍의 기척은 전혀 없었다. 기온은 도쿄보다 10도 가까이 낮다.

기타아사마 아오쿠리 마을은 해발 1000미터가 넘는 고지에 있다. 산길을 올라오는 동안 기압 변화 탓에 귀가 먹먹해지기도 했다. 주전자 물은 100도가 되기 전에 끓는다. 인적은 드물고 밤하늘은 별로 가득히 붐빈다. 팔십 종 가까운 야생 조류가 서식하며 일본 사슴, 일본 원숭이, 하늘다람쥐, 야생 토끼, 여우, 반달가슴곰도 있다.

여름 별장은 하얀 케이크를 보고 상상하던 것보다 작아 보였다. 정연하게 이어 댄 삼나무 미늘 판자는 1956년 당시의 무라이 시공법을 그대로 계승하고 있었다. 정면 외벽에 둥근 시계라도 달면 시골 마을의 작은 분교처럼 보일지도 모른다. 남쪽에 면한 가운뎃마당 중앙에 계수나무가 있고, 'ㄷ'자에서 조금 떨어진 목조 차고가 내려다보이는 위치에 주위의 어떤 나무보다도 큰 히말라야 삼나무가 솟아 있었다.

이구치 씨가 정면에서 서쪽으로 나 있는 현관문을 열자 습기를 머금은 탁한 공기가 흘러나온다. 전원이 분담해서 차에서 짐을 끌어내 묵묵히 방 안으로 옮긴다. 현관에서 계단을 몇 개 올라가 오른쪽으로 들어가면 넓은 거실. 그대로 계단을 통해 이층에 올라가면 설계실이다. 어두운 실내에서는 가라앉은 나무 냄새가 났다. 덧문을 차례차례 열자 저녁나절의 잔광이 들어온다. 반들반들하게 닦인 졸참나무 바닥이, 그 빛을 둔탁하게 반사한다. 거실 중앙에 있는 큰 장방형 테이블을 덮은 하얀 헝겊을 유키코가 익숙한 솜씨로 벗겨내 접는다. 결이 고운 단풍나무 상판에 붉은색을 띤 빛이 퍼져간다.

거실 동쪽에는 부엌과 가사실이 있다. 오른쪽으로 꺾인 그 앞쪽은 'ㄷ'자 축 부분에 해당하는 서비스야드주방 주위의 옥외 공간 같은 공간이다. 여성용 세탁실, 식량고, 정원 일을 위한 도구를 보관하는 창고가 이어지고, 창고에서 바깥으로 나갈 수 있게 되어 있다. 식당 서쪽에는 청사진실과 세탁물실, 'ㄷ'자 축 부분으로 꺾으면 남성용 세탁실과 보일러실이 있고, 그쪽에도 있는 창고에는 탁구대 하나, 다수의 정원용 의자, 자전거 두 대, 그리고 한 발짝 먼저 도착한 우치다 씨의 바이크가 보관되어 있었다.

이층 설계실 동쪽 편에는 여성용 목욕탕이, 서쪽 편에는 소장실과 내 침실을 겸한 서고, 남성용 목욕탕이 있다. 양쪽 이층에는 숙박용 방이 늘어서 있다. 동쪽에 여성 직원 방 다섯 개, 서쪽에 남성 직원 방 다섯 개가 각각 넓은 복도와 계수나무가 솟아 있는 가운뎃마당을 끼고 마주 보고 있다. 양 사이드 복도에는 사무소에서 시험용으로 만든 테이블과 의자, 소파, 캐비닛 등이 놓여 있어 책을 읽거나 낮잠을 자거나 잡담하는 장소로 사용된다.

가구 전반을 담당하는 우치다 씨가 디테일한 부분이나 사이즈를 확인하기 위한 샘플을 보관하는 장소이기도 했다. 가끔 기름을 먹이고 부지런히 손질하는 우치다 씨 덕분에 가구는 한결같이 최상의 상태를 유지하고 있었다.

나는 나한테 배정된 이층 서고에 짐을 갖다놓고는 양말을 벗고 맨발이 되어보았다. 나무 바닥이 차가워서 기분이 좋다. 여름내내 맨발로 보내던 어린 시절이 생각났다. 가운뎃마당에 면한 작은 유리창을 열자, 눈앞에 커다란 계수나무가 보였다. 늦게 온 치프 격인 가와라자키 씨 차가 계수나무 밑을 빙 돌아서 주차하는 참이었다.

모든 유리창이 열리고 공기가 흐르기 시작한다. 여름 별장이 천천히 호흡을 되찾아간다.

2

火山のふもとで

무라이 별장이 세워진 1950년대, 도쿄에서 아오쿠리 마을까지 오는 데는 몇 배나 시간이 더 걸렸다. 고속도로 같은 것이 없었기 때문에 우스이 고개까지 여섯 시간 걸리는 일도 흔했다. 큰 눈이라도 오면 구불구불한 산길에 여러 대의 차들이 선 채 꼼짝도 못하고 앞으로도 뒤로도 움직일 수 없게 된다. 평소에는 직접 차를 운전하는 선생님도, 아오쿠리 마을에 갈 때에는 우에노역에서 신에쓰 선으로 가루이자와까지 가서 다나자카 경철도로 갈아타는 경로를 선호했다.

장난감처럼 작은 경철도는 다이쇼1912–1926 초인 1914년에 개통되어 오십 년 뒤인 1964년 도쿄 올림픽이 개최되던 해 폐선될 때까지, 전성기에는 하루 육십 편 가까이 신가루이자와에서 기타아사마를 경유해서 구사쓰 온천까지 사람과 물자를 싣고 왕복했다.

가루이자와 역 구내 동쪽 끝에, 다나자카 경철도의 신가루이자와 역이 있었다. 신에쓰 선의 디젤차 중량감하고는 비교도 되지 않는, 미국에서 광산용으로 개발된 전기기관차는 궤도 보수용 점검차로 오해할 만큼 작았다. 운전석 지붕에 팬터그래프전차

또는 전기 기관차의 지붕에 달아 전기를 끌어들이는 장치가 달려 있어서 까만 머리에 뿔이 난 것 같은 모습 때문에 '투구풍뎅이'라고 불리고 있었다. 객차는 한 칸 아니면 기껏해야 두 칸. 신가루이자와 역에서 26킬로미터 정도 되는 기타아사마 역까지 대략 한 시간 반이 걸렸다. 종점인 구사쓰 온천까지는 세 시간 남짓. '투구풍뎅이'는 평지를 달리는 자전거 정도의 속도밖에 내지 못했다.

동력은 한정되어 있고, 비용도 공사기간도 몇 배나 드는 터널 공사를 피했기 때문에 선로는 아사마 산기슭에 펼쳐진 산자락 숲 사이를 등고선을 따라 느릿느릿 기어갔다. 같은 이유로 철교 건설도 무조건 피하도록 계획되었지만, 계곡 안이라서 도저히 꺾을 수 없는 경우에만 바로 그 앞에 아주 짧은 철교를 놓았다. 산을 우회하고 지형을 따라 시공된 철로의 총 길이는, 직선거리로 대략 10킬로미터인 곳의 두 배 반에 이르렀다고 한다. 1950년대의 아오쿠리 마을은 교통량도 적고 별장도 1980년대의 반도 되지 않았다. 나무들은 어렸고, 키도 작았기 때문에 마을은 어디나 환하고 통풍이 좋았다. 기타아사마 역 광장에서 동쪽을 바라보면 기복이 심한 아오쿠리 마을의 지형이 한눈에 들어왔다. 활엽수 잎이 모두 떨어져버리는 늦가을에는, 벌거숭이가 된 나무들 너머로 완만한 언덕 위의 무라이 산장이 보였다 안 보였다 한다. 청명한 겨울밤에는 산장의 불빛이 쌓인 눈을 비춰서 인적 없는 아오쿠리 마을의 등대처럼 보였다고 한다.

사무장인 이구치 씨는 여름 별장에서의 일들을 하나하나 선명하게 기억하고 있었다. 신입 사원인 나에게 들려주고 싶은 마음도 있었는지 매일 밤처럼 당시의 얘기가 잇달아 화제에 올랐다.

1960년대에 들어서고 얼마 지나지 않아 이구치 씨는 설계 현장을 떠나 전체적인 스케줄이나 재정관리, 고객과 건설회사와의 금전교섭 등, 실무 전반을 다루게 되었다. 선생님보다 여섯 살 연하로 가구 디자이너인 한스 베그네르와 동갑내기이다. 다쓰노 긴고가 설계한 도쿄 역이 낙성한 1914년 3월에 태어났고 그 넉 달 뒤에 제1차세계대전이 터졌다. 내 생일은 다나자카 경철도가 개업하기 꼭 일주일 전이었어, 라는 것이 이구치 씨가 즐겨 쓰는 대사였다. 선생님이 말이 없어서 이구치 씨가 달변이 되는 건지, 이구치 씨가 달변이니까 선생님이 점점 더 과묵해지는 건지 알 수 없지만, 서로를 보완하는 좋은 짝인 것만은 틀림없었다.

다나자카 경철도에 대한 이구치 씨 얘기는 대부분 얼마나 속도가 느리고, 미덥지 못하지만 사랑스러운 기차인가 하는 것이었다. 차 안에서 자료를 읽다 바람에 날리면, 달리는 차에서 뛰어내려 종이를 줍고 쫓아가서 다시 탈 수 있었다든가, 여름에는 번개가 가까워질 때마다 임시정지한 채 번개가 멀어질 때까지 대기하고 있으면 아사마를 넘어 내려온 한랭전선이 머리 바로 위를 지나가면서 한꺼번에 기온이 내려가는 것을 알 수 있었다든가, 큰 눈이 와서 눈 쌓인 곳에서 탈선할 뻔하면 기관사, 차장, 승객 전부가 눈을 치우고, 기차를 선로에 되돌려놓았다든가.

"눈보라였으니까 그대로 있었으면 전원이 조난당했을 거야. 약하고 가벼운 객차였고, 급하면 다들 헤라클레스가 되잖아? 간신히 기타아사마에 도착했더니 그대로 운휴해버리고 말이지."

어디까지가 진짜인지는 모른다.

당시의 아오쿠리 마을에서는 마차도, 소달구지도 현역이었다. 역전 부근은 바람을 타고 말똥 냄새가 풍기고 있었다. 신가루이자와 역의 공중전화에서 미리 연락해두면 기타아사마 역에서 도보로 삼십 분 걸리는 무라이 별장까지 짐마차가 데려다주었다. 전쟁 전, 미국 체제 중 마차를 쓸 기회가 많았던 선생님은 1960년대 초 아오쿠리 마을에서 마지막 마차가 없어졌을 때 무척 아쉬워했다고 한다.

마을은 바둑판처럼 가로세로로 도로가 나 있었다. 그 북부 중앙에 반딧불이 연못이 있다. 연못이라고는 해도 상당히 큰 인공호수로, 아오쿠리 마을의 창립멤버들이 발의해서 만든 것이다. 여름이면 보트를 타고, 겨울이면 스케이트 링크가 되었다. 지역 아이들의 놀이터이기도 했다. 마을이 시작되었을 때 지은 별장들은 반딧불이 연못 주변에 모여 있었다.

선생님이 산 땅도 반딧불이 연못까지 걸어갈 수 있는, 아오쿠리 마을의 일등지였다. 처음의 작은 산장은 2000제곱미터 정도 되는 부지 거의 중앙에 세워졌다. 주위에 여분의 땅을 남긴 데에는 이유가 있었다. 선생님은 처음부터 아오쿠리 마을의 별장을 주택건축 스터디를 위한 모델하우스로 상정했던 것이다.

1956년 지었을 때는, 선생님 부부가 피서에 쓰던 오두막에 지나지 않았지만 1982년까지의 이십오 년 동안 대략 여섯 번의 증개축이 계속되어 다섯 배 이상의 크기가 되었다. 1기 산장에서 바뀌지 않은 것은 현관과 난로 위치 정도로, 부엌이나 목욕탕

등의 상하수도 배관은 증개축으로 옮겨졌다. 양쪽에 있는 남녀 숙박동은 선생님이 설계 담당자 여러 명과 묵으면서 집중적으로 작업을 진행하기 위해 증축한 곳이다.

다나자카 경철도의 폐선이 임박한 1961년부터 1964년이 무라이 설계사무소로서는 가장 바빴던 특별한 기간이었다. 큰 일거리에 관한 자료는 거의 다 별장에 둔 채였다. 외부와의 상담이나 문의로 방해받지 않고 일에 집중할 수 있는 이곳이 선생님에게는 마지막 요새나 같았다. 오전 중에 일이 일단락되면, "오늘부터 산에 간다" 하고 말하고, 그날 밤에는 벌써 별장에 가 있는 일이 드물지 않았다.

선생님과 직원들은 한 칸짜리 다나자카 경철도를 타고 앞이 탁 트인 산림 속을 느릿느릿 북상하여 아오쿠리 마을로 향했다. 봄에서 여름 사이는 물론, 가을에서 겨울이 되고 아오쿠리 마을이 긴 동면의 계절에 접어들어도 별장에는 늘 불이 켜 있었고, 인기척이 끊기는 일이 없었다. 꾸불꾸불 달리는 다나자카 경철도에서는 아사마 산이 오른쪽에서 보였다 왼쪽에서 보였다 하는데 여러 번 되풀이되면 방향감각이 이상해진다.

"겨울 풍경 속을 덜커덩 덜커덩 달려서 저 아래 세계가 점점 멀어지는 것은 뭔가 저세상으로 향하는 것 같아 쓸쓸하지. 그런데 선생님은 그렇게 빙글빙글 한가하게 돌아가는 것이 참 좋다고 아주 진지하게 말씀하시거든."

이윽고 다나자카 경철도는 거듭되는 태풍으로 철교가 유실되고, 그 재건 비용이 늘어난 데다 자동차와 노선버스가 보급되어 이용자가 준 것이 결정타가 되어 1964년 폐선되었다. 도카이도 신칸센이 개통된 해였다. 선생님은 마차가 사라졌을 때보다도 더 아쉬워했다.

그러나 그즈음이 아오쿠리 마을이 가장 활기에 넘치던 좋은 시절이었다. 별장 주인들이 나이가 들어 이윽고 유명을 달리하기 시작한 것은 1970년대에 들어서고 나서다. 별장은 상속되자마자 쓰이지 않는 일이 빈번해졌다. 사람이 드나들지 않게 된 집은 마치 선반에 놓인 채 잊힌 복숭아나 같았다. 순식간에 상하고 녹아버린다. 주위 숲도 손질을 게을리하면 일 년이면 울창해지고 마당은 잡초가 무성해진다. 통풍을 시키지 않는 건물은 눈 깜짝할 사이에 곰팡내가 난다. 천장에는 시커먼 개미집과 벌집 덩어리가 달라붙고, 덧문 두껍닫이에는 새가 둥지를 튼다. 외벽은 딱따구리가 구멍을 뚫고, 지붕의 비 새는 곳을 내버려두면 방바닥을 비집듯이 버섯과 양치류가 염치없이 자란다. 그런 서글픈 산장은 1960년대에는 아직 거의 없었다. 주민 모두가 아오쿠리 마을을 자주 찾았고, 봄에는 통풍을 시키고 마당 손질을 열심히 했다. 여름 별장 부엌에 놓인 커다란 냉장고 옆구리에는 이십 년 전의 누렇게 바랜 주거표지 지도가 붙어 있다. 나는 그 지도를 보는 것이 좋았다. 주인 이름이 별장 구획 안에 인쇄되어 있어 작가, 화가, 음악가 등 알 만한 이름들이 여기저기에 흩어져 있었다. 그 낡은 지도를 보고 있으면 만들어진 지 얼마 안 되는 아오쿠리 마을의 반들반들한 바퀴자국이 눈앞에 떠오르는 것 같았다. 담 대신인 흙둑도 단단하게 형태를 유지하고 있었고, 잡초도, 마른 나뭇잎을 모아둔 습지도 없었다. 잘 손질된 숲 사이로 아사마 산이 선명하게 위용을 보였을 것이다. 지금은 시계視界가 열린 반딧불이 연못이나 연못 북쪽에 있는 언덕에 올라가지 않으면, 아사마 산의 전체 모습은 보이지 않는다. 그렇지만 가을이 깊어지고 숲의 나무들이 완전히 잎새를 떨구면, 파우더를 뿌린 것같이 하얀 아사마 산 표면이 다시 뚜렷이 보인다. 시간을 소급해 올라간 것 같은 아오쿠리 마을의 겨울 경치를 선생님은 좋아했다. 가을바람이 불면 난로에 쓸 장작을 일찌감치 추가해서 한 겨울을 보낼 수 있을 분량을 벽에 단단하게 쌓는다. 여름 별장의 장작 쌓기는 주변의 어떤 산장보다도 아름답고 정연했다.

"그런 눈은 본 적이 없었어." 불그레한 얼굴로 이구치 씨가 말한다.

1962년 연말에 끝까지 산장에 남아 있던 선생님과 직원들은 그믐부터 정월 사흘간만 도쿄에 돌아갔다가, 새해 1월 4일부터 다시 산에 틀어박히기로 했었다.

다음 날 낮부터 소리 없이 내리기 시작한 눈은 점차 본격적으로 오기 시작하더니 저녁나절에는 눈보라로 바뀌었다. 대설 가운데 사무장을 겸하게 된 이구치 씨와 선생님 그리고 직원들은 온돌형 마루를 최고 온도로 설정하고, 난롯불이 꺼지지 않게 주의하면서 막바지 작업을 계속하고 있었다. 밤이 깊도록 설계도 작업을 하느라 아무도 술도 마시지 않고 11시가 지났을 즈음해서 "오늘은 그만하지" 하고 선생님이 한숨과 함께 말할 때까지

쉬지 않고 일에 몰두했다. 연필이 도면 위를 스치는 소리와 장작이 타고 튀는 소리만이 산장에 울렸다. 졸참나무 장작은 향기로운 냄새가 났고, 가끔 섞인 벚나무 장작에서는 희미하게 달콤한 냄새가 풍겨 팽팽하게 긴장된 신경을 누그러뜨렸다. 산장 북쪽 작은 유리창은 완전히 눈에 덮여 하얀 장막을 친 것 같았다. 산장에 틀어박힌 지 닷새째 되는 날 식량을 구입하고 하루하루 놀랄 만큼 부피가 주는 장작을 조달하기 위해서 마차를 불러 이구치 씨와 젊은 직원이 마을의 상점에 가기로 했다. 말이 토하는 숨은 완전히 새하얬고, 순식간에 서리가 되어 코와 눈 주위에 달라붙는다. 마차 위에서 바라본 마을은 눈이 아플 만큼 하얗게 빛나고 있었다. 축축한 눈 무게를 견디지 못해 가지가 부러진 나무도 있었다.

마차는 이치조 거리를 북쪽으로 나아가 역전 상점가로 이어지는 십자로 앞에서 갑자기 스피드를 줄이며 멈췄다. 눈이 소리를 빨아들여 귀가 찡할 정도로 조용했다. 오른쪽을 보니 마을에서 꽤 오래된 별장 중 하나가, 눈 무게에 넘어진 히말라야삼나무에 깔려 반쯤 무너져 있었다. 지붕이 떨어져나가고 드러난 서재 책상 위에 눈이 내려 반짝반짝 빛나고 있었다고 한다. 1984년에 아흔여덟 살로 사망한 소설가인 별장주 노미야 하루에는 마침 집을 비우고 있어서 무사했다. 기별을 받고 집으로 돌아온 노미야 하루에는 표정도 변하지 않고, "나무에 깔려 죽는 것이나 병으로 죽는 것이나 똑같지" 하고 말하고는 감회에 잠길 틈도 없이 단골 시공사에 연락했다. 그리고 달려온 도편수에게 "나도 나이 먹었고, 이 집도 반 크기면 충분하니까" 하고 말하고, 서재와 거실을 포함한 부서진 부분을 그대로 없애라고 주문하여 별장을 거의 반 정도 크기로 만들어버렸다. 거실은 난로 앞에 자그마한 소파 세트와 네 사람이 앉을 수 있는 테이블이 들어갈 넓이면 충분하다고 했다. 반이 된 서재를 침실 겸용으로 쓰고, 그 한쪽의 좁은 공간에 애용하던 오래된 싱글 침대를 집어넣었다.

과감하다면 과감하지만, 완고할 만큼 멋대가리 없는 개축은 분명 노인과 도우미 한 명을 위한 공간으로는 충분했다. 도편수는 엄동기에 일이 적은 목수들을 그날 중에 불러 모아 도면도 그리지 않고 일주일 만에 공사를 완료했다. "해체공사는 미리 끝났으니까 그만큼 일을 덜었지 뭐" 하는 것이 노미야 하루에의 말이었다. 그러고 나서 이십여 년간 일 년의 반 이상을 아오쿠리 마을에서 지낸 노미야 하루에는 작아진 별장에서 네 편의 장편소설을 썼다.

아오쿠리 마을에는 자치회가 있다. 노미야 하루에는 아오쿠리 마을의 창설 멤버 중 한 명으로 여든 살 때부터 죽을 때까지 자치회 명예회장을 맡고 있었다. 땅을 사서 별장을 지으려면 자치회 임원에 의한 심사가 있었다. 가루이자와에서 다나자카 경철도로 한 시간 반이나 걸리는 불편을 마다하지 않는 사람들의 직종은 한정되어 있었다. 대학교수, 소설가, 화가, 배우, 음악가, 철학자, 번역가들이 모여든 것이 개인적 인맥으로 커진 마을의 성립과정을 잘 나타내고 있다. 장기휴가가 당연할 뿐 아니라 일 년

내내 휴가나 다름없는 사람들이 많았기 때문에 자치회 운영은 저절로 활발해졌다. 특히 여름에는 아이들을 함께 돌보려는 생각도 있어 소풍, 탐조회, 캠프파이어, 지역 청년단체와의 구기대회 등이 잇달아 개최되었다. 여름이 끝날 무렵에는 연주회와 강연회가 마을 중심에 있는 클럽회관에서 열렸다. 선생님은 연주회에는 가끔 얼굴을 내밀었지만, 그 뒤의 친목회에는 참석하지 않고 곧바로 여름 별장으로 돌아온다. "피서 와서까지 사교를 하지 않으면 안 된다니 질색이야"라고 하지만 도쿄에서도 건축가 모임에 나가는 일이 거의 없었으니까 '피서 와서까지'라는 것은 단순한 구실에 지나지 않았을 것이다. 사교에 능숙한 이구치 씨가 부지런히 얼굴을 내밀어서 선생님의 무뚝뚝함을 보완했다.

젊고 활기찼던 1960년대가 끝나고 1970년대가 정신없이 지나갔다. 그리고 1980년대, 아오쿠리 마을은 날이 어두워지듯이 낡은 냄새를 풍기기 시작하더니 세대교체가 진행되었다. 토지매각도 시작됐지만 개인에게 파는 한, 자치회도 관여할 수 없어서 마을은 점차 낯선 사람들과 사는 것이 당연한 장소로 변해갔다.

오래전부터의 '마을 사람'들은 과거의 아오쿠리 마을을 기억 속에 보관해두었다가 가끔 꺼내 그리워했다. 그들의 기억을 이끌어내듯이 다나자카 경철도가 갑자기 부활하며 사라진 선로 위를 움직이기 시작한다. 밝은 산 표면을, 간소한 철교 위를, 끔찍이 느린 속도로 끽끽 울리면서 선로를 달려간다.

3

火山のふもとで

여름 별장에 도착하여 나흘째 되는 8월 1일. 일요일의 아오쿠리 마을은 태풍 10호 한가운데 삼켜졌다.

최대 풍속 30미터가 넘는 초대형 태풍이었다. 일요일 전날 밤부터 모든 덧문을 닫고 만반의 준비를 하고 있었다. 아침 일찍부터 바람이 으르렁거리고, 하늘을 저속촬영한 것 같은 속도로 구름이 달려갔다. 티타임이 끝날 때쯤부터 비바람은 한층 강해졌다. 방에 있어도 일이 손에 잡히지 않아 이층 식당에 내려갔더니 다른 직원들도 모여 있었다. 선생님도 소장실에서 나와 투덜거렸다.

"이렇게 바람이 시끄러워서야 어디 책을 읽겠나. 라디오도 밀리바, 밀리바만 되풀이하고 말이지."

그러고는 난로 옆에 있는 오디오 앞에 쭈그리고 앉아 스위치를 켜 베토벤의 교향곡 8번을 플레이어에 올려놓는다. 우치다 씨는 커피를 끓이고, 유키코는 남아 있던 애플파이를 나누었다. 식당 테이블에서 파이를 먹기도 하고, 난로 앞 소파에 앉아서 커피를 마시거나 막 도착한 건축 잡지를 뒤적이면서, 으르렁거리는 비바람에 지워질 것 같은, 그러나 어딘가 경쾌하고 편안한 교향곡을 듣는다고 할 것도 없이 모두 듣고 있었다.

집이 삐거덕거릴 만큼 풍압이 강해져 기둥이 듣기 싫은 소리를 낸다. 빗소리는 한층 격렬해지고, 소방차가 물을 뿜어대는 것 같다. 계수나무 잎사귀가 덧문을 두드리는 소리가 나고, 눈을 깜빡이는 것처럼 전기가 꺼졌다 켜졌다 한다. 강풍에 휘는 나무 소리가 으스스하게 울린다. 전구가 깜빡깜빡 명멸하고, 집 밖에서 탁탁하고 몇 번인가 파열음이 난다 싶자, 정전이 되었다. 스테레오는 침묵하고, 덧문을 꼭 닫아놓은 식당은 암흑이 되었다.

"나무가 쓰러져서 단선이 됐나 봅니다."

우치다 씨가 평상시와 똑같은 목소리로 말하면서, 재빨리 어딘가에서 초와 촛대를 들고 왔다. 식당 테이블에 다섯 개, 난로 위에 두 개 촛불을 켰다. 정전에 익숙한 것 같다.

우치다 씨는 회중전등을 들고 보일러실로 가서, 자가발전기를 가동했다. 스타터 소리가 들리더니, 얼마 있다가 식당에 불이 들어왔다. 기분 탓인지 흔들리는 것같이 느껴졌다. 중간에 끝나버린 3악장 처음부터, 누군가가 레코드를 다시 틀었다. 돌아온 우치다 씨가 저녁 준비를 시작하자고 해서 같이 만들기로 했다. 주말에는 마음 내키는 사람이 부엌에서 일하는데, 대개 우치다 씨가 맡고 나나 유키코가 돕는다. 우치다 씨는 내 교육 담당일 뿐만 아니라 요리 선생이기도 했다.

소스에 재운 양갈비 주위에 껍질째 큼직하게 썬 감자랑 홍당무, 양파를 늘어놓고 오븐에 집어넣는다. 두부와 물냉이cresson(선생님은 바세리라고 부른다) 된장국을 만든다. 이거라면 나도 어렵지 않다. 우치다 씨의 요리 비결은 순서에 있는 것 같다. 쌀 씻기부터 시작해 고기와 채소의 밑 준비를 한 다음, 오븐용 사각철판에 늘어놓고 불에 맡긴다. 쓰다 남은 채소 찌꺼기는 음식물 쓰레기 용기에 넣어 정리한 뒤, 육수를 만들어 된장을 풀고 접시를 덥힌다. 그 일련의 흐름에 주저나 정체가 없어 손이 놀 새가 없다. 다 쓴 냄비, 볼, 도마는 짬짬이 씻어서 넣어버리기 때문에 싱크대는 늘 널찍했다. "요리에 시간 들일 여유가 없을 때에는 굽거나 찌는 게 제일이야"라는 말처럼, 밥이 되기 직전이면 요리도 모두 완성됐다.

식사할 무렵에는 비바람이 다소 약해지고, 주위에 고요함이 돌아와 있었다. 전기가 끊긴 아오쿠리 마을 한가운데 있는 여름 별장은 어두운 바다에 떠도는 배 같았다. 촛불 아래에서 밥을 먹자는 누군가의 말에 식당의 불은 다시 꺼졌다. 태풍이 고비를 넘긴 탓인지, 밤이 된 탓인지 기온이 내려가는 것이 느껴졌다.

"불을 피우면 방의 습기가 밖으로 빨려나가니까 오늘 같은 날은 여름이라도 불기가 있는 게 좋지."

난로에 불을 지피면서 선생님이 말한다.

조그맣게 둥글린 신문지 위에 불쏘시개용 삼나무 조각을 놓고, 그 위에 졸참나무 장작을 우물 정자로 쌓아간다. 제일 아래 신문지에 성냥으로 불을 붙이면, 부욱 하는 소리를 내면서 기세 좋게 타기 시작하여, 얼마 지나면 삼나무로 불이 옮는다. 삼나무에 붙은 불은 졸참나무 장작을 태우고, 불꽃을 피운다. 장작이 타는 향기로운 냄새. 전체에 불이 돌아 안정되면 선생님은 장작을 조금 비켜놓아 그때마다 불꽃 기세가 변하는 모양을 나에게 보여주었다.

"장작을 너무 붙이면 안 타. 너무 떼어놔도 안 타고. 약간 떨어져 있는 게…… 봐, 이게 가장 잘 타는 간격이야."

나는 잠자코 불을 보고 있었다. 장작과 장작 사이에 약간의 틈을 주고 늘어놓으면 그 틈새로 신나게 불길이 솟구친다. 사이를 떼어놓으면 그 순간 불길이 약해지고 빨갛던 장작이 하얀 연기를 내면서 까매진다. 장작을 가까이 갖다붙이면 다시 불꽃이 일어난다. 불꽃은 장작과 장작 사이에서 태어나는 덧없는 생물 같았다. 정신을 차리고 보니, 주변은 불타는 장작 소리만 이따금 튈 뿐, 빗소리도 바람소리도 들리지 않는다.

난로 앞에는 불을 둘러싸듯이 느긋하게 앉을 수 있는 소파와 의자가 놓여 있다. 불꽃이 튀어도 타지 않는 낙엽색 울 카펫도 깔려 있다. 저녁식사가 끝나고 더 마시고 싶은 사람, 음악을 듣고 싶은 사람들은 이 자리에 와서, 고양이나 개가 좋아하는 장소에서 등을 둥글리고 쉬듯이 한동안 거기에 가만히 있는다.

위스키 잔을 한 손에 든 이구치 씨가 난로 앞의 가로로 긴 소파에 앉아 있다. 선생님만 안 계시면 여느 때의 주말처럼 이구치 씨 독무대가 될 테지만 오늘은 왠지 얌전하다. 사무소의 가장 베테랑 사원인 가와라자키 씨도 고바야시 씨도, 불을 보고 있는 선생님에게 유인된 듯 소파에 멍하니 앉아 있다.

둥글고 온화한 얼굴의 가와라자키 씨는 이마가 많이 벗어졌지만, 부드럽게 웨이브 진 머리는 볼륨감이 있고, 까만 테 안경이 잘 어울린다. 보기에는 술을 좋아할 것같이 생겼지만 와인을 마셔도 기껏해야 한 잔이고 밤에도 일찍 잔다. 나는 술을 전혀 못하기 때문에 가와라자키 씨 같은 선배가 있는 것이 고마웠다. 이구치 씨를 빼면 최연장자이지만, 말투가 온화하고, 소리를 크게 내는 일도 없는 대신 손아래 직원들을 솔선해서 이끌어나갈 타입도 아니었다.

또 한 사람, 베테랑인 고바야시 씨는 조각칼로 깎아놓은 것 같은 외모이다. 갸름하고 얼굴색이 하얗다. 어머니가 팔분의 일 정도 러시아인의 피를 이어받았다고 한다. 말수가 없고, 취했는지 아닌지조차 알 수 없을 만큼 술이 세다. 얼굴 생김새와 큰 키를 주체하기 어려운 듯, 책상 앞에 앉아 있는 옆얼굴은 늘 어딘가 침울해 보였다. 일은 치밀해서 무라이 설계사무소의 설계도가 현장에서 차질 없이 진행되는 것은, 조그만 실수도 놓치지 않는 고바야시 씨 주의력 덕인 경우가 많았다. 과거의 사례나 데이터를 알고 싶을 때면, 슬쩍만 물어봐도 즉각 정확한 대답이 돌아온다. 머릿속에 먼지 한 톨 떨어져 있지 않을 것 같다.

외모나 성격은 달랐지만, 어떤 경우에도 선생님한테 안테나를 돌려놓고 가만히 예의 주시하고 있다는 점에서 둘은 이란성 쌍둥이 같았다.

우치다 씨와 선생님과의 거리는 조금 더 친밀하면서 냉정했다. 이를테면, 여름 별장에 아르바이트로 와 있는 선생님의 조카딸 무라이 마리코의 태도와 비슷한지도 모른다.

장보기 담당인 나는 우치다 씨가 열심히 또 면밀하게 준비한 와인 리스트를 건네받았다. 선생님이 우치다 씨의 음식에 관한 해박한 지식을 반쯤 재미있어하면서 와인 선택을 맡겼던 것이다. 그런데 우치다 씨는 놀랄 만한 독서가이기도 해서 저녁식사가 끝나면 마시다 만 와인 병을 들고 바로 자기 방으로 가버린다. 마음이 내키면 식당에 남아서 얘기할 때도 있지만 가와라자키 씨나 고바야시 씨랑 술을 마시는 일은 거의 없었고, 이구치 씨와는 잘 맞지 않는 것 같았다. 그날도 저녁식사를 마친 뒤 일찌감치 목욕탕으로 모습을 감춰버렸다.

그렇게 돼서 여름 별장의 식후 시간은 대개 이구치 씨 혼자 떠들고, 젊은 직원인 유키코나 내가 청중이 되는 일이 되풀이되었다. 덕분에 나는 한여름 동안 여름 별장과 아오쿠리 마을의 역사를 상세히 알게 되었다.

"노미야 씨한테는 애인이 있었죠?"

11시 반이 지나 있었다. 난롯불이 정점을 지나 벌겋게 끝 무렵이 되어 있었다. 장작 당번을 하던 가와라자키 씨도 고바야시 씨도, 조금 아까까지 식당에서 차를 마시고 있던 유키코와 사사이 씨도 모두 씻으러 가버렸다. 선생님은 일찌감치 물러나 방에서 쉬고 있을 터였다. 태풍에 기억이 자극되었는지, 이구치 씨가 이십 년 전의 대설 얘기를 시작했다. 눈 무게로 쓰러진 히말라야 삼나무로 노미야 하루에의 별장이 반쯤 무너진 얘기. 난로 앞에는 나와 이구치 씨, 그리고 선생님의 조카딸인 무라이 마리코만이 남아 있었다. 노미야 씨 애인에 대한 질문을 던진 이는 마리코였다. 이구치 씨는 의표를 찔린 것 같은 얼굴이었다.

"글쎄, 일흔이 훨씬 넘었으니까. 하기야 사랑에 나이는 상관없다고는 하지만."

"노미야 씨 별장이 무너진 것은 분명 애인이 죽고 난 바로 뒤였어요. 그러니까 이제 집은 남은 반이면 된다고 생각한 게 아닐까요?"

이구치 씨는 모호한 얼굴로 "그래?" 하고 말하고 잔에 얼음을 보충한 다음에 위스키를 천천히 따랐다. 끼어들 여지가 없었기 때문에 나는 잠자코 불을 보고 있었다.

무라이 마리코는 음대를 졸업하고 나서 취직하지 않고, 평상시는 요요기에 있는 부모랑 같이 지냈다. 아버지는 선생님 동생으로 원래라면 선생님이 상속해야 할 혼고의 오래된 전통 화과자 집을 운영했다. 어머니는 집에서 다도를 가르친다고 한다. 가지런한 하얀 이를 보이면서 잘 웃는 마리코는 밝고 구김살이 없었다. 긴 머리에 어울리게 손발도 가냘프고 길었다. 벌레에 쏘이는 것도, 나무나 잎사귀에 찔리는 것도 신경쓰지 않고 태연히 살갗이 드러난 옷을 입고 있었다. 날이 저물어 기온이 내려가면, "추워, 추워" 하면서 얼른 스웨터를 껴입고 화려한 색상의 긴 털양말을 신는다.

마리코는 여름 별장에 있을 동안만 아르바이트를 하는데, 도쿄에 남아 있는 경리 담당인 요시나가 씨 대신 회계 업무와 잡일 전반을 맡았다. 구가루이자와에 무라이 집안의 오래된 별장이 있어서 주말에는 자기 차를 운전해서 거기로 간다. 요시나가 씨와는 전혀 공통점이 없는 것 같은데 일이 빠르고 정확하고 꼼꼼한 것은 닮았다. 무엇보다 놀란 것은 주판을 튀기는 것으로, "그치만 계산기보다 빠르고, 틀림없으니까" 하고 말하면서 길고 가는 손가락으로 탁탁 주판알을 튕긴다. 어릴 때 배웠다고 하면서 장을 보러 갈 때도 총합을 암산으로 해버린다. 마리코는 외동딸이니까 장차 데릴사위를 얻어서 화과자집 안주인이 될 거라고 이구치 씨가 말했다.

매일 저녁때가 되면 기타아오야마의 요시나가 씨에게 전화로 사무실의 용건을 전해듣고, 그 내용을 이구치 씨에게 전달했다. 아직 팩스기가 백만 엔이 넘는 시절이었기 때문에, 여름 별장에는 팩스가 없었다. 마리코는 요시나가 씨에게서 받은 사무 연락을 '도쿄'라고 쓴 노트에 기록했다. 선생님은 식사 전에 '도쿄 노트'를 읽고 요시나가 씨에게 내리는 지시를 마리코에게 전달한다. 마리코는 '아오쿠리'라고 쓴 노트에 선생님 지시를 써두었다가, 다음 날 아침에 전화로 요시나가 씨에게 전한다. 일하는 동안은 긴 머리를 하나로 묶은 채 진지한 표정으로 고개를 숙이고 손을 움직이고 있는 것이 흡사 다른 사람 같은 분위기를 풍겼다. 옆얼굴에 어딘가 선생님 같은 외곬스러움이 있었다.

작년 여름부터 여름 별장 일을 돕게 되었는데 졸업한 뒤 영국으로 유학가 피아노 공부를 계속했다고 하니까 나이는 나보다 세 살 정도 위일 것이다. 선생님을 "선생님"이라 부르고 친척티를 내지 않는다. 큰아버지 사무소에서 일하면서 지혜롭게 행동하고 있는 것이 틀림없고, 그것을 증명하기라도 하듯 일에는 빈틈이 없었다.

다섯 명 있는 여자 직원 중, 무라이 마리코와 같은 연배는 나카오 유키코뿐이다. 마리코와 동갑이지만 대조적으로 온순한 성격인 것이 오히려 잘 맞는지 저녁이면 늘 나란히 앉아 친근하게 이야기를 나누었다. 가끔 유키코의 천진난만한 웃음소리가 울릴 때도 있었다.

마리코의 일터는 부엌 옆에 있는 가사실이었다. 가사실에는 부엌과 똑같이 동쪽으로 커다란 유리창이 나 있고, 밝고 바람이 잘 통하고 편안하게 다림질을 할 수 있게 테이블도 큼지막했다. 전화는 소장실과 가사실, 그리고 이구치 씨 책상에 있었지만, 선생님은 일할 때에 회선을 끊기 때문에, 모두 마리코가 받게 된다. 직원이 전화를 쓸 때도, 가사실의 마리코에게 양해를 구하고 나서 쓰게 되어 있었다.

책상에서 하는 업무가 끝나면 마리코는 커다란 책상 가장자리에 놓인 새 워크맨을 켜 헤드폰을 쓰고 블랙 컨템포러리흑인이 만든 현대음악나 AORAdult-Oriented Rock을 듣는다. 귀는 알 자로랑 마이클 프랭크스 노래를 듣고, 눈과 손가락은 냉장고나 식량고 재고를 체크한다. 아침, 점심, 저녁식사와 3시의 티타임에 동석할 때 외에는 마리코는 직원들과 떨어져서 일한다. 가사 업무가 끝나면, 마지막으로 우편물을 부치러 간다. 마리코의 르노5 엔진 소리가 들릴 때마다 나는 도면에서 얼굴을 들어 계수나무 잎사귀 초록 너머로 작고 까만 차체가 가로질러 가는 모습을 배웅했다.

火山のふもとで

여름 별장에서 지내는 동안, 여단이가 나쁜 문짝 같던 내 행동거지가 조금씩 덜컹거림이 줄어들면서 레일 위를 매끄럽게 움직이기 시작한 것같이 느껴졌다.

선생님이 산책 나가는 소리를 자명종 삼아 아침식사 준비를 시작한다. 여름 별장 중심부에 있는 식당 중앙에 있는 큰 테이블을 꼼꼼하게 닦고, 물을 끓이고, 테이블보를 덮고, 컵과 컵 받침, 앞 접시를 갖다놓는다. 그 곁에 포크와 나이프를 놓고, 샐러드를 준비하는 한편 우유를 유리병에 담고, 냉장고에서 계란과 베이컨과 소시지를 꺼내서 카운터 테이블에 늘어놓을 때쯤이면 마리코가 잠에서 깨 같이 거든다. 나와 마리코는 가스풍로 네 개와 두 개의 대형 토스터를 사용해서 해시브라운 포테이토를 굽고, 베이컨과 소시지를 굽고, 계란 프라이를 만들고, 토스트를 굽는다. 그때쯤이면 선생님도 산책에서 돌아오시고 얼마 뒤면 전원이 다 모인다. 다 된 음식을 접시에 올려놓을 때까지가 내 담당이고, 그것을 가져가는 것과 유리병의 오렌지 주스나 사과 주스, 포트에 끓여둔 커피나 홍차를 따르는 것은 전부 셀프서비스이다. 이렇게 다이닝 키친에 모든 것이 준비되었을 때의 혼연일체된 냄새를 나는 좋아했다. 총인원 아홉 명이 큰 테이블 하나에 앉아서 보이지 않는 냄새 기둥을 둘러싼다.

선생님이 "잘 먹겠습니다" 하고 말하면, 여기저기에서 "잘 먹겠습니다" 하는 소리가 들리고 아침식사가 시작된다. 선생님의 나지막한 인사로 졸린 것 같던 아침 공기가 단번에 팽팽해진다. 아침에는 저녁식사 때에 비해 늘 모두가 얌전하다. 묵묵히 테이블 위로 커다란 샐러드볼이 오가고, 잼과 버터, 소금, 후추, 그리고 우유가 건네진다.

"그저께 밤, 야마구치 씨 댁에 도둑이 들었다는군."

선생님이 갑자기 말을 꺼내자 직원들이 한꺼번에 얼굴을 든다.

"야마구치 씨라니, 야마구치 겐이치로 선생님 댁 말씀입니까?" 우치다 씨가 묻는다.

"그래."

"뭘 훔쳐갔대요?"

"뭐 거의 완성되어가던 그림이 한 장 있었던 것 같은데 그건 괜찮았대. 부엌 서랍에 넣어둔 십만 엔이 든 봉투만 없어졌다고 하네."

"그림보다 현금이군. 야마구치 씨가 누군지 몰랐나보죠?"

"이 근처 도둑이 그림을 들고 가서 도대체 어디에 팔겠나."

우치다 씨는 "그것도 그러네요" 하면서 토마토를 먹는다.

"어쨌든 위험한 것은 곤란하지. 목욕탕이랑 세탁실에는 밤부터 아침까지 사람이 없으니까 노리기 쉬워. 세탁 건조실 창문으로 들어온 것 같아."

야마구치 겐이치로는 선생님과 미대 동창생으로, 몇 안 되는 친구 중 하나였다. 아틀리에도, 자택도, 별장도 전부 선생님이 설계했고, 아오쿠리 마을에서 서로 왕래하는 단 한 사람이라고 할 수 있다.

사무장인 이구치 씨는 국립현대도서관 설계 경합에 대해 두 명의 베테랑과 이야기하고 있었다. 최근 매일 아침, 입만 열면 그 이야기다. 국립현대도서관 설계 경합은 무라이 설계사무소로서는 십 년 만의 지명 경합 참가였다. 경합 안案의 기본 플랜을 확정 짓고, 11월 말의 제출 기한에 맞춰 설계안을 마감하는 것이 이번 여름 별장에서의 최대 과제였다.

검은 테 안경에 웨이브 머리의 가와라자키 씨가 이구치 씨 말에 가볍게 고개를 끄덕이면서 샐러드를 먹고 있다. 식사중인 얼굴이 한층 더 무방비하게 보여, 반달곰을 연상시킨다. 조각 같은 고바야시 씨는 계란 노른자를 토스트에 묻혀 먹고 있을 때나 제도를 하고 있을 때나 늘 같은 표정으로 빈틈이 없다.

두 사람은 각각 이십 년 이상 선생님 밑에서 일했다. 설계사무소에서 독립할 타이밍이 따로 정해져 있지는 않지만, 늦어도 삼십대 중반에는 독립해야 한다는 생각이 일반적이다. 무라이 설계사무소에도 그렇게 해서 독립해서 나간 건축가가 적잖이 있다. 그러나 두 사람은 쉰 살이 지났다. 독립할 타이밍은 이미 놓친 셈인데 애당초 생각조차 해본 일이 없었는지도 모른다. 사무소에 있는 한, 가만히 있어도 일거리는 있다. 게다가 무라이 슌스케의 그때까지의 일에서 벗어나는 의뢰는 이구치 씨가 받아들이지 않기 때문에 질 높은 설계에 집중할 수 있다. 이번 같은 경합에서 이기면, 대규모 공공 건축에도 관여할 수 있다. 직원 대우가 다른 건축사무소에 비해 파격적으로 좋은 것으로도 유명하니까(다른 곳이 너무 형편없는 거야, 라는 것이 우치다 씨의 말버릇이었다), 개인적 욕심만 없으면 구태여 독립할 필요가 없다고 생각하는 것도 당연했다.

우치다 씨의 평에 의하면 가와라자키 씨는 '평면도보다 단면도의 사람' 같았다. 즉 건축에서 입체적 구조를 우선시한다는 얘기다. 예컨대, 일층에서 이층으로 향하는 계단 위치는 가와라자키 씨에게는 늘 필연적으로 이끌어내져야 하는 것으로, 필연성이 수반되지 않은 계단은 아름다움이 결여된 것이 된다.

"거실, 침실, 식당 세 군데에 난로를 놓으려고 하는 커다란 별장 플랜이 있다고 생각해봐." 우치다 씨가 말한다.

굴뚝을 세 군데에 만들면 비용도 많아지고, 비가 샐 가능성도 세 배가 되는 데다 외관도 훼손된다. 세 개의 난로를 굴뚝 하나로 겸용하게 하는 것이 검토할 안건이 된다. 각각 용도도, 넓이도 다른 난로 달린 방을, 한 쌍은 위아래층으로 겹치게 하고, 또 한 쌍은 벽을 사이에 두고 등을 맞대게 함으로써 문제가 해결될 것이다. 그러나 하나의 굴뚝으로 세 개의 난로를 연결하는 것만 우선시하다가는 틀림없이 플로어 플랜floor plan 전체의 밸런스가 무너져버린다.

"가와라자키 씨 머리 중심에는 늘 하나의 굴뚝이 우뚝 서 있어. 먼저 굴뚝이 있다, 이거지. 방은 굴뚝에 의해서 결정되고 분

배되는 거야." 우치다 씨가 쓴웃음을 지으면서 말한다. "그렇지만 말이야. 그런 건 그렇게 어깨에 힘주고 할 일이 못 돼. 굴뚝이 하나라는 사실은 살기 시작하고 나서 비로소 알아차리면 되지 않을까?"

가와라자키 씨의 사고방식이나 플랜을 도출하는 방식은 단면도와 입면도가 기축이 되어 있기 때문에, 아무래도 같은 패턴이 되기 쉽다. 그래서 선생님이 수정하는 포인트는 플로어 플랜의 밸런스일 때가 많다고 한다.

한편 고바야시 씨가 가장 중시하고 까다롭게 신경쓰는 것은 동선이다. 플로어 플랜 위에서 사람이 어떻게 움직이고, 흐르고, 돌게 되는지, 쓸데없는 움직임이나 무리한 움직임은 없는지. 선생님이 생각하는 주택 동선은 어딘가에서 빙 일주할 수 있게 되어 있는 일이 많았다. 현관에서 거실로 들어가고, 거실에서 식당으로, 식당에서 부엌으로 들어갔다가 부엌 뒤편에서 현관으로 빠진다. 고바야시 씨는 선생님 설계의 중요 포인트 중 하나가 동선이라고 생각하고 있다. 즉, 평면도에 대한 집착이 남달리 강했다.

다른 건축가의 일도, 평면도를 한 번 보자마자 동선에서 바라본 비판을 시작한다. 잡지에 게재된 해변의 레스토랑 평면도를 봤을 때도 그랬다. "사람이 스쳐지나갈 때, 이 부분에서 불필요한 압력이 걸리잖아? 정원 삼십 명의 레스토랑이니까 넓이는 충분한데 여기에서 사람의 동선이 막혀버리면, 서비스가 자연스럽게 이뤄지지 않고 공간으로서도 답답해지지. 손님들도 무의

식중에 위에도 부담이 가서 요리도 맛없게 느껴진다고."

이 대조적인 두 사람이 삼십대 중반의 우치다 씨를 인정하고 있다면, 그것은 디테일에 관한 우치다 씨의 센스 때문일 것이다. 간접 조명의 가리개라든가 미닫이의 마감, 테이블, 의자, 캐비닛, 침대 등의 가구 디자인, 난로의 벽돌 쌓는 법, 욕실 타일과 향나무 마감 부분의 조합 등, 손으로 만지거나 눈에 보이는 마감에 독특하고 섬세한 고민이 담겨 있었다. 선생님도 가구에 관해서는 우치다 씨를 각별히 신뢰하고 있었다.

덴마크, 스웨덴을 거래처로 하는 수입상 아버지 덕분에 어렸을 때부터 여러 번 유럽여행을 하고, 고교시절에는 일 년간 파리에 유학도 했다니까, 그 단련에는 오랜 세월에 걸쳐 터득된 숙련도가 있었다. 사실은 건축가가 아니라 화가가 되고 싶었다는 이야기여서, 가구의 플랜 데생 같은 것이 그대로 액자에 넣어서 걸어두고 싶을 만큼 뛰어났다.

'단면도파' 또는 '평면도파'라고 우치다 씨가 평하는 이 두 베테랑을 선생님이 가장 믿고 있는 것은 누구의 눈에도 분명히 보였다. 이구치 씨는 두 사람이 선생님을 지탱할 뿐 아니라 사무소의 지주가 되어주기를 바라고 있지만 그 바람이 너무 앞서 나가는 게 아닌가 할 만큼 기대에 부풀어 있었다. 무라이 설계사무소를 선생님의 개인 사무소가 아니라, 선생님의 이념을 계승하고 기치 삼아 세대교체가 가능한 조직으로 전환하는 것이 이구치 씨의 몇 년 동안의 희망이고 가와라자키, 고바야시 두 사람을 그 견인 역으로 삼으려는 것이다. 그러나 당사자들은 그런 이구치 씨의 기세에 눌려서인지, 짐이 너무 무겁다고 생각해서인지, 문제가 구체화되는 것을 가능한 한 피하려는 낌새가 있었다. 이구치 씨 머리에는 프랭크 로이드 라이트가 설립한 설계사무소이자 건축을 배우는 펠로십 기능을 겸비한 '탈리에신'이 있었다.

1959년 프랭크 로이드 라이트가 죽고 이십여 년이 지났어도, '탈리에신'은 라이트의 정신과 설계 스타일을 계승하여 활동을 계속하고 있었다. 그 자세나 방법론을 참고하면 무라이 설계사무소도 영속적으로 활동할 수 있고, 십 년, 이십 년, 삼십 년 뒤의 유지 및 관리도 책임질 수 있다는 것이 이구치 씨 지론이었다. 1939년 미국에 가서 라이트 아래에서 일한 선생님은, 전쟁만 터지지 않았더라면 그대로 탈리에신에 남아 있었을지도 모른다. 애당초 이 여름 별장을 시작하게 된 것도 탈리에신의 영향 때문이라고 이구치 씨는 말했다.

마흔을 맞이할 때쯤, 프랭크 로이드 라이트는 클라이언트의 아내와 사랑에 빠졌다. 일도 실생활도 벽에 부딪혀 막막한 시기였다. 1909년, 마흔두 살이 된 라이트는 아내와 아이들을 시카고에 남겨두고, 애인과 유럽으로 건너갔다. 이 년 뒤 두 사람은 귀국했지만, 온통 그 가십으로 시끄러웠던 시카고에 정착할 수 없어 고향인 위스콘신 주의 어느 언덕 위에 새 주거 겸 작업장을 세우게 되었다. 영국의 웨일스 지방을 뿌리로 하는 라이트는 그 작은 언덕과 건물에 웨일스어로 '빛나는 이마'를 뜻하는 '탈리에신'이라는 이름을 붙였다.

'탈리에신'이 완성되고, 제1차세계대전이 시작된 1914년 8월 15일, 출장중이었던 라이트에게 불의의 연락이 왔다. 고용인이 '탈리에신'에 불을 지르고 라이트의 애인과 그 아들과 딸, 스태프, 목수, 현장감독을 잇달아 도끼로 살해했다는 것이었다. 고용인은 난로 아궁이에서 청산가리를 먹고 빈사 상태로 발견되었으며 이틀 뒤에 죽었다. 범행 동기는 알 수 없었다. '탈리에신'에 돌아온 밤, 라이트는 침대에서 쏙독새가 우는 것을 들었다. 일정한 간격으로 무언가를 두들겨패는 듯한, 불길한 울음소리였다. 그 뒤 사십여 년의 여생 동안, 쏙독새 울음소리를 들을 때마다 라이트는 심한 우울 상태에 빠졌다고 한다.

결과적으로 그를 구원한 것은 일본의 제국호텔 설계였다. 사건이 있기 일 년 전인 1913년 일본에서 사전 협의가 시작되어, 1918년부터 사 년간은 도쿄에서 현장을 지휘했다. 이윽고 건축비가 처음 예산의 여섯 배로 불어나고, 거듭되는 설계 변경 탓에 호텔 측과의 알력이 정점에 달하자, 담당 지배인은 인책 사임하고 만성위염을 앓게 된 라이트 또한 완성을 보기 전에 일본을 떠났다.

'탈리에신'의 비극으로부터 구 년 뒤인 1923년 9월 1일, 라이트의 일본인 제자였던 건축가의 지휘하에 제국호텔 본관이 드디어 완성되었다. 낙성기념 피로연이 막 열리려던 오전 11시 58분 간토 대지진이 일어났다. 사망 및 행방불명 십수만 명, 도괴와 화재로 도쿄는 광범위하게 쓰레기더미가 되었다. 며칠 뒤 겨우 통신이 복구된 도쿄에서 라이트에게 한 통의 전보가 도착했다.

'호텔은 피해 없이 서 있습니다. 당신의 천재성을 나타내는 기념비로.'

밑바닥까지 추락한 라이트는 추격하듯 뒤따르던 최대의 불운을 막판에 자기편으로 만든 것이었다. 대지진과 화재에도 까딱없는 제국호텔의 위용은 라이트에 대한 평가를 일변시켰다. '탈리에신'이 있는 위스콘신에 큰 눈이 내린 날에도 선인장 꽃이 피는 먼 애리조나 사막에서 고급 리조트 호텔 일거리가 들어왔다. 라이트는 위스콘신부터 애리조나까지의 먼 길을 새로 산 오픈카로 다니기 시작한다. 넘치는 햇살 아래 펼쳐진 사막과 산맥의 형태에 라이트는 새로운 조형을 만들어낼 수 있는 힘을 받은 것 같았다. 그러나 1929년의 세계 대공황이 모든 것을 일변시킨다. 하룻밤에 고객의 건축자금이 날아가고 애리조나의 대프로젝트는 꿈이 되었다. 라이트는 다시 내리막길로 추락하기 시작한다. 1932년 뉴욕현대미술관에서 열린 역사적 전람회 '근대건축 국제전'에서 화려하게 조명된 건축가는 르코르뷔지에였고, 발터 그로피우스, 미스 반데어로에였다. 예순다섯이 된 라이트가 미국을 오랫동안 떠나 있던 것도 화가 되어 그는 이미 과거의 사람으로 다루어지고 있었다. 이윽고 라이트의 관심은 건축 그 자체가 아니라, 새로운 세대의 육성으로 향한다. 건축가를 지망하는 제자들을 '탈리에신'에 모아서 월사금을 받고 공동생활을 하며 건축을 배우는 펠로십을 시작한 것이다. 부지 내에 농장을 만들고, 젖소와 닭을 키우고, 작물을 재배해서 자급자족 생활을 한다. 쓰는 건물도 원목을 사서 자르는 데에서부터 제재, 설계, 시공까지 모두 그들이 직접 한다. 병설된 작은 극장에서는 클래식 음악회와 영화가 상연되고, 게스트를 초청한 강연회가 잇달아 열렸다. 사람들은 라이트가 이 제도로 교묘하게 자금을 조달하면서 교육자로서 만년을 보내리라 생각했다.

그런데 1937년 일흔을 맞이한 라이트는 경이롭게 재등장한다. 펜실베이니아 주 베어런 숲 속, 계류에 걸쳐 있는 땅에 카우프만 저택이 완성된 것이다. '웨이터가 쟁반을 들고 있는 것 같은'이라고 라이트가 즐겨 비유하던 하얀 장방형 발코니 바로 아래에는 자연폭포가 떨어지고 있었다. '폴링워터(낙수장)'라고 명명된 카우프만 저택은 라이트의 틀림없는 최고 걸작 중 하나였다. 자연을 건축의 스승으로 섬기는 라이트는, 자연을 자기편으로 만들고, 배우로도 만들어 그를 과거의 사람으로 치부하고 매장하려던 사람들을 단 한 채의 집으로 쓰러뜨렸던 것이다.

완성된 다음 해, 뉴욕현대미술관은 손바닥을 뒤집듯이 '낙수장' 전람회를 열었다. 건축 잡지들은 특집호를 만들고, 〈타임〉지는 표지에 라이트를 실었다. 강연 의뢰가 끊임없이 밀려들었다. 1940년에는 〈편협〉과 〈풍운의 고아〉로 세계의 주목을 모은 동시대 영화감독 D. W. 그리피스와 함께 〈두 사람의 위대한 미국인〉이라는 타이틀로 뉴욕현대미술관에서 다시 한 번 작품전이 열린다.

각광을 받은 대가로 라이트는 아마도 과로가 원인일 것으로 추정되는 심한 폐렴을 앓게 되었다. 추운 겨울의 위스콘신을 떠나 있으라는 의사의 충고를 따라 애리조나로 전지요양을 갔지만, 그 재방문이 계기가 되어 라이트는 거기에 또 하나의 '탈리에신'을 세우리라 마음먹는다. 봄이 오면 위스콘신의 '탈리에신'에, 크리스마스 시즌에는 애리조나의 '탈리에신 웨스트'로 옮기는 연중행사인 '전지' 투어를 시작한 것이다.

커다란 빨간 트럭에 식량을 잔뜩 싣고 투어링 왜건과 오픈카가 여러 대 줄지어 가는 약 3000킬로미터의 캐러밴이 시작된 것이다. 선생님이 '탈리에신'의 문을 두드린 것이 바로 그때쯤이었다.

중학교 3학년 때, 선생님은 간토 대지진을 경험했다. 본가인 전통 화과자점은 기적적으로 최소한의 피해만 입고 끝났지만, 도쿄의 괴멸적인 모습은 평생 잊히지 않는 광경이 되었다. 대지진 다음 해, 부모를 따라 제국호텔에서 식사를 했다. 건축가가 되고 싶다고 의식하게 된 것은 그날이 계기였다는 선생님의 짧은 글을 읽은 적이 있다. 미대를 졸업한 뒤, 지도교수의 설계사무소에서 일하던 선생님은 라이트의 제자였던 일본인 건축가를 고베로 찾아가 소개장을 받고, 제자로 일하고 싶다는 편지를 보냈다. 1939년의 일이었다. 몇 달 뒤 '받아들이겠다'라고만 쓰인 그림엽서가 라이트한테서 왔다. 선생님은 그림엽서를 라이트의 저서 《친환경 건축학》에 끼워 가방에 넣고, 요코하마 항에서 미국으로 출항했다. 애리조나에서, 그리고 위스콘신에서 선생님은 말년의 라이트와 삶을 함께하면서 건축가로서의 수련을 쌓았다.

그러나 1941년 12월, 진주만 공습이 감행되었다. 선생님은 사의를 표명했다가 그냥 있으라는 라이트의 만류에 의해 그해 말 애리조나로 향하는 3000킬로미터의 캐러밴에 참가했다. '탈리에신'에서의 삶은 전쟁이 시작되고 나서도 무엇 하나 바뀌지 않았다. 이윽고 양심적 병역거부를 선택하여 복역하는 제자들도 나타났지만 '탈리에신'에도 라이트에게도, 기치선명한 정치적 입장이 있었던 것은 아니었다. 그러나 세상 물정과는 거리가 먼, 격리된 자연환경에 둘러싸인 채 예술지상주의라고도 할 수 있는 라이트 아래 오로지 건축만 다루다 보니, 전쟁터에 가서 얼굴도 모르는 적과 싸운다는 것이 너무나 비현실적으로 다가왔다.

그런 공동체적 운영을 하는 '탈리에신'이 병역거부의 온상으로 의심받은 것도 무리는 아니었다. 선량한 시민에게는 일어나지 않았을 과거의 처참한 사건도 화가 되어 라이트의 움직임은 FBI의 주요 감시 대상이 되었다.

봄이 가까이 다가올 때쯤, 캘리포니아 주와 애리조나 주에 일본계 미국인의 강제수용소가 만들어졌다는 소문이 '탈리에신'에도 들려왔다. 선생님은 라이트와 상의를 통해 봄의 캐러밴 때 위스콘신에 돌아와 4월 말 동료들에게 작별을 고하고 혼자 뉴욕으로 옮겼다. 그리고 미국에 남아 있던 외교관과 유학생, 비즈니스맨 등을 귀국시키는 미일교환선 승객이 되었다. 그 항해 중에 장차 친구가 될 철학자 가지키 미치오를 만나게 된다.

귀국하고 삼 개월 뒤인 1942년 11월, 고지마치 빌딩의 한 방에서 무라이 설계사무소를 시작했다. 미술대학 후배였던 이구치 씨와 단둘만의, 누구의 축복도 없는 출발이었다.

그리고 지금 선생님은 '탈리에신'을 본뜬 이구치 씨의 구상에 찬성도 거부도 하지 않고, 흘러가는 것을 물끄러미 바라보는 듯했다. 이제 곧 돌아올 국립현대도서관 설계 경합이 사무실의 장래를 자연스럽게 좌우하게 될 것을 각오하고 있었을 것이다. 그러나 여름 별장에서는 아직 평상시대로의 느긋한 시간이 흐르고 있는 것만 같았다

설계 작업은 생각했던 것 이상으로 조용했다. 플랜이 확정되면 계산하고, 오로지 선을 긋고, 다시 선을 긋고, 체크를 받고 재검토하고 다시 선을 긋는, 그 일련의 되풀이였다. 이야기하기 좋아하는 단 한 명인 이구치 씨가 외출이라도 하면, 티타임이 되어도 소곤거리는 대화가 드문드문 오갈 뿐이었다. 아직 긴장하고 있던 나로서는, 우치다 씨의 한없이 확대되는 잡담과 유키코가 내는 작은 웃음소리가 구원이었다. 여름 별장은 마리코가 온 뒤로 티타임도 식사 때도 갑자기 떠들썩해졌다.

기타아오야마 사무소에서는 고객 상담을 별실에서 하기 때문에 설계실은 한층 더 조용했다. 그러나 기본 설계가 완성됐을 때쯤부터는 고객과의 직접적인 의논이 무엇보다 중요해진다. 선생님은 여러 번 그렇게 말했다.

"기본 설계에서 조금이라도 이해가 가지 않는 부분이 남으면, 실제 설계 단계에서 반드시 문제가 발생하니까 정말 이해할 때까지 정성을 다해서 설명하는 게 좋아."

말이 많지 않은 선생님이 입에 담는 말들은 유창하고 능숙한 말보다 고객의 마음에 확실하게 각인되었다.

"잘된 집은 말이야, 우리가 설명할 때 했던 말을 고객이 기억했다가 자신의 집에 찾아온 손님들에게 그대로 전달하게 되지. 우리 건축가들의 말이 어느 틈엔가 거기 사는 사람들의 말이 되어 있는 거야. 그렇게 되면 성공인 거지."

기본 설계도면이 완성되면 다음은 모형을 준비한다. 설계도에 그은 선만으로는 완성된 모습을 입체적으로 상상하기 쉽지 않기 때문이다. 모형을 곁에 두고 도면을 펼쳐놓고 설명하는 것도 예상보다 훨씬 어렵다. 고객은 말에 의지하기 때문에 설계 담당자의 설명을 요지부동한 증거처럼 인용하는 경우가 있다. 그 자리에서 즉흥적으로 떠오른 생각을 경솔하게 얘기했다가는 나중에 혼쭐이 날 수도 있다. 도면도, 모형만들기도, 고객에 대한 설명도, 혀를 내두를 만큼 능숙한 이가 우치다 씨였다. 모형을 양손에 들고 다양한 각도에서 보여주고 때로는 지붕을 떼어내 눈높이까지 들어올려서 모형 속을 들여다보게 한다. 모형에서 도면으로 되돌아가 다시 모형을 가리키면서 알기 쉬운 말로 보충한다. 그렇게 해서 완성 당시에 고객이 보게 될 유리창으로부터의 경치라든가, 겨울 햇살이 어떻게 방 안쪽까지 들어오는가를 생생하게 상상하게 만든다. 선생님에게 배운 방법은 물론 아니었다. 그런데 가만히 보면 선생님과 우치다 씨는 확실한 공통점이 있었다. 관념적인 말, 추상적인 말은 사용하지 않았다. 둘 다 어디까지나 구체적이고자 노력했고, 고객을 전문용어로 얼떨떨하게 만드는 일 따위는 결코 하지 않았다.

겨우 그 지점까지 도달하고, 실시 설계에도 모형에도 담당자의 설명에도, 아무런 실수가 없다고 치자. 그래도 여전히 일은 제대로 진척되지 않는다. 고객 입에서 의논을 거듭한 사항과는 전혀 다른, 엉뚱한 주문이 튀어나올 때가 있기 때문이다.

새 주문이 전체 계획과 모순되거나, 예산을 훨씬 더 초과하는 경우에는 요소를 하나하나 분류해서 플랜을 수정한다. 그럴 때는 먼저, 가능한 한 자세히 구체적으로 희망 사항을 얘기해달라고 부탁하는 편이 좋다. 중간에 끼어들어 이쪽 의도를 설명하는 짓은 금물이다. 이론만 따져서 설명하면 '당신은 무식해'라고 지적하는 것이나 매한가지라 고객은 상처입고 화를 내기 시작한다. 역시 첫번째로 해야 하는 일은 경청이다. 자기 스스로 모순을 알아차리게끔 바깥쪽 해자부터 잘 메워가려면 인내가 필요하다. 스케줄을 곁눈으로 노려보면서, 때로는 고객과의 인내심 경쟁이 된다.

유키코가 대단하다고 느낀 것은 그 인내 경쟁에서 지지 않는 점이었다. 수동적으로 보여도 마지막에는 자기 계획을 부드럽게 통과시켜낸다. 담당자가 아직 이십대 중반의 여자인 경우 선입견으로 고객이 불안감을 품기 쉽지만, 유키코는 한 번 진득하게 얘기하는 것만으로도 상대방의 신뢰를 쉽게 얻는다. 까다로운 고객과 전화하는 유키코의 목소리를 들은 적이 있다. 설득하려는 목소리가 아니었다. 그렇지만 상대방은 유키코와 얘기를 나누는 동안에 스스로 대답을 찾은 듯했다. 작지만 잘 들리는 목소리로 얘기하는 유키코는 상대방의 말에 고개를 끄덕이면서 경쾌하게 소리내어 웃었다.

목소리란 참 이상하다. 목적도 마음도 그대로 드러난다. 유키코의 온갖 것이 목소리에 깃들어 있는 것 같고 그 모든 것이 무엇으로 이루어져 있는지 알 수 없지만, 그 목소리는 사람을 잘 설득한다. 귀에 쉽게 들어오고 이해하기 어려운 부분이 하나도 없는데, 그래도 여전히 설명으로는 다 할 수 없는 부분이 조금 남는다. 그 조금 남아 있는 것이 사람을 매료시킨다. 말의 의미 그 자체보다도 소리로서의 목소리가 사람의 마음을 움직이는 게 아닌가? 나는 그렇게 생각하게 되었다. 그리고 언제부터인지, 유키코의 목소리가 들리면 그 목소리에 귀를 기울이고 유키코의 목소리를 모아두고 싶다는 마음이 들었다.

유키코는 선생님한테도 각각의 사원들한테도 신뢰받았다. 온화하고 정확한 일처리가 그 목소리에 묻어났다. 그러니까 나는 유키코를 눈으로 좇지 않았다. 다만 귀는 유키코의 목소리가 나는 쪽으로 향했다.

5

火山のふもとで

9시가 되자, 전원이 자기 자리에 앉아서 나이프를 손에 들고 연필을 깎기 시작한다. 연필은 스테들러 루모그래프의 2H. H나 3H를 쓰는 사람도 있다. 설계 현장에 컴퓨터로 제도작업을 하는 CAD가 도입되는 것은 아직 몇 년 뒤의 일이지만, 제도용 까만 연필심지와 심지홀더를 쓰는 것이 일반적이어서 아직도 연필로 제도하는 설계사무소는 드물었다.

입사하자 선생님이 손수 내 이름이 새겨진 오피넬 폴딩나이프를 연필 깎는 데 쓰라며 주셨다. 짧아진 연필은 리라 홀더를 끼워 쓴다. 길이가 2센티미터 이하가 되면 매실주를 담는 큰 유리병에 넣어서 여생을 보내게 하는데, 병이 가득 차면 여름 별장으로 옮긴다. 쓸 일이 있는 것은 아니지만 난로 곁 선반에는 연필로 꽉 찬 유리병이 일곱 개나 늘어서 있다.

연필 깎는 소리로 하루가 시작되는 것은 기타아오야마나 여름 별장이나 같았다. 시작해보니 분명히 그것은 아침에 제일 먼저 하는 작업으로 어울린다는 생각이 들었다. 커피를 끓이는 향내처럼, 연필을 깎는 냄새에 아직 어딘가 멍한 머리 심지가 천천히 눈을 뜬다. 사각사각 하는 소리에 귀의 신경도 전원이 켜진다. 핸들식 연필깎이는 딱 한 개. 여름 별장 가사실에 있는데 마리코가 사용하고 있다.

사무소에 들어간 첫날, 나는 선생님의 지시로 계단 난간의 실측 도면을 그렸다. 다 된 도면을 체크받고 오케이가 나서 청사진을 만들자 저녁나절에는 할 일이 없어졌다. 무료한 참에 오피넬 나이프로 끝이 뭉툭해진 연필을 깎기 시작했다. 그러자 옆 책상의 우치다 씨가 얼굴을 들어 내 손을 보면서 말했다.

"저 말이야, 지금 연필 깎고 있는데."

"네."

손을 멈추고 우치다 씨를 바라보자 쓴웃음을 짓고 있다.

"아직 얘기 안 했던가. 연필은 아침과 오후에만 깎게 되어 있어. 저녁에는 깎지 않아. 그리고 자네 연필, 아직 이름이 안 붙어 있네. 이런 식으로 확실하게 표시해두라고."

우치다 씨는 자신의 파란 스테들러를 보여주었다. 연필 위쪽의 까만 부분을 나이프로 깎아서 나뭇결이 드러나게 하고, 거기에 아름답게 'UCHIDA'라고 쓰여 있었다.

"밤에 손톱을 자르면 부모 임종을 못 지킨다고들 하잖아? 여기서는 연필도 안 깎아. 미신이라고 무시하면 안 된다고."

우치다 씨는 그렇게 말하며 빙긋 웃더니 질문은 받지 않는다는 듯이 후딱 자기 일로 돌아갔다. 나중에 유키코에게 물었더니 오전오후 합해서 최대 열 자루 정도 연필을 쓰는 것이 일의 정확성도 지켜지고, 연필도 정성껏 다루게 된다고 설명해 주었다. 그보다 더 깎아야 하는 것은 필압이 너무 강하거나 너무 난폭하거나 너무 서두르거나 그중 하나로, 즉 아무 생각 없이 일하고 있다는 증거라고 덧붙였다. 선을 계속 긋고 있으면, 어느 지점부터 의식이 흐트러지는 때가 있다. 그 틈을 노려서 실수가 미끄러져 들어오니까 연필이 어떻게 닳는가에 주의를 기울여야 하는 것이다. 설계도는 한 군데라도 놓치고 다음 단계로 넘어가버리면 다시 그리는 데 두 배 이상의 힘이 든다. 평면도파인 고바야시 씨는 이 년 전에 준공한 아스카야마 교회의 예배당 슬로프 경사각을 초기 단계에 잘못 그리는 바람에 일주일 걸려 도면을 다시 그려야 했다. 그동안 십이지장 궤양에 걸리고 말았다. 가와라자키 씨는 자기도 모르게 "평면도만 보고 있었던 거 아니야?" 하고 내뱉는 바람에 한동안 고바야시 씨가 말을 걸지 않았다고 한다. 도면을 쉬엄쉬엄 그리라는 불문율이 있는 것은 이런 실수가 일어나기 때문이었다.

내가 입사하고 나서 얼마 있다가 국립현대도서관 설계 경합에 정식으로 참가하는 것이 결정되어 이구치 씨가 전원에게 통고했다. 봄에 독립할 예정이었던 사원을 '반년만 더 기다려달라'고 붙잡은 것, 나를 채용한 것, 의아했던 몇 가지 일이 경합 참가를 전제로 한 것이었다는 사실이 알려지자 사무소는 그날 모처럼 술렁거리는 분위기였다.

선생님은 그때까지 경합으로 설계자를 뽑는 방식에는 원칙적으로 참가하지 않았다. 경합은 공정한 것 같지만 기실 위장에 지나지 않고, 설계자가 미리 결정돼 있는 일이 적지 않았기 때문이다. 후보가 한정되어 있는 지명 경합도 마찬가지여서 누굴 뽑을지 미리 결정되어 있는 경우가 다반사였다. 공공 건축물이라 하더라도 선정위원회 위원들을 자의적으로 선정하면, 경합은 의식에 지나지 않게 된다. 선생님은 처음부터 설계자가 결정되어 있는 특명特命설계만 수임했다.

이번 국립현대도서관은 설계 경합이지만, 꼭 참가해달라는 문부장관으로부터의 비공식적인 타진이 있었던 것 같다. 민간에서 입각한 문부장관은 선생님이 프랭크 로이드 라이트의 '탈리에신'을 떠나 일본으로 귀국할 때, 같은 미일교환선에 승선했던 철학자 가지키 미치오였다. 집이 미나미아오야마에 있었기 때문에 슈퍼마켓에서 스치기도 하고 콘서트홀에서 만나기도 하면서 가늘고 긴 교류가 이어지고 있었다.

우치다 씨의 해설에 좀더 귀를 기울이자면, 선생님이 왜 참가를 결심하게 됐는지 그 과정이 보인다. 온 세상이 오사카 만국박람회 일색이었던 1970년, 선생님은 홋카이도 도립대학교의 새 캠퍼스 실시 설계를 하고 있었다. 그중에서도 광활한 부지 내에 있는 부속도서관에 심혈을 기울였다. 엄동설한에 학생들을 어떻게 도서관에 오게 할 것인가, 라는 과제에 종래의 열람실과는 별도로 마루 형태의 큰 방을 준비하고 방 중심에 사방개방형 원통 난로를 설치했다. 그리고 마룻바닥을 한 단계 낮춘 뒤 난로를 빙 둘러싼 공간에서 불을 쪼이면서 책을 읽을 수 있게 했다. 아동용 코너 말고는 신발을 벗고 올라가는 타입의 열람실은 유례가 없는 시도였다.

대학 부속도서관이 완성되자 재정관리과와 농학부가 연계해서, 농학부 산하에 있는 실습림에서 솎아내고 남은 나무를 장작으로 모아 필로티기둥을 의미하는 말로, 건축물의 일층은 기둥만 서는 공간으로 하고 이층 이상에 방을 짓는 방식에 쌓아올렸다. 산악부 출신인 도서관장이 매일 아침 제일 먼저 난로에 불을 붙이면, 그 뒤는 단골이 된 학생들이 불이 꺼지지 않게 관리했다. 겨울철 학생의 도서관 이용률이 비약적으로 상승했다. 문학부 지망생이 점차 줄어가는 시기에 도립대 문학부 지망생이 는 것은 난로가 있는 도서관 덕이라는 얘기까지 나올 정도였다. 그 얘기를 들은 선생님은 "대학도서관에 난로가 있는 곳은 도립대학뿐이거든"이라고 여느 때와 달리 만족스러워했다고 한다.

선생님은 책을 좋아했다. 고객들 중에는 학자가 아니어도 독서가인 사람들이 많았기 때문에 커다란 서재가 달린 주택을 몇 채나 설계하기도 했고, 언젠가 새삼 도서관을 짓고 싶다고 마음먹었던 것 같았다. 게다가 국회도서관과 달리 국립현대도서관은 자유로이 책을 열람하는 개가식을 채택했고, 열람실 바닥 면적도 넓게 잡을 방침이었다. 레스토랑과 탁아실, 영화관 기능을 하는 강당도 병설하여 평생학습장으로 활용될 예정이었다. 무엇보다 자료로서의 도서 소장보다도 일반 이용자들이 마음 편히 들게 하는 것이 대전제였다. 그리고 소장 도서는 원칙적으로 전후에 출판된 서적으로 할 것—그 원칙이 출판계뿐 아니라, 정계까지 끌어들여 커다란 논의를 불러일으키게 되었지만— 이런 방침이 이미 문부장관의 자문을 받은 심의회에서 결정되어 있었다. 즉 이미 있는 국회도서관과는 명확히 다른 역할을 하기 위한 공공 도서관으로 구상되어 있었던 것이다.

쉽게 말해 국립현대도서관에는 철저한 수장收藏도 권위를 위한 디자인도 불필요했다. 해결해야 할 과제가 생기면 이용자인 국민들이 자유롭게 토론하면 된다. 즉 시대와 함께 역할의 변경도 있을 수 있다고 미리 선언된 것 같은 이들 방침에는, 가지키 문부장관이 소집한 심의회 위원들의 생각이 짙게 반영되어 있었다. 선생님은 그 경위와 구상에 강하게 마음이 움직인 것이다.

비공식적인 타진이 온 뒤, 선생님은 이구치 씨에게도 귀띔하지 않고 사무소 근처의 이탈리안 레스토랑에서 문부장관과 식사를 한 것 같았다. 내 입소 축하 회식이 열렸던 리스토란테였다.

왜 이구치 씨가 모르는 일까지 우치다 씨가 알고 있는지 이상했지만, 우치다 씨 추측에 표면적으로는 경합 설계 형태이지만, 문부장관 속셈으로는 선생님께 의뢰하는 특명설계나 같은 것이 아닐까, 라는 이야기였다. 그러나 여름 별장으로 이동하기 한 달 전쯤인 6월 하순, 후나야마 게이이치 건축연구소도 경합 지명후보에 들어 있다는 사실이 밝혀졌다. 큰 공공 건축을 잇달아 낙찰해온 후나야마가 포함된 이상, 쉽게 선생님으로 결정될 것이라 볼 수 없는 상황이 되어버렸다. 그렇게 판단할 수밖에 없었다. 이구치 씨 안색이 눈에 띄게 변했다.

6

火山のふもとで

구가루이자와에서 장을 보고 별장에 돌아오니까 다른 때 같으면 자기 방에서 책을 읽고 있을 우치다 씨가 웬일인지 가운뎃마당에서 같이 커피를 마시자고 했다. 3시 티타임이었다. 선생님 방침으로 기타아오야마에서도 아오쿠리 마을에서도 3시부터 4시까지 한 시간은 정확하게 쉬게 되어 있었다.

"그런데 사카니시 군은 왜 무라이 사무소를 선택한 거야?" 우치다 씨가 가볍게 물었다.

생각해보니까 지금까지 그런 얘기는 나눈 적이 없었다.

선생님이 설계한 건축이 차례차례 머리에 떠오른다. 홋카이도의 민족박물관, 오키나와의 바쇼 일본 중세의 미의식을 완성한 17세기 하이쿠 가인 보존협회회관, 구마모토의 구 아리요시 저택, 요코하마의 야마구치 겐이치로 저택, 건축물을 하나하나 들기 시작하면 끝도 없다. 마지막으로 떠오른 것이 1980년에 준공한 기타北 구의 아스카야마 교회였다

뜻밖에도 아스카야마 교회는 선생님이 처음 설계한 교회 건물이었다. 건축 잡지에 발표된 그 교회의 설계도를 나는 외울 정도로 한 장 한 장 되풀이해서 보았다. 평면도, 단면도, 입면도를

머릿속에서 조립해 입체적으로 재현할 수 있을 정도였다. 도쿄 도내에 있으니 아무 때라도 가야지, 하다가 지리를 모르는 기타구에 간 것은 준공한 지 반년이 지난 시점이었다. 그때 오후 내내 실측한 아스카야마 교회는 막연하기만 했던 내 마음을 선생님 밑에서 일하고 싶다는 분명한 희망으로 바꾸어놓았다. 그 경험이 없었다면 나는 지금도 방황하고 있었을지 모른다.

아스카야마 교회에 간 날은 스치는 바람에 건조한 가을 기운이 느껴지는 맑게 갠 날이었다. 상점가에 이어지는 조용한 주택가의 완만한 경사면에 아스카야마 교회가 있었다. 콘크리트와 나무가 혼합된 구조로, 선생님의 최근 작풍과 같았다. 의표를 찌르는 모습은 아니었지만 어딘지 사람의 눈길을 끌었다. 정면은 회유식回遊式의 자동차 주차 공간을 마련하기 위해 반원을 그리며 셋백윗부분을 단계적으로 후퇴시켜 계단 같은 외관이 되게 한 공법되어 있고, 반원의 중심점에는 산벚꽃이 심어져 있었다.

교회는 언덕 중간 정도에 서 있었고, 길에 면한 이층에 현관이 있었다. 이층에서 안으로 들어가 완만한 언덕을 따라 계곡으로 내려간 끝이 예배당이다. 정면에서는 일층분의 부피밖에 보이지 않는다. 우뚝 솟은 무덤 같은 고딕양식의 교회 건축과는 정반대로, 몸을 둥글게 말고 낮잠을 자는 회색 고양이 같은 모양새다.

교회 앞을 지나는 사람들은 차도에 이어지는 주차 공간의 곡선을 따라 물이 흘러 들어가듯이 부지 내로 이끌린다. 내 앞을 천천히 걸어가는 노인이 반원 모양의 진입로에 끌려들어가듯 산벚나무 그림자를 밟으며 교회 현관 앞을 가로질러 다시 차도로 나온 참이었다.

밖에서 보면 콘크리트 마감 같지만, 유리로 된 출입문 너머로 내부에 나무가 넉넉히 쓰인 것이 훤히 보인다. 잘 닦인 유리문을 밀고 안으로 들어가면, 천장에는 낙엽송이, 바닥에는 노송나무가 가지런히 발라져 있고, 나무무늬가 예배당 가운데로 흐르고 있다. 노송나무 원목의 나뭇결은 석회와 찰흙과 풀가사리를 반죽한 하얀 회반죽벽 사이에 조용한 긴장감을 자아냈고, 그 표면에 닿는 공기를 정화하는 것 같았다. 들어가서 바로 있는 로비를 곧장 빠져나가 막다른 예배당 문을 열자 강단이 있는 정면으로 내리막 경사가 뻗어 있다. 진입로에서 로비, 예배당으로 이어지는 흐름에는 심리적 벽이 없었고, 고양이 배처럼 부드럽고 매끄러웠다. 선생님의 건축이 늘 그렇듯이 무언으로 사람을 받아들이는 친근한 공기가 떠돌았다.

로비 정면의 하얀 회반죽벽은 낙낙하게 호를 그리면서 좌우 안쪽으로 뻗어 있다. 진입로의 반원과 거울처럼 대칭이 되어 있음을 알 수 있다. 좌우 안쪽에는 사람들이 모이는 널찍한 공간이 있어서 낮은 원탁을 둘러싸듯이 헝겊 소파가 놓여 있다. 예배 전후에는 자연히 사람들이 그 자리에 모여들 것이다.

잘 닦은 노송나무 마룻바닥에 스니커즈 바닥이 가벼운 마른 소리를 낸다. 소파에 앉아보고 싶은 마음을 억누른 채 막다른 공간으로 향한다. 건축과 학생이라는 사실은 미리 전해두었다. 벚나무 소재 문을 가볍게 노크하자, 얼마 있다 문이 안쪽으로 열리면서 마른 체구에 희끗희끗한 머리의 목사가 뿔테 안경 너머 조금 놀란 듯한 눈초리로 나를 본다. 자기소개를 하자, 목사가 입을 열었다.

"편지 받았어요. 잘 오셨어요. 아무 곳이나 마음대로 구경하세요."

그러고는 어서 오세요, 라는 미소를 보였다. 바로 실측을 시작하겠다고 양해를 구하고, 나는 배낭에서 자와 노트를 꺼냈다.

이 교회는 반년 전까지 존재하지 않았다. 오랫동안 빈집이었던 저택이 울창한 대나무 숲에 싸여 있을 뿐이었다. 교회는 토지를 양도받고 소개를 통해 무라이 설계사무소에 설계를 의뢰했다. 오래된 저택의 해체와 깊고 넓게 뿌리내린 대나무 숲을 처리한 뒤, 거의 일 년 가까이 걸려서 준공하기까지의 경위가 건축잡지에 실려 있었다.

멀리에서 작업을 지켜보는 목사의 시선을 느끼면서, 나는 환자의 배를 촉진하는 의사같이 진지한 얼굴로 예배당 문 주변의 디테일을 스케치하기 시작했다. 문은 벚나무로 되어 있어 노송나무보다 약간 붉은색을 띠었다. 손잡이는 손바닥을 다정하게 받아들일 수 있도록 커브를 그리고 있다. 티크재의 촉감은 찰싹 달라붙는 듯했다. 악수하는 것처럼 여러 번 잡아보고, 모난 부분이 전혀 없는 표면을 쓰다듬으면서 그 굴곡을 노트에 그렸다. 실측 노트는 이 년이 채 못 되어 열일곱 권이나 되었다. 모은 데이터는 오십 건이 넘는다. 이런 일을 혼자 하고 있으면 앞으로 어떻게 될 건지 이따금 불안해지기도 했지만, 누가 부탁한 것이 아니라서 계속할 수 있었는지도 모른다.

실측과 스케치에 가장 시간이 걸린 곳은 예배당 안이었다. 멍하니 보면 알아차리지 못할 무라이 슌스케다운 디테일이, 일단 하나라도 눈에 띄면 여기저기서 눈에 들어온다. 그중에서도 아름다움에 눈길이 뺏긴 것은 경사의 디테일이었다. 고바야시 씨가 시작점부터 도면을 다시 그린 것이라고는 그때는 몰랐다.

예배당은 입구에서 강당을 향해 완만하게 경사져 있었다. 한편 의자가 늘어서 있는 마룻바닥은 수평을 유지하고, 낮은 계단 형태로 되어 있으니 경사와 계단 형태의 마루 면이 접하는 곳에는 아주 사소한 단차가 저절로 생긴다. 의자에서 일어나 경사로 나올 때, 다리가 약한 노인이나 눈이 불편한 사람이 넘어질 원인이 될 수 있다. 그런데 가만히 보니 물이 얕은 구덩이로 흘러 떨어지는 듯한 곡면을 그리면서, 그 단차가 사라지고 없었다. 같은 노송나무 조각으로 단차를 완만하게 메워놓은 것이다. 쭈그리고 앉아서 그 곡면을 손가락으로 쓰다듬어본다. 바이올린 공명판 같은 섬세한 봉싯함.

의자가 있는 계단의 수평면과 경사각이 만든 단차에 오차가 없다면, 즉 정확하게 일을 했다면 부분부분은 똑같은 규격이면 된다. 단 나중에 끼워넣었다는 걸 알 수 없을 만큼 꼼꼼하게 마감되어 있는 것을 봐도, 시공업자가 단순한 작업으로 생각하고 한 일은 아니었다. 공사하는 사람들은 무라이 슌스케의 이러한 디테일에 대해 어떤 생각을 하면서 손을 움직였을까. 그들의 생각은 끝내 알려지지 않는다 해도, 한 일은 이렇게 남는다. 선생님의 설계는 시공자의 긍지에 호소하는 것이었다.

예배당 내부 마감은 어디를 봐도 빈틈이 없었다. 책상도 의자도 쓰다듬어주기를 요구하듯이 매끄러웠고, 벽의 회반죽에도 흙손자국 하나 없었다. 눈이 보이지 않는 사람이 무라이 슌스케가 설계한 건물을 촉감으로 기억한다면, 여기저기 손바닥으로 만져보기만 해도 이 교회가 같은 건축가의 작품이라는 것을 알 수 있지 않을까?

천장 가까이에 일렬횡대로 늘어선 유리창은 자동 개폐식이지만, 기어박스가 목사실 뒤쪽에 설치되어 있다 보니 예배당에서는 개폐하는 모터 소리가 들리지 않는다. 유리창이 열려 있을 때에는 거리의 술렁거림이 기분 좋게 울린다. 나무들이 바람에 흔들리는 소리, 새소리, 자동차가 지나가는 소리. 그러나 일단 닫히면 이번에는 자기 맥박 소리까지 들릴 것 같은 고요함이 가득 찬다.

사람의 동선에도 세심한 주의를 기울인 것이 보였다. 예컨대 의자는 예배 중 일어날 때마다 좌면座面을 올릴 필요가 없게 앞뒤 공간이 확보되어 있었다. 등받이가 사람 등의 무게를 받아들이게 완만한 굴곡을 이루고 있기 때문이다. 게다가 뒷면은 세일러복 칼라처럼 뒤로 접혀져 뒷좌석 사람의 독서대가 된다. 꼼꼼하게 보지 않으면 등받이의 굴곡과 독서대 사이에 이음새가 있다고 알아차리지 못한다. 평면인 책상이 튀어나와 있지 않기 때문에 간격이 한결 더 넓게 느껴진다. 즉 넓다고 느끼는 것은 실제로 깊이가 있기 때문이 아니라 의자의 디자인이 초래한 감각인 것이다.

이러한 섬세한 마감에 사람들은 주목하지 않을 것이다. 그러나 의식 밑에서 뭔가 받아들여지는 것이 있다. 사진이나 도면으로는 알 수 없는 촉감이나 편한 쓰임새 속에 선생님의 표시가 각인되어 있다. 그 표시를 찾아내고, 손으로 만지고, 스케치하고, 기록한다. 실측을 되풀이할수록 나는 한 발자국씩 선생님의 생각에, 손을 움직인 그 흔적에 가까이 다가가는 것같이 느꼈다.

예배당 경사를 올라가서 로비로 돌아갔다. 예배당 입구의 천장높이와 소파가 있는 천장높이를 잰다. 보다 못한 목사가 다가와서 벽에서 뜨는 자를 눌러주었다.

"감사합니다. 살았네요." 나는 당황하며 인사를 건넸다.

목사는 양손을 올린 채 말한다. "보고 있으니까 무라이 씨 건축에 어지간히 매료되어 있다는 게 보이는군요. 만나신 적은 있습니까?"

"단상 위의 모습을 한 번 뵈었을 뿐입니다."

"무라이 씨는 조금 무서운 데가 있죠." 손을 내린 목사는 기쁜 듯이 눈을 가늘게 했다. "거의 다 완성이 되는 시점이었습니다. 예배당 의자를 드디어 전부 설치한 뒤에 무라이 씨가 여기저기의 의자에 앉아서 뭔가를 시험하고 있었죠. 얼마 있더니 스태프를 불러서 얘기를 하기 시작했습니다. 멀어서 무슨 얘기인지는 들리지 않았지만, 스태프가 긴장된 얼굴로 노트에 메모를 하고 있었습니다. 그리고 날이 저물 때쯤이었던가? 아침하고 똑같이

네 대의 트럭이 와서 의자를 하나하나 조심조심 떼어내더니 전부 포장해서 갖고 가버린 것입니다."

"다시 만든 겁니까?"

"네. 다시 만들기. 저도 무라이 씨 흉내를 내서 여기저기 앉아 보았지만 뭐가 잘못된 건지 도통 알 수 없었어요. 일주일 정도 지나자 의자가 다시 왔어요."

맥락 없이 머리에 떠오르는 대로 내가 물었다.

"교회 의자는 조금 비좁아서 앉기 불편한 쪽이 좋지 않나요?"

목사가 소리내어 웃었다. "그렇지 않아요. 교회란 답답하고 엉덩이가 아픈 곳이라고 사람들이 생각해봐야 좋을 게 하나 없죠. 물론 의자를 소파로 했다가는 모두 쿨쿨 잠을 잘 테니 저 혼자 얘기할 위험성이 높아지고요. 그 또한 곤란합니다."

목사는 가슴 앞에서 양손을 가볍게 마주하고 웃었다. 멀리서 희미하게 전화 울리는 소리가 들려왔다.

"잠깐 실례하겠습니다. 자, 계속하세요." 목사는 급하게 돌아갔다.

돌아올 때 예배당 입구에 서서 정면에 떠올라 보이는 커다란 십자가를 바라보았다. 강단 뒷벽은 교회 입구의 반원과 거의 같은 곡면을 그리고 있다. 예배당 평면도를 보면 경기장 트랙처럼 반원과 반원이 장방형의 좌석 부분 전체를 양쪽에서 끼고 있는 형태임을 알 수 있다. 천장의 낙엽송과 마루의 노송나무, 하얀 회반죽벽. 입구에서 강단으로 향해 치닫는 천장 나무판 중앙의 세 장만이 막다른 곳의 하얀 회반죽벽으로 내려가고 있었다. 그

것이 같은 폭의 벚나무 원목으로 이어져 십자가의 세로 부분으로 대체된다. 좌우의 회반죽벽도 강단 뒤로 돌아가는 도중에 옆 축의 폭만큼 튀어나와 벚나무로 이어진다. 십자가는 배경의 곡면에서 파낸 것처럼 보이기도 했다.

전통적인 나무 구부리기 기법과 회반죽 기법이 사용되어 있었다. 무라이 슌스케의 디테일로서는 드물게 뚜렷이 눈에 띄었다. 종래 같으면 십자가 같은 심벌에는 쓸데없이 손대지 않고, 심플하게 원목을 짜 맞추기만 했을 텐데, 여기에서는 마지막에 그로그램 리본으로 교회를 안쪽에서 묶은 것처럼 섬세한 디테일이 시도되어 있었다. 어딘가 밝고 맑은 인상의 아스카야마 교회에서 십자가는 극히 자연스럽고 공간을 지탱하여 움직이지 않는 소실점 같은 역할을 하고 있었다.

실측과 스케치를 마치고 인사하기 위해서 다시 한 번 목사실을 찾아갔다. 언제라도 또 오라는 목사에게 십자가에 대한 감상을 물어볼까 했지만, 묻지는 않았다.

교회를 나와서 유리문 너머로 내부를 둘러보았다. 신앙을 갖지 않은 건축가가 그 경험과 기술을 아낌없이 쏟아부은 교회에는 기도와도 같은 것이 형태가 되어 나타나 있었다. 그 형태는 여기에 모이는 사람들을 내부로부터 진정시키고, 혹은 격려하고 움직일 것이다. 나는 교회를 등지고 완만한 언덕을 내려오면서 무라이 슌스케라고 하는 건축가에 대한 경외의 마음에 등이 떠밀리듯이 잰걸음이 되어 있었다.

"아스카야마 교회는 좋지. 선생님이 최근에 만든 걸작이라고 생각해. 다시 만든 의자 말이야. 그건 내가 실수한 거야." 우치다 씨가 자조하듯이 말했다. "의자를 올렸을 때 사용하는 이음쇠에 단단한 것도 있고 헐렁한 것도 있어서 다소 균일도가 떨어졌지만, 수가 많았기 때문에 다가와 씨도 납기일에만 신경을 썼지. 나중에 물어봤더니 쓰다 보면 비슷해지겠지 하고 생각했던 것 같아. 그 정도는 허용 범위이겠거니 내가 너무 쉽게 생각한 거지. 선생님이 엄격하게 주문해서 이음쇠 부분을 전부 새로 만들었어. 나머지는 다 좋다, 그렇지만 가장 중요한 이음쇠의 마감을 왜 제대로 확인하지 않았느냐고 엄청 야단맞았어."

다가와 씨는 무라이 설계사무소의 주문 가구를 맡는 가구 디자이너 중 한 명이다. 공방은 하치가다케에 있다. 멀리 기타 구에서 돌아온 대량의 의자를 다가와 씨는 어떤 얼굴로 맞이했을까. 우치다 씨는 깍지를 끼고 머리 뒤로 넘긴 채 화제를 바꿨다.

"그렇지만 선생님도 어지간히 후나야마 게이이치와 인연이 있나봐. 아스카야마 교회 준공 꼭 일 년 전에 니시하라 대성당이 준공했잖아? 아스카야마 교회와는 하나부터 열까지 다 정반대인."

니시하라 캐티드럴 성 베드로 대성당은 세상의 이목을 집중시킨 후나야마 작품이다. 노아의 방주를 연상시키는 웅대한 건축으로, 스테인리스 스틸이 은빛으로 빛나는 외관은 압도적이었다. 건축전문지 표지뿐 아니라, 주간지 화보도 장식한 화제작이었다. 니시신주쿠를 내려다보는 언덕 위, 옛 도쿄 교육대학 부지에 서 있는 니시하라 대성당의, 배로 말하면 조타실에 해당되는 종루에서는, 역시 후나야마가 설계한 니시신주쿠의 고층 빌딩이 정면으로 보였다. 반대쪽 고층 빌딩에서 니시하라 대성당을 보면, 은색의 거대한 배가 파도에 떠밀려 언덕에 좌초한 듯, SF영화의 한 장면이 펼쳐졌다.

아스카야마 교회보다 이삼십 배 부피감이 있을 것이다. 노아의 방주를 본뜬 외관은 밖으로 나가려는 의지가 팽배해 있었다. 일단 홍수가 일어나면 선체를 띄워 항해를 시작할 것처럼 보였다. 한편 낮잠 자는 고양이처럼 누워 있는 아스카야마 교회는 그대로 소리 없이 물속으로 가라앉을 것이다.

후나야마는 선생님과 같은 미술대학 삼 년 후배이다. 도쿄 올림픽을 앞두고, 도로공사와 빌딩공사가 급피치로 진행되고 온 도쿄에 먼지가 피어오를 때쯤부터 후나야마는 늘 각광을 받았다. 잇달아 경합을 따내고, 누구나가 우러러볼 기념비적 건축물을 가장 눈에 띄는 장소에 지었다. 생각해보면 선생님은 후나야마처럼 솟구치고 우뚝 선 건축을 만든 일이 없다. 기념비가 될 외관은 일부러 피하고 거리에 섞여 눈에 안 띄는 형태를 만들고자 했던 것이리라.

"니시하라 대성당은 준공한 지 얼마 안 돼 비가 샜다고 하고, 한겨울과 한여름의 냉난방 비용이 터무니없을 정도래. 도대체 교회에 노아의 방주라니, 돈가스 가게 간판에 돼지 요리사를 그려놓은 것이나 같지. 그 외관은 교회로서도 아마 한계였을 거야. 유럽 같았으면 실현되지 않았을지도 몰라. 그러나 건축가는 물론 클라이언트한테도 결과적으로는 대성공이었어. 구경꾼이 늘고, 후나야마의 인맥도 있어서 재계, 정계의 가톨릭 신도들을 다시 결속시키는 큰 계기도 되었으니까. 신도 대표이자 중의원 의원인 신노 류조는 외무장관 시절 일본을 방문한 이탈리아 수상을 일부러 데려갔다나봐. 물론 후나야마가 직접 마중 나가서 종루까지 안내했다고 해. 파이프오르간 음향이 샤르트르 대성당 비슷해서 근사하다고 하는 사람도 있어. 한번 들으러 갔는데 잔향이 너무 길어서 나중에는 귀에 거슬리더라고. 어쨌든 하나부터 열까지 다 요란해. 아스카야마 교회 파이프오르간의 조금 분명치 않은 듯한 소리 쪽이 나는 훨씬 더 좋아."

아스카야마 교회의 파이프오르간은 강단 오른쪽 벽에 있었다. 실측을 마치고 돌아갈 준비를 시작했을 때, 젊은 여자가 체스 말 같은 스톱 레버를 당겼다 밀었다 하면서 시험 연주를 하고 있었다. 어딘가 망망한 느낌이 드는 온화한 소리였다. 잔향은 거의 없었다. 화려한 교회 건축물의 하늘에서 가차 없이 내려붓는 파이프오르간 소리와는 전혀 달랐다. 순박하고 친밀한 울림이었다. 건물에 반향反響하는 것이 아니라, 손이나 발에서부터 살과 뼈를 따라 고막으로 전달되어오는 소리.

"저도 의외였지만 아스카야마 교회를 실측하는 동안 선생님 디테일에는 어눌하고 소박한 유머가 있다고 느꼈어요. 파이프오르간 소리도 똑같은 인상이었고요. 까다로운 얼굴을 한 채 농담을 툭 던지듯이."

"유머? 흠, 과연."

"건축가가 만든 것에는 크고 윤기 있는 목소리로 노래 부르는 듯한 느낌이 많지 않습니까? 그렇지만 선생님 건축은 들리지 않아도 상관없어, 라고 할 정도의 소리랄까. 작은 소리를 감싸는 작은 것이라고 할까."

"애당초 신앙의 소리는 조용하게 얘기되었을 거야. 원시 기독교 시대에도 억압된 신도들은 동굴 속 교회에서 속삭이듯이 얘기를 나눴겠지? 그런데 기독교가 공인되고 교회가 커지면서 바깥 소리에 귀 기울일 필요가 없어졌어. 목회자의 목소리도 낭랑해지고, 교회 건축도 점점 장엄해지고, 파이프오르간도 성대하게 울리게 되었지. 현대건축, 특히 고층 빌딩은 그 연장선상에 있다고 할 수 있지 않을까?"

"선생님 건축에 들어서면 아무도 큰 소리를 안 내게 되지. 마음이 포근해지는 촉감이라든가 부드럽게 들어오는 광선이라든가 늘 쓰는 사람이 한참 지나서 겨우 알아챌 수 있는 장치들은 소곤소곤 작은 목소리로 말을 걸어오는 것이나 같으니까, 사람 목소리도 거기 맞춰 작아지지. 아스카야마의 디테일은 하나부터 열까지 중얼거림 같은 것인지도 몰라. 과연 몇 사람이나 그 중얼거림을 알아차릴까 하는 문제는 있겠지만. 매미도 저렇게 큰 소리로 우는 것은 목숨 걸고 암컷을 부르고 있기 때문이야. 작은 소리로 울면 알아주지 않거든. 이번 도서관 경합은 작은 목소리로 하다가는 질지도 몰라. 선생님은 여느 때와 마찬가지인 척하고 계시지만, 새벽 5시부터 일어나시는 것치고는 산책 시간이 점점 짧아져서 6시에는 소장실에 틀어박히시지. 작년 여름하고 무척 달라."

폭 잠들어 있다고 생각한 우치다 씨가 선생님 기상 시간을 알고 있는 것에 놀랐다.

"자네한테는 첫 여름이지만, 사무소로서는 이 여름이 분명한 분수령이 될 거야."

우치다 씨는 후나야마 게이이치가 경합에 참가한다는 것을 알고 난 뒤 선생님이 뭔가 변했다고 덧붙였다. 현대도서관은 꼭 맡고 싶은 일이지만, 그렇게 되면 사무소도 지금까지랑 똑같아서는 안 될 것이라면서.

애써서 평정을 유지하려는 선생님의 긴장감을 나는 새삼스럽게 느꼈다.

火山のふもとで

오전 내내 가지치기를 하고 난 나무토막을 장작 옆에 늘어놓고 있는데, 뒤에서 무라이 마리코가 말을 걸어왔다.

"마을에 장 보러 갈 거니까 끝나면 말해줘요."

"네, 이제 곧 끝납니다."

내 대답에 웃는 얼굴이 된 마리코가 등을 돌리고 부엌문으로 향했다. 마리코는 늘 힘이 남아도는 것처럼 기운이 넘쳤다. 그것은 웃는 얼굴에도, 목소리에도, 펄렁거리는 스커트에도 나타났다. 그 밝음은, 방의 어두운 곳에 놓인 과일바구니 속에서 어쩌다 석양빛을 받고 혼자 빛나는 오렌지 같았다. 맨발에 하얀 덱슈즈를 신은 마리코의 곧게 뻗은 다리가 부드럽게 움직여 사라진다. 월수금 오후는 마리코와 둘이서 '아래' 즉 구가루이자와까지 장을 보러 가게 되어 있었다. 가끔 이구치 씨도 동행하여 은행이나 우체국에 들르기도 하고, 시립도서관에서 책을 빌리기도 한다. 숲을 떠나 마을로 가는 것은 여름 별장에는 없는 해방감이 있었다.

운전은 마리코가 한다. 처음에는 내가 볼보를 운전했지만, 내리막 커브에서 꺾었을 때랑 슈퍼에서의 주차가 불합격이었던 모양이다. 막 면허를 딴 사람에게 볼보를 운전하라고 하는 것 자체가 도대체 말이 안 되는 얘기였다. 내심 자존심이 상했지만, 마리코가 운전하는 차를 타보니 비교되지 않는 실력이었기 때문에 바로 불만을 접고 조수석에 앉는 편안함을 고맙게 생각하기로 했다.

일단 이층 설계실에 가서, 이구치 씨에게 용건이 없는지 물어본 다음, 마리코는 누구한테라고 할 것도 없이 "다녀오겠습니다" 하고 말했다. 유키코가 "다녀오세요" 하고 잘 통하는 맑은 목소리로 설계실에서 나가는 우리를 눈으로 전송했다.

여자 직원들 방이 늘어서 있는 동관 곁에 세워진 목조 차고에는 다섯 대의 차가 주차되어 있다. 크림색 볼보 스테이션왜건 240은 선생님의 장거리 여행용 차인데, 여름 별장에서는 주로 장 보러 갈 때 이용했다. 그 옆이 이구치 씨의 다크 그레이 메르세데스 벤츠 스테이션왜건 300TD. 그리고 가와라자키 씨의 메탈릭 블루 시트로엥 DS21과 고바야시 씨의 짙은 감색 푸조305 왜건. 제일 끝에 차 주변이 텅 빌 정도로 작은, 마리코의 까만 르노5가 서 있다.

마리코는 선생님의 볼보가 아니라 르노5로 향했다. "이구치 씨도 안 가고 오늘 쇼핑 리스트는 이걸로 충분해. 사실 볼보는 우물거려서 싫거든."

르노5를 타는 것은 처음이었다. 운전하라고 하면 어떡할까 걱정했지만, 마리코는 재빨리 왼쪽 문을 열고 운전석에 앉더니 가죽 숄더백을 뒷좌석에 툭 던졌다. 나도 가능한 한 태연하게 오른쪽 자리에 앉는다. 시동이 걸린 순간 처음 들어보는 블랙 컨템포러리가 큰 볼륨으로 울리기 시작했다. 마리코는 카스테레오 스위치를 일일이 끄지 않는 것 같다. 르노5는 좌핸들에 수동 차량이었다. 운전석 밑의 좁은 공간에서 마리코는 긴 다리를 가볍게 움직여 클러치를 밟고, 눈 깜짝할 새에 속도를 올려 여름 별장을 뒤로했다. 볼보보다 상당히 얇은 차체가 지면을 핥듯이 달린다. 블랙 컨템포러리를 듣는 사람은 건축과 학생 중에는 한 명도 없었다. 장 보러 갈 때마다 마리코가 차 안에서 트는 음악을 들으면서, 어느 틈엔가 나도 일렉트릭 피아노와 베이스의 리드미컬한 소리에서 아름다움을 느끼고 있었다. 가끔 들려오는 가사는 당신이 없어서 쓸쓸하다느니, 첫눈에 사랑에 빠졌다느니, 이렇게 멀리 떨어져 있어서 내 가슴은 찢어질 것 같다 등이었다. 괴롭다느니 슬프다느니 해도 선율은 달콤하고, 애절하고, 어디까지나 가볍다. 마리코에게 물어봤더니 지금 나오는 음악은 테디 펜더그래스라고 한다.

작은 차 안은 연하게 달콤한 향기로 차 있었다. 마리코의 팔다리가 너무 가까워서, 오른쪽 유리창으로 의미 없이 밖을 본다. 음악도 엔진 울림 소리도 승차감도 볼보와 달랐다. 그것은 모두 마리코에게 속한 무언가가 초래하는 감각이었다. 나는 이대로 계속 운전하는 마리코 옆에 앉아서, 사랑이니 당신의 눈이니 하는 노래를 듣고 싶기도 하고, 그래서는 몸 둘 곳이 없어질 것 같은 두 마음 사이를 왔다 갔다 하고 있었다.

"사카니시 군이 운전해볼래?"

"아니, 수동이기도 하고. 그만둘래요."

"왜? 연습 차량이 토요타 마크2 수동이었잖아? 그렇게 큰 차로 언덕 발진이라든가 종렬 주차를 했으면 2톤 트럭이나 르노쯤은 간단하지 뭐."

"그럴까요?"

"그럼, 뭐든지 해봐야 익숙해지지."

마리코를 보니 긴 팔이 편안하게 핸들을 조종하고 있다. 흙 위를 달리는 부드러운 감촉과 함께 마음이 느긋해지면서, 이윽고 속도에 비례한 상쾌함이 부풀어오른다.

기어를 변속하면서 핸들을 다시 쥐는 마리코의 가냘픈 오른손을 보고, 건반 위에서 움직이는 손가락을 상상했다. 피아노로 유학하는 것은 유복한 집안의 기본 소양 같은 것일까?

"연필은 잘 깎잖아?"

"네?"

아오쿠리 마을에서 간선도로로 나와 좌회전한 지점에서 전방을 살피며 갑자기 그렇게 말했다.

"연필을 예쁘게 깎잖아? 소중하게 쓰고, 깎은 찌꺼기도 별로 없고. 그런 사람은 사실 운전도 잘하거든."

연필 얘기에 얼떨떨해진 내가 말했다.

"칭찬으로 들어도 되나요?"

"되나요, 라니 왜 되나요야?"

"나는 그냥 우치다 씨 깎는 법을 흉내낼 뿐이거든요."

아하하, 마리코가 입을 열고 웃었다.

"흉내도 잘 못 내면 못하는 거잖아."

길이 직선이 되자, 마리코는 일단 액셀을 확실하게 밟아 클러치를 연결하고 톱기어로 미끄러지듯이 나아갔다.

"면허는 언제 땄어요?"

"열여덟 살 때. 그렇지만 어머니가 결사반대했어. 운전 같은 건 남자한테 시키는 거라고."

마리코는 코에 주름을 모았다.

"도대체 어느 시대 얘기인가 싶지 않아? 나는 마차든, 개썰매든, 트랙터든 뭐든 직접 몰아보고 싶어."

직선 도로가 끝나고 언덕을 내려가기 시작하자 구불구불한 길이 이어지기 시작한다. 마리코는 클러치를 밟고 기어를 계속 바꾸면서 풋브레이크를 많이 쓰지 않은 채 코너를 깔끔하게 꺾는다. 차는 마리코의 숨결대로 움직였다.

우치다 씨의 연필 깎기는 가구 직공의 손놀림과 비슷했다. 그 어느 곳에도 여분의 힘이 들어가지 않은 손가락이 폴딩나이프를 가볍게 움직이면서 사각사각 재빨리 깎는다. 칼 끝 각도가 얕으니까 찌꺼기도 얇다. 깎이는 연필이 기분 좋아 보인다.

내 교육 담당이기도 한 우치다 씨의 설명은 언제나 구체적이고 알아듣기 쉽다. 어째서인지 이유가 반드시 붙어 있어서 머리에 쉽게 들어온다. 가와라자키 씨나 고바야시 씨에 대한 인물평도 건축가로서의 두 사람의 자질을 잘 관찰한 뒤에 나온 것이기 때문에 바로 납득이 갔다. 그런데 마리코에 관한 주의사항만은 안개가 낀 것처럼 모호해서 계속 신경이 쓰였다. 여름 별장에 도착한 날, 우치다 씨는 작은 침대가 딸린 이층 서고로 나를 데려 간 뒤 책장에 늘어서 있는 책 표지를 보면서 이렇게 말했다.

"아까 아래층에서 소개한 무라이 마리코는 선생님 조카딸이야. 전혀 닮지는 않았지만."

같은 성씨여서 친척인가 생각은 했지만, 우치다 씨 말대로 선생님하고 완전히 분위기가 달랐다.

"일은 잘해. 무엇보다도 빠르고. 곧 알게 되겠지만 요리도 잘해. 영어도 잘하고. 프랑스어도 조금 하는 것 같아. 피아노는 수준급이고, 운전도 엄청 능숙하지. 애교가 있어서 여름 별장이 많이 밝아졌어. 이런 산속에서 여름 내내 잘 견딘다고 생각은 하지만, 주말엔 구가루이자와에 있는 부모님 별장에 가니까 얼마든지 기분 풀 곳이 있겠지. 다만 뭐랄까……." 우치다 씨로서는 드물게 어떻게 말해야 좋을지 심사숙고하는 것처럼 말했다.

"마리코를 보면 무슨 생각을 하고 있는지 잘 모르겠는 때가 있어."

어떻게 대답을 해야 할지 알 수 없어서 나는 모호하게 고개를 끄덕였다.

"그리고 또 하나. 이건 그냥 만일을 위해서인데, 선생님 조카딸이라서가 아니고, 사귀어서는 안 돼. 전에도 말했듯이 직장 내 연애는 금지니까 말이야. 그렇게 되면 퇴사할 수도 있어. 이것만은 조심할 것. 작은 사무소니까 안 그러면 일도 인간관계도 복잡해져서 골치 아프거든. 사무소를 그만두기로 결정하고 난 뒤에 서둘러서 연애할 수는 있겠지만 말이야."

우치다 씨는 그렇게 말한 뒤에 헛방으로 끝난 농담을 얼버무리듯이 웃었다.

여름 동안만 영업하는 기노쿠니야 슈퍼마켓은 별장 주인들과 관광객들로 붐볐다. 나는 커다란 카트를 밀고, 마리코는 때때로 메모에 눈길을 주면서 식료품을 고른다. 머릿속으로 요리를 조합하면서 쇼핑하고 있는 것이 느껴진다. 그 모습을 보고 있는 것이 재미있다. 마리코가 반들반들한 주키니서양 호박의 일종를 손에 들었다.

"지난번의 주키니 파스타 맛있었어요."

"생각보다 간단해. 마늘과 올리브 오일, 소금만 뿌리면 되는데 뭐. 런던에 있을 때 시칠리아에서 온 친구한테 배웠어. 엄마표 요리라고 하더라고." 마리코는 한 박자 쉬었다가 말을 이었다. "우리 엄마는 요리를 싫어해. 중학교 때 내가 만드는 편이 더 맛있다는 걸 알게 돼서, 도시락은 매일 아침 내가 준비했어. 영국에서는 외식할 기분이 아니었고. 사카니시 군도 이제 금방 숙달될 거야."

여름 별장의 아홉 사람분 아침식사를 어떤 순서로 준비하면 가장 효율적으로 맛있을 때 서빙할 수 있는지 마리코와 우치다 씨 흉내를 내서 준비하는 동안에 조금씩 알게 되는 것 같았다.

"아, 루바브를 잊었네. 잼을 만들고 싶은데. 잠깐만 기다려줘, 갖고 올게."

마리코는 입구 근처의 채소 매장 쪽으로 잰걸음으로 돌아간다. 커다란 종이봉투 여섯 개와 우치다 씨가 지정한 와인 여섯 병을 뒷좌석에 실은 르노5는 타이어가 조금 묵직해 진 것 같다. 마리코가 아까보다 클러치를 천천히 밟는다. 시원시원한 운전이지만 섬세하기도 하다. 차 안에는 옅은 향수에 영국 빵 냄새, 커피 향이 섞인 내음이 나고 있었다. 나는 갑자기 배가 고픈 것을 깨달았다.

"돌아가는 길에 집에 잠깐 들렀다 갔으면 하는데 괜찮아?"

마리코는 그렇게 말하더니 내 대답을 기다리지 않고 기타아사마에 돌아가는 여느 때의 길과는 반대 방향으로 핸들을 꺾는다. 구가루이자와 로터리를 빠져나가자 차는 만페이 호텔이 있는 구역으로 들어섰다. 호텔로 가는 입구를 벗어나 좀더 안쪽으로 나아가며 완만한 경사를 올라가는 동안에 만페이 호텔이 오른쪽에 내려다보이는 고지대에 온 것을 알 수 있었다. 주변에는 오래된 별장들이 점점이 산재하고 있었다. 덧문이 닫혀 있는 집도 많았다. 이 일대는 구가루이자와 중에서도 상당히 일찍 별장이 세워진 부촌일 것이다.

르노5는 돌로 쌓은 야트막한 문설주 사이로 들어갔다. 정면에 선생님의 설계라는 걸 한눈에 알 수 있는 목조 건물이 서 있었다. 아마도 여름 별장과 같은 시기에 세워진 것이리라. 삼나무 미늘판자 벽도 똑같았지만, 새로 손질한 흔적은 거의 없었다.

마리코는 앞마당 반을 덮을 만큼 커다란 단풍나무 그늘에 차를 세우고 유리창을 활짝 열어놓은 뒤 엔진을 껐다. 그러고는 뒷좌석에 둔 여름 별장용 식료품이 아닌 별도의 작은 종이봉투를

낑낑대며 꺼낸 뒤 차에서 내렸다. 나도 뒤를 쫓았다.

마리코가 현관 놋쇠 손잡이에 열쇠를 꽂고 오른쪽으로 돌린다. 탁 하고 딱딱한 것이 뭔가에 부딪히는 소리가 났다. 문 안쪽으로 어두컴컴한 나무 복도가 이어져 있었다.

"차 한잔 마시고 가. 금방 끓일게."

"식료품은 어떡하죠? 차에 그냥 둬도 괜찮을까요?"

"괜찮아. 드라이아이스를 두 시간분 넣어뒀고, 나무 그늘인데다 유리창도 다 열어뒀으니까."

마리코는 척척 덱 슈즈를 벗고 현관으로 들어간다. 실례합니다, 라고 할 틈도 없이 나도 신발을 벗었다.

"미안하지만, 유리창 좀 열어줄래? 잠금장치는 전부 똑같아. 다 끝나면 저쪽 소파에 앉아 있어."

마리코의 말에는 막힘이 없다. 그래서 어색해질 틈도 없다. 그것이 나로서는 구원이었다. 마리코는 자기 말을 뒤에 남겨두고 부엌으로 들어간다. 마리코가 시킨 대로 거실 커튼을 열고, 여름 별장과 똑같은 구조인 유리창 놋쇠 걸개를 열고, 마당에 면한 방 안의 먼지를 쓸어내기 위한 벽 하단부 유리창을 연다. 깨끗하게 다듬어진 잔디밭이 펼쳐져 있었다. 태양을 쬔 잔디 냄새. 압도당할 것 같은 매미 울음소리.

오래되기는 했지만 소중하게 사용되어왔음을 알 수 있는, 살아 숨 쉬는 집이었다. 마루가 옅은 갈색으로 빛나고 있다. 아마도 마리코 아버님이 걸레질을 거르지 않고, 질 좋은 왁스를 정기적으로 바르고 있을 것이다. 오래된 나무틀인 체인 유리창은 다소 물결치고 있다. 준공 당시부터 그랬을지도 모른다. 왠지 어머니 기척이 느껴지지 않는 방이었다.

선생님이 설계한 별장이라 여기저기 구경하고 싶은 마음도 있었지만 마리코가 주말에 지내는 집 안을 무례하게 돌아다니는 것은 조심스러웠다. 거실 소파에 앉아서 눈앞의 난로를 바라본다. 곁에 매달려 있는 부지깽이는 나무로 된 손잡이 부분이 까맣게 번들거리고 있다. 굴뚝 청소를 부지런히 하고 있는 것이리라. 아가리 주위의 하얀 벽에는 그을음도 없었고, 누레지지도 않았다. 난로 안쪽만 시커먼 것은 굴뚝 배기가 잘되고 있다는 증거이다.

장작이 쌓인 난로 왼쪽 벽에는 야마구치 겐이치로의 그림이 걸려 있었다. 밝은색 모래사장에 점점이 남겨진 발자국을, 고운 포말을 실은 파도가 씻어 낸다. 어린아이의 발자국처럼 보이기도 한다. 야마구치 겐이치로는 외아들을 병으로 잃지 않았던가?

소파에서 일어나 마당이 보이는 장소에 서자, 바람이 전혀 불지 않는 초록 가운데에서 가늘게 떠는 노란색이 있었다. 산초나무 가지에 여름새인 황금새가 앉아 있었다. 도쿄에서는 한 번밖에 본 일이 없다. 목에서 가슴에 걸쳐 선명한 황매화나무 색을 띠고 있다. 까만 눈 위에도 눈썹 같은 한 줄기 황매화나무 색이 있다. 목을 갸우뚱하듯이 하고 이쪽을 가만히 보고 있다. 황금새는 목소리가 아름답지만, 지저귈 기척은 없다. 숨을 죽이고 가만히 보고 있었지만, 어렴풋이 시선을 느꼈는지 날개 뒤쪽의 하얀 무늬를 보이면서 날아가버렸다.

냉장고와 오븐을 여닫는 소리, 스테인리스 볼로 무언가를 섞는 소리가 부엌에서 들려온다. 잠잠해졌다고 생각할 즈음 마리코가 거실에 얼굴을 내밀었다.

"미안, 곧 되니까 음악이라도 듣고 있어. 아버지 레코드뿐이지만. 아무거나 틀어줄래?"

"봐도 괜찮아요?"

"물론." 마리코는 그렇게 말하고 부엌으로 돌아갔다.

오디오는 모두 영국제였다. 쿼드 앰프, 플레이어는 린, 스피커는 탄노이였다. 이 세트로 블랙 컨템포러리를 들으면 어떤 소리가 날까. 양손을 펼친 것보다도 폭이 넓은 레코드 선반에는 대체로 클래식뿐이었고, 재즈도 약간 섞인 LP컬렉션이 정연하게 늘어서 있었다.

몇 장 꺼내보고 나서 되풀이해서 듣는 듯한, 재킷이 닳은 레코드를 골랐다. 클리퍼드 커즌이라는 서sir 칭호가 붙은 피아니스트의 브람스 〈피아노 협주곡 2번〉이었다. B면에 플레이어의 암arm을 천천히 내려놓는다. 북 하고 고막을 미는 듯한 소리가 나고 나서 가을 햇살처럼 어딘가 쓸쓸함을 머금은 곡이 스피커에서 흘러나오기 시작한다. 소파에 앉아 피아노곡을 듣고 있자니 마리코의 아버지가 같이 있는 듯해서 빈집에 무단으로 들어온 것처럼 거북한 마음이 든다. 전통 화과자점에 태어난 형이 건축가가 되고, 동생이 가게를 계승한다. 이윽고 형은 동생 별장을 설계한다. 동생은 자기 딸을 형의 사무소에서 아르바이트하게 한다. 둘 사이가 좋지 않으면 그러한 왕래는 생기지 않았으리라.

부엌에서 나온 마리코는 소파 앞 테이블에 동그란 노란색 티포트와 우유가 담긴 유리병, 심플한 하얀 컵을 두 개 놓는다. 연주가 끝나기를 기다리고 있었던 것처럼 '띵' 하고 오븐 소리가 들리고, 달콤한 향기가 떠돌았다. 나는 암을 올려 다시 3악장을 처음부터 듣기로 했다. 마리코가 갓 구운 스콘과 크림, 잼을 갖고 와서 맞은편 소파에 앉았다.

"아까 기노쿠니야 슈퍼에서 스콘을 봐서 그런지 갑자기 먹고 싶어져서."

"마술처럼 빠르네요."

"섞어서 굽기만 하면 되는데 뭐. 뜨거울 때 먹어봐."

"잘 먹겠습니다."

갓 구운 스콘은 밝고 마른 햇볕 냄새가 났다. 차가운 클로티드 크림과 딸기 잼을 스콘 위에 얹어 입으로 가져간다. 온도도 감촉도 각각 다른 단맛이 입 안에서 섞인다.

어디에도 군살이라고는 없는 매끄러운 피부가, 마리코의 윤곽을 만들고 있다. 가는 F연필로 그린 것 같은 윤곽선 제일 끝에 있는 손가락이 스콘을 집는다. 마리코는 웃음을 터뜨릴 것 같은 표정으로 내 얼굴을 봤다.

"사카니시 군, 고집이 꽤 세지?"

너무 갑작스러워서 자칫하면 목이 멜 뻔했다.

"선생님은 아마 사카니시 군의 그런 점이 마음에 들었나봐." 마리코는 재미있다는 얼굴을 한 채 그렇게 말했다.

나는 당황해서 찻잔을 입으로 가져온다. 스콘 맛과 과거의 기억 사이에서 공중에 매달린 것 같았다.

아버지는 내가 건축과에 들어가는 것을 반대했다. 건축가라는 것은 잘은 모르지만 되지 못한 예술가인 척하는 것들이 많은 거 아냐? 건축사무소 따위 들어갔다가는 낮은 월급으로 혹사당해서 한동안 결혼도 못할걸? 불쾌한 듯이 그렇게 말했다. 무라이 설계사무소는 저임금이 아니었고, 혹사당하지도 않았지만 일반적으로는 그럴지도 모른다. 엔지니어인 아버지가 왜 그렇게까지 부정적인 단어를 마음에 품게 되었을까. 그 뒤로도 건축과를 고집하는 나에게 아버지는 이렇게 말했다.

"정말 똥고집이군. 세상에 나가서도 그렇게 계속 고집을 부리면 녹록지 않을 게다."

마지막으로 '똥고집'이란 말을 들은 것은 일 년쯤 전이었다. 종합건설사 입사 시험을 보는 것이 어떻겠냐고 교수가 권했지만 나는 따르지 않고 연구실 소파에 표정을 바꾸지 않은 채 앉아 있었다.

"참 똥고집이군, 자네는." 교수는 쓴웃음을 지으며 말했다.

종합건설사에 들어갔으면 아버지도 인정해줬을지 모른다. 무라이 설계사무소 입사가 결정되었을 때 진작 포기했다는 얼굴로 아버지는 관심도 보이지 않았다.

"나도 남들한테 고집이 세다는 소리를 들어." 마리코가 방긋 웃으면서 양 무릎을 끌어안았다. 정강이가 곧게 뻗어 있다.

"어떤 때?"

"싫은 것은 싫다고 분명히 말하고 말이지."

"그런 것 갖고 고집이 세다고 하면 안 돼요."

"그렇지만 그런 것 같아. 주위 눈에 신경쓰지 않고, 남들 앞에서 좋다 싫다 말하면 고집이 센 게 되나봐. 사카니시 군은 분명하게 싫다, 좋다 할 수 있어?"

"어떨까요? 때와 경우에 따라서이겠지만."

"그래도 얼굴에 쓰여 있는데? 이건 싫어, 저건 좋아라고."

마리코는 다시 다리를 꼬고, 정면으로 나를 보았다. 마리코의 똑바른 시선에 기가 죽어서 눈길을 떨어뜨리자, 깨끗이 다듬어진 발톱에서 윤이 나고 있었다. 순간적으로 재치 있게 맞받아칠 수 있으면 좋을 텐데 아무 말도 떠오르지 않는다. 우치다 씨라면 이럴 때 뭐라고 할까.

"더 먹을래?"

"감사합니다. 더 먹을게요." 나는 반사적으로 그렇게 말했다.

벽시계를 보더니 마리코가 고민하는 듯한 얼굴로 말했다. "슬슬 시간이 되어가네. 싸줄 테니까 잠깐만 기다려."

일단락 짓듯이 소파에서 일어나 부엌으로 간다. 스콘은 빨간 종이상자에 담겨 돌아왔다.

"이 티백이랑 일인용 포트도 가져가. 클로티드 크림이랑 잼은 냉장고에 넣어둘게." 마리코는 캔버스지 가방에 그것들을 다 담고는 가는 팔을 똑바로 내밀었다.

말문이 막힌 나는 "고맙습니다" 하고 또 말했다. "에코백은 나중에 돌려줄게요."

"안 줘도 돼. 가져."

런던 식료품 가게 로고 마크가 작게 인쇄된 캔버스지 에코백은, 물렁하고 부드럽게 손에 녹아들었다. 여러 번 빨았는지 가게 전화번호는 거의 지워져 있었다. 이 에코백은 내가 모르는 마리코의 시간을 알고 있구나. 부엌에 들어가서 설거지를 도왔다. 곁에 서 있는 마리코의 희미한 체온을 느낀다. 마리코도 나도 잠자코 있었다. 거북한 것은 아니지만 릴랙스된 것도 아니다. 어색한 침묵이었다. 우치다 씨의 말이 머릿속에서 되살아난다. 접시를 닦고 나자 마리코가 "자, 가야지" 하고 짧게 말했다. 그리고 대사를 잊어버린 신인 배우를 보듯이 내 얼굴을 물끄러미 보았다.

우리는 르노5에 타고 있는 동안에도 잠자코 있었다. 유리창을 열어둔 채였기 때문에, 냄새를 맡은 꿀벌 한 마리가 종이봉투 위를 열심히 선회하고 있었다. 부웅 하고 나지막한 소리. 마리코가 시동을 걸자 날갯짓 소리는 들리지 않게 되었다.

비밀로 해야 할 일은 아무것도 없었는데도, 마리코의 별장에 들른 걸 사무소 사람들에게 말해서는 안 될 것 같았다. 마리코는 음악도 틀지 않고 나무 사이로 비치는 햇살이 어른거리는 구가루이자와 뒷길을 잠자코 운전했다. 내가 지금 얼마나 무지와 둔감의 바다를 표류하고 있는지 짐작도 가지 않았다. 뭔가 되돌릴 수 없는 잘못을 저지른 것은 아니었을까? 생각하기 시작하자 점점 더 알 수가 없어져서 나도 모르게 목에서 작은 신음소리가 나올 뻔했다. 그래서 바로 생각하기를 그만뒀다. 울창한 숲 안쪽에 눈길을 주고, 아무것에도 초점을 맞추지 않도록 하면서, 시계視界를 가로지르는 무늬를 본다.

르노5는 경쾌한 엔진 소리를 낸다. 돌로 포장된 길을 달리게 만들어진 차는 자갈이 섞인 비포장도로도 전혀 개의치 않고 잘 달렸다. 많이 달린 것 같지 않았는데도 차는 갑자기 쇠락한 호시노 온천 뒤쪽으로 나와서 매끄럽게 간선도로로 미끄러져나온다. 그 뒤는 여느 때와 똑같이 아오쿠리 마을을 향해서 북상하면 된다. 다시 블랙 컨템포러리가 흐르기 시작했다. 한숨 돌리자 어깨가 빳빳하게 굳어 있는 것이 느껴졌다.

"이런 음악 제대로 들은 적이 없지만 좋네요."

"그래? 나는 뭐든지 솔직한 걸 좋아하거든."

의외의 각도에서 말이 돌아와서 나는 다시 뭔가에 걸린 것처럼 입을 다물었다. 액셀을 꾹 밟은 발을 떼자, 클러치와 기어 시프트가 바로 연결되고 교체된다. 타이어는 빨아들이듯이 커브를 포착하고 구불구불한 언덕길을 매끄럽게 달려 올라간다.

"남의 마음이 그대로 전달돼오는 것을 좋아해. 빙빙 돌리거나 복잡한 것은 싫거든. 새들도 세력 범위라든가 사랑이라든가 심플한 것을 노래하니까 순진하고 예쁜 소리를 내는 게 아닐까?"

커브가 끝나고 똑바른 길이 앞에 펼쳐지고 뻗어 있다. 마리코는 다시 가볍게 액셀을 밟는다.

"순진하고 밝은 것은 탁해지지 않아."

"밝고 낭랑하게 노래하지 않는 새도 있어요."

"그래?"

"예컨대 쇠딱따구리 같은 경우는. 늘 아무도 알아차리지 못할 만큼 작은 소리로밖에 울지 않아요. 기잇 하고."

"쇠딱따구리?"
"딱따구리 종류예요."
"아오쿠리 마을에도 있어?"
"있어요. 오늘 아침에도 계수나무 밑줄기를 올라가면서 울고 있던데요?"
"잘 아네. 몰랐어."
"초등학교 때는 일요일이 되면 다카오 산이나 메이지 신궁의 탐조회에 가곤 했거든요."
들새에 빠진 것은 초등학교 때까지였다. 버드워칭birdwatching이라는 단어가 아직 없던 시절이었다.
"탐조회? 그런 게 있구나."
"있고말고요. 들새회가 주최하는."
"들새회. 들새회라면 알고 있어."
웃으면서 오른손을 핸들에서 떼고 내 왼팔을 가볍게 친다. 마리코 손가락의 스타카토.
"우습죠?"
"아니, 사카니시 군다운 취미라고 생각했을 뿐이야."
"무슨 의미예요?"
"의미 따위 없어. 그럼 들새를 만나고 싶을 때는 어떻게 해?"
"찾죠." 나는 처음으로 웃었다. "그래서 탐조회입니다."
"저런, 수고가 많네."
마리코가 어이없다는 투로 말해서 나는 갑자기 편해졌다.
"호반새라는 굉장히 화려한 색의 여름 철새가 있어요. 커다란 주홍색 부리에 동체도 적갈색인데 여름이 되면 다카오 산 부근에도 오고, 아오쿠리 마을에도 올 거예요. 그런데 이게 좀처럼 보이질 않거든요. '쿄로로' 하는 맑고 깨끗한 소리는 숲에서 들려오는데."

"사카니시 군은 봤어? 호반새?"

"초등학교 때 탐조회에서 처음 발견하는 사람은 보통 저였습니다."

"어떻게 발견하는데?"

"눈에 확 들어와요, 그쪽에서. 정신 차리고 보면 나뭇가지에 앉아 있어요. 호반새는 일단 들키면 체념한 듯이 꼼짝도 않고 움직이지 않거든요."

저런 새가 있다니, 초등학생인 나는 마음이 떨렸다. 부리의 주홍색도 날개의 적갈색도 깊이 빨려들어갈 듯했다.

"그렇지만 사카니시 군이 좋아하는 또 하나의 새는, 음…… 뭐였더라?"

"쇠딱따구리?"

"아, 맞아맞아. 쇠딱따구리. 작은 소리로 기잇 하고 울지?"

"쇠딱따구리 날개는 까만색과 하얀색이 얼룩져 있어서 전체적으로 회색빛이 나요. 호반새하고는 정반대로 눈에 띄지 않고요. 딱따구리치고는 몸집도 작아요. 영어로 'Japanese Pygmy Woodpecker'라고 하던가? 그러니까 지저귀는 소리도 수수해요."

"철새 아냐?"

"일 년 내내 있어요. 기타아오야마에도 아오쿠리 마을에도. 전혀 진귀한 새가 아닌데 나무줄기를 탁탁탁 하고 민첩하게 달려 올라가는 것을 볼 때마다 가슴이 철렁해요. 뭐랄까, 어슴푸레한, 있는 듯 없는 듯한 기척이라고나 할까."

"어슴푸레?"

"이 세상 것이 아닌, 허무한 느낌이라고 할까? 오색딱따구리가 빨간 머리로 나무를 쪼고 있으면 머리에 피가 올라와서 이상해진 사람 같지만, 같은 딱따구리라도 쇠딱따구리는 담담하고 차분하다고 할 수 있어요."

"외관도 행동도 수수하구나."

"그렇지만 쇠딱따구리 둥지는 굉장히 깨끗해요. 둥지 가장자리의 마감이라든가. 오색딱따구리 둥지가 이류로 보일 만큼."

"사람들은 꼼꼼하다느니 이류라느니 말하지만 야생동물에게는 나름의 이유가 있는 게 아닐까?"

마리코는 남의 이야기를 그냥 흘려듣지 않는다. 옆얼굴을 보니 표정이 진지했다. 농담으로 되돌려주려던 말을 그대로 삼켰다.

"이번에 쇠딱따구리를 보면 알려줘."

"물론."

산장을 뒤로했을 때의 어색함이 어느 틈엔지 없어졌다. 쇠딱따구리 덕분이다.

언덕을 올라가는 차 앞 유리창 너머로 올려다볼 만큼 커다란 아사마 산이 나타났다. 초목을 가까이 다가오지 못하게 하는 빨간색을 띤 산 표면은 도저히 이 길과 이어졌다고 생각되지 않는다. 아사마 산의 넉넉한 능선은 예전에 지하 깊은 곳에서 위로 밀려 올라온 마그마가 만든 것이다. 그 터무니없는 힘의 흔적이 2500미터 넘게 위로 솟구친 채 그곳에 머물러 있다. 생각해보면 참 이상한 일이었다. 융기했던 것과 똑같은 질량만큼 대신해서 어딘가가 함몰된 것도 아니었다. 이만한 것이 왜, 일부러 이 장소를 골라서 밀려 올라왔을까? 도대체 어떤 구조와 활동이 있었던 걸까?

마지막 커다란 커브를 돌면 길은 오로지 똑바로 북쪽을 향한다. 두 사람은 어느 순간 다시 입을 다물었다. 카세트테이프도 끝났고, 엔진 소리만이 울리고 있다. 아사마 산은 뒤를 돌아보지 않으면 보이지 않는 위치로 멀어지고 있었다. 분화구에서 희미한 수증기가 떠도는 산을 등지고 우리는 기타아사마의 표고 1000미터가 넘는 곳으로 돌아왔다.

"꼭 한 시간 지각했네."

마리코가 조금 장난치듯이 그렇게 말하면서 브레이크를 천천히 밟고 속도를 떨어뜨린 뒤 아오쿠리 마을로 향하는 길로 간결하게 우회전했다. 까만 르노5는 눈에 익은 숲속 길로 빨려들어가듯이 들어간다.

4시까지의 휴식시간이 막 끝난 여름 별장은 이미 저녁 공기에 싸여 있었다. 팽팽했던 공간에 어딘가 실이 풀린 듯한 틈이 나 있었다. 설계실의 남쪽에 면한 커다란 유리창 너머에서는 석양이 잎사귀 하나하나를 비추고 있었다. 매미 소리가 한층 더 시끄러워진다. 기온도 내려가기 시작하고 있다. 이런 시간에 마리코가 나타나면 공기가 확실하게 그쪽으로 쏠리는 것이 느껴진다. 이구치 씨가 얼굴을 들었다.

"수고했어. 시간이 꽤 걸렸네. 구가루이자와가 붐볐나보네?"

마리코가 진지한 얼굴로 대답했다. "기노쿠니야도 길도 전부 붐벼서…… 늦어서 죄송합니다."

"아, 아니야. 괜찮아. 오늘은 밤에 전원이 다 모이기만 하면 되니까."

두 사람이 대화하는 것을 유키코와 우치다 씨가 얼굴을 들어 바라보고 있다. 유키코는 마리코만 보고 나는 보지 않는다. 마리코는 이구치 씨에게 방긋 그림 같은 웃음을 보이고, 가사실이 있는 일층으로 내려갔다. 나는 잠자코 마리코 뒤를 쫓아갔다. 비스듬하게 뒤쪽에서 우치다 씨 시선이 느껴졌다. 현관에 둔 종이봉투를 양손에 두 개씩 들고 부엌으로 갖고 간다.

"고마워. 나머지는 내가 할게." 마리코가 말한다.

나는 다시 차에 가서 마리코가 준 에코백을 챙겨 이층 서고 겸 침실로 뛰어 올라가 잠옷이랑 여분의 침대 시트가 들어 있는 캐비닛 위에 올려놓았다.

설계실로 돌아가자 우치다 씨가 기다리고 있었다는 듯이 작은 목소리로 말을 걸었다. 개인적인 대화가 적고 숨이 답답할 만큼 조용한 기타아오야마 사무소 공기는 유리창을 열어젖힌 여름 별장에서 새와 벌레 울음소리, 잎사귀 스치는 소리, 멀리서 들려오는 예초기 엔진 소리 등에 섞여 느긋하고 편안한 공기로 바뀐다. 나는 이 너무 조용하지 않은 고요함이 좋았다. 우치다 씨 목소리도 큰 상수리나무 부근에서 들려오는 매미 소리에 겹쳐서 아마 나한테밖에 들리지 않을 것이다.

"오늘 밤 식사가 끝나고 나서 가와라자키 씨랑 고바야시 씨가 국립현대도서관 설계안을 프레젠테이션하기로 되어 있어."

이구치 씨가 고양되어 있는 것은 그 때문이었다.

"그래서 저녁을 좀 일찍 끝냈으면 좋겠어. 나도 거들게. 후딱 해치우자고. 식료품도 마침 구비됐고 말이지."

마지막 말은 작은 목소리에서 보통 목소리로 돌아왔다. 우치다 씨는 약간 연극 같은 웃음을 띠었다. 우치다 씨는 복잡한 사람이다. 신경질적으로 생각에 잠겨 있는가 하면, 이 세상은 즐거운 일뿐이라는 듯한 미소를 띠기도 한다. 그 일순간의 미소가 그 전의 대화로 돌아갈 수 없게 선을 그어버린다. 엿볼 수 없는 그 안쪽으로는 아무도 들어갈 수 없다. 우치다 씨의 연극하는 듯한 웃는 얼굴을 나는 좋아했다.

"채소를 대량으로 쪄서 설로인소고기 가운데 허리 고기 윗부분의 이름으로 로스트비프를 만들기로 하지. 비시스와즈고운 체로 거른 감자와 양파에 우유, 생크림을 넣은 프랑스의 포타주도 식혀두었고. 그거면 충분하지. 빵은 바게트와 캄파뉴호밀을 이용해서 만든 발효된 프랑스 빵가 있고. 사 왔지?"

"사 왔습니다."

"모처럼 갓 구운 빵이니까 올리브오일에 발사믹, 거기에 후추를 갈아서 찍어 먹자고. 그거면 배가 불러도 머리는 잘 돌아가니까."

우치다 씨는 쿨한 얼굴로 그렇게 말했다. 서양인과 일본인의 사고의 강도 차는 주식主食의 차이에서 온다는 것이 우치다 씨 지론이었다. 일본인이 철저하게 사물을 생각하지 않는 것은 부드러운 쌀밥을 먹기 때문으로 특히 저녁에 밥을 먹으면 머리가 멍청해진다고 한다.

식사는 꼼꼼하게 방침을 정확히 세우고 나서 준비에 착수하는 것이 우치다 식이었다. 차가운 수프 레시피도 감자 비시스와즈뿐 아니라 옥수수와 완두콩 포타주, 가스파초토마토, 후추, 오이 등으로 차갑게 만들어 먹는 스페인 수프 등 여러 가지가 있어서 나는 비망록에 여러 개 적어두었다. 비시스와즈도 닭 뼈로 육수를 우려내는 데부터 시작하기 때문에(우치다 씨는 닭고기 수프라고 하지 않고 'Fond de volaille'라고 한다) 점심이 지나면 냄비를 불에 올려놓는다. 오늘 밤의 로스트비프도 우치다 씨가 잘하는 요리다. 호스 래디시서양 고추냉이도 부탁해서 사 왔다. 이구치 씨는 우치다 씨의 요리에 대한 정열이 이해하기 어려운지, "우치다 군의 서양요리"라고 한숨을 섞어 말하면서 그런 정열이 있거든 설계에 쏟으라는 듯한 얼굴을 보인 일이 있다. 미식가가 아닌데도 선생님은 그 정열을 재미있어하여 우치다 씨가 식사 당번일 때는 가끔 부엌에 들어온다. 우치다 씨의 손을 들여다보며 드문드문 질문하면 우치다 씨는 기쁜 것도 기쁘지 않은 것도 아닌 묘한 얼굴로 대답한다. 요리 솜씨도 지식도 우치다 씨한테는 건축가에게 필요 불가결한 조건인 것 같았다. 여름 별장에서 처음 식사 당번이 되었을 때, 우치다 씨는 접시를 씻으면서(접시 씻는 법에도 일본 식기는 빠뜨리기 쉬운 밑 받침대부터 씻어야 한다는 등의 우치다 식이 있었다) 이런 말을 했다.

"먹고 자고 사는 곳이라고 한 것은 참 적절한 표현이야. 이들은 뗄 수 없는 한 단어로 생각해야 돼. 먹고 자는 것에 관심 없이 사는 곳만 만들겠다는 것은 그릇만 만들겠다는 얘기잖아? 그러니까 나는 부엌일을 안 하는 건축가 따위 신용하지 않아. 부엌일, 빨래, 청소를 하지 않는 건축가에게 적어도 내가 살 집을 설계해달라고 부탁할 수는 없어."

여름 별장에서는 당번제로 요리, 청소를 하고 빨래는 각자 한다. 뒷마당에는 밭도 있으니까 거기에서 채소를 키우고 수확한다. 우치다 씨 요리는 별격이라 하더라도, 누구라도 어지간한 요리는 할 수 있었다. 나는 5월부터 혼자 살기 시작했기 때문에 레퍼토리는 아직 얼마 안 되지만, 부엌 도구는 우치다 씨가 어딘가에서 발견해 가져온 것이 여럿 있어서(예를 들어 원심분리 원리를 이용해 채소의 물기를 털어내는 볼이라든가 수동식 치즈 강판 등), 요리를 배우는 즐거움에 그러한 도구를 써보는 신기함이 더해져서 분담해서 하는 부엌일은 생각보다 훨씬 재미있었다.

"그런데 마리코네 별장은 어땠어?"

우치다 씨는 마룻바닥에 떨어진 지우개를 주우면서 나한테만 들리는 작은 목소리로 중얼거리듯이 말했다. 갑자기 다리를 후려치기 당한 것처럼 얼굴이 금방 빨개지는 것이 느껴졌다. 그래도 한껏 태연하게 대답했다.

"역시 선생님 설계였더군요. 설계도 책에는 실려 있지 않아서 처음 알았습니다."

"실려 있지 않은 집이 여러 개 있어. 마리코네 집은 1960년 준공이니까 여기보다 사 년 늦어. 그렇지만 곰곰이 보면 같은 시기라는 걸 바로 알 수 있지. 그래서 어땠어?"

우치다 씨는 내 동요 따위에는 전혀 상관하지 않고 "어땠어?" 하고 되풀이했다. 집뿐 아니라 마리코도 포함한 질문으로 들렸다. 그렇지만 왠지 내 대답을 기다리는 우치다 씨는 관심 없다는 얼굴이다. 그것을 보고 조금 마음이 가라앉았다. 마리코의 별장에서 내가 본 곳, 보지 않은 곳을 똑바로 전달해야겠다고 순간적으로 생각했다.

"현관과 거실밖에 보지 못해서 전체는 잘 모르지만, 여기 디테일과 공통되는 부분이 여러 군데 있는 것 같았어요. 손질이 잘 돼서 소중하게 쓰고 있다는 느낌이 든 것과, 바깥쪽 미늘 판자는 아마도 당시 그대로일 텐데 관리를 잘해서 아주 깨끗했습니다. 현관문도 많이 쓴 맛이 있고 놋쇠 손잡이 같은 것은 반짝거리고."

"그 당시 집치고는 아일랜드식 부엌이 신선하고 잘되어 있지."

나는 싱크대 앞에서 마리코와 나란히 컵을 씻고 닦았던 일을 들킨 것 같아서 다시 귓불이 뜨거워졌다. 역시 우치다 씨도 마리코네 별장에 간 일이 있었던 것이다. 마리코가 우치다 씨를 대하는 태도도 생각해보면 필요 이상으로 쌀쌀한 것처럼 느껴진다. 나는 점점 혼란스러워졌다.

마리코가 다시 이층에 올라왔다. 우리한테는 눈길도 주지 않고 그대로 선생님이 계시는 소장실 앞에 선다. 문을 노크하고 안에 들어가 마리코는 한동안 나오지 않았다. 우치다 씨는 아무 일도 없었던 것처럼 책상에 앉았고, 나도 슬슬 완성하지 않으면 안 되는 실측도의 남은 작업에 착수했다.

火山のふもとで

태풍으로 인한 정전은 일단 복구되었지만, 점검 결과 몇 군데 송전선 교환이 필요한 것으로 밝혀졌다. 오늘도 그 작업 때문에 오후부터 전기가 들어오지 않았다. 자가발전기는 가동했지만, 식당 테이블에 늘어선 촛불에 의지해 저녁을 먹기로 했다. 비시스와즈와 로스트비프, 밭에서 막 따온 가지랑 토마토, 피멘토파프리카의 일종에 주키니, 오크라아욱과의 풀 등 여름 채소 찐 것을 늘어놓았다. 색색가지 채소에는 호두 오일과 채 썬 레몬, 바게트에는 올리브 오일과 발사믹을 준비하고, 커다란 페퍼 밀과 솔트 밀이 이 사람 저 사람의 손으로 왔다 갔다 한다.

식사가 끝날 때쯤 이구치 씨가 오후에 열린 자치회 회의에서 노미야 하루에를 오래간만에 보았다고 얘기하기 시작했다. 노미야 하루에는 전보다 훨씬 더 작아진 것 같았고 다른 때 같으면 바로 해결책이 나오지 않을 귀찮은 문제를 꺼내서 형식대로 진행하면 끝날 회의에 찬물을 끼얹는 역할을 도맡는 사람이지만, 오늘은 반딧불이 연못 주변의 반딧불이 수가 갑자기 준 것이 신경쓰이니까 도쿄 공대 대학원생인 조카딸에게 조사시키기로 했다고 짧게 보고하더니 도중에 가버렸다고 한다.

"이렇게 말하는 건 좀 그렇지만, 노미야 선생님도 이제 그렇게 길지 않으실 것 같아." 이구치 씨가 말했다.

"어머, 너무해."

마리코가 동의를 구하듯이 유키코를 보았다. 유키코는 마리코에게 미소를 보이고 나서, 바로 걱정스러운 듯이 눈썹을 찡그렸다.

"반딧불이 말인가. 분명히 줄고 있을지도 모르지. 물이 더러워진 것 같지는 않던데, 물고기가 늘어서 유충을 먹어버리는 걸까?" 식사를 마치고 커피를 마시던 선생님이 말했다.

"반딧불이 연못에는 잉어가 있죠? 잉어가 반딧불이 유충을 먹는다는 얘기가 있던데요."

유키코는 나무나 꽃, 풀 이름, 그리고 물고기랑 벌레 이름을 많이 알고 있었다. 주말이면 사사이 씨랑 등산로로 해서 1600미터 정도 되는 소아사마 산에 올라가기도 한다. 풀과 꽃 그림을 그린 스케치북도 있어서 나는 그 스케치북 덕분에 미네즈오, 왜솜다리, 달구지풀이라는 꽃을 알게 되었다.

고바야시 씨와 가와라자키 씨는 〈현대건축〉 최신호에 게재된 후나야마 게이이치가 설계한 궁전에 대해 얘기하고 있었다. 영국에서 독립한 지 약 십 년 된 산유국 카타르의 특별 부탁으로 설계한 것으로, 얼마나 공사비가 들었는지 기사는 당연히 언급하지 않았고 짐작도 가지 않는다. 카타르뿐 아니라 그 근방의 나라들도 경쟁하듯이 대규모 건축물을 후나야마에게 의뢰하고 있다는 소문도 있었다. 국왕과 직접 얘기한 뒤 예산을 쓰고 싶은 만큼 넉넉하게 쓰고 맘껏 솜씨를 부릴 수 있었던 것 같다. 사사이 씨는 두 사람 얘기에 그냥 넘길 수 없다는 듯이 "그렇다면 제약도 많고 예산도 넉넉하지 않은 일본 경합 설계까지 구태여 참여하지 않아도 되잖아?" 하고 말했다. 궁전 같은 기념비적인 일이야말로 정말 후나야마 게이이치한테 맞는 게 아닐까?

세 사람의 얘기는 불온한 분위기로 나아가고 있었다. 후나야마 게이이치는 늘 자기가 건축계 중심에 있기를 바라니까 널리 주목을 모으는 국가적 프로젝트 경합이라면 어떤 것이라도 꼭 참여할 것이다. 국립현대도서관 경합에 참여한 것도 전혀 이상하지 않다.

같은 테이블에서 그런 얘기가 오가도 선생님은 못 들은 척했다. 한편 우치다 씨는 궁전이라는 단어가 왔다 갔다 하자, 몸을 이쪽으로 빙 돌려서 벌집 얘기를 시작했다. 맥락 없이 얘기를 시작하는 것은 여느 때와 같았지만, 후나야마 게이이치 얘기를 막으려는 것만은 분명했다.

낙지 통발도 그렇지만, 사람이 가짜 벌집을 준비해서 생물을 잡으려 불러들이기도 하고 머물러 살게 하기도 한다. 그중에서도 양봉 벌집만큼 잘 만들어진 것은 드물다. 벌집의 그리드가 육각형인 것은 재료가 많이 들지 않고, 외부 충격에도 잘 견디는 구조이기 때문인데, 같은 형태의 방을 벌통으로도, 요람으로도, 탁아실로도, 식료품 창고로도 쓸 수 있는 다목적성까지 지니고 있다. 육각형이 연결되어 만들어진 판때기 형태의 벌집은 두 장이 한 세트로 서로 등을 맞대고 그것이 여러 세트 옆으로 연결되어 매달려 있다. 벌집 판과 벌집 판 사이는 벌의 몸통 정도의 틈밖에 없기 때문에, 일벌도 여왕벌도 어느 쪽 면으로도 바로 이동할 수 있고, 겨울에는 패널 히터처럼 보온이 되기 때문에 기온이 영하로 떨어지는 추운 곳에서도 월동을 할 수 있다. 우치다 씨는 생물 선생처럼 막힘없이 설명한다. 어떤 지점에선가 건축 얘기로 옮겨갈 듯이 생각하게 만들면서 결국 그렇게는 하지 않는다. 가만히 귀를 기울이고 있던 선생님이 입을 열었다.

"양봉용 벌집은 정말 잘 만들어진 물건이지만, 그건 결국 자연의 벌집 구조를 흉내낸 거지."

"네, 구조는 같습니다. 결정적으로 다른 것은 뚜껑을 열면 벌집 판을 자유자재로 붙였다 떼어냈다 할 수 있는 점이죠."

19세기까지 사람들은 벌꿀을 채집할 때마다 벌집을 부쉈다. 어지간히 따뜻한 동남아시아 부근은 차치하더라도, 막대기 형상의 벌집은 비바람이나 냉기, 말벌 같은 외적이 간단히 침입할 수 없게 나뭇진과 프로폴리스로 된 얇은 벽으로 덮여 있기 때문에 벌꿀을 채집하려면 아무래도 일부를 부숴버릴 수밖에 없었던 것이다. 정기적으로 벌꿀을 채집해온 사실을 생각할 때, 꿀벌에게는 물론 인간에게도 그다지 효율적인 방법이라고 할 수 없었다. 벌집을 부수지 않고 벌꿀을 효율적으로 채집할 방법이 없을까, 라는 생각에서 만들어진 벌집이 19세기 미국의 로렌조 로렌 랑스트로스라는 목사 작품이다. 우치다 씨는 지금까지 여러 번 언급했던 것처럼 목사 이름을 술술 말한다.

꿀벌 판이 여러 층 매달려 있는 것을 보고, 캐비닛 안에 매달아놓은 파일을 연상한 랑스트로스 목사는 그것과 똑같은 구조로 만들면, 꿀을 채집할 때마다 벌집을 부수지 않아도 되겠다고 생각한 것이다.

"랑스트로스의 관찰력과 발상은 물론 그분의 개인적 능력이겠지만, 그렇게 완성된 형태의 벌집으로 번안할 수 있었던 것은 프로테스탄트 목사이기 때문이라는 생각도 들어요."

"그건 어떤 의미죠?" 내가 물었다.

"프로테스탄트 교도들은 효율이라든가 쓰임새 같은 것을 고려해서 기존의 사물을 개량하는 능력이 아주 뛰어났어. 프로테스탄트의 원점은 애당초 그런 것이었으니까. 마틴 루터가 종교개혁을 유럽에서 급속하게 확대시킬 수 있었던 것은 범용성을 철저하게 생각한 개혁이기 때문이지. 구텐베르크가 발명한 활판인쇄라는 새로운 기술을 사용하면 한 글자 한 글자 손으로 베끼던 사본보다 몇백 배 빨리, 대량으로 인쇄하는 것이 가능했지. 게다가 그때까지 터무니없이 크고 무거웠던 탁상용 성경을 루터는 들고 다닐 수 있는 작은 사이즈로 바꿨어. 또 대부분의 사람이 읽지도 못하고 읽으려고도 하지 않은 라틴어가 아니라, 책의 세계에서는 천시되던 독일어로 번역했지. 덕분에 성경은 급속히 널리 읽히게 된 거야. 프로테스탄트들의 실용성에 대한 감각과 신뢰는 이런 데서부터 시작됐다고 할 수 있어."

벌집 구조도, 벌집의 발명도, 루터의 성경도 모두 책에서 얻은 지식이겠지만, 우치다 씨의 입에서 나오면 독자적인 탁견으로 들린다.

“셰이커 교도들의 가구가 극히 실용적이면서 군더더기 없이 아름다운 것도 자네 얘기하고 뿌리 부분 어딘가에서 연결되는 것 같군.” 선생님이 말했다.

“말씀대로라고 생각합니다. 셰이커 신도는 끊겼지만, 그들의 가구는 남았죠. 랑스트로스가 죽은 뒤에도 양봉용 벌집은 20세기 초에 미국 전역에서 유럽으로 퍼져나갔죠. 막대한 빚을 갚지 못한 구텐베르크가 기소당해서 기계도 공방도 모두 몰수되었지만 그럼에도 활판인쇄기는 눈 깜짝할 사이에 유럽 전역에 퍼져나간 것과 같습니다. 즉 누구라도 흉내내서 만들 수 있을 만큼 벌집도 인쇄기도 단순한 구조였던 거죠. 자본주의를 발전시킨 원동력은 바로 프로테스탄티즘이라는 유명한 설을 당시 막스 베버가 주장하기도 했지만 ‘누구라도 알 수 있고’ ‘누구라도 쓸 수 있다’는 것만큼 강한 것은 없다고 저는 생각합니다.”

이구치 씨가 거북한 듯이 우치다 씨를 힐끗 본 것 같았다. 이구치 씨는 우치다 씨의 이런 얘기에는 관심도 없을뿐더러, 그다지 좋게 생각하지 않는다. 민감한 우치다 씨가 그것을 눈치채지 못할 리 없다.

“간단하고 간결하다는 것은 사람을 가리지 않지. 어떤 구조로 되어 있는가 설명하지 않아도 어떻게 사용하는지 저절로 알 수 있으니까 말이야. 건축에서 사소한 장치를 생각할 때도 사는 사람과 쓰는 사람이 그 장치를 스스로 발견할 수 있게 하는 것이 이상적인 거야. 취급 설명서 따위 붙이지 않아도 알 수 있는 것이 훨씬 더 우위라고.”

벽시계를 본 선생님이 "자, 그럼 이제 슬슬" 매듭짓듯이 말하고 일어섰다. 국립현대도서관 프레젠테이션이 시작되려 하고 있었다. 고바야시 씨와 가와라자키 씨가 한발 먼저 설계실로 간다. 분담해서 식기를 치우는 동안 쓸데없는 얘기는 아무도 하지 않는다. 설계실로 가자 큰 테이블에서 고바야시 씨와 가와라자키 씨가 커다란 크로키북을 앞에 놓고 낮은 소리로 이야기를 나누고 있었다. 모두 모이자 갈색 가죽수첩을 한 손에 든 선생님이 소장실에서 나왔다. 전원을 좌우로 볼 수 있는 테이블 짧은 쪽에 고바야시 씨가 앉아 있다. 크로키북을 세워서 왼손으로 받치고 긴 손가락으로 한 장씩 넘기면서 천천히 설명을 시작한다. 나는 내 수첩에서 새 페이지를 펼치고 고바야시 씨 말을 연필로 메모해갔다. 유키코도 메모를 했다.

고바야시 씨의 플랜은 지하 이층, 지상 삼층에 걸쳐서 정방형 플로어를 쌓아올린 것이었다. 부지 남쪽에는 조금 더 작은 정방형이 있어 그곳에 레스토랑, 카페, 탁아실, 강당 등이 모여 있다. 크고 작은 두 개의 정방형은 안뜰을 내려다볼 수 있는 유리로 된 회랑으로 연결되어 있다. 도서관 기능과 부속시설 기능을 분명하게 나눈 구성이었다.

얼핏 봤을 때 특징적이었던 것은 개가식 책장 배치였다. 책장은 모두 완만한 S자 커브를 그리고 있어서, 위에서 내려다보면 정방형 공간에 큰 강이 흐르고 있는 것 같았다. 오가타 고린에도 중기의 화가의 대표작 〈홍백매화 병풍〉이 떠올랐지만, 고린의 강보다 훨씬 완만하다. 책장의 강은 정방형 중앙을 똑바로 지나가는 것이 아니라, 건물 북북동쪽에서 남남서로 비스듬히 흐르기 때문에 남동과 북서에 공간이 남는다. 고바야시 씨는 그 공간에 열람용 테이블을 늘어놓았다. 좀더 자세히 보면 책장의 S자 중간쯤이 떨어져 있어서 그 사이를 사람들이 왕래할 수 있게 되어 있다. 빈틈없이 동선이 확보되어 있는 것이다.

고바야시 씨가 말했다. "국립현대도서관의 최대 과제는 이용하는 사람들이 즐겁게 책을 고르게 하는 것입니다. 그렇지만 도서관을 운영하는 측 논리로 플랜을 짜게 되면 아무래도 관리하기 쉬운 것을 우선하여 서가를 배치하게 됩니다. 게다가 도서분류법을 따르면 수장되어 있는 책들이 무기질처럼 보이게 되죠. 이 도서관은 책을 찾는 곳뿐 아니라, 별생각 없이 와서 서가와 서가 사이를 걸어다니기만 해도 즐거운 장소로 만들려고 했습니다. 강도 호안護岸공사가 된 똑바른 방죽을 걷는 것보다도 구불구불 굽이치고 있는 편이 산책하기 즐거울 테니까요."

'즐겁다'라는 단어를 연발하는 것치고는, 고바야시 씨는 여느 때의 우수를 띤 채 미소 하나 보이지 않는다.

큰 정방형 본관과 작은 정방형 별관을 세로로 연결해서 배치한 것은 남북으로 긴 장방형 대지에 대응한 것이고, 공공 도로와 접해 있는 일층에 레스토랑이 들어갈 별관을 둠으로써 도서관에 대한 심리적 문턱을 낮게 연출할 수 있다고 생각했기 때문이다. 각각 정방형으로 한 이유는 커브를 그리고 있는 책장을 담을 상자는 심플한 정방형으로 하는 편이 심리적인 안정감이 생길 것이라는 판단에서였다.

"레스토랑과 탁아실을 별관에 집어넣은 이유는?" 선생님이 물었다.

"음식 냄새나 아이들 목소리는 도서관에 어울리지 않는다는 것과 조용하고 어슴푸레한 본관에서 밝은 별관으로 옮겨가면 해방감이 있어서 좋지 않을까, 해서입니다."

"도서관동의 유리창이 꽤 작구먼."

"장서가 햇빛에 변색되는 문제도 있지만, 역시 도서관은 다소 어두운 편이 심리적으로 안정되지 않을까 합니다. 서가에는 미술관에서 사용하는 조명을 준비하고, 열람용 테이블에는 독서등이 있기 때문에 책 읽는 데에는 문제가 없습니다. 그 대신 레스토랑 쪽은 자연광이 충분히 들어오게 무조건 유리창을 크게 잡았습니다."

"다들 어떤가? 질문 없나?" 선생님이 우리를 둘러보며 말했다.

설계실 유리창은 낮과 똑같이 열려 있었다. 벌레 울음소리가 한층 더 크게 울린다. 안뜰에 있는 계수나무 아래 유아등誘蛾燈에 크고 작은 다양한 벌레가 모여든 것이 보인다.

우치다 씨가 물었다. "서가의 책들은 도서분류법을 따를 거죠? 그렇게 되면 가변성이 있는 경우 책을 어떻게 구분해서 정리할 건가요? 예컨대 저자명 순으로 왼쪽에서 오른쪽으로 늘어놓을 경우, 맨 위쪽 단에서 다음 단으로 내려갈 때의 반환점을 어디로 할 건지와 같은 문제가 있죠. 그리고 각 층의 플로어 구획은 어떻게 할 건가요?"

"이것은 가와라자키 씨와도 의논했지만, 서가에 집어넣을 책은 기획성 있게 선정해서 배열하는 것이 좋지 않을까 합니다. 지하 이층을 폐가식 수장고로 하고, 종래의 도서관처럼 수장 기능을 집약적으로 맡게 합니다. 지상 삼층의 일부는 쇼케이스처럼 만들어, 특별 기획을 할 때마다 배열을 바꾸는 거죠. 미술관이나 박물관, 학예원처럼 개가식 서가에 놓을 책을 전시품으로 생각해서, 무엇을 어떻게 선택하고 어떻게 배열할 것인지 도서관 사서가 결정하는 겁니다. 망라해 모으는 것은 국회도서관의 역할이고, 현대도서관은 책과 만나기 위한 장소로 만든다, 그 정도는 돼야 이 도서관을 세우는 목적을 수행할 수 있죠."

"그렇지만 그렇게 능력 있는 도서관 사서는 많지 않겠죠? 그들은 분류, 정리, 관리하는 데에는 프로지만 학예원적으로 행동하려고 해도, 애당초 직능상 무리가 있지 않을까요?"

우치다 씨의 질문에 고바야시 씨가 기죽지 않고 대꾸한다.

"그건 그럴지도 모르죠. 그렇다면 처음에는 외부 사람도 섞어서 도서 선정위원회 같은 것을 만들면 되죠. 다만 테마 설정은 가능한 한 쉽게, 예컨대 사망 이십 주년을 기해 한 작가를 회고하는 기획전 같은 것도 좋을 것 같습니다. 그 기간 중에는 작가가 출연한 영상을 홀에서 상영해도 좋고 영화화된 원작도 얼마든지 있겠죠. 전후에 간행된 책 전체에서 어떤 테마를 발굴하는 것을 그렇게 어렵게 생각할 것은 없습니다. 만약 요리책이랑 요리에 관한 에세이를 잡지까지 포함해서 전시하면 생활상의 변화와 해외 요리문화 수용 과정을 책의 배치만으로도 조감할 수 있을지 모르죠."

선생님이 입을 열었다. "책을 테마에 따라 배열하는 것은 진지하게 생각할 만한 가치가 있어. 종래의 도서관은 책 선택을 이용자에게 맡기는 수동적 시스템이었지. 책을 빌리러 오는 이용자에게는 찾는 책이 있는가 없는가가 중요하니까 국회도서관쯤 되면 국가의 지적, 문화적 재산을 모두 소장하는 것이 최대의 역할이지. 그러나 이렇게 방대하게 책이 간행되고 있는 시대에 19세기의 도서관 같은 콘셉트로 하다 보면 사장되는 책이 늘어갈 뿐이야. 이용자들이 이거다, 할 만한 새로운 제안이 필요하지. 다만, 이런 제안은 말로 설명하는 것만으로 납득시키기 어려워. 건물 디자인 그 자체로 설득해야 해."

무엇보다도 설득력을 지니는 것이 디자인이라는 생각은 늘 선생님 설계의 중심에 있다.

"책 대출은 안 하는 거죠?" 유키코가 물었다.

그 건물에 어떤 목적이 있고, 어떻게 이용될 것인가가 설계의 모든 것을 결정한다. 그러나 작품성을 우선하다가 사용할 때의 편리성을 희생한 건축물이 놀랄 만큼 많다. 구조도 플로어 플랜도 쓰는 사람의 편의를 위하는 데서 시작되어야 한다는 것이 무라이 설계사무소의 굳건한 원칙이었다. 주택을 설계할 때 선생님이 의뢰인과의 대화에 놀랄 만큼 많은 시간을 들이는 것도 그 때문이다. 선생님은 몇 안 되는 자작 해설에서 '가족 구성이 같다 하더라도, 맞벌이 부부의 집과 전업주부가 있는 집은 자연히 플랜이 달라진다'고 하고 있다. 중요한 것은 놓치기 쉬울 만큼 평범한 말로 얘기되는 법이다. 유키코의 질문은 기본적으로 대출을 하지 않는 국립국회도서관이 염두에 있어서 한 것이었을 것이다.

"책 대출은 하지 않는다는 원칙이 미리 정해져 있습니다. 이 도서관은 파묻혀 있는 책들과 만나기 위한 장소입니다. 여기에서 읽고 싶은 책을 발견해서 공공 도서관에서 빌려도 되고, 헌책방에서 사도 되죠. 열람용 의자와 테이블을 편하게 만들면, 일부러 도서관에 다니면서 책을 끝까지 읽어보는 즐거움도 생기죠. 현대도서관은 책 대출 서비스 기관이 아니라, 책과 기적처럼 만나기도 하고 독서를 위해 정리된 환경에서 질 높은 책 읽기를 할 수 있는, 그런 장소로 만들고 싶습니다."

가와라자키 씨의 플랜은 한층 더 대담했다. 남북으로 다소 긴 장방형 부지 북쪽에 부지 가득 원통형 도서관이 서 있다. 고바야시 씨 플랜과 똑같이 지하 이층, 지상 삼층 구조이지만, 일층 부근의 바닥 면적은 상당히 넓다. 레스토랑과 탁아실은 일층에, 강당은 지하 일층에, 수장고는 지하 이층에, 개가식 서가와 열람실은 이층과 삼층 두 개 층을 점하고 있다. 플로어도 건축 형태 그대로의 원형으로, 벽에서 중심을 향해서 동심원 형태의 사중 서가를 끌어안고 있다. 원형 서가는 바깥쪽부터 각각 다섯 군데, 네 군데, 세 군데, 두 군데 끊겨 있어서 열람자는 바깥쪽에서 안쪽으로, 혹은 안쪽에서 바깥쪽으로 드나들 수가 있다. 어릴 때 자주 했던 유리구슬을 원 중심으로 모으는 포켓게임과 비슷하다.

벽 쪽에 있는 회랑은 이층에서 삼층으로 경사로 연결되어 있다. 이층 중심부에서 시작해서 서가를 전부 둘러본 뒤에 삼층으로 올라가고, 이번에는 삼층의 커다란 원에서 중심을 향해 모든 서가를 보면서 한 번에 빙 걸어갈 수 있다. 가와라자키 씨는 우리 하나하나에게 눈길을 주어 반응을 확인하면서 얘기를 진행시킨다.

"원형 도서관이라면, 군나르 아스플룬드의 스톡홀름 시립도서관이 있어요. 대영도서관도 커다란 돔식 건물에 개가식 서가입니다. 파리 국립도서관에도 원형 서가가 있습니다. 그러나 모두 서가는 벽 쪽에만 있죠. 이 플랜은 사중 원으로 구성되어 있어서, 아스플룬드의 도서관처럼 서가 전체를 볼 수는 없습니다. 원형의 미로라고 하는 편이 더 적절할지도 모릅니다. 다만 원 중심에 톱라이트천장에서 내리비추는 조명가 있고 서가 높이를 2미터로 제한했기 때문에 공간으로는 답답하지 않고, 천장이 트여서 밝은 느낌이 듭니다. 미로라고는 해도 길을 잃게 하는 것이 목적이 아니니까 원주가 끊긴 부분에 표지판 형식의 지도를 달아서 현재 위치를 알립니다. 이층과 삼층은 슬로프로 연결했습니다. 원형 슬로프라고 하면 프랭크 로이드 라이트의 구겐하임 미술관이지만, 그쪽은 오층까지 엘리베이터로 올라가고 나서 슬로프로 내려오는 스타일이라 일방통행이라는 느낌이 강하죠. 이것은 양쪽 어느 쪽에서도 오갈 수 있고, 중앙부에도 나선형 계단을 만들었으니까 왕래하기 쉬울 겁니다."

"일층만 통유리로 되어 있군?" 선생님이 말씀하신다.

"네. 천장높이가 4.5미터이기 때문에 상당히 개방적입니다. 레스토랑을 밖에서도 잘 보이게 한 것은 고바야시 플랜과 같습니다. 천장높이를 넉넉히 잡은 것은 레스토랑 분위기 때문이기도 하지만, 같은 층 반대쪽에 있는 탁아실을 중간층이 있는 이층으로 만들어서 아기들은 천장높이를 낮게 한 중간 이층에 있게 해서 보모들과의 교류를 친밀하게 만들고 싶습니다. 저는 애가 없어서 조금 연구해봤는데, 아이들은 일반적으로 넓은 공간을 좋아하지 않는 것 같아요. 그리고 모빌 같은 것을 매달기에도 천장이 낮은 편이 편리한 것 같고요."

모빌 얘기가 나오자 사사이 씨가 쿡 하고 웃었다.

"고바야시 군이 말하던 기획전은 이 공간의 경우 상설 서가와 어디에서 구분을 짓게 되나?"

선생님은 왼쪽 팔을 테이블 위에 올려놓고 오른손으로 턱을 괴고 있다. 마음에 들지 않을 때는 등을 의자에 내맡기듯이 하고 팔짱을 낀다. 관심이 있을 때는 몸을 내밀듯이 하고 손으로 턱을 괴는 자세가 된다. 그렇게 가르쳐준 이가 우치다 씨였다.

"기획전 규모에 따라 달라지지만, 플로어 하나를 모두 써도 되고, 아니면 가운데의 두 바퀴만큼 사용해도 되고, 공간은 어떻게든 바꿀 수 있습니다."

팔짱을 끼고 있던 우치다 씨가 말한다. "책 교체가 힘들 것 같네요."

"수장고를 넉넉히 잡았기 때문에 처음에는 서가에 상당히 여유가 있을 겁니다. 허리보다 아래 서가는 캐비닛으로 만들어서 책을 교체할 때 잠시 넣어두는 공간으로 쓰면 비교적 수월하게 돌아갈 겁니다. 원 중심부의 서가는, 예컨대 작가 기획전을 열 때는 전시 쇼케이스로 써서 친필 원고나 사진 등을 진열하면 어떨까 합니다. 일층과 삼층 두 군데를 모두 쓰면 꽤 많은 양을 전시할 수 있을 겁니다."

"어때? 다들 다른 의견은 없나?"

선생님은 그렇게 말하고 의자에 몸을 기댔다.

이구치 씨가 입을 열었다. "서가 재료는 뭘로 할 생각인데?"

가와라자키 씨가 고바야시 씨를 보고 나서 말했다.

"둘 다 너도밤나무 집성재를 생각하고 있습니다."

"가격도 가격이지만, 멜라민수지 같은 것을 쓰는 편이 일상적인 관리가 쉽지 않을까?"

"펄프가 원래 목재니까 압도적으로 목재가 좋다고 생각합니다. 진열했을 때 안정감도 있고, 미끄러지지 않으니까요. 곰팡이나 좀을 생각해도 비교가 안 되죠. 멜라민은 먼지가 쌓이면 더러워 보이기도 하고요."

선생님이 이구치 씨를 보고 말한다. "스틸 이동식 서가를 만든 적이 있었지? 그건 실패였어. 책은 흐물흐물 쓰러지지, 먼지는 달라붙지, 곰팡이도 피기 쉽고 나무는 스틸과는 달리 숨을 쉬니까 말이야."

그 뒤 조명, 에어컨 계획, 마룻바닥 재료 선택, 기계실과 사무실 배치, 주차장 공간 등 세부적인 설명과 확인이 이어졌다. 졸린 듯한 얼굴의 마리코는 중간에 차를 서빙하고는, 그대로 몸을 씻고는 자기 방으로 들어간 것 같다. 시계를 보니 12시가 지나려 하고 있었다.

"오늘은 여기까지 하지. 모두 수고했어요. 어느 쪽 플랜도 대담하게 시도되었군. 나도 지금 이것도 아니고, 저것도 아니라서 여러 가지 해보고 있지만 두 사람의 플랜을 듣는 동안에 몇 가지가 떠올랐어. 다음 주까지는 아마 정리가 되겠지. 그럼 오늘은 여기까지. 다들 수고했네. 내일 아침 당번은 누구지?"

"저와 사카니시 군입니다." 유키코가 바로 대답했다.

한참 쳐다보았지만, 유키코는 나를 보지 않았다.

"벌써 시간이 이렇게 되었으니 내일 아침식사는 한 시간 정도 늦추기로 할까? 8시부터면 어떤가?"

"그렇지만……." 내가 말했다.

"선생님이 시장하시지 않을까요? 7시 반에는 드실 수 있게 하겠습니다. 좀더 천천히 일어나고 싶은 분은 8시쯤 오셔도 괜찮게 준비해두겠습니다."

"그럽시다."

유키코가 밝은 목소리로 이어받아 "그럼 7시에 부엌에서" 하고 말했다.

우치다 씨와 함께 목욕을 했다. 새 욕조로 막 바꿔서 노송나무 향내가 가득 떠돌고 있었다. 콧구멍 깊숙한 부분부터 잠이 달아난다. 손발에 닿는 욕조의 노송나무가 반들반들 기분이 좋다.

"어느 쪽 플랜이 흥미로웠어?"

우치다 씨의 목소리가 목욕탕에 울린다. 욕조 안에서 몸이 풀린 나는 머리에 떠오르는 대로 얘기했다.

"명석하고 예쁜 것은 가와라자키 씨 플랜이라고 생각하지만, 원통형 공간에 책장까지 원형으로 하면 실질적으로는 어지러울지도 몰라요. 작년에 처음 구겐하임 미술관에 갔을 때 나선형으로 내려오는 바닥에 수평면이 전혀 없어서 걷다가 약간 현기증이 나고 속이 울렁거렸거든요."

"구겐하임은 역시 미술관이기 전에 라이트가 남기고 싶었던 기념비인 거지. 뉴욕 5번가의 정방형 빌딩가에 그 저층의 둥근 건물을 무슨 일이 있어도 꼭 놓아보고 싶었던 것 같아. 나선형으로 내려가는 것을 포함해서 형태의 충격을 의식하지 않았을 리는 없어."

우치다 씨는 가와라자키 플랜의 문제점이 먼저 원통이 있고, 원형 서가가 있으니까 다른 모든 것이 원형을 실현하기 위해서 앞뒤를 짜 맞춘 것 같은 플로어 플랜이 되어버렸다고 지적했다. 플랜으로 명쾌한 것은 열람실뿐, 사무실도 강당도 왠지 거북하고, 사용하기 어렵다. 최소한 일층까지는 정방형으로 하고, 그 위에 원통을 올려놓는 쪽이 비율적으로 좀더 안정감이 있지 않을까, 라고 거침없이 말하고 나서 고바야시 플랜에 대해서도 묻는다.

"S자형 서가는 도면상으로도 참신해 보이고, 실질적으로도 원주보다 외려 안정감이 있는 것 같아요. S자 가운데가 끊어져 있으니 사람들 동선도 좀더 자유롭고, 시선도 맞은편으로 빠져나갑니다. 가와라자키 씨 플랜처럼 몇 겹이나 되는 원 가운데에 있는 것은 역시 압박감이 있을 것 같아요. 거기에 비해 고바야시 씨 플랜은 꽤나 얌전한 인상이었어요." 그리고 얼른 덧붙였다. "건방진 얘기지만 말이죠."

"두 개의 정방형을 짝지은 것은 나쁘지 않지. 셋백을 통해서 부지에 여유를 준 것도 압박감이 없어서 좋아. 그렇지만 왠지 신이 나질 않아."

"선생님은 어떻게 생각하셨을까요?"

"어느 플랜을 어떻게 평가했는가는 다음 주 선생님 플랜에 반영될 거야."

"기획전마다 책 배열을 바꾼다는 것은 흥미로운 제안이었어요. 경합에서 거기까지 깊이 들어가는 일도 있나요?"

"선생님이 얘기하듯이 디자인으로 설득할 수 있는 단계까지 가면 말이지. 그렇지만 도서 선정위원회를 구성하려면 예산도 필요하고 경합에서 그런 제안을 하는 것은 분명히 이례적이야. 이구치 씨는 아무 말도 하지 않았지만, 얼굴에는 '반대'라고 쓰여 있었어."

"도서 선정위원회에 안목 있는 고서점 주인이라도 끼면 재미있을 것 같아요."

"그런 것은 나중에 생각할 일이라고 이구치 씨가 화낼걸? 자네가 할 일은 건축 아니냐고."

목욕을 끝내자 갑자기 배가 고팠다. 회중전등을 든 우치다 씨는 모두 방으로 들어갔는지 확인한 뒤 자가발전기를 끄고 자기 방으로 돌아갔다. 나는 스콘이 든 빨간 상자를 들고 깜깜한 계단 난간을 오른손으로 짚으면서 일층으로 내려가 부엌에 들어갔다.

테이블 위에는 꺼진 하얀 초 두 개가 달빛에 희미하게 떠 있었다. 성냥으로 불을 붙인다. 부엌 벽시계는 1시가 지나 있었다. 정전되고 나서 냉장고에 있던 것들은 두 개의 커다란 아이스박스에 옮겨두었다. 내일도 복구되지 않으면 어디에서든 보냉제와 얼음을 좀더 구해와야 할 것이다. 마리코 것으로 보이는 터퍼웨어식품 저장용 플라스틱 용기는 바로 찾을 수 있었다. 뚜껑을 열자 수플레용 컵에 든 클로티드 크림과 작은 잼 병, 작은 나무 스푼이 두 개 들어 있었다. 빨간 상자에서 스콘을 꺼내 적당한 접시에 올려놓았다. 오늘 오후에 마리코네 별장에서 있었던 일이 진짜였던 것으로 생각되지 않는다. 긴 하루였다. 나는 큰 테이블 끝에 앉아서 한동안 멍하니 있었다.

등 쪽에 인기척을 느껴 돌아보자 마리코가 조금 떨어진 곳에서 있었다. 살갗이 가려지는 넉넉한 풀오버 셔츠를 입고, 울 소재의 긴 양말을 신고 있다. 약한 촛불에 비춰진 마리코는 놀라는 나에게 신경쓰지 않고, "배고파?" 하고 속삭였다. 나는 말이 나오지 않아 그저 고개만 끄덕였다.

조금 쉰 듯한, 자다 깬 듯한 목소리로 "괜찮아?" 하고 말하며 마리코는 내 오른쪽 의자를 살그머니 잡아 빼서 소리 없이 앉았다. 막 씻은 머릿결에서, 여느 때보다 선명하게 마리코의 향기가 떠돈다. 클로티드 크림을 터퍼웨어에서 꺼내더니 가느다란 집게손가락 끝으로 떠서 눈 깜짝할 새에 입에 넣었다. 망상을 떠올릴 여지가 없는, 재빠른 동작이었다. 그러고 나서 작은 블루베리 잼 통을 열었다. 나무 스푼을 잠자코 내민다. 동요하는 마음에 뚜껑을 덮으려는 듯이, 나는 스콘을 반으로 잘라 클로티드 크림을 바르고 그 위에 잼을 얹었다. 입을 크게 벌리고 먹는다. 목이 막히고, 촛불이 흔들렸다.

"마실 게 없네."

마리코가 일어나서 아이스박스에서 우유를 꺼내 컵에 반쯤 붓더니 나에게 건넸다.

"홍차를 끓여줄까?"

"아니, 이거면 충분해요."

한 모금 마시자 목이 편해졌다. 마리코는 찬장에서 컷글라스를 꺼내더니 칼바도스를 조금 부었다. 부드럽고 강한 향내가 풍긴다.

"아쉽네, 술을 못 마신다니."

"네. 저도 가끔 그렇게 생각해요."

마리코가 잔을 입에 댄 채 소리내지 않고 웃었기 때문에 향내가 봉싯 강해진다.

"그렇지만 바 정도는 가보는 게 어때? 무알코올 칵테일도 많이 있으니까. 수박 칵테일 같은 건 맛있어."

"그런가요?"

"그럼. 술은 못 마셔도 옆에 나같이 취한 사람이 앉아 있으면 취한 기분이 될지도 모르잖아?"

나는 다른 사람이 술 마시고 즐거워하는 모습을 보는 건 좋아했다. 화이트 와인과 브랜디 냄새도 싫지 않다.

"아오야마 사무소에서 걸어갈 수 있는 곳에 바가 있어. 도쿄에 돌아가면 같이 가보자."

나는 입 속이 스콘으로 가득 차 있는 것을 핑계로, 다시 한 번 고개만 끄덕였다. 마리코가 순수한 것이 좋다고 했으니까 그 말을 그대로 받아들이면 된다. 머리에서는 그렇게 생각하지만 새삼스레 파도치는 듯한 마음이 생긴다.

기타아오야마 사무소에서 마리코를 본 일은 없지만, 근처 바에는 왔었구나. 누구랑 마셨을까? 현대도서관을 무라이 설계사무소가 맡게 되면 요시나가 씨만으로는 일손이 부족하다. 요시나가 씨 조수로 마리코가 일하는 모습을 상상했다. 그렇게 되기를 바라는 마음이 내 안에 분명이 존재한다는 사실을 깨닫는다. 우리는 잠시 아무 말도 하지 않고 앉아 있었다. 마리코가 천천히 잔을 기울이고 나서 말했다.

"도서관, 잘되면 좋겠어."

"정말입니다."

"그럼 먼저 실례할게. 잘 자."

"안녕히 주무세요."

마리코는 빈 잔과 칼바도스 병을 들고 일어섰다. 잔을 재빨리 씻어서 닦고, 칼바도스를 찬장에 되돌려놓고 나서, 여느 때처럼 빙글 몸을 돌리듯이 뒤돌아보지도 않고 침실이 있는 이층으로 올라가버렸다.

나는 촛불과 함께 부엌에 남겨졌다. 우유를 마시면서 또 다른 스콘에 크림과 잼을 듬뿍 올려놓고는 단숨에 먹었다. 촛불을 꺼도 부엌은 깜깜해지지 않았다. 마루와 테이블을 달빛이 비추고 있었다. 빈 빨간 상자를 들고, 나는 침대가 있는 서고로 돌아갔다. 가운데 뜰 너머로 서관에 눈길을 주자, 우치다 씨 방만이 희미하게 밝았다. 동관은 어느 방이나 깜깜했다.

9

火山のふもとで

다음 날, 나는 5시 지나서 잠이 깼다.

가운뎃마당에 면한 상하로 열리는 개폐식 유리창을 밀어 열고, 다시 살금살금 침대로 들어갔다. 아침 공기에 콧속이 서늘해진다. 팔과 얼굴에 숲 냄새를 머금은 바람이 느껴진다. 선생님이 산책 나가시는 소리가 들린 다음, 계단을 내려가 부엌으로 들어갔다. 냉장고가 윙윙거리는 낮은 소리를 낸다. 전기가 복구되어 있었다. 아이스박스 안의 식자재를 냉장고에 다시 넣고, 사람 수만큼의 계란을 카운터에 올려놓고 나서 식량고에 가서 채소와 오렌지를 바구니에 담아 부엌으로 가져왔다.

"안녕."

몇 시간 전에 일어난 것 같은 얼굴로 유키코가 부엌에 들어왔다. 유키코는 혼자 있을 때 더 상냥한 미소를 보인다. 하얀 티셔츠에 청바지, 여느 때처럼 화장기는 없다. 티셔츠는 올리브 그린일 때도 회색일 때도 있다. 감색과 하얀색 줄무늬 셔츠일 때도 깅엄체크 셔츠일 때도 있다. 유키코는 선택하는 것, 선택하지 않는 것에 확실한 기준이 있는 것 같아서, 극히 평범해 보이는 것을 입어도 늘 잘 어울리고 유키코다웠다. 길게 기른 머리를 여름 별장으로 출발하기 전날, 싹둑 짧게 잘랐지만 그래도 인상은 달라지지 않았다. 유키코가 머리칼을 자르면 왠지 아주 오래전부터 쇼트헤어였던 것처럼 느껴진다.

히가시기타자와의 작은 토목회사 외동딸로 선생님을 깊이 존경하고 있었다. 고교시절, 가족여행 때 간 여관이 마음에 들어서 어떤 건축가가 어떻게 지었느냐 물었다고 한다. 아버지가 무라이 슌스케라는 이름을 가르쳐주고 그밖에도 선생님이 만든 건축물을 여러 개 알려준 듯하다. 아버지 또한 선생님에게 관심이 있었던 것 같다. 유키코가 건축가라는 직업을 동경하게 된 것은 그때부터, 라고 한다.

"오늘 아침은 7시 반부터니까, 이렇게 빨리 일어날 필요 없었는데."

부엌 동쪽 유리창을 열고 주전자를 불에 올려놓은 뒤 "커피, 끓일게요" 하고 내가 말했다.

커다란 수양벚나무 잎사귀 빛깔이 점점 짙어지고 있었다. 벚꽃에는 벌레가 많이 끼기 때문에 오색딱따구리나 쇠딱따구리가 자주 날아온다. 오늘 아침에는 그 모습이 보이지 않는 대신 성미 급한 매미가 울어대기 시작했다. 황갈색 몸집의 작은 매미다. 서고에 있는 곤충도감을 봐도 매미 이름은 알 수 없었다. 유키코에게 묻자 에조하루 매미라고 한다.

"홋카이도에 사는 매미인가요?"

"시원한 숲이나 표고가 높은 곳에서밖에 살지 않아. 그러니까 홋카이도라고 해도 시내에는 없어. 너도밤나무를 좋아하는 것 같아. 기타아사마는 요즘 에조하루 매미가 절정이야."
"잘 아시네요."
"농가 사람들이 가르쳐줬거든."
두 사람 몫의 커피 원두를 핸드밀로 갈면서 유키코 얘기를 듣는 동안에 물 끓는 소리가 났다. 커피 드리퍼에 가루를 넣고, 천천히 원을 돌리듯이 끓는 물을 붓는다. 커피가루가 중얼거리는 것 같은 소리를 내며 강한 향내가 떠돈다. 아침 냄새다. 가루를 뜸 들이면서 우치다 씨에게 배운 대로 머릿속에서 몇 초를 헤아린다. 어느새 선생님이 산책에서 돌아와, 식당 입구에 서 있다.
"아사마가 꽤 연기를 뿜고 있어. 용암이 올라온 게 아닐까? 작은 분화 정도는 있을지도 몰라."
그렇게 말하고는 몸을 돌려 계단을 올라간다. 아침식사 때까지 잠깐 사이에도 선생님은 도면을 볼 것이다. 우리는 준비를 시작했다. 유키코의 요리는 꼼꼼하다. 숙주나물 뿌리도, 새우 등줄기도, 처음부터 없었던 것처럼 깨끗이 제거한다. 계란 프라이를 두 개 만들면 두 개의 노른자가 프라이팬을 깨끗하게 이등분한다. 토스트 샐러드드레싱으로 버무린 샐러드에는 골고루 오일이 뿌려지고, 스테이크를 구울 때는 늘 선생님 것만 웰던으로, 그밖에는 똑같이 미디엄레어로 굽는다. 유키코의 손놀림은 신경질적이 아니라 느긋하고 온화하다. 마리코와는 손놀림부터 속도까지 완전히 정반대이다. 두 사람의 사이가 좋은 것은 서로 겹치는 부분이 거의 없기 때문인지도 모른다.
첫번째로 식당에 모습을 드러낸 이는 사사이 씨였다. 사사이 씨는 신입사원이던 유키코의 교육 담당이었던 터라, 지금도 의논 상대가 되는 것 같았다. 삼십대 후반으로 고바야시, 가와라자키 베테랑 두 사람과 사무실에 들어온 지 십 년 남짓된 우치다 씨 사이에 끼어 있다. 오랫동안 서예를 배웠다고 하는 사사이 씨는 누구보다도 글씨를 잘 썼다. 사무실에서 안내장을 만들거나 상량식에 쓸 제주祭酒에 육각형으로 오린 종이를 붙이거나, 부의금을 낼 때는 주로 사사이 씨가 단정한 해서체로 붓글씨를 썼다. 사사이 씨와 유키코는 조용히 혼자 충족되어 있는 듯한 점이 어딘가 닮았다.

"잘 잤어? 어제 수리부엉이가 울었는데, 들었어?"

모처럼 들뜬 사사이 씨 목소리에 유키코가 돌아봤다. 나는 깜짝 놀라서 물었다.

"예? 몇 시쯤에요? 어디서 울었는데요?"

"호, 호, 하고 낮은 소리가 굉장히 가까이서 들렸는데. ……계수나무에 앉았었나? 시간은 잘 모르겠지만, 어쨌든 한밤중."

사사이 씨는 내 기세에 압도된 것처럼, 생각하면서 대답했지만 마지막에는 말꼬리가 웃고 있었다.

어제는 보름이 가까운, 날씨 좋은 밤이었다. 창 너머에서나마 수리부엉이를 볼 수 있었을지도 모르는데, 너무 아쉽다. 고바야시 씨에 이어 가와라자키 씨가 식당에 들어왔다. 우치다 씨도 엊저녁에 방에 들고 간 유리잔을 들고, 멍한 얼굴로 들어왔다. 얼마 있다 선생님도 내려오셔서 막 7시가 됐는데 벌써 거의 모든 멤버가 다 모여버렸다. 마리코 씨와 이구치 씨 모습만 아직 보이지 않는다.

여느 때의 아침과 똑같이 "잘 먹겠습니다"라는 선생님의 낮은 목소리로 아침식사가 시작되었다. 선생님은 다른 때보다 말수가 많았다. 어제 공개된 두 사람의 플랜에 대해 이것저것 자잘한 질문을 했다. 고바야시 씨도 가와라자키 씨도 어젯밤보다 훨씬 더 편안하게 대답하고 있다. 샐러드볼이 금방 비어서 유키코가 토스트 샐러드를 추가로 만들기 시작했다. 그때쯤 드디어 마리코가 모습을 나타냈다.

"미안, 유키코. 늦잠 잤어."

유키코가 "뭘" 하면서 웃는다. 마리코는 가로로 긴 식당 테이블 중 나와 제일 떨어진 대각선 자리에 앉았다. 부엌과 나란히 있는 가사실에서 전화가 울리면 바로 받으러 갈 수 있는 동쪽 자리이다. 왜 그런지 핏기 없는 얼굴이다. 내 오른쪽 옆의 우치다 씨도 오늘은 컨디션이 좋지 않은 것 같다.

"도서관 사무실이 뒤뜰에 대기하듯이 있는 것은 어떨까 하는데요." 샐러드볼을 테이블 중앙에 놓으면서 유키코가 말했다.

샐러드를 준비하면서 대화를 듣고 있었던 것 같다. 유키코가 얘기에 끼어드는 것은 드문 일이었다.

"개가식 서가에 진열하는 책이 기획전에 따라 바뀐다는 아이디어는 굉장히 신선하고, 책장 플랜의 골격이 바뀔 만큼 큰일이죠. 그러니까 좀더 설계 전체에 반영해도 좋지 않을까 해요."

고바야시 씨와 가와라자키 씨는 뜻밖이라는 얼굴로 맞은편에 앉은 유키코를 봤다. 유키코는 두 사람의 시선에도 동요하지 않는다. 선생님도 물끄러미 보고 있다. 나는 유키코의 눈동자가 약간 갈색이라는 사실을 처음 알아차렸다.

"구체적으로 뭔가 플랜이 있나?" 손에 든 바게트를 먹으면서 선생님이 물었다.

"플랜이라고 할 만한 것은 아니지만, 기획전을 담당하는 도서관 직원도, 거기에 관여하는 내부 스태프도, 벽 저쪽의 뒤뜰에서 책도 보지 않고 의논해봤자 별 수 없잖아요? 그러니까 열람실 한쪽에 그런 때에 대비해서 미팅룸을 만들면 어떨까요?"

"그건 사무실과 별도로 만든다는 얘기야?" 고바야시 씨가 서류에서 빠뜨린 사안을 발견한 것 같은 목소리로 물었다.

"네, 책을 고르는 의논은 역시 책이 보이는 곳이 좋지 않을까 해서요."

"음, 그건 그럴지도 모르지."

선생님이 유키코에게 동조하자, 가와라자키 씨가 장난기가 묻어나는 어조로 말했다.

"그렇지만 기획전 대책회의 같은 것은 매일 하는 게 아닌데 열람실에 미팅룸을 두는 것이 이용자에게 의미가 있을까? 메밀국수를 만드는 시연처럼 그림이 된다면 모르지만."

유키코는 가와라자키 씨를 향해 얼굴을 똑바로 돌리고 말하기 시작했다.

"통유리로 만들어서 스태프들의 의논뿐 아니라 소규모 강연회라든가 세미나를 개최한다든가, 그 플로어만큼은 조용한 도서관 가운데서 술렁거리는 사람의 목소리가 들리는 활기 있는 장소로 설정하는 거죠."

조용한 아침 식탁이 어느 틈에 어젯밤의 연속처럼 되어버렸다. 나는 우치다 씨 얼굴을 보았다. 다른 때 같으면 이쯤에서 뭔가 한마디 할 텐데, 멍한 얼굴인 채 계란 프라이를 먹고 있다.

"예컨대 가와라자키 군의 플랜에서라면 그 미팅룸을 어디쯤으로 생각하고 있지?" 선생님이 포크를 테이블에 내려놓으면서 유키코에게 묻는다.

"중심부의 원 안은 어떨까요? 어제 설명으로는 기획전도 중심부의 공간으로 상정되어 있었으니까요."

이구치 씨가 헝클어진 머리로 식당에 들어왔다. 열심히 얘기하고 있는 유키코를 무슨 일이야, 하는 얼굴로 바라본다. 유키코도 우치다 씨처럼 시간만 있으면 독서를 하니까 도서관 플랜에 당연히 관심이 많겠지만, 평상시의 과묵한 모습을 생각하면 지금 모습은 누구라도 놀랄 만큼 적극적이었다.

"다만 회의도 모임도 없다고 한다면 어느 정도 크기가 있는 공간에 의자만 늘어서 있는 것은 좀 지루하지 않을까요? 그야말로 공허한 중심 같은 것을 의도적으로 마련하겠다는 거라면 모르지만."

우치다 씨가 부루퉁한 얼굴로 말했다. 유키코는 잠자코 있었다. 아까부터 떠올랐던 것을 나는 큰마음을 먹고 얘기해보기로 했다.

"미팅룸을 좀더 다목적 공간으로 생각하면 어떨까요? 평상시는 열람실로 쓸 수 있게 하고, 의자도 보관할 수 있는 접이식으로 디자인하면, 넓게 쓸 방법은 얼마든지 찾을 수 있을 거고 게다가…….”

도중에서 가로막듯 이구치 씨가 말했다. “저런. 아침부터 유익한 논의는 환영이지만, 한마디만 덧붙이면 어쨌든 전체 플랜의 초점이 흐려지지 않았으면 좋겠어.” 여느 때보다 강한 어조였다. “문부성이 만드는 도서관은 교회나 콘서트홀과는 다르다는 사실을 명심해주길 바라. 그들에게는 오리지널 접이식 의자니 뭐니 하는 것은 쓸데없는 것에 지나지 않아. 숲에 너무 깊이 들어가서 도토리 줍기나 버섯 채집에 정신을 팔고 있다가는 여기부터는 설계자가 들어오는 곳이 아니라고 내쫓으려는 사람이 반드시 나타나지. 내쫓기만 하면 다행이지만 탕 하고 저격해버리면 끝장이거든. 사무실 캐비닛 같은 것은 거의 100퍼센트 기성품이지. 방대한 서류를 집어넣고 쉽게 꺼낼 수 있는 캐비닛은 전문 브랜드의 기성품이 가장 잘되어 있어. 그것을 어떤 공간에 집어넣을까 생각하는 것도 우리에게는 중요한 일이야. 지금부터 오리지널 가구 얘기를 하기 시작하면 나무만 보고 숲은 못 보게 되기 쉬워.”

선생님이 이구치 씨를 봤다.

“그건 그렇지만 지금 얘기의 시작은 사무실 기능을 뒤뜰에 집중시킬 것인지 일부를 열람실에 집어넣을 것인지 하는 것이니까, 중요한 문제 중 하나라고 생각하네.”

“그야 물론 그렇지요. 도중에 끼어들어서 죄송합니다. 다만, 이번에는 가구공사에 대해 지금 단계에서 논의할 여유가 없다는 말씀을 드리고 싶은 겁니다. 낙찰하게 되면 가구공사는 우리 실력을 보여줄 분야이니 예산 내에서 마음껏 하면 되죠. 그때를 즐거움으로 남겨두자는 겁니다."

이구치 씨는 조금 굳은 웃음을 띠며 커피를 마셨다. 의욕이 넘치는 나에 대해, 이구치 씨는 사무소 뱃사공 역할을 진지하게 하려고 하고 있을 뿐이다. 평상시부터 가구공사의 비용과 품의 밸런스에 신경을 쓰고 있다. 선생님이 현장에서 체크하고 나서 다시 만들게 되는 것이 대개 가구공사이기 때문이다. 시공 전체에서 보면 사소하다고 할 수 있는 일을 다시 하는 건 지양해야 한다고 이구치 씨는 표명해두고 싶은데, 사소하기 때문에 더 중요하다고 선생님은 생각하고 계신다. 두 사람의 줄다리기가 좀처럼 말로 표출되지 않는 것은 이구치 씨가 선생님의 판단을 최대한 존중하기 때문이다. 그렇지만 선생님이라면 모를까 직원까지 그것을 흉내내기 시작하는 것은 사무장으로서 간과할 수 없었을 것이다.

테이블에는 다시 여느 때와 같은 고요함이 돌아왔다. 유키코는 내 얼굴을 보고 희미하게 웃더니 잔에 오렌지주스를 반 정도 따라 단숨에 마셨다.

선생님이 중얼거리듯이 얘기하기 시작했다. "도서관 같은 공공 건축물은 이용자가 직접 부탁하는 일이 없어. 거기에는 반드시 공무원이 있고 예산이 있지. 위원회 멤버들도 당연히 여러 가지 생각이 있겠지. 그렇지만 공공 건축이라는 것은 이용하는 사람을 위해서 만드는 것이니까 나라의 위신을 건다는 것은 사리에 맞지 않아. 하물며 공무원의 인맥이나 공로의 집대성이라는 이야기는 농담도 되지 않아. 국민이 낸 세금으로 만드니까 이 시설은 보기에는 그럴싸하지만 전혀 쓸모가 없다는 소리를 들어서는 안 되지. 또 하나 건축가란 말이야, 역시 후대까지 기억되는 건축물을 만들지 않으면 주어진 역할을 다한 것이 못 돼. 그것은 관공서 시설관리과든 종합건설사든 똑같아. 전화국이든 우체국이든, 저절로 감탄이 나오는 건축물이 있어. 건축가가 누군지 모르는 건축물이지만 안에 들어갔을 때 방문한 사람이 편안함을 느끼고, 언제 누가 어떤 생각으로 이것을 설계했는가 상상하게 된다면 정말 멋지지 않겠나? 국립현대도서관을 어디에서 수주하게 될지 모르지만, 실현되지 못하더라도 플랜은 남겠지. 낙찰받지 못하더라도 젊은 건축가들이 이쪽이 더 좋았을 거라고 생각할 만한 것으로 만들고 싶네. 건축가가 죽은 뒤에 완성되는 건물도 있으니까 말이지."

구겐하임 미술관은 선생님이 사사했던 프랭크 로이드 라이트가 죽고 반년 뒤인 1959년에 준공되었다. 의뢰받았을 때부터 십육 년이라는 세월이 흐른 뒤였다. 선생님 얘기가 끝나자 마리코가 빈 샐러드볼을 부엌으로 내갔다. 나는 그 등을 눈으로 좇았다. 마리코가 움직임으로써 식탁은 곧 뒤처리에 들어갔다.

10

火山のふもとで

다음 날은 아침부터 기온이 부쩍부쩍 올라갔다. 유리창을 전부 열어젖혀도, 제도판에 댄 손바닥이 축축하게 젖었다. 매미 울음소리가 강해지고 여느 때보다 습도도 높았다. 이런 날은 틀림없이 저녁나절 강한 뇌우가 온다.

이층 설계실에는 남쪽으로는 커다란, 북쪽으로는 옆으로 긴 개구부가 있다. 건축학과에 입학하고 나서 강의 도중에 교수가 유리창을 '개구부'라고 불렀는데, 그때마다 우스웠던 느낌이 있다. 사람으로 치자면 눈, 귀, 입, 코, 항문 따위의 각종 구멍이 개구부인데 해부학에서 빌려온 단어겠지만, 인간이든 건물이든 우스운 데에는 다름이 없다. 그러나 어느 틈엔지 완전히 익숙해져서 웃지도 않고 말하게 되었다.

또 하나 마지막까지 익숙해지지 않는 것이, '해解'라는 건축 용어이다. 클라이언트가 원하는 것을 설계 플랜에서 해결했을 때 '해'라고 쓰는 건축가가 많다. 수학과 달리 건축에는 완벽한 답이 존재하지 않는다. 그러니까 '정해正解'가 아니라 '해'라고 한 발짝 물러선 것이 시작이었는지 모르지만, 건축가가 당연하게 '해'라고 쓰는 것을 보면 머쓱해진다.

한편 건축을 부탁하는 사람을 '시주施主'라고 한다. 원래는 시공주였을 거라고 생각하지만, 영어로 하면 클라이언트, 단순하게 의뢰인이라고 하면 될 것을 왜 굳이 '시주'라고 했을까? 사무소에 들어간 지 얼마 되지 않아 내가 대학시절의 연장으로 무의식적으로 '시주'라고 하자, 우치다 씨가 즉시 "클라이언트 말이지" 하고 정정했다.

"시주라는 불교 냄새가 나는 단어를 언제부터 쓰기 시작했을까? 주택건설업자들은 시주님이라고 말하고 말이야. 역사적으로 보면 건축가의 일은 국가나 종교가 뭔가 계획하면서 시작된 것이니까 애당초 베풀어지고 주어졌던 것인지도 모르지. 그리고 건축가에게 집을 설계하게 하는 일은 이삼십 년 전까지만 해도 있는 사람들의 도락에 지나지 않았어. 가난한 건축가에 대한 시주라는 뉘앙스가 가미되어 있는 것은 어쩔 수 없는 일인지도 모르지." 우치다 씨는 쓴웃음을 지으면서 덧붙였다. "어떻든 간에 여기서는 시주라고 하지 않아. 클라이언트라고 하지."

무라이 설계사무소에서는 물론 자작 해설에 '해'라고 쓰지 않는다. '개구부'는 쓴다. 예컨대 여름 별장의 뛰어난 점을 몇 가지 들라고 하면 나는 맨 먼저 설계실의 개구부라 할 것이다.

남쪽의 미닫이 유리창을 좌우로 활짝 열어젖히면 바깥에서 일을 하고 있는 것 같은 착각을 하게 된다. 여름 별장에 와서, 나에게 주어진 설계실 책상에 앉아서 맨 처음 생각한 것은 이 큰 유리창은 계수나무가 잎사귀를 활짝 펼치고 있는 가운뎃마당 경치를 보기 위한 것 같다는 것이었다. 계수나무의 황록색 잎사귀는 날이 맑든 흐리든 밝고 경쾌하다. 둥근 모양의 잎사귀를 내려다보면 살짝 부유감이 느껴지기도 한다. 마리코의 르노5가 나가는 것도, 남쪽 이웃의 러시아 문학가 별장에 택시가 드나드는 것도 무성한 잎사귀에 어른거리는 경치 너머로 보였다 안 보였다 한다. 여름 별장 앞을 지나가는 아오쿠리 마을 사람들은 계수나무가 없으면 사무소 사람들이 이층에서 내려다보고 있는 것 같이 느낄지도 모른다. 가을 단풍도 멋있을 것이다. 모든 잎사귀가 떨어지는 겨울이 되면 전망은 일변한다. 낮아진 햇살이 설계실 안쪽 깊숙이 미끄러져 들어와 마룻바닥을 비추고 책상과 의자가 긴 그림자를 만드는 풍경이 떠오른다.

고바야시 씨와 가와라자키 씨는 설계실 북쪽에 있는 옆으로 긴 유리창을 등지고 통로를 낀 채 제도용 책상 두 개를 나란히 놓고 앉아 있다. 두 사람한테 등을 보이고 제도용 책상이 한 쌍씩 세 줄, 가운뎃마당을 향해 배치되어 있다. 고바야시 씨, 가와라자키 씨 다음에 사사이 씨와 유키코가 앉아 있고, 책상 한 쌍이 공석이다. 우치다 씨와 나는 계수나무 바로 앞, 남쪽 창가에 앉아 있다.

이구치 씨 책상은 고바야시 씨, 가와라자키 씨 옆, 동쪽 안쪽으로 설계실을 다 볼 수 있게 비스듬히 놓여 있다. 왼쪽 벽은 전체가 자료 선반으로, 기타아오야마 사무소에서 갖고 온 것들은 대개 거기에 놓여 있다. 자료 선반과 나란히 모형을 사용해서 검토할 때나 미팅할 때 쓰는 긴 테이블이 있다.

테이블 위에는 현재 진행 중인 네 채의 주택 중, 우치다 씨 담당인 오기쿠보 주택과 사사이 씨 담당인 히가시마쓰바라 주택의 스터디용 모형이 조금 전에 선생님과 검토했을 때 모습 그대로 놓여 있다. 내가 만든 오기쿠보 주택의 스터디용 모형은 우치다 씨의 섬세한 충고 덕에 학창시절에 여러 개 만들었던 모형과는 격이 다르게 마감되었다. 커터를 올바르게 쥐고 칼날이 닿는 각도를 적정하게 유지한 뒤 접착제를 가능한 한 얇고 균등하게 바르는 것이 포인트였다. 오기쿠보 주택 모형은 목조 부분 부품들을 떼어내면 콘크리트 마감인 반지하가 드러나게 되어 있다. 음악실에는 까만 스틸렌보드로 만든 그랜드피아노가 놓여 있다. 이 그랜드피아노만큼은 우치다 씨가 만들었다.

우치다 씨와 내가 이번 여름에 완성해야 할 일이 오기쿠보 주택이었다. 팔천 권이 넘는 장서를 수납할 서고와 서고에 인접한 서재, 다소 작은 그랜드피아노가 들어갈 방음실이 필요하다. 이렇게 들다 보면 그밖에도 자잘한 주문이 줄줄이 이어질 것 같지만, 특별한 주문은 그것뿐으로 클라이언트 부부는 지극히 온후한 분들이었다.

우치다 씨는 이미 전체 도면을 다 그렸다. 균질한 연필선이 트레이싱페이퍼 위를 달리고 있다. 청사진이 되어도 우치다 씨가 그린 연필선의 아름다움은 확고하게 뉘앙스를 남기고 있다. 이런 선을 그을 수 있는 사람이라면 여자도 능숙하게 대할 거라고 생각했다. 섬세하면서도 속도와 결단력이 있다. 내가 만일 여자라면 이 연필 한 줄에서 우치다 씨의 손가락 움직임까지 떠올릴지도 모른다.

지난주부터 가구공사 도면에 착수하고 있다. 우치다 씨가 선을 긋고 선생님이 체크한 가구공사의 디테일한 부분의 실측도를 그리는 것이 내 일이었다. 처음 만드는 가구의 디테일에는 실측도가 여러 장 필요하다. 선생님의 확인이 끝난 도면과 우치다 씨가 건네준 메모가 적힌 스케치를 토대로 실측도면을 그어나간다.

사람 손가락이나 손바닥이 닿는 부분의 경우, 마감 설계도는 모두 실측도를 준비하는 것이 무라이 설계사무소 방식이다. 다른 건축가라면 기성 철물로 끝내버릴 캐비닛 손잡이도 검은 호두나무나 자단 등의 원목을 깎아서 제작하는 것이 선생님의 스탠더드한 작업 방식이었다. 손가락을 거는 부분의 R을 어떻게 만드느냐에 따라 문을 열 때의 감촉이나 힘이 들어가는 정도가 완전히 달라진다.

"손이 닿는 부분은 현관 손잡이 빼고는 나무가 좋아." 선생님이 말씀하신다. "현관문은 안과 밖의 경계선이니까 금속을 쥐는 긴장감이 있는 편이 좋지. 밖에 있는 문손잡이가 나무로 되어 있으면 실내가 밖으로 삐져나온 것 같아서 뭔가 쑥스러워."

가구공사를 맡는 사람은 시공업자와는 별개다. 거의가 다 개인인데다 무라이 설계사무소 일이 메인인 사람들이어서 같은 제품에 대해서는 일일이 실측도를 준비하지 않아도 된다. 그러나 우치다 씨가 가구를 담당하게 되면서 새로운 모양이 늘어났다. 오기쿠보 주택의 가구도 우치다 씨가 제안한 플랜을 선생님이 마음에 들어하셔서 약간만 수정해 확정되었다. 선생님이 손을 보신 것은 우치다 씨 디자인을 좀더 세련되게 연마하는 것이 아니고 반대로 좀더 투박하게 만들려고 하는 게 아닌가 느껴지는 부분도 있지만, 실제로 완성된 것을 보면 원안보다 좀더 합리적이고 쓰기 좋은 형태가 되어 있음을 알게 된다. 신경이 구석구석 미친다는 것과 신경질적인 것이 어떻게 다른가, 선생님이 덧붙인 선에 그 대답이 보이는 것 같았다.

대학시절부터 나는 제도에는 상당히 자신이 있었다. 그렇지만 우치다 씨로부터 연필 사용법을 새롭게 배우자 그때까지의 방법이 얼마나 제멋대로였는지 알게 되었다. 아르바이트를 막 시작했을 때 1센티미터 폭 안에 2밀리미터 간격으로 선을 긋는 연습을 했다. 음표 없는 긴 오선보가 완성되어간다. 보통 선, 흐리고 가는 선, 짙은 선. 세 종류의 오선보다. 우치다 씨한테 점검받아 트레이싱페이퍼에 닿는 연필심의 각도와 팔의 움직임을 조정한다. 그것만 가지고도 선의 굵기와 농담 차가 깨끗이 정돈된다. 미끄러지듯이 움직이는 우치다 씨의 손을 보고 있어도, 어디에 어떻게 힘을 넣는지 알 수 없다. 팽팽하게 긴장된 선, 가볍고, 딱딱하고, 부드럽고, 아무하고도 비슷하지 않은 소리가 난다.

"선을 그을 때 무의식적으로 숨을 멈추잖아? 그게 잘못된 거야. 누구나가 빠지기 쉬운 착각이지." 연필을 손가락에 쥔 채 미덥지 못한 얼굴을 한 나한테 우치다 씨가 말했다. "숨을 멈춘 순간 근육은 단단하게 긴장하지. 천천히 숨을 내쉬면 근육에서 힘이 빠져. 심호흡을 하면 릴랙스한다는 것은 그런 얘기야. 그러니까 천천히, 힘주지 말고 숨을 쉬면서 선을 긋는 편이 팔 상태가 안정된다고. 무나가타 시코국제적으로 인정받는 일본 판화가가 판목을 조각할 때 어떻게 하는지 알아?"

렌즈가 두툼한 안경을 쓰고 전신에 힘이 넘쳐흐르는, 판목에 얼굴이 닿을 정도로 가까이 대고 조각하는 무나가타 시코의 모습이 떠오른다.

"기분이 좋을 때는 말이야, 쭉 콧노래를 흥얼거리고 있었어. 베토벤의 제9교향곡 합창 부분을 걸걸한 목소리로 낮게 으르렁거리듯이 노래하면서 조각하더라고."

우치다 씨는 그 걸걸한 목소리를 흉내내 보였다.

"덮어놓고 죽죽 조각하는 것 같지만 그렇지 않아. 노래한다는 것은, 즉 숨을 쉬면서 손을 움직이고 있는 것이니까 손놀림이 가벼웠을 거야. 사람은 말이야, 그냥 의자에 앉아 있을 때조차 어깨에 힘이 들어가거든. 그렇지만 숨을 쉬면서 몸의 긴장을 풀면, 어깨에서 힘이 빠지지. 호흡을 편히 하면 어깨도 굳지 않아."

우치다 씨가 입고 있는 빨간 티셔츠 가슴께에 'LESS IS MORE'라는 하얀 글자가 조그맣게 쓰여 있었다. 등에도 같은 위치에 'LESS IS BORE'라고 적혀 있었다. 앞쪽은 미스반데어로에가 남긴 말, 등 쪽은 미스의 'LESS IS MORE'를 비꾼 로버트 벤투리의 말이다. '군더더기 없는 풍요로움'과 '군더더기 없는 지루함' 어느 쪽도 지지하지 않을 것 같은 우치다 씨가 진기한 얼굴로 빨간 티셔츠 안의 가슴을 천천히 위아래로 움직여서 숨쉬기의 본을 보여주었다.

"호흡 같은 것은 원래 의식하면서 하는 게 아니야. 예전에는 밭일을 할 때도 어망을 끌 때도 동료들하고 노래하면서 했잖아? 그렇게 하면 쓸데없는 힘을 빼는 효과가 있었을 거야. 무턱대고 필사적으로 하다 보면 오히려 다칠 수도 있어. 다 같이 노래를 하면 연대감도 생기고 리듬도 맞지. 작업 효율도 올라가고 말이야. 아마 그편이 덜 피곤했을걸."

여름 별장에 오기까지의 넉 달 동안 나는 트레이싱페이퍼 위에 몇천, 몇만 번의 선을 긋고 같은 길이의 선을 지우개로 지웠다. 학창시절에 그었던 모든 선보다도 그것은 훨씬 더 긴 선이 될 것이다.

점심은 명아주 나물과 붉은 차조기를 잔뜩 올린 소면과 여름 채소, 그리고 두부 샐러드였다. 3시에는 아이스크림과 얇은 간장 센베밀가루로 납작하게 구운 과자, 그리고 시원한 수박을 먹었다. 점심 식사 준비 때도 티타임에도 마리코는 담담하게 우치다 씨를 돕고 있었다. 그밖의 시간은 가사실에서 음악을 듣거나 친구에게 편지를 쓰거나 하고 있었을 것이다. 마리코는 글이나 편지를 부지런히 쓰는 성격인지 내가 가사실에 전화를 받으러 가면 때때로 몽블랑 만년필을 들고 예쁜 엽서나 편지지에 무엇인가 쓰고 있는 모습을 보았다. 토끼가 깡충깡충 뛰어서 멀어져가는 것같이 경쾌하고 편안한 글씨였다.

저녁이 가까워짐에 따라 하늘이 수상한 색을 띠기 시작했다. 오전에는 햇볕이 쨍쨍 내리쬐었는데, 일찌감치 태양은 모습을 감추고, 비를 잔뜩 머금은 무거운 구름이 아사마 산 쪽에서 이쪽으로 다가오고 있었다. 빨래를 뒷마당에 널어놓은 것이 생각났다. 아오쿠리 마을의 여름은 오전에는 쾌청해도 저녁나절에는 격렬한 뇌우가 쏟아지는 일이 흔했다. 실내 건조실에 말리는 편이 안전하지만 나는 뒷마당의 빨랫줄에 널어서 태양빛을 쬐게 하고 싶었다. 뇌우만이 아니고 빨래를 걷을 때는 양말이나 셔츠 안쪽에 벌이 숨어 있지 않은지 조심해야 했다. 뒷마당에서 벌에 이마를 쏘인 적이 있는 이구치 씨는 건조실에만 빨래를 널었다. 광주리를 왼쪽 팔에 걸고 걷은 빨래를 오른손으로 힘껏 터는 것이 내 방어책이었다.

매미 소리가 사방에서 쏟아지는 뒷마당에 나가자 워크맨을 듣고 있는 마리코가 망연한 얼굴로 벤치에 앉아 있었다. 정면으로 아사마 산이 보이는 위치지만, 산을 보고 있는 것도 아닌 것 같았다. 말을 걸어도 못 들을 것 같아서 한 손을 들고 가볍게 인사했다. 마리코는 멍한 웃음을 보였다. 나는 잠자코 내 빨래를 걷기 시작했다.

"주말에 뭐할 거야?" 마리코가 이어폰을 빼며 물었다.

"사사이 씨랑 밭일을 할 예정이에요. 토마토 순을 따고, 옥수수 밭에 너구리를 막을 망을 덮어씌우고, 잡초도 자랐으니까."

"고생하겠네." 관심 없는 목소리였다.

"마리코 씨는?"

"구가루이자와에 가."

"부모님이 오시나요?"

"오봉양력 8월 15일을 중심으로 조상을 제사하는 명절이 지나야 오실 거야."

"바쁘신가보네요."

"사카니시 군은 계속 무라이 사무소에 있을 생각이야?"

마리코가 질문하는 의도를 이해하지 못한 채 나는 대답했다.

"여름엔 여기 있을 생각인데요."

"그게 아니고 나중에 사무소에서 독립할 거야? 안 할 거야?"

무척이나 엉뚱한 질문이었다.

"어떻게 될지 모르겠어요. 지금은 쫓아가는 것만으로도 벅차니까요."

"그러는 동안에 금방 마흔이 되어버릴걸."

드물게 가시 돋친 목소리였다. 마흔이 된 나 따위는 상상도 할 수 없었다. 지금은 그런 걸 생각할 필요도 느끼지 않았다. 그저 잠자코 있자 마리코가 눈길을 돌려 아사마 산 쪽을 보았다. 옆에 앉고 싶었지만 다가가지 못한 채 나는 광주리를 들고 바보처럼 서 있었다.

"우리 집 같은 전통 화과자점은 십 년을 하루같이 똑같은 것을 만드는 게 일이야. 똑같다는 데 가치가 있어. 새로운 작품을 몇 년에 한 번 어쩌다 만들어도 손님들이 신기해하는 잠깐 동안만 팔리고 손님들은 결국 늘 먹던 것을 원하더라고. 장인기匠人技라고 하면 숙련이라든가 세련을 연상할지 모르지만, 정말 필요한 것은 인내력과 지구력이야. 그런 의미에서 아버지가 대단하다고 생각해. 그렇지만 사실 아버지도 자기가 하고 싶은 일을 하고 있는 선생님이 부러울 거야."

형이 입버릇처럼 하던 말이 되살아난다. 형은 나한테 툭 하면, "도오루는 행운아야"라고 말했다. 사실은 미술대학에서 조각이 하고 싶었던 형은 아버지 뜻을 받아들여 전기공학을 선택하고 재수해서 국립대학으로 진학했다. 조각은 완전히 단념했다. 졸업하자 바로 아버지처럼 대기업에 취직하고 엔지니어가 되었다. 나는 희망대로 미술대학 건축과에 진학했고, 졸업을 앞두고 무라이 설계사무소에서 일하기 시작했다. 선생님이 설계한 홋카이도 민속박물관의 아이누 상은 형이 존경하는 조각가 소노다 오사무가 만든 것이다. 그러니까 형도 무라이 슌스케라는 존재는 알고 있었다. 정식 채용이 결정되었을 때도 "도오루는 정말 행운아군"이라고 몇 번이나 말했다. 자기는 운이 없다, 그러니까 어쩔 수 없다는 말이 누구보다도 스스로를 타이르는 것처럼 들렸다.

볼에 빗방울이 떨어졌다. 마리코도 비를 알아차리고 위를 올려다보았다. 그리고 얼마 지나지 않아 갑자기 하늘이 무너지는 것처럼 맹렬히 비가 쏟아지기 시작했다. 우리는 뒷마당 쪽 출입문으로 뛰어 들어갔다. 마리코는 겨우 웃는 얼굴이 되었다. 유리창을 다 닫았어도 빗소리가 온 방 안 가득 울렸다. 모든 계수나무 잎사귀가 비를 맞고 떨고 있다. 가운뎃마당에 바로 커다란 물웅덩이가 생겼다. 소장실에서 나온 선생님도 남쪽 창으로 밖을 보고 있다.

비는 한 시간 남짓해서 그쳤다. 유리창을 열자 서늘하고 축축한 공기가 흘러 들어왔다. 비에 씻긴 초록에서 솟구치는 냄새. 서쪽 하늘이 이상할 정도로 밝아지면서 일몰 직전의 광선을 숲에 던진다. 완전히 황혼에 가라앉아가던 나무들의 잎사귀 가장자리가 오렌지색으로 빛난다. 매미는 이제 암놈 부르기를 단념했는지 지짓 하고 짧게 울고는 계수나무에서 어디론가 날아가 버렸다.

비가 그치고 나서 얼마 있다가 선생님이 "일요일 아침에 올게" 하고는 볼보로 고모로 방면으로 향했다. 이구치 씨도 어느 틈에 외출 준비를 마치고, 밝은색 마 재킷을 팔에 들고 있다. 종합건설회사 설계부 부장을 거쳐 지금은 상무가 된 동창생이 구가루이자와 별장에서 여는 작은 파티에 참석한다고 한다.

"말해두지만 놀러 가는 게 아니야. 사무소 운명을 가를 정보가 어디에 떨어져 있을지 알 수 없잖아? 자네들도 동창생을 소중히 여기는 게 좋아. 선배보다 훨씬 도움이 될 거야." 반쯤 진지한 얼굴로 말한다. 오늘 밤은 늦을 테니까 호텔 '가지마의 숲'에서 자고, 내일 저녁에 돌아오겠다고 한다.

얼마 있다가 마리코도 자기 차로 나갔다. "월요일에 봐"라는 미소가 어딘지 딱딱했다. 이렇게 하나둘 사라지고 주말에도 여름 별장에 남은 이는 현대도서관 일로 바빠지기 전에 두 채의 저택 설계를 마치려는 고바야시 씨, 가와라자키 씨 두 사람과 사사이 씨, 유키코, 그리고 우치다 씨와 나 정도였다.

이만큼 비가 내렸으니까, 땅이 물러져서 내일 잡초 뽑기는 많이 수월하리라고 생각하며 안뜰을 내려다보자, 무광 은색 헬멧과 고글을 한 손에 들고 위아래 까만 가죽 슈트를 입은 우치다 씨가 설계실에 나타났다.

"미안하지만 나갔다 올게. 바이크 클러치가 좀 안 좋아서. 오이와케에 있는 정비공장에 오늘 밤 안에 갖다주기로 했거든. 내일이면 고쳐질 거라고 하는데 가보기 전에는 모르지. 밭일 돕지 못해서 미안해."

우치다 씨는 까만 영국제 바이크를 타고 세 대의 왜건과 다른 루트로 여름 별장에 왔다. 도쿄의 구중중한 여름의 막히는 길을 달리다 보면, 엔진 컨디션이 나빠지는 것 같다고 한다. "영국 바이크한테는 피서가 필요해"라는 것이 우치다 씨 입버릇이었다.

1950년대에 한 세대를 풍미했다는 빈센트 블랙 섀도는 이름 그대로 전체가 까만 인상으로, 바이크를 전혀 모르는 나도 그 아름다움과 중량감에 눈길이 빨려들었다. 이 년 걸려 손에 넣었다고 우치다 씨가 말했다. 헬멧도 고글도 당시의 영국 오리지널로 가죽 장갑도 부츠도 모두 런던에서 산 듯했다.

완전히 기온이 떨어진 어두운 숲 속으로 달려가는 우치다 씨를 전송했다. 헤드라이트의 직선이 잠깐 동안 뻗어나간다. 커브를 돌자 까만 바이크와 우치다 씨는 금방 어둠 속에 녹아들어갔다. 나는 엔진 소리만 남은 밤의 어둠을 잠시 보고 있었다.

11

火山のふもとで

맑게 갠 날이었다. 우체부도 방문하는 사람도 뇌우도 없는 조용한 토요일이었다. 고바야시 씨와 가와라자키 씨가 아침식사도 하는 둥 마는 둥 설계실에 틀어박히는 것을 보고 나서 사사이 씨랑 유키코, 그리고 나는 작업복으로 갈아입고 밭에 나갔다.

여름 별장 텃밭은 1960년대 초에 만들어졌다. 한때는 양잠과 양봉까지도 했었던 것 같다. 탈리에신에 자가농원을 개척하여 열심히 관리하던 프랭크 로이드 라이트 영향인가 생각했지만 우치다 씨에 의하면, 예전의 아오쿠리 마을은 장기체재하는 사람이 많아서 밭뿐 아니라 산양이나 닭을 키우기도 하고, 부지 내에 연못을 만들어서 집오리를 기르는 집도 있었다고 한다. 선생님도 그런 흐름을 따랐을 뿐이었으리라.

"생각해보면, 양봉 통이나 누에 시렁에는 건축적인 요소도 있잖아?"

태양광선을 받아 파랗게 무성한 밭의 녹색이 일손을 기다리고 있었다. 바로 각각 이랑으로 흩어져 작업을 시작한다. 기세 좋게 잎을 뻗은 토마토 순을 따주고, 늘어진 오이 중에서 적당한 크기의 것을 딴다. 깜빡하고 놔두면 토마토는 갈라지고, 오이나 주키니는 너무 커져서 금방 싱거워진다. 옥수수 수확은 아직 멀었지만, 익기를 기다리고 있는 것은 우리만이 아니다. 곰이나 너구리가 숲 속 어딘가에서 달콤하게 익어가는 기척을 맡으려 하고 있다. 그들의 후각은 무척 멀리까지 뻗는다.

야음을 틈타서 숨어드는 생물들이 먹어치우지 않게 옥수수 주위에 망을 두른다. 굶주린 곰이 앞발로 한 번 내리치기만 해도 단번에 무너지겠지만, 위쪽으로 커다란 방울을 여러 개 매단 밧줄을 빙 둘러두었다. 방울이 울리면 곰이 놀라서 도망간다는 것이었는데, 유키코가 제안한 이 '곰막이'를 시작하고 나서 한 번도 피해가 없었다고 하니까 의외로 효과가 있는지도 모른다.

감자는 남작과 메이퀸, 레드안데스 세 종류이다, 거기에 라트가 조금. 겉이 빨간 레드안데스는 남작보다 알맹이가 노랗고 단맛이 있어 감자 샐러드나 크로켓에 쓴다. 라트는 프랑스산으로 마리코가 작년에 어딘가에서 씨를 얻어온 것 같다. 생쥐 크기밖에 되지 않지만 맛이 농후하고 향이 좋아 그대로 굽거나 찌면 맛있다. 퓌레와 잘 어울리고 비시스와즈를 만들면 남작보다 섬세하고 매끄러운 감촉이 있다고 우치다 씨가 가르쳐주었다. 남작과 레드안데스를 한 이랑씩 파낸다. 초록색 고무가 붙은 면장갑을 끼고 이랑에 쪼그리고 앉아서 양손으로 흙을 끌어안듯이 파낸다. 후드득 후드득 부드러운 흙에서 잘 자란 남작이 신나게 굴러나온다.

따뜻하고 축축한 양지의 흙을 만지니 우리 집 뒷마당의 까맣고 차가운 흙냄새가 되살아난다. 할아버지가 기르던 하얀 레그

혼이 햇빛이 안 드는 오래된 우물가에서 모이를 쪼고 있다. 바쁘게 움직이는 닭벼슬을 쪼그려 앉아서 본 것이 유치원에 들어가기 전의 기억일까?

첫번째 천식 발작이 일어난 것도 그때쯤이었던 것 같다. 형 친구들 사이에 껴서 숨바꼭질을 한 뒤나 저녁에 갑자기 기온이 내려가면 어느 틈엔지 목이 쌕쌕 울리기 시작한다. 기도가 좁아지고 숨이 점점 답답해져서 이러다가 숨을 못 쉬게 되는 게 아닐까 하고 불안에 짓눌린다.

이윽고 천식 전문병원에 일주일에 한 번 버스를 타고 다니게 되었다. 한밤중에 발작이 심해지면 이불에 누운 채 유리로 된 흡입기를 문다. 어머니가 누르는 수동 펌프를 통해 기화된 약제가 목구멍으로 들어온다. 얼마 지나면 잠이 온 어머니 손에서 힘이 빠지고, 펌프는 움직이지 않게 된다. 힘든데 왠지 우습기도 하고, 서글프기도 한 기분이었다. 어머니 팔을 주저하면서 밀면 펌프가 다시 움직이기 시작한다. 그 짓을 끝없이 되풀이하는 동안에 어느 틈엔가 아침이 된다.

통원이 시작되었을 때쯤부터 야외 기억을 실내 기억이 능가해간다. 집 안에서 그림을 그리거나 레고를 조립하거나 9밀리미터 게이지의 철도 모형을 달리게 하거나, 건너편 집 또래 여자아이와 가끔 놀기는 했지만, 보통은 혼자였다. 소파에 드러누워서 멍하니 천장을 보면서 밖에서 뛰어다니는 남자아이들의 목소리를 듣고 있었다. 성적은 그런대로 괜찮았지만 결석일수가 제일 많았다. 겨울 장거리 달리기는 대개 견학을 했다. 급식도 자주 남겼다.

독신이었던 외삼촌이 나를 산에 데려가기 시작한 것은 이제 곧 3학년이 될 초봄이었다. 지치부, 다카오 산을 걸어다니고 쌍안경으로 들새를 관찰했다. 처음에는 멀리 있는 새에 초점을 맞추기가 어려웠다. 외삼촌은 나한테 멧새와 삼광조 울음소리를 가르쳐주었다.(멧새는 '잇피츠 게이조 쓰카마쓰리소로붓을 들어 문안 올리옵니다라는 뜻으로 편지에 쓰는 관용적 인사', 삼광조는 '쓰키, 히, 호시달, 해, 별 호이호이호이'라고 운다.) 산길 중간에서 솟아나는 물을 손으로 떠서 마시는 것과 홀아비꽃대와 두사람꽃대를 구별하는 방법도 배웠다.

여름방학에 외삼촌과 둘이 하룻밤 묵고 올 예정으로 오세의 시부쓰 산에 올라갔다. 꼭대기 부근에서 뇌우가 쳤는데 겨우 4-5미터 앞의 관목에 귀를 찢는 듯한 소리와 함께 벼락이 떨어졌다. 내려올 때 산길은 큰비로 계류처럼 되어 있었고 신발 안은 물바다였다. 온몸이 흠뻑 젖고 나자 빗속을 걷는 것이 즐거워졌다. 빗소리에 섞이지 않은 내 발소리가 분명히 들렸고, 그대로 얼마든지 걸어도 괜찮을 것 같았다. 오제누마의 나무 보도까지 내려왔을 때 비는 잦아들고 있었다. 나무 보도를 무턱대고 걷다 '우시쿠비'라는 이름의 지점쯤에 이르자 파란 하늘이 기세 좋게 진지陣地를 되찾기 시작했다. 올려다보니 흰털발제비가 커다란 원을 그리면서 날고 있었다. 그날은 간소한 산장에서 묵었다. 외삼촌은 여느 때처럼 말이 없었지만, 눈이 마주치면 웃어 보였다. 젖은 옷을 행거에 거는 외삼촌의 손길은 익숙했다. 배낭을 부스럭부스럭하더니 놀랍게도 속옷부터 니커보커무릎 근처에서 졸라매게 되어 있는 품이 넓은 바지까지 두 사람분의 마른 옷이 하늘에서 뚝 떨어진 것처럼 나타났다.

산에서 돌아올 때마다 들새의 모습과 소리가 그리웠다. 여덟 배율 쌍안경은 육안으로 보이지 않던 새들의 숨결을 나에게 보여주었다. 머리털을 곤두세우고 우는 멧새의 얼굴, 부리를 계속 가지에 비벼대는 유리딱새의 까만 눈동자. 한 번 부르르 떤 뒤에 봉실 부풀리는 황여새의 가슴. 체온을 갖고, 숨을 쉬고, 무엇인가를 보고, 한시도 가만히 있지 않고 움직이는 손이 닿지 않는 생물들.

여름이 지나고 가을이 되어 공기가 건조해지기 시작할 무렵 천식발작은 어느 틈엔지 멀어지고 있었다. 겨울이 끝나고 4학년 봄이 되자 "더는 통원할 필요 없겠습니다" 하고 의사가 말했다.

집 마당에 들새를 불러 모으기 위해 모이대를 만들고 삼마 씨랑 해바라기 씨를 넣어두고, 물 먹을 곳을 준비해두었다. 인내심을 가지고 기다리자 보름이 채 되지 않아 들새들이 오기 시작했다. 들새 도감이랑 사진첩을 모으고, 레코드로 울음소리를 듣는 동안에 도쿄에서 볼 수 있는 새는 대개 종류와 울음소리를 구분할 수 있게 되었다. 일요일에 다카오 산이나 메이지 신궁에서 탐조회가 있으면 혼자 참가했다. 외삼촌은 얼마 지나지 않아 도쿄를 떠나 홋카이도로 가버렸다. 기타미의 작은 공업대학에서 학생을 가르치기 시작했는데 그곳에서 결혼하고 도쿄에는 다시 돌아오지 않았다.

감자를 감싸고 있던 부드러운 흙은 여름의 아침 햇살을 받아 금방 하얗게 말라간다. 오랜 시간 양지바른 곳에서 볕을 쪼이고 있던 새끼 곰 등에 얼굴을 가까이 갖다대면 이런 향기로운 냄새가 날 것 같았다.

아사마 산은 이 밭에서 제일 잘 보인다. 희미하게 하얀 연기를 길게 나부끼고 있는 저 산이 몇천 미터라는 높이까지 분화한 적이 있는 것이다. 이만 년 전으로 거슬러 올라가는 역사를 머리로는 추적할 수 있어도 실제로 분화하는 모습을 보지 않으면 잠자는 아사마 산밖에 모르는 것이 된다. 그러나 집 주위의 땅을 조금만 파면 화산암, 화산 자갈이 우둘투둘 삽에 부딪혀서 이 땅이 분화의 기억을 확실하게 간직하고 있는 것을 알 수 있다. 분화규모에 따라 앞으로도 아오쿠리 마을에 괴멸적인 피해가 미칠 수도 있다. 그것이 백 년에 한 번, 천 년에 한 번의 확률이라고 해도, 그 한 번을 어쩌다 조우하게 되면 내가 이 흙의 일부가 될 수도 있다는 이야기이다. 그래도 여전히 한 번이라도 좋으니 분화하는 아사마 산이 보고 싶다.

집 주위와는 달리 밭은 어지간히 깊이 파지 않으면 화산암도 화산 자갈도 나오지 않는다. 이십몇 년 동안 직원들이 하나하나 없앴기 때문이다. 파낸 밭의 돌은 가운뎃마당의 진입로 포석으로 쓰였다. 돌을 제거하고 부엽토랑 닭똥을 넣어줘서 지금처럼 푹신한 밭이 된 것이다. 겨울에는 얼어 있어도, 봄이 되면 채소를 품어 키우는 시커먼 흙으로 변한다. 벌레들도 꿈틀거린다.

풀이나 벌레뿐 아니라 작물에도 조예가 깊은 유키코에게 나는 밭일을 이것저것 배웠다. 유키코는 아오쿠리 마을의 청년회를 통해 농가 사람들과 친해져서 주말이면 자전거를 타고 가까운 밭에 가기도 한다. 일을 도와주면서 새로운 것을 하나둘 배우고, 올 때는 자전거 앞뒤에 산더미만큼 양상추와 양배추를 쌓아 올리고 흔들흔들 균형을 잡으면서 돌아온다.

밭일을 하는 동안은 거의 말을 하지 않는다. 눈앞에 있는 것을 보고 그저 손만 움직인다. 등에 태양을 느끼면서 숨을 쉬고 숨을 토하는 것을 내 귀가 듣고 있다. 일군 밭과 수확물에서 흙내가 물씬 풍긴다. 다 파낸 것 같은데도 유키코가 흙에 손을 집어넣으면 남아 있던 것이 두 개, 세 개 굴러나온다.

"사카니시 군, 이러면 안 돼. 봐, 여기에도…… 아, 저기에도."

구원된 건지 들켜버린 건지 알 수 없는 감자가 유키코 손바닥에 가차 없이 올라와 있다. 수확을 마친 우리는 손수레에 광주리를 쌓고 채소 무게를 양팔로 느끼면서 부엌과 나란히 있는 창고로 돌아간다. 유키코와 사사이 씨는 각자의 광주리를 손에 들고 부엌으로 들어간다.

커다란 창고의 미닫이문을 열자, 시원하고 축축한 공기에서 희미하게 비료 냄새가 난다. 정원일과 밭일용 도구들이 조용히 출동할 차례를 기다리고 있다. 천장 가까운 위치에 장방형 창문이 달려 있지만, 공간의 반을 차지하고 있는 시멘트 바닥에는 약한 광선밖에 도달하지 않는다. 희미한 어둠 가운데 가래, 괭이, 삽, 곡괭이, 대나무 빗자루, 사다리 등이 서 있고, 동아줄, 나무용 전지가위가 벽에 걸려 있다. 낙엽을 쓰는 빗자루와 예초기, 전기

톱, 가솔린 탱크, 부동액 등도 늘어서 있다. 안쪽 마룻바닥에는 1960년대 중반에 썼다고 하는 누에시렁이 그대로 있고, 마루 위에는 실 감는 기계와 베틀, 그 옆에는 양봉용 벌집, 꿀 분리기, 훈연기, 벌꿀 탱크가 늘어서 있다. 절구와 절굿공이도 있다. 벽에 있는 선반에는 크고 작은 소쿠리들, 바구니, 면장갑, 밀짚모자, 어디에 쓰는지 알 수 없는 나무 상자가 정연하게 쌓여 있다. 예초기를 창고에서 꺼내 입구에 있는 오타니 석大谷石 포석 위에서 탱크 뚜껑을 열고, 혼합 가솔린을 가득 채운다. 얼굴을 보호하는 차광이 달린 헬멧을 쓴다. 예초기 엔진 스타터를 잡아당긴다. 엔진은 꿈적도 하지 않는다. 초크 레버를 열고 다시 한 번 스타터를 힘껏 잡아당긴다. 네 번 만에 겨우 시동이 걸린다. 예초기 엔진은 원동기가 달린 모터바이크만큼 요란한 소리가 난다. 진동하는 본체를 어깨끈으로 어깨에 건다. 그 뒤는 양손으로 핸들을 들고 좌우로 반원을 그리듯이 하면서 앞으로 나가면 된다.

나는 풀베기랑 잔디 깎기를 좋아했다. 고속으로 회전하는 나일론 끈이 잡초를 끊고 작은 돌을 튕겨내면서 자기 의지가 있는 것처럼 앞으로, 앞으로 인도해나간다. 귀를 찢는 엔진 소리. 풀이 끊어지는 소리도, 새가 우는 소리도, 사람 소리도 아무것도 들리지 않게 된다. 한 시간도 지나지 않아 부지 내 진입로랑 흙둑 주변이 깨끗해졌다. 왜 사람은 잡초만 깎아도 이렇게 상쾌해지는 걸까. 울퉁불퉁한 땅보다 편편하게 고른 편이 아름답게 느껴진다. 콘크리트 마감도 보기에 나쁘지 않다. 평평한 면을 인간이 좋아하게 된 것은 도대체 언제부터일까? 인간이 처음 본 평평한 것. 바람 없는 날의 호수. 파도가 쓸고 간 모래사장, 얼어붙은 물웅덩이. 내 청바지와 티셔츠에는 주름이 가고, 풀이랑 잎사귀의 초록색 파편이 달라붙어 있다. 예초기 엔진을 끄고 헬멧을 벗는다. 숲의 소리가 귀에 돌아온다.

점심으로 갓 딴 푸성귀를 잔뜩 얹은 중국식 냉면을 먹었다. 식당에는 사람이 여느 때의 반밖에 없다. 이구치 씨와 마리코, 우치다 씨처럼 얘기하기를 즐기는 사람들이 외출했기 때문에 식탁이 조용한 것은 당연하지만, 의식되는 것이 역시 선생님의 부재였다. 선생님이 외출한 뒤의 여름 별장은 어딘가 느슨하고 텅 빈 것 같다. 사사이 씨가 일어나서 선반에서 LP를 꺼내 턴테이블에 올려놓는다. 바늘이 내려오기를 고대했다는 듯이 일제히 관현악기가 울리기 시작한다. 클라리넷, 오보에, 호른, 바셋 호른, 파고토……. 모차르트의 〈그랑 파르티타〉이다. 개방적이고 경쾌해서 식당 분위기가 일변한다. 토요일 대낮, 식사를 끝내고 조금 더 가만히 있고 싶은 우리를 누군가가 너그럽게 인정해주는 듯한 음악이었다.

접시를 씻고 있는 도중에 가와라자키 씨가 말을 걸었다. 할 말이 있으니까 끝나면 설계실로 와줬으면 좋겠다고 한다. 옆에서 접시를 닦고 있던 유키코가 내 옆얼굴을 보는 것이 느껴졌다.

"학생 때, 아스카야마 교회를 실측했다면서?"

설계실 큰 테이블에 가와라자키 씨와 마주 앉았다. 고바야시 씨는 자기 책상에서 작업을 계속하고 있다.

"면접 때 예배당 의자 얘기가 나왔다고 선생님한테 들었는데, 다른 것은 어땠어?"

나는 기억을 더듬으며 얘기했다. 선생님 설계로는 드문 곡면 구성에 대해. 녹나무와 회반죽벽의 조화. 구부린 나무기법이 있었고, 숙련된 미장이가 있어야 비로소 완성될 십자가의 디테일, 전통적 기법을 적극적으로 사용하고 있는데도 전체적으로는 모던하다고밖에 할 수 없었고, 그것이 무리 없이 양립하고 있었다는 것.

"천장과 회반죽벽의 조화 하나만 봐도 그런 수준의 마감은 솜씨 좋은 미장이와 목수가 없으면 불가능했어. 게다가 곡면도 있고 말이지. 사카니시 군이 말한 대로 주택 일에 비하면, 아스카야마 교회는 상당히 모던한 쪽으로 기울어져 있지." 가와라자키 씨가 고쳐 앉으면서 갑자기 목소리를 낮췄다. "국립현대도서관은 아스카야마 교회보다 훨씬 규모가 커. 내장이나 마감 부분에는 교회하고 똑같이 전통적 기법을 쓸 거라고 생각해. 특히 개가식 열람실은 철저하게 목공에 집착할 가능성이 높아. 회반죽벽도 쓸지 모르지. 고바야시 씨도 같은 의견이야."

우리 대화가 들렸을 텐데 고바야시 씨는 얼굴도 들지 않고 책상만 보고 있다. 일에 집중하고 있을 때 고바야시 씨는 말 한마디 하지 않는다.

가와라자키 씨가 말을 이어갔다. "전통적 기법 같은 것은 물론 후나야마 게이이치 머리에는 없을 테고 하려고 해도 무리야. 애당초 그들이 그런 프레젠테이션을 할 리도 없고 말이야."

나는 작게 고개를 끄덕였다. 처음으로 대등하게 다뤄지고 있다는 느낌이 났다.

"우리가 맡게 되면 책장도 카운터도 당연히 나무를 쓰게 될 거야."

"책과 나무는 찰떡궁합이라고 선생님도 말씀하셨잖아요."

"다만 여느 때처럼 해서는 도저히 기한에 맞출 수 없어." 가와라자키 씨는 강조하듯이 헛기침을 했다. "나도 고바야시 씨도, 아직 책장 플랜을 생각할 단계가 아니야. 우치다 씨에게는 이미 말했지만, 책장의 디테일 스터디를 자네 둘이 먼저 시작해줬으면 좋겠어."

"네" 하고 말하면서도 나는 가와라자키 씨의 적극적인 태도에 놀라고 있었다. 하기는 이구치 씨가 가와라자키 씨랑 고바야시 씨한테 기대하고 있었던 것은 이런 것인지도 모른다.

"서고의 책은 읽고 있어?"

가와라자키 씨가 그렇게 말한 순간, 자신의 멍청함에 움츠러들었다.

"서고 북서쪽 모퉁이 부근을 잘 봐. 도서관 관련 서적이 집중적으로 모여 있으니까. 스톡홀름 시립도서관에 관련된 책만 해도 열 권 정도 있을 거야."

"죄송합니다. 바로 보겠습니다."

"다음 주에는 아마도 선생님 플랜이 나올 거야. 그렇게 되면 앞으로 11월까지는 여기에 매달리게 될 테니까 슬슬 그런 스케줄로 준비를 시작해줬으면 좋겠어."

“네.”

“사카니시 군이 올해 우리 설계사무소에 들어온 것도 현대도서관 프로젝트가 있었기 때문이라고 생각해. 선생님은 확실하게 말씀하시진 않았지만. 그러니까 그렇게 알아뒀으면 좋겠어. 내 얘기는 여기까지야.”

가와라자키 씨와 고바야시 씨에게 가볍게 머리를 숙이고 서고로 향했다. 침대에서 제일 멀리 떨어진 끝 쪽에 외국서적이 늘어서 있는 구역이 있다. 가까이 가서 천천히 살펴보니, 도서관에 관한 책이 세 단을 점하고 있었다. 다른 선반에는 ‘PALACE’ ‘GARDEN’ ‘HOTEL’이라는 단어가 타이틀에 들어간 책이 꽤 많이 늘어서 있었다. 거의가 1950-1960년대에 유럽에서 간행된 책이었다. 1950년대 말에 선생님이 유럽을 여행한 일이 있었다. 그 여행 중에 입수한 것일까? 가와라자키 씨 말대로 군나르 아스플룬드의 스톡홀름 시립도서관 책도 ‘LIBRARY’ 쪽 코너에 있었다. 그 서고에는 선생님의 스승이었던 라이트 책에 필적할 만큼 아스플룬드 책이 수집되어 있었다. 스웨덴어 책이 포함되어 있는 것으로 보아 의식적으로 모으지 않았다면 이만한 숫자가 모이지 않았을 것이다. 원래 아스플룬드 관련 도서는 그다지 많지 않을 것이다. 남겨진 결과물이 거의 스웨덴 국내에 한정되어 있고, 같은 세대의 르코르뷔지에나 미스 반데어로에처럼 새 시대를 연 건축가로서 화려하게 일한 것도 아니기 때문이다. 나 또한 대학시절 졸업논문 담당 교수가 일본 건축 양식에도 영향받은 건축가 중 한 사람으로 아스플룬드의 이름을 거론할 때까지 그 존재조차 알지 못했다. 아스플룬드는 프랭크 로이드 라이트보다 띠동갑 이상 차이나게 어리다. 그러나 라이트가 탈리에신 웨스트를 세워 제자들을 이끌고 3000킬로미터의 캐러밴을 시작했을 때쯤, 즉 선생님이 탈리에신의 멤버가 되고 얼마 지나지 않은 1940년, 쉰다섯이라는 젊은 나이로 요절해버렸다. 건축가로 활약한 기간은 라이트의 반도 채 되지 않는다.

침대 옆에 있는 작은 책상에서 스톡홀름 시립도서관이 표지인 큰 판형의 책을 열어본다. 매끌매끌한 종이에 활자의 울퉁불퉁함이 느껴지는 그리운 촉감과 햇볕에 그을린 종이 냄새, 스웨덴어로 된 텍스트, 모노크롬 사진, 평면도와 입면도, 도서관 주위의 지형도도 게재되어 있다. 평면도에는 원형의 대열람실 주위를 ㄷ자형 건물이 둘러싸고 있다.

도서관은 다소 높은 언덕에 서 있다. 정면으로 가는 진입로는 완만한 오르막길이다. 엔트런스 홀에 들어서면 그곳은 천장이 높고 까만 벽에 둘러싸인 어두컴컴한 공간이다. 얕은 계단을 올라가면 원형의 대열람실이 나타난다. 어두컴컴한 계단을 지나면 일전一轉해서 천장에서 자연광이 쏟아지는 하얀 벽의 공간이 머리 위로 가득 펼쳐진다. 그 아래에 나타난 삼층 원형 개가식 책꽂이에는 책이 가득 차 있고, 플로어에 서 있는 사람을 감싸듯이 내려다보고 있다. 다양한 색깔의 책 표지가 하나의 커다란 태피스트리여러 가지 색실로 그림을 짜넣은 양탄자처럼 보이기도 한다. 원형 서가의 모습. 대열람실에 들어간 순간 나이트 경기가 열리는 야구장에 발을 들여놓은 것처럼 느껴질지도 모른다. 해방감과 동시에 그와 모순되는 밀실감이 일체가 된 감각.

아스플룬드 책 가운데서 제일 작은 것은 영어로 쓰인 비교적 새로운 평전이었다. 벽돌색 표지에, 아스플룬드의 까다로워 보이는 옆얼굴이 모노크롬으로 인쇄되어 있다. 그 책을 손에 들고 침대에 누웠다.

아스플룬드는 소년시절부터 그림 그리기를 좋아해서 화가가 되는 것이 꿈이었다. 미술대학에 진학하고 싶었지만, 세무 공무원이었던 아버지의 강력한 반대로 왕립 공과대학에서 건축을 배우게 된다. 파리와 멀리 떨어진 스톡홀름에서 인상파 화가보다 한 세대 젊은 아스플룬드는 어떤 화가를 꿈꿨을까.

건축가가 되는 것과 화가가 되는 것의 차이는 무엇일까. 그림은 아무도 부탁하지 않아도 그릴 수 있다. 나는 화가입니다, 라고 자칭하는 것도 자유다. 생전 아무의 눈에도 띄지 않고, 오로지 혼자서 그림만 그렸던 '화가'의 작품이 후세에 각광받는 일도 있을 것이다. 그는 미지의 화가로 갑자기 출현한다. 건축은 어떨까? 아무도 부탁하지 않아도 설계할 수는 있다. 그렇지만 그 설계도가 영원히 시공되지 않으면, 그것을 건축이라고 할 수 있을까? 준공한 건축물이 없는 건축가라는 것이 있을 수 있을까?

머릿속 깊은 곳에서 무엇인가를 두드리는 소리가 난다. 둥실 몸이 떠오르고, 머리가 뒤집히는 것 같은 감각. 다시 노크 소리. 이번에는 좀더 강하게. 잠의 밑바닥에서 현실의 수면 위로 갑자기 끌어올려진다.

"나카오예요."

그 소리에 얼른 침대에서 몸을 일으키자, 무릎에서 아스플룬드 책이 바닥으로 떨어졌다.

"미안합니다. 지금 열게요."

책을 줍는데 문 너머에서 유키코가 말했다.

"잠깐 보고 싶은 책이 있어서, 자고 있었어? 그럼 나중에 다시 올게."

"괜찮아요, 들어오세요."

문을 열자 유키코가 주저하는 듯하면서도, 웃음을 참는 듯한 얼굴로 서 있었다.

"그럼 실례할게."

유키코는 성큼성큼 서고로 들어가 내가 아까 서 있었던 'LIBRARY' 코너 앞에 서서 한동안 책 표지를 보았다. 그러더니 책 한 권을 뽑아들고는 하얀 미소를 띠며 돌아왔다. 마리코의 미소는 보내는 상대가 누구인지 언제나 확실하다. 그런데 유키코의 웃음은 그냥 그 자리에 스며나와서, 누가 받든 말든 상관없어 보인다. 그것은 유키코의 특이한 온화함이 어디서 오는 것인지 알 수 없는 것과 비슷했다.

"고마워. 그럼 이거 빌릴게." 나한테 책 표지를 보이고 서고를 나서려던 유키코가 뭔가 생각난 듯이 멈춰 섰다. "아, 맞아. 아까 사사이 씨가 날씨도 좋으니까 오늘 밤은 바비큐로 하자던데."

나중에 바비큐용 버너와 테이블을 창고에서 꺼내줬으면 좋겠다고 하고 유키코는 여성용 방이 있는 동관으로 갔다. 뒷모습을 배웅하는 동안 낮잠에서 깬 동요가 겨우 가라앉았다.

바로 창고로 내려가서 테이블과 바비큐용 그릴을 부엌 앞 테라스로 운반했다. 광주리에 든 불쏘시개용 솔방울과 잔가지를 그릴 옆에 놓았다. 부엌에 들어가 냉동고에서 스테이크용 고기를 꺼내 스테인리스 접시에 올려놓았다. 채소는 바비큐 직전에 썰면 된다. 덱 체어와 커피 테이블을 테라스에 내놓고, 저녁까지 아스플룬드 평전을 계속 읽기로 했다. 완전히 짙은 초록이 된 수양벚꽃이 오후의 바람에 흔들리고 있다. 얼마 지나지 않아 매미가 울기 시작했다. 아마 에조하루 매미일 것이다.

아스플룬드의 건축을 모국 스웨덴에서 널리 기억하게 된 것은 스톡홀름 시립도서관보다 오히려 '숲의 예배당' '숲의 화장터' 등을 포함하는 '숲의 묘지'에 의해서였을 것이다. 이십대에 여러 경합에서 입상하고, 일찍부터 재능 있는 건축가로 두각을 나타낸 아스플룬드는 1915년 친구인 시구르드 레베렌츠와 공동 설계로 '스톡홀름 남南묘지 설계 경합'에서 일등을 쟁취했다. 건축가로서의 아스플룬드는 이 시점부터 본격적으로 스타트하게 된다.

스톡홀름 남묘지는 스웨덴 최초의 화장 묘지로 구상되었다. 소나무 숲이 차지하고 있는 광활한 황무지를 화장터, 예배당을 포함하는 공동묘지로 조성하는 프로젝트는 건축뿐 아니라, 풍경 디자인을 포함하는 대규모 프로젝트였다.

근대 유럽의 화장 역사는 19세기 말에 시작되어 영국을 중심으로 독일, 네덜란드, 북유럽 등 프로테스탄트 국가들에 퍼져가고 있었다. 육체의 부활을 설법하는 기독교 교리에 반한다고 해서 화장은 오랜 세월 터부시되어왔지만, 산업혁명으로 도시 과밀화가 진행되자, 화장과 공동묘지 보급이 국가 차원의 과제로 부상한 것이다.

스웨덴에서 화장이 법적으로 인정된 것은 영국보다 십 년 이상 빠른 1889년이었다. 사람은 죽은 뒤에 숲으로 돌아간다는 태고로부터의 생사관이 스웨덴 사람들 의식에 깊이 침투되어 있었다. 그 이미지를 눈에 보이는 풍경으로 형상화할 수만 있다면 화장에 대한 심리적 저항도 희석되지 않을까? '숲의 묘지'라는 프로젝트 명이 처음부터 준비된 데에는 그와 같은 배경도 있었다.

그러나 '숲의 묘지'를 완성하는 데에는 시간이 걸렸다.

경합에서 일등이 된 후부터 그 일이 필생의 일이 될 예감이 아스플룬드에게 있었다 하더라도, 거기에 불길한 것은 하나도 없었을 것이다. 그러나 '숲의 묘지' 프로젝트에 착수하고 오 년 뒤 서른넷이 됐을 때, 아스플룬드는 장남을 병으로 잃게 된다. 죽음은 어느 틈엔지 가까이에 모습을 드러내고, 묵묵히 서 있었다. 아스플룬드는 장남의 죽음을 전후해서 설계에 들어간 '숲의 예배당'의 문 스케치에 '오늘은 당신, 내일은 나'라는 명판銘板을 그려넣었다.

12

火山のふもとで

진입로로 차가 들어오는 소리가 났다. 타이어가 화강암을 짓밟는 축축하고 단단한 소리. 샌들을 신고 테라스에서 내려가 차고 뒤쪽으로 돌아가자 선생님의 크림색 볼보가 차고 정위치로 돌아온 참이었다. 큰 키를 숙이고, 뒷좌석에서 느긋한 동작으로 가죽 보스턴백을 꺼내면서 "조금 일찍 돌아왔네" 하고 선생님이 웃었다.

"어서 오세요. 제가 들겠습니다." 나는 가방에 손을 내밀었다.

"고맙지만 괜찮네. 또 정전은 아니겠지?" 선생님이 농담을 하는 얼굴로 말했다.

"아, 이제 괜찮습니다. 냉장고도 제대로 작동하고 있어요."

"그래? 시원해?" 선생님이 웃었다. "그거 다행이군."

선생님은 계수나무를 올려다보듯이 하면서 걷기 시작했다.

"예전에는 말이야. 일주일 정도는 아무렇지도 않게 정전인 채로 있었지. 냉장고도 TV도 세탁기도 없었으니까, 별로 곤란할 것도 없었지만. 애당초 이 부근은 말이야. 날이 저물기 전에는 전기를 송전해주지 않던 시절이 있었어."

하얀 리넨으로 된 오픈셔츠에서 희미하게 허브 향기 같은 것이 났다. 갈색의 캠프 모카신은 기름이 잘 배서 막 만든 것처럼 깨끗했다.

현관에 보스턴백을 놓자 선생님이 말했다.

"램프에만 의지하는 밤도 좋지. 밝은 방보다 이야기하기 쉽고 말이야." 선생님이 기분 좋은 목소리로 말을 이었다. "사람들 얼굴은 바로 위에서 비추면 매력적이지 않거든. 흔들흔들한 빛으로 옆에서 비추는 것이 속이 깊은, 좋은 얼굴이 되지. 여자도 그쪽이 예뻐 보여. 조명은 밝기만 하면 되는 게 아니야. 오늘은 누가 저녁 담당이지?"

"아까 나카오 씨가 오늘 저녁은 바비큐라고 했습니다."

"아, 그럼 내가 갑자기 돌아왔어도 상관없겠네." 선생님은 아, 참, 이라는 얼굴로 덧붙였다. "숯은 새걸 써. 작년 건 아마 습기가 있을 거야. 탁탁 튀면 마음 놓고 굽지도 못해. 오래된 것은 날씨가 좋은 날 말리면 되니까. 그럼 6시 지나서 내려오겠네."

선생님은 천천히 계단을 올라갔다. 오래된 일본 흑백영화에 나오는, 회사에서 지쳐 돌아온 말없는 아버지처럼 시들어가는 등을 나에게 그대로 보이고 있었다. 선생님이 계단 중간에서 갑자기 멈춰 서서 돌아봤다.

"사카니시 군, 지금 시간 있나?"

"네."

선생님 뒤를 쫓아 소장실에 들어간 후 바로 받은 것은 등받이가 있는 스태킹 체어stacking chair 스케치였다.

"지난번에 자네가 말한 현대도서관용 스태킹 체어를 좀 생각해봤네."

알바 알토의 스태킹 체어나 아르네 야콥센의 세븐 체어와도 이어질 듯한 적층합판積層合板을 구부려서 만드는 타입의 아이디어였다. 그러나 그 형태는 어딜 봐도 무라이풍이었고 등받이도 팔걸이도 사람의 몸을 받아들이는 완만한 곡선을 그리고 있었다. 디자인은 사람을 섬기기 위해서 존재하는 것이라는 선생님 생각이 분명히 보였다. 좌면에 탈부착이 가능한 가죽 쿠션이 붙어 있는 것은 스태킹 기능을 우선하느라고 앉았을 때의 편안함이 뒷전이 되기 쉬운 문제점을 해결하려는 것이리라.

선생님은 내 의문에 미리 대답하듯이 말했다. "가구는 좀더 뒤에 생각하자는 이구치 군 생각도 이해하지만, 건축이라는 것은 토털 계획이 중요하지. 세부적인 것은 나중에 해도 되는 것이 결코 아니야. 물론 이구치 군도 그런 거야 알고 말한 거겠지만 말이야. 세부와 전체는 동시에 성립되어가는 거야. 수정란이 세포분열을 반복해서 사람 모습이 될 때까지의 과정을 본 일이 있나?"

선생님 물음에 양서류 같은 태아 얼굴이 떠올랐다.

"생물 교과서에서 도해를 본 적이 있습니다."

선생님은 고개를 끄덕였다. "손가락 같은 것은 놀랄 만큼 빠른 단계에 완성돼. 태아는 그 손가락으로 뺨을 긁기도 하고 열었다 닫았다, 태어나기 몇 달 전부터 손가락을 움직여. 건축에서 세부라는 것은 태아의 손가락과 같아. 주종관계에서의 종이 아니야. 손가락은 태아가 세계에 접촉하는 첨단이지. 손가락으로 세계를 알고, 손가락이 세계를 만들어. 의자는 손가락과 같은 것이야. 의자를 디자인하다 보면 공간 전체가 보이기도 하지."

무의식의 영역을 빼놓고 사람에게 태아시절의 기억은 없다. 그렇지만 이 손가락이 예전에 그렇게 세계를 탐색했던 적이 있었던 것이다. 생각해서 손을 움직일 뿐만 아니라 손을 움직이는 것이 생각으로 연결된다. 선생님의 건축 작법은 그 양쪽으로 성립되어 있다. 나는 내 손을 펼쳤다가 쥐었다.

"우치다 씨와 의논하면서 도면을 그려보겠습니다."

"아니, 자네 혼자 하면 좋겠네. 그렇지 않아도 우치다 군은 이미 충분히 바쁘니까. 다 되면 내가 보도록 하지."

바로 복사하고 선생님 그림은 커다란 다갈색 봉투에 넣어 보관했다. 그러고 나서 서둘러 일층으로 내려갔다. 가사실의 워킹 클로젯방과 같은 커다란 수납공간에서 스태킹 스툴을 꺼내 테라스에 늘어놓았다. 십 년도 전에 화가인 야마구치 겐이치로가 아오쿠리 마을에 별장을 지었을 때, 선생님이 새로 디자인한 의자이다. 등받이 없는 스툴이지만, 오동나무 원목을 사용한 좌면은 약간의 곡면을 지니고 있다. 가구 장인인 다가와 씨의 배대패가 깎아낸 곡면은 오랫동안 보관해도 전혀 비틀림이 없다.

부엌문에서 유키코가 말했다. "선생님 돌아오셨나봐요."

그렇게 말하면서 맨발로 테라스에 나오자, 까만 바비큐 그릴 뚜껑에 달린 나무 손잡이를 들고 불은 물론 아직 숯도 집어넣지 않은 안을 들여다본다. 꽤 날이 기울고 아사마 쪽에서 바람이 불어온다. 부엌에 들어가서 사사이 씨랑 셋이 분담해서 바비큐 준비를 시작한다. 막 캔 감자의 싱싱한 상앗빛 단면. 양파, 가지, 피망, 당근의 단면도.

"이제 불 피워도 돼."

내가 밥솥 전원을 누르는 것을 보고 사사이 씨가 말했다.

"벌써요?"

"숯이 빨갛게 됐을 때쯤이 제일 맛있게 구워지지만 이미 그때면 배가 차버리거든. 조금 빠르다 싶게 불을 피우는 게 딱 맞아."

우치다 씨가 가르쳐준 순서로 불을 피운다. 찢어서 둥글게 뭉친 신문지를 바비큐 통에 놓고, 솔방울과 소나무 가지를 잔뜩 올려놓는다. 그 위에 길고 얇은 불쏘시개용 삼나무 장작을 둘로 꺾어서 올려놓는다. 신문지에 성냥으로 불을 붙인다. 불타는 신문지에서 바로 솔방울로 불이 옮는다. 연기가 뭉게뭉게 피고 재미날 정도로 전체에 불길이 돈다. 마지막에 숯을 올려놓는다. 불꽃이 옮겨간 것 같지는 않지만, 잘 보면 숯 가장자리가 하얘졌다. 불이 붙었다는 표시다. 신문도, 솔방울도, 장작도 다 타서 재가 될 즈음해서 겨우 숯에서 열이 오르기 시작한다. 옆에서 비춰보면 바비큐 그릴 위가 열로 흔들리고 있다. 빨갛게 달아오르려면 조금 더 시간이 걸릴 것이다.

문이 열리고 테라스에 선생님이 모습을 드러냈다. 아직 5시 반이었다.

"선생님, 의자는 어떻게 할까요?"

"글쎄, 난로 앞에 있는 콤백 체어comb back chair를 가져다주면 좋겠는데."

부엌을 빠져나가 식당에 들어가서 난로 앞의 윈저 체어를 가지러 간다. 다가와 씨가 선생님 주문대로 만든 의자다. 등받이 형태가 빗과 비슷해서 '콤백'이라고 불리는 타입이다. 우치다 씨 말에 의하면 팔걸이는 구부린 나무 기법, 좌면은 앉았을 때 엉덩이와 넓적다리에 잘 녹아들게 곡면으로 완성하는 배대패 솜씨가 필수라서, 이렇게 파탄 없이 완벽한 밸런스로 만들려면 상당한 지식과 경험이 필요하다고 한다.

영국에서 윈저 체어가 보급되기 시작한 18세기에는 각각의 부품을 분담해서 만들어 좌면을 제작하는 보터머, 구부린 나무를 담당하는 벤더, 다리 등의 선반 가공은 보저, 조립은 프레이머 등과 같이 전문화되어 있었다. 그러나 요즘 윈저 체어를 분업해서 만드는 공방은 거의 없다. 솜씨 좋은 가구 장인이 혼자 모든 부분을 만들고 조립한다. 선생님은 다가와 씨가 십 년도 전에 만든 윈저 체어를 계속 쓰고 있다. 그러니까 다가와 씨 솜씨가 어느 정도인지 충분히 알고 있다고 우치다 씨가 말했다.

선생님이 손가락으로 가리킨, 바비큐 그릴에서 조금 떨어진 테라스 가장자리에 콤백 체어를 놓았다. 바로 뒤에 작은 벌레가 먹은 자국이 있는 무성한 수양벚꽃 잎이 있다. 선생님은 이 벚꽃을 특히 좋아해서 가끔 뿌리 부근에 난로 재를 뿌려주고 있다.

"사카니시 군이 지금까지 가본 도서관 중에서 제일 좋아하는 곳은 어디지?" 콤백 체어에 앉은 선생님이 물었다.

"글쎄요."

나는 빨갛게 타오르는 그릴 안을 보면서 생각했다. 학창시절에는 대학도서관을 자주 이용했다. 그러나 찾던 자료를 발견하면 그것으로 용건은 끝이었다. 고등학교 때에는 고향의 강가에 있는 작은 구립도서관에 자전거로 다녔다. 수험공부 때문이었다. 열람실 책상에 앉아 있는 사람은 거의 학생이고 도서관은 책상과 의자, 고요함과 에어컨 냉기를 제공해주는 장소에 지나지 않았다. 다니던 구립중학교에는 도서관이 없었다. 이층 끝의 비교적 넓은 교실이 도서실이라고 불리고 있었지만, 책장에 있는 책은 얼마 안 되고 한 번도 빌린 기억이 없다. 좀더 거슬러 올라가자 구립초등학교의 오래된 도서관에 도달했다.

"지금은 이미 부숴버려서 없어졌지만, 초등학교 교정 한쪽에 목조로 된 단층 도서관이 있었어요. 토요일이 되면 늘 거기에서 책을 읽었습니다. 일주일에 한 시간 독서 시간이 있었는데, 그것이 토요일 마지막 수업이었거든요."

초등학교는 그 근처에서 제일 높은 곳에 있었고, 교가에도 '언덕 위'라는 말이 들어 있었다. 길 건너편에 작고 어두침침한 신사가 있었고 그 너머에는 교도소의 광대한 부지가 펼쳐져 있었다. 초등학교 쪽이 훨씬 역사가 오래됐으니까 교도소는 나중에 세워진 것이다. 요즘과 다르게 반대운동 같은 것은 아무도 생각하지 못한 시대였다. 법무성 직원을 위한 관사가 병설되어 있었기 때문에 동급생 중에는 그 자제들이 몇 명인가 있었다.

드높이 솟은 교도소 콘크리트 담이 오롯이 곧장 이어지고 있었다. 그 담을 따라 난 넓은 도로에는 차가 들어올 수 없게 되어 있었고 옆에는 잔디가 깔려 있었다. 아이들 놀이터로도, 개 산책에도 아주 좋은 장소였다. 방과 후, 친구들과 자전거로 달릴 때면 커브를 그리고 있는 길모퉁이가 된다. 교도소 담 모서리가 둥근 것은 구십 도 각도라면 손발을 뻗어서 올라가 탈옥할 가능성이 있기 때문이라고 형이 가르쳐주었다. 복역자들이 주위 청소를 하거나 잔디를 깎고 있을 때 부딪히는 일도 있었다. 전쟁 전에는 사상범이 많이 수용되어 있던 교도소였다. 벽돌로 된 앞문 주위의 넓은 공간에는 큰 전나무가 일정한 간격으로 늘어서 있어서 넉넉한 나무 그늘을 만들고 있었다. 면회 오는 사람들에게 차입물을 파는 작은 목조 매점도 있었다. 도쿄의 흔한 주택가 경치하고는 분명히 달라서 TV에서 본 미국 교외 같았다. 교도소가 어떤 곳인지 물론 이해하고는 있었지만, 그래도 아름다운 곳이라고 생각하고 있었다.

초등학교 도서관은 교도소에서 삼 분도 떨어지지 않은 정문으로 들어가서 바로 왼쪽 고지대 끝자락에 자리하고 있었다.

"목조의, 어떤 건물이었는데?" 선생님이 솔직한 호기심을 보이면서 물었다.

"합각머리 지붕의 목조 단층집입니다. 마루는 나무로 되어 있었어요."

"학교하고는 복도로 연결되어 있었나?"

"아니요, 복도는 없었습니다. 비가 오면 모두 우산을 쓰고 갔습니다. 좀더 옛날, 학교 건물도 목조였던 시절에는 복도로 이어져 있었는지도 모릅니다."

독서 시간이 끝날 때쯤에 갑자기 폭우가 내린 적이 있었다. 사십 명 정도 되는 반 친구들과 담임선생님이랑 한동안 도서관에 있었지만, 비는 좀처럼 약해질 기미가 없었다. 여자아이 중 한 명이 "선생님, 뛰어가면 돼요" 하고 말해서 전원이 빗속을 달렸다. 빌린 책이 젖지 않게 셔츠 안쪽이나 겨드랑이 밑에 끼워넣었다. 이야기를 하고 있는 동안에 비에 젖은 교정 냄새와 함께 기억이 되살아난다. 그때 내가 안고 있던 책은 라이트 형제보다 먼저 글라이더 비행을 해서 시험비행 중에 추락사한 오토 릴리엔탈의 전기였다.

"도서관에서는 현관에서 슬리퍼로 갈아 신은 다음에 유리 미닫이문을 열고 들어가요. 체육관을 반 정도 작게 한 넓이인데 천장은 조금 낮은 편이었습니다. 삼면의 벽 위에서 삼분의 일은 유리창이고 그 아래는 전부 책꽂이였습니다. 독서용 큰 나무 테이블이 네 개씩, 두 줄로 나란히 놓여 있었습니다. 아마도 느티나무나 뭔가의 원목이었을 거예요. 지금 생각하니까 수도원이나 영국의 대학 같은 데서 오랜 세월 사용해온 것 같은 색깔로, 많이 만져서 닳은 것처럼 모서리가 둥글려 있었습니다. 학교에서 쓰던 책상과 달리 조각도로 판 낙서 같은 것은 없었습니다. 의자도 원목이어서 초등학생이 잡아당기기에는 조금 무거웠어요."

도서관 정면에는 큰 오시마 벚나무가 있어서 현관 위쪽까지 잎사귀가 무성하게 퍼져 있었다. 여름에는 넓은 나무 그늘이 생기고 냉방이 없는 초등학교에서는 도서관이 제일 시원했다. 들어가면 공기 냄새가 확실하게 바뀌는 것이 느껴졌다. 아무도 시키지 않았어도 우리가 조용해진 것은 나무와 책 냄새 때문이었을지도 모른다.

"그렇게 오래도록 기억에 남는다는 것은 건축이 잘됐다는 이야기야."

선생님 뒤에 있는 수양벚꽃 꼭대기에 붉은 빛을 띤 석양빛이 비추고 있었다. 작은 새 그림자가 상공을 스쳐갔다. 끼이, 하는 소리가 난다. 쇠딱따구리다.

"나눗셈의 나머지 같은 것이 없으면 건축은 재미가 없지. 사람을 매료시키거나 기억에 남는 것은 본래적이지 않은 부분일 경우가 많거든. 그 나눗셈의 나머지는 계산해서 생기는 것이 아니야. 완성되고 나서 한참 지나야 알 수 있지."

바비큐 그릴 쪽을 보니, 이미 만전의 상태가 되어 있었다. 바람을 타고 붉게 달궈진 숯의 열기가 흘러온다. 깨끗한 불꽃의 어두운 바닥에서 피어 올라오는 것 같은 냄새.

유키코와 사사이 씨가 채소와 고기를 넘치게 담은 큰 그릇을 테라스의 둥근 테이블로 내어왔다.

"초등학교 도서관은 주위에 신경쓰지 않고 혼자 있을 수 있는 장소였던 것 같아요. 저한테는 그렇다는 이야기지만, 옆에 친구가 앉아 있어도 책을 읽고 있을 때는 혼자 있는 것이나 같았습니다."

선생님은 한참 생각에 잠겼다가 말했다. "혼자서 있을 수 있는 자유는 정말 중요하지. 아이들에게도 똑같아. 책을 읽고 있는 동안은 평소에 속한 사회나 가족과 떨어져서 책의 세계에 들어가지. 그러니까 책을 읽는 것은 고독하면서 고독하지 않은 거야.

아이가 그것을 스스로 발견한다면 살아가는 데 하나의 의지처가 되겠지. 독서라는 것은, 아니 도서관이라는 것은 교회와 비슷한 곳이 아닐까? 혼자 가서 그대로 받아들여지는 장소라고 생각한다면 말이야."

어딘가에서 또 쇠딱따구리가 울었다. 끼이 하는 작은, 그러나 분명히 귀에 들어오는 소리. 도서관이 조용한 것은 사람들이 약속을 지키기 때문이 아니고, 사람이 고독하게 있을 수 있는 장소이기 때문이라면, 선생님은 그 공간을 어떤 형태로 만들려는 것일까.

유키코가 바비큐 그릴을 들여다보고 "슬슬 굽기 시작할까요?" 하고 말했다.

"응, 좋지." 이야기는 여기까지, 라는 톤으로 선생님이 말했다.

나도 스툴에서 일어나 유키코를 도왔다.

바비큐 시작에 맞추기라도 한 것처럼 이구치 씨가 차로 돌아왔다. 차고에서 그대로 마당을 돌아서 테라스에 오더니 한층 밝은 목소리로 이구치 씨가 말했다.

"마침맞게 왔군."

가와라자키 씨와 고바야시 씨는 이미 채소를 그릴에 올려놓기 시작했다. 보통은 요리 당번에 그다지 열심이 아니던 고바야시 씨도 바비큐 때는 완전 적극적이었다. 고기 상태를 봐서 모두의 접시에 능숙하게 나눠준다. 그릴 어디에 어떤 채소를 구우면 좋을지, 불이 어디가 센지 완전히 파악하고 있는 것 같았다. 익은 것은 탈 틈을 주지 않고 그릴에서 접시로 옮기고 빈 공간에 새 고기를 올려놓는다. 그 군더더기 없는 민첩한 동작을 보면서 고바야시 씨한테는 그릴 평면에서도 동선계획이 보이는 걸까 싶어 웃음이 났다. 곁에 우치다 씨가 있으면 속닥속닥 동의를 얻었을 것 같은데 지금은 농담할 상대가 없다.

"기분 좋아 보이네." 유키코가 옆에 와서 말했다.

"바비큐라는 게 제대로 하니 맛있네요."

"무슨 이야기야?"

"타기도 하고 덜 익기도 해서, 실제로는 기대만큼 맛이 없다고 생각했었거든요."

"어떤 그릴이라도 고바야시 씨 같은 사람이 붙어 있다면 말이지." 유키코가 웃었다.

바비큐는 한가할 틈이 없다. 굽고 먹고 지켜보고 그러면서도 모두가 어딘가 들떠 보였다. 이구치 씨조차도 말수가 적어지고 고바야시 씨가 말하는 대로 감자를 접시에 덜어간다.

"밥이 먹고 싶은 분은 직접 가져다 드세요. 된장국도 있습니다."

나는 사사이 씨 말에 익은 고기와 채소가 담긴 접시를 들고 식당에 들어갔다. 밥과 된장국을 떠서 테이블에 돌아오자, 잇달아 유키코가 들어왔다. 보통 때는 자리가 떨어져 있으니까 유키코가 앞에 앉으면 조금 긴장된다.

"가와라자키 씨가 뭐래?"

유키코는 그렇게 말하며 하얀 밥을 입에 넣었다. 나는 잘 움직이는 입과 볼을 바라보았다.

"도서관 책장 스터디를 우치다 씨하고 시작해달라고요."

"어머, 그래? 좋겠네."

"아, 그렇지 않아요. 야단맞았거든요. 서고 책을 하나도 안 읽었다고."

"푹 자고 있더라." 유키코는 웃으면서 말했다. "서고에는 오래되고 진귀한 책이 제법 있어."

"유키코 씨도 읽었어요?"

"처음엔 사카니시 군처럼 서고가 내 방이었거든."

"아스플룬드 책이 많아서 조금 놀랐습니다. '숲의 묘지'랑 '스톡홀름 도서관' 정도밖에 몰랐는데."

"미스 반데어로에나 르코르뷔지에하고 같은 세대라고는 생각되지 않지? 그 사람들과 달리 미래보다는 과거에 눈길이 향하던 사람 같다는 생각이 들어."

"성질 급한 사람이라면 왜 처음부터 그렇게 안 했느냐고 화낼 것 같지 않아요? 멀리 돌아가는 게 아무렇지도 않은 사람이지요."

"어떤 뜻에서?"

"'도서관'도 '숲의 묘지'도 '예테보리 재판소' 증축은 특히 그렇지만, 플랜의 변천을 보고 있으면 세련되는 과정이 분명히 보이고, 게다가 각각의 도정이 비슷해요. 먼저 오래된 건축에 대한 경의가 명백하게 보이는 플랜부터 출발합니다. 그러니까 재판소 증축 같은 것은 처음에는 건축가라기보다 시설관리과 일로 보입니다. 그런데 스터디를 되풀이하는 동안에 플랜이 점점 모던해지죠. 이 시행착오랄까 수순이 아스플룬드한테는 빼놓을 수 없는 과정이었는지도 모릅니다. '스톡홀름 시립도서관'도 처음에는 피렌체에 세우는 것이 어울릴 듯한 돔형으로 시작되었고, '숲의 화장터'도 출발점은 그리스 신전이었지요. 생각하는 습관인지 모르지만 그렇게까지 과거로 올라가지 않아도 되지 않을까 하는 지점에서 시작하거든요."

"그렇지만 그런 점은 선생님도 어딘가 비슷하지 않아? 선생님에겐 일본이나 아시아의 전통적인 건축에 대한 경의가 분명히 있잖아? 유럽의 오래된 건축도 좋아하시고."

"그런데도 최종적으로는 모던하고 합리적인 것이 되죠."

"아스플룬드처럼 분명한 고전주의자는 아니지만."

유키코는 모처럼 말이 많았다. 그리고 목소리를 조금 낮추면서 말을 이었다.

"선생님이 라이트 제자였다는 게 조금 이상해. 라이트는 자기 건축의 선생은 자연이라고 했잖아. 즉 자기한테는 존경할 만한 건축가가 없다고 선언하고 있는 거니까 오만불손하다면 그만한 사람도 없지 않겠어? 자기 작품이야말로 고전이라고 생각하고 있으니까 도제 같은 시대착오적인 단어를 일부러 썼다고 생각해. 하나부터 열까지 선생님하고는 대조적이어서 아스플룬드 쪽이 공통점이 많게 느껴져. 선생님은 라이트 이야기를 거의 하지 않아. 탈리에신에서의 경험이 선생님 속에서 어떻게 연결되어 있는지 나는 아직 잘 모르겠어."

유키코도 그렇게 느끼고 있었구나, 하고 생각하며 이야기를 이어가려고 하는데 선생님이 식당에 들어왔다.

"선생님, 진지 잡수시겠어요?"

유키코가 일어나서 묻자, 선생님이 "먹을까?" 하고 말한다. 밥을 푸고 냉장고에서 장아찌를 꺼낸 유키코가 작은 접시에 덜어서 테이블에 놓았다.

"고마워."

테라스에는 실외등이 들어와 있었다. 둥근 테이블 위에는 오일램프가 놓여 있다. 누군가가 수양벚꽃 건너편에 있는 벌레를 유인하는 유아등 스위치를 켰다. 파란 불이 켜진다. 기온이 다시 조금 내려가고 바람이 한결 차가워진다.

사사이 씨가 부엌에 들어가서 주먹밥을 만들기 시작한다. 고바야시 씨는 마지막까지 확실하게 그릴 당번을 하고 있다.

"젊은 사람이 먹어야지." 가와라자키 씨가 상황을 보러 간 나한테 말한다.

결국 테라스에 있던 세 사람과 같이 나머지 고기와 채소를 먹어 치웠다.

생각해보니 우치다 씨와 마리코를 제외하고 전원이 토요일 밤에 모인 셈이 된다. 나는 그릴의 재를 털고 나서 테라스를 건너는 밤바람 속에 한동안 앉아 있었다.

火山のふもとで

아무 예정도 없고 식사 당번도 아닌 일요일 아침, 늦잠 잘 생각이었는데 나는 선생님하고 거의 똑같이 5시 반에 잠이 깨버렸다. 침대 속에서 아스플룬드 평전을 계속 읽는다. 그러고 나서 혼자서 아침식사를 마치고 커피를 끓여 방으로 돌아왔다. 책상 위 독서등을 켜고 책을 펼친다.

아스플룬드의 마지막 일이 된 '숲의 묘지'를 방문하면 사람들은 물결치는 것 같은 완만한 언덕을 오른쪽으로 보면서 길고 낮은 담을 따라 납작한 돌이 깔린 진입로를 곧장 걸어가게 된다. 각자의 걷는 속도에 맞추어 죽음의 세계가 다가온다. 진입로 왼쪽에 있는 낮고 하얀 담은 여행을 지탱하는 지팡이 같은 것인지도 모른다. 살아 있는 세계와 죽음의 세계의 경계처럼도 보이는 한 줄기 하얀 선. 그 경계는 한참 앞의 막다른 지점에서 사람들을 기다리고 있는 게 아니라 지금 현재 살아 있는 우리 바로 곁에 있어, 라고 말하고 있는 것 같다. 하얀 담 너머에 이윽고 예배당과 화장터가 유유히 나타난다. 화장터를 왼쪽으로 보면서 좀 더 가면 마지막으로 사람을 받아들일 숲이 바람에 흔들리는 잎사귀 소리를 울리기 시작할 것이다.

'숲의 묘지'에서 마지막으로 만들어진 것은 화장터였다.

모교인 왕립공과대학 교수가 되고 재혼한 뒤(첫번째 결혼은 장남을 잃고 나서 점차 삐거덕거리기 시작했다) 국내에서 건축가로서의 평판은 높아만 갔다. 그러나 1915년부터 시작된 '숲의 묘지' 플랜은 재정적인 문제를 비롯해 몇 개인가의 장애가 겹쳐서 화장터 설계에 착수하기 전부터 정체되어 있었다. 예배당 플랜도 유보된 채 긴 납작한 돌을 깐 진입로와 그에 병행하는 담 등, 전체 풍경이 황당할 정도의 시간을 들여 정비되어갔다. 그것을 지휘한 이는 아스플룬드가 아니라 공동 설계자이자 친구이기도 했던 레베렌츠였다.

1934년, 거의 멈춰 있던 것 같던 화장터 플랜이 갑자기 재가동된다. 그리고 그 진전은 아스플룬드에게 예상 밖의 시련을 가져다주었다. '숲의 묘지' 위원회가 거듭된 요청에도 불구하고 도면을 좀처럼 보여주려 하지 않는 레베렌츠를 설계자에서 빼버리는 결정을 내린 것이다. 아스플룬드는 레베렌츠하고의 오랜 동안의 신뢰관계를 존중하여 자기도 설계에서 빠져야 할지, 아니면 이십 년에 걸쳐 관여해온 '숲의 묘지' 완성을 위해 위원회 결정을 따를지, 한쪽을 선택해야만 했다. 아스플룬드는 고민한 끝에 위원회 결정을 따르기로 하고 단독으로 설계를 맡는다.

'숲의 화장터'가 완성된 것은 1940년의 일이었다. 아스플룬드는 쉰다섯이 되어 있었다. 그 완성을 누군가가 가만히 기다리고 있었던 것처럼 갑작스러운 심장 발작이 아스플룬드를 덮쳤다. '숲의 묘지'로 시작한 건축가의 마지막 일은 원이 닫히듯 '숲의 묘지'가 되었던 것이다. 아스플룬드는 자기가 설계한 화장터에서 화장되었고, 재가 되어 '숲의 묘지'에 매장되었다.

'숲의 화장터' 스케치는 완성되기 십 년 전부터 그리기 시작했는데, 처음에는 입구 부근에 십자가가 아니라 오벨리스크가 세워질 계획이었다. 오벨리스크에는 '오늘은 나, 내일은 당신'이라는 말이 새겨져 있었다. 예전에 '숲의 예배당'을 위한 스케치에 아스플룬드가 써넣은 말은 '오늘은 당신, 내일은 나'였다. '나'와 '당신'은 언제 바뀐 것일까?

'숲의 묘지'는 돌이 강렬한 인상을 남기는 장소이기도 하다. 다양한 표정의, 그 자리에 꼭 알맞은 돌이 신중하게 선택되어 바닥, 벽, 손이 닿는 부분에 사용되었다.

불규칙하게 깔린 납작한 돌의 긴 진입로와 오른쪽으로 나타나는 거대한 십자가에는 화강암이 쓰였다. 대예배당에도 관이 놓일 성단을 향해 화강암 바닥이 완만하게 내려가게 되어 있다. 자연 속에서 꼼짝도 않고 잠들었던 압도적인 중량의 덩어리가 가공하기에 따라서 야성적인 정취가 넘치는 안정감으로도, 조신한 고요함으로도 변신한다. 작은 예배당 바닥은 벽돌과 화강암의 조화이다. 대리석도, 사암도, 석회암도, 장례 진행에 따라 미묘하게 변화하는 심리를 평온히 받아들이도록 신중히 구분해서 쓰여 있다.

아스플룬드는 돌에 애착이 많았다. 마흔이 지나 재혼한 아내와 휴일을 보내기 위한 별장을 지을 때에도(그것은 '숲의 화장터' 일을 시작하고 얼마 안 돼서였다) 일부러 커다란 암반이 노출되어 있는 비탈을 기점으로 해안을 향해 완만하게 내려가는 땅을 골랐다. 그 암반을 등에 짊어지듯이 별장이 세워졌다. 바위 위에 서서 내려다보면 지붕 끝에 바다가 펼쳐진다. 작은 항구에 정박한 배가 바위로 된 거대한 계선주에 매여 있는 것처럼 보이기도 했다.

가차 없는 엄밀한 마감을 요구했지만 석공들하고의 교류는 친밀했다고 한다. 까다로운 아스플룬드도 석공들의 말에는 순순하게 귀를 기울였다. 석공들도 돌에 강한 애정을 갖고 있는 아스플룬드를 '까다로운 보스'라고 부르며, 일정한 거리를 두면서도 자기들하고 한 패거리로 간주했다. 아스플룬드의 별장 경관에 잘 어울리는 정원석을 골라 스톡홀름 교외까지 운반한 것도 그들이었다.

철과 유리와 콘크리트가 건축의 모습과 규모를 크게 변화시키는 모더니즘의 여명기였지만, 인간하고 가장 오랜 관계를 갖는 돌이라는 소재를 사랑하고 소화해내는 아스플룬드는 오래된 것을 새로운 풍경 속에 끌어들이는 방법을 알고 있었다. 그러는 한편 '숲의 묘지'에는 극히 합리적이고 새로운 아이디어도 숨어 있었다.

예배당의 중심이 되는 위치에 설치된 관을 놓는 관대는 장례식이 끝나면 관을 실은 채 유압식 리프트로 지하로 내려가게 장치가 되어 있다. 그것은 관이 깊이 판 무덤에 내려가는 움직임을 본뜬 것이다. 관이 화로가 있는 지하층에 운반되는 것은 장례식에 참석한 사람들이 모두 예배당을 나간 이후에 하도록 아스플룬드는 엄중하게 지시하였다.

화로 입구는 관 형태에 맞춰 파여 있었고, 그 바로 위 천장에는 작고 둥글게 열린 톱라이트가 일렬로 늘어서 있다. 죽은 사람이 화로에 들어가기 직전, 마지막 자연채광이 관 위에 쏟아진다. 땅에 판 묘혈에 오후의 태양빛이 쏟아붓듯이. 거기에서 장례식에 참석한 사람들은 관을 전송하게 된다. 아스플룬드는 사람이 사람을 보내는 엄숙한 의식으로서의 연출을 마지막에 준비해둔 것이다. 그러나 실제로는 여전히 뿌리 깊었던 화장에 대한 심리적 저항을 배려해서 참석자들의 입회는 보류되었다.

열려 있는 서고문에서 선생님 목소리가 났다.

"잘 잤나? 쉬는 날 미안하네만, 오늘 오후에 시간 있나?"

네, 라고 대답하자, 좀도둑이 들어온 야마구치 씨네 집에 같이 가주면 좋겠다고 한다.

"책상 위에 도면을 놔두었네. 야마구치 씨 댁은 바로 옆이긴 하지만 어딘지 장소를 유키코에게 물어봐두게." 선생님은 그렇게 말하더니 소장실로 돌아갔다.

나는 설계실 책상 위에 있는 야마구치 저택 설계도를 한 페이지씩 봤다. 청사진의 차분한 무게가 손에 닿는다. 설계도집에서 여러 번 본 도면이지만 청사진에는 연필로 그은 흔적이 남아 있고 사인도 있다. 선생님 설계에 직접 닿는 감각이 있었다.

좀도둑은 일층 빨래 건조실의 유리창을 통해 들어왔다고 한다. 이층의 목욕탕과 화장실, 일층의 부엌과 화장실 등, 배수관이 집중되어 있는 북동 코너에 빨래 건조실이 있다. 입면도를 보면 땅에서부터의 높이도 상당하고, 유리창도 그다지 크지 않으니까 거기로 들어가려고 한 좀도둑의 수법이 잘 이해되지 않았다. 도시라면 큰길에 면하지 않은 북동쪽은 집 뒤쪽이라서 눈에 잘 띄지 않는다는 이점이 있지만 부지가 넓은 별장은 360도 어떤 곳이라도 남의 시선에 노출된다. 집 주위에서 사람이 움직이면 싫든 좋든 눈에 띌 것이다. 배관이 있는 유리창을 노리는 상습범인가.

설계도를 보고 있자 일어난 유키코가 지나갔다. 야마구치 저택이 어디냐고 묻자, 유키코가 메모지에 간단한 지도를 그리다 말고 아침식사 뒤에 산책 겸 같이 자전거로 가보자고 한다. 여름 별장에는 자전거가 두 대 있지만, 주로 유키코가 이용할 뿐 나는 탄 적이 없었다.

9시 전에 여름 별장을 나섰다. 하늘이 파랗고 벌써 햇살이 강하다. 그래도 자전거로 바람을 가르고 달리자 반소매가 서늘할 정도다. 비포장도로의 울퉁불퉁한 노면에서 안장도 핸들도 덜덜 떨린다. 걸어서 산책하기에는 쓸쓸할 정도로 넓은 이치조 거리를 곧장 북상한다. 인기척도 차 기척도 없다.

양쪽에는 깊은 초록색 낙엽송이 늘어서 있다. 머리 위 나무 어딘가에서 검은개똥지빠귀가 기분 좋은 듯이 울고 있다. 오늘이 일요일이라는 것을 알고 있는 듯 자유로운 지저귐이었다. 검은개똥지빠귀는 대륙검은지빠귀의 먼 친척일지도 모른다. 중학생 때 비틀스 노래 가운데서 대륙검은지빠귀 울음소리를 들었을 때 그렇게 생각했다. 영국에서는 블랙버드라고 불리는 대륙

검은지빠귀 울음소리는 리듬도 멜로디도 약간 복잡하다. 가슴을 부풀리며 우는 모습도, 지저귀는 멜로디도, 검은개똥지빠귀와 많이 닮았다. 여러 세대에 걸쳐 오랜 시간을 들여서 멀고 먼 동쪽 섬나라에 오기까지, 날개 모양이나 노랫소리가 조금씩 변화했다고 할 수 있지 않을까? 자전거를 멈추고 그대로 검은개똥지빠귀 노랫소리를 듣고 싶었지만, 계속 앞으로 나아가는 유키코의 뒷모습을 보고 단념하기로 했다.

북쪽으로 나아감에 따라, 마을이 시작되었을 때 세운 오래된 별장이 왼쪽과 오른쪽에 나타난다. 풀 한 포기 없는 봉싯하고 멋진 쇠띠지붕 별장이 있는가 하면, 정원수도 잡초도 자랄 대로 웃자란 집이 있다. 덧문이 닫힌 집도 드물지 않다. 나무들의 녹색은 깊다. 유키코의 하얀 티셔츠 등이 주위의 풍경 가운데서 제일 신선하고 화려해 보이는 것이 우스웠다. 그 뒤를 잠자코 쫓아간다. 침엽수의 톡 쏘는 냄새.

유키코의 자전거가 갑자기 섰다. 나도 당황해서 브레이크를 잡았다.

"무슨 일 있으세요?" 긴장한 목소리로 유키코가 말한다.

기모노를 입은 노파가 길 옆 흙둑에 등을 기대듯이 하고 하늘을 올려다보며 앉아 있다. 옷자락이 갈라져 하얀 버선 위로 마른 나뭇가지 같은 정강이가 보인다. 유키코는 바로 자전거에서 내려 곁에 쭈그리고 앉았다.

"조금 숨이 차서."

"괜찮아요, 노미야 선생님. 바로 병원으로 모시고 갈게요." 그렇게 말하고 유키코는 나를 돌아봤다. “얼른 돌아가서 차 좀 가져와 줄래?”

노파는 소설가인 노미야 하루에였다.

“어머, 병원이라니 괜찮아요. 가끔 이래요. 쉬면 괜찮아지니까 걱정 말아요.”

유키코가 내 눈을 보았다. 나는 고개를 끄덕이고 말했다.

“바로 돌아올게요. 또 필요한 건?”

“물하고 수건. 그리고 내 파자마를 사사이 씨한테 달라고 해 줘. 참, 지갑도.” 유키코의 지시는 단적이다.

“구급차를 부르지 않아도 될까요?”

“불렀다가는 오히려 시간이 걸리니까.”

“이봐요. 당신들. 내 얘기 좀 들어봐요. 병원에는 안 가도 된다니까. 정말이지 이제 가라앉기 시작하고 있어요.”

“알았어요, 선생님. 그치만 어쨌든 댁까지는 모시고 갈게요.”

“고마워요. 미안해서 어떡하지? 그쪽은 누구지?”

노미야 하루에는 쪼그리고 앉은 유키코를 보았지만, 나무에서 비쳐드는 햇살이 부신지 바로 눈을 감았다.

“나카오 유키코라고 합니다. 무라이 설계사무소에 있습니다.”

“아, 무라이 선생네. 우리 동네구먼.”

“네.”

“그렇게 걱정하지 않아도 나는 어차피 앞날이 얼마 남지 않았는걸.”

유키코는 조금 난처한 얼굴이 되었다.

"괜찮아, 괜찮아."

노미야 하루에는 다시 눈을 감았다. 얼굴이 창백하다.

"그럼 다녀오겠습니다."

저 사람이 노미야 하루에구나. 마을이 시작될 때부터 여기 살았고, 큰 눈이 내린 날에도, 큰 히말라야 삼나무가 자기 별장을 깔아뭉갰을 때도 태연했던 소설가. 저렇게 몸집이 작은 사람이었다니. 혼자 산책이라도 하고 있었던 걸까. 나는 서둘러서 페달을 밟았다. 검은개똥지빠귀 울음소리는 더는 들리지 않았다.

세탁실에 있던 사사이 씨에게 유키코가 부탁한 것을 받았다. 말은 그렇게 했어도 역시 병원에 가야 할지도 모른다. 바로 파자마를 떠올리다니 정말 유키코다웠다. 사사이 씨는 물통에 물을 넣어주면서 노미야 씨네 친척 연락처를 알아주겠다고 했다. 나는 선생님의 볼보로 두 사람한테 갔다.

유키코의 무릎에 상반신을 내맡긴 노미야 하루에는 여전히 눈을 감고 있었다. "실례합니다" 하고 말하고 나서 등과 양 다리 밑으로 손을 넣어 옆으로 안듯이 하여 뒷좌석에 태웠다. 혼자 들어도 가뿐하게 들 수 있다. 어린애처럼 가벼운 느낌이었다. 이렇게 여자를 안는 것은 처음이라고 생각하는 자신이 반쯤 어이없게 느껴졌지만 웃을 수도 없었다.

운전석에 앉자 백미러에 여느 때처럼 침착한 유키코 얼굴이 반쯤 비춰져 있다.

"이제 괜찮아. 물이 맛있네. 기분 나쁜 게 좀 가라앉았어요. 이대로 누우면 괜찮다니까."

"그러네요, 선생님. 그렇지만 만일을 위해 병원에서 진찰받는 게 좋지 않을까요?"

"괜찮다니까. 부탁이니까 집으로 좀 데려다줘요."

"오늘은 일요일이니까 일하는 사람이 쉬죠?"

"응, 점심 준비를 하러 와요."

"알겠습니다. 일단 댁까지 모셔다 드리고. 병원은 나중에 얘기 할게요."

"나는 말이야, 주치의가 도쿄에 있어서 산에서는 거의 병원에 간 적이 없어요. 그렇지만 의사가 어떠니 약이 어떠니, 이젠 그럴 나이가 아니지."

크게 흔들리지 않도록 주의하면서 천천히 차를 유턴시켜 노미야 하루에 씨 별장으로 향했다.

현관을 열자 오십 년 전의 아오쿠리 마을이 그대로 거기 있는 것 같은 실내가 눈에 들어왔다. 하얀 회반죽벽과 탈색한 것 같은 마룻바닥에는 물건이라고는 거의 보이지 않았다. 다실에 들어온 것 같은 고요함이었다.

난로 앞 소파에 노파를 살며시 내려놓는다. 돌로 만든 난로는 깨끗하게 청소되어 있어서 쓰고 있는지 아닌지 알 수 없었다. 흙빛이었던 얼굴에 점차 혈색이 돌아오고 있었다.

"이봐요, 다시 한 번 이름을 가르쳐줘요."

"나카오 유키코입니다."

"한자는?"

"스노snow의 유키입니다."

"좋은 이름이네."

유키코는 이미 노미야 하루에 품에 자연스럽게 녹아들어가 있었다. 마당으로 면한 유리창을 열고 바깥바람을 들여 환기시킨다. 박새가 동료들에게 지저귀면서 마당의 모이대에서 해바라기 씨를 물고는 조금 떨어진 나뭇가지 위에서 바쁘게 먹고 있다. 친척하고는 곧 연락이 닿았다. 일하는 사람이 올 때까지 같이 있겠다고 유키코가 말했다. 오후부터 야마구치 씨 댁으로 가기로 한 나는 여름 별장으로 돌아가기로 했다.

나중에 유키코에게 들었더니 노미야 하루에 씨 집에는 번갈아서 소설가, 시인, 음악가 같은 사람들이 현관 앞에서, 혹은 방까지 문병차 찾아왔다고 한다. 어떻게 소문이 퍼졌는지는 알 수 없지만, 아오쿠리 마을에서는 여전히 노미야 하루에가 큰 존재임을 여실히 드러내는 광경이었다. 피곤하지 않을까 유키코가 걱정했지만, 거의가 연하인 조심스러운 태도의 지인들과 얘기하는 동안에 노미야 하루에는 점점 기운을 차려갔다. 유키코는 찾아온 사람들 모두에게 '내 생명의 은인'으로 되풀이 소개되었다.

내과의사이기도 한 소설가가 오래된 상아 청진기를 들고 나타나서 맥박을 재고, 심장 소리를 듣고 가벼운 심근경색일 가능성이 있으니까, 내일이라도 일단 도쿄에 돌아가서 주치의에게 진찰받는 것이 좋겠다고 했다.

"아침저녁은 기온이 내려가니까 손발을 차지 않게 하시고, 녹차나 커피, 홍차가 아닌 자극이 적은 호지차볶아서 달인 엽차를 충분히 마셔주세요."

노미야 하루에도 고집을 꺾고 "알겠습니다, 그렇게 할게요" 하고 대답했다. 유키코는 호지차를 끓이고, 의자를 나르고, 낮이라면 괜찮을 거라는 의사의 말대로 냉장고 안의 수박을 자르고, 접시를 씻고 손님들을 전송했다. 수박을 한입 먹은 노미야 하루에는 "아, 살 것 같아" 하고 말했다.

"수고했네. 자네들이 지나가지 않았더라면 노미야 씨도 위험했을지 모르겠군." 야마구치 저택으로 향하는 차 안에서 선생님이 말했다.

나는 핸들을 쥐고 앞을 본 채 말했다. "이제 살날도 얼마 안 남았다고 하시지만 그렇게 작은 몸집인데도 뭔가 박력이 넘치는 분이셨어요."

선생님이 후후 하고 웃었다. "노미야 하루에는 천하무적이야."

선생님은 가끔 그런 말을 쓴다. 나도 웃었다.

"제가 알기로는 아흔이 지나셨던 것 같은데 맞죠?"

"아흔은커녕 아흔여섯 아니면 아흔일곱은 됐을걸? 메이지1868–1912 태생들은 강해."

"선생님도 메이지 태생 아니신가요?"

"메이지라고 해도 꼬리 부분이니까. 철이 들었을 때는 이미 다이쇼1912–1926였어." 선생님이 웃음을 머금은 목소리로 말했다.

도중에 차를 세워 그대로 세워져 있던 유키코 자전거를 볼보 뒤쪽에 실었다. 야마구치 저택은 그곳에서 조금 더 가서 왼쪽으로 꺾인 곳에 있다. 노미야 하루에가 쓰러져 있던 장소에서

300미터도 되지 않는다.

현관에서 도착했다고 알리자 야마구치 겐이치로가 나타났다.

"일요일인데 미안하구먼." 화가가 격식을 차려 인사했다.

"야, 이번엔 혼났군." 선생님이 말한다.

야마구치 씨는 가냘프다고 할 수 있는 체구의 사람이었다. 노미야 씨도 그렇고, 야마구치 씨도 그렇고 몸집은 작아도 큰 어른의 면모가 느껴지는 사람이 있구나 싶었다.

"오늘 아침, 노미야 씨가 기분이 안 좋아서 길바닥에 주저앉아 있었는데 말이야. 이 사카니시 군과 나카오 유키코가 지나가다가 우연찮게 발견했다네. 바로 이 앞에서 말일세."

선생님은 그렇게 말하면서 나를 소개했다.

"이번부터 담당할 사카니시 군."

나는 고개를 숙여서 인사했다.

"노미야 씨는 병원?"

"아뇨, 병원은 됐다고 하셔서 댁으로 모셔다 드렸습니다." 선생님 대신에 내가 대답했다.

"노미야 씨답군. 그렇지만 괜찮을까?"

"아직 나카오 양이 같이 있는데 바로 괜찮아진 것 같아."

"아, 그녀가 있다면 안심이지. 그건 그렇고 사카니시 군은 상당히 젊네. 막 입사했나?"

"네, 올봄부터입니다."

"삼 년 만의 신입 사원이야." 선생님이 밝은 목소리로 말했다.

"흠, 그거 잘됐군. 야마구치일세. 잘 부탁하네."

야마구치 겐이치로는 온화한 눈매를 하고 있었다. 기품이 있는 느긋한 말투, 학창시절부터의 친구라는 것이 바로 납득이 간다. 선생님 어조에는 친근한 가운데 뭔가 미묘한 조심성과 수줍음이 섞여 있어서, 우리하고 얘기할 때와는 꽤 달랐다. 남자 친구라는 것은 그렇게 단순하게 규정될 수 없는, 형태가 정해지기 어려운 관계가 아닐까 하고 문득 생각했다.

야마구치 씨는 현관에서 방 안쪽으로 성큼성큼 들어간다. 거실 앞에서 식당으로 꺾어 부엌을 지나가면서 돌아보지 않고 얘기를 계속했다.

"예전에는 아오쿠리 마을에도 꽤 도둑이 있었던 것 같은데 최근에는 통 없어서 정말이지 걱정이라곤 해본 적도 없었다고."

방을 시계 반대방향으로 빙 돌아가자 막다른 곳이 빨래 건조실이었다. 머릿속으로 청사진으로 본 평면도와 대조해나간다. 세탁기와 건조기가 겹쳐 있고, 그 바로 곁에 이층 목욕탕 탈의실에서 빨래가 그대로 떨어져 내려오는 통로가 있다. 천장 가까이에 빨래걸이용 파이프가 두 개 달려 있고, 천장에도 온풍기가 빌트인되어 있다. 그 옆에 작은 유리창이 붙어 있어 파란 하늘만 보였다.

"이 창틀을 말이야, 밖에서 아주 정교하게 떼어내고 들어온 거야. 경찰도 현장을 보고 이렇게 꼼꼼한 도둑은 처음 봤다고 감탄하더라니까. 순경이 감탄이나 하고 있으면 안 될 텐데 말이야." 야마구치 씨가 웃었다. "도망칠 때 원래대로 해둘 여유가 있었더라면, 어디에서 들어왔는지도 모를 뻔했어."

유리창은 현장검증을 마친 경찰관이 임시로 원래대로 끼워놓고 갔다고 한다.

선생님과 나는 빨래 건조실 밖으로 돌아가 보았다. 별장의 일층 유리창문은 그렇지 않아도 도둑이 노리기 쉽다. 다른 모든 창문에 있는 덧문이 빨래 건조실 창문에만 없는 것은 지면에서 3미터 정도 되는 높이라는 것과 채광을 위해서였을 것이다.

사다리를 걸치거나 발판을 세우지 않으면 창틀을 빼낼 수가 없다. 현장검증에 의하면 사다리를 걸친 자국이 희미하게 남아 있었다고 한다. 나는 바깥과 안 양쪽에서 실측을 한 뒤에 오래된 한 장짜리 유리가 끼워져 있는 목재 창틀을 일단 빼보고 나서 원래대로 되돌려놓은 뒤 응급조치로 긴 못을 박아두었다.

야마구치 씨에게 맞춘 것처럼 몸집이 작은 부인이 차와 양갱을 가져왔다. 사무소에 있을 때의 얼굴로 돌아간 선생님이 야마구치 씨에게 말했다.

"유리창은 이중창으로 바꾸자. 그렇지만 바깥쪽에 쇠창살 같은 걸 끼우면 감옥처럼 보이니까 안 좋지. 안쪽에 덧문 같은 것을 달아도 되지만 어떠려나. 열었다 닫았다 할 수 있을까?"

"너무 높아서 어떨까 모르겠네."

"덧문을 달았다 해도 결국은 안심하기 위한 거지. 여차하면 부숴버리면 그만이니까."

선생님은 이번 일은 안됐지만 특별한 일은 하지 않는 편이 좋지 않겠느냐고 야마구치 씨에게 말했다. 들어오려고 강제적 수단을 동원하면 어디서라도 도둑은 들어올 수 있다. 필요 이상의 조치를 취하는 것은 갑옷을 입고 길을 걷는 것과 같아 밸런스가 나쁘다고 덧붙였다.

"같은 수법으로 들어오려고 해도, 이번에 다는 새 유리창이라면 괜찮을까?"

"창틀은 이제 그렇게 간단하게는 빼지 못할 거고 유리창도 잘 안 깨질 거야. 이번처럼 꼼꼼하게 열려다가는 한 시간도 더 걸릴 걸세. 쇠지레 같은 걸로 사정없이 두들겨 패면 삼십 초지만, 두꺼운 창틀로 바꿔두면 어른 몸으로는 들어올 수 없을 거야."

"자네한테 맡기겠네."

야마구치 씨는 선생님의 사고방식이나 기질을 잘 알고 있었다. 신뢰하고 있는 것이리라. 그래서 구태여 편안한 얼굴을 하고 말하는 것처럼 보이기도 했다. 미술대학 시절의 공통의 지인들 얘기를 시작하면서, "괜찮다면 집을 좀 둘러보시게"라는 야마구치 씨 말을 따라 혼자서 다른 방들을 돌아보았다.

서로의 취향을 잘 알고, 돈에 구애받지 않고 마음껏 설계한 흔적이 야마구치 저택에 보였다. 아틀리에의 한껏 높은 천장과 침실 천장의 친밀한 낮이, 거실은 창문을 크게 잡고, 천장은 높지도 낮지도 않다. 아틀리에에서 멀리 떨어진 음악실에는 작은 유리창 두 개만 있어 크로스 벽지에 싸여 침실 비슷한 안식감이 떠돌고 있었다. 대저택은 아닌데도 방의 인상이 다양하게 변화한다. 그리고 구석구석까지 충분히 활용해 야마구치 씨와 야마구치 씨네 집이 혼연일체가 되어 있는 것이 느껴졌다. 선생님의 설계에는 고객의 삶에 맞추어 익숙해져가게 종이를 이어붙일 때 풀칠하기 위해 남겨두는 부분 같은 것이 있다.

부인은 부엌에서 저녁 준비를 시작하는 것 같았다. 마리코네 별장에 걸려 있던 그림의 파도에 씻겨서 지금이라도 사라져버리려는 어린아이의 발자국. 외아들을 열두 살 때 잃고 삼십 년 가까이 지났다고 한다.

돌아오는 차 뒷좌석에서 선생님이 말을 걸어왔다.

"집을 지킨다는 것은 어려운 일이지. 설계할 때 불이 잘 나지 않을 집, 지진에 무너지지 않을 집, 그런 것에 가능한 한 신경쓰지. 그것이 건축가에게는 중요하거든. 그렇지만 말이야, 만일에 도쿄 전체가 전부 불타버리는 대지진이 일어났을 때 내 집만 타지 않고 무너지지 않는 건 좀 생각해볼 문제인 것 같아."

선생님이 말씀하시려는 것이 알 것 같으면서도 잘 알 수가 없었다. 잠자코 있는 나에게 선생님이 말을 이었다.

"불탄 들판에, 외롭게 자기 집만 남아 있는 광경을 상상해봐. 주위 사람들은 많이 죽었어. 이쪽은 인명은 물론 가재도구도 전부 무사해. 이건 말이야, 견디기 어려운 광경이야. 그런 사태를 사람이 견뎌낼 수 있을까? 마지막은 운을 하늘에 맡기고 천우신조 덕이라고 생각하면 간신히 견뎌낼 수 있을지 모르지만 너무 철저하게 방재를 한 주택은 요새지, 주택이 아니야. 살기 편할지 어떨지 의심스러워. 요새에 산다는 건 늘 재난을 생각하면서 산다는 것과 같으니 말이지."

내 마음속에 납득이 되지 않는 부분이 남았다. 그렇지만 어떻게 말로 표현해야 될지 몰라서 잠자코 있었다. 십대 때 목격한 간토 대지진 광경에서 선생님은 그렇게 생각하게 된 것인지도 모른다.

여름 별장은 석양을 받고 있었다. 일층 식당과 이층 설계실 유리창이 활짝 열어젖혀져 있다. 긴 하루였다. 나는 조심스럽게 후진해서 차고 제일 가장자리에 차를 주차시켰다. 볼보 운전도 제법 익숙해졌다.

"야마구치 씨 일은 서두르는 게 좋겠어. 내일 도면을 완성해주겠나? 바로 체크할 테니까. 스기야마 시공사에 연락해두게."

그러고 나서 선생님은 저녁식사 때까지 소장실에 틀어박혀 있었다.

날이 저물었을 때쯤, 월요일 아침에 돌아올 예정이었던 마리코가 까만 르노5를 타고 돌아왔다. 물색 마 원피스, 조용했던 여름 별장 마루에 밝은색 공이 굴러온 것 같았다.

"아사마 산에서 연기가 꽤 뭉게뭉게 나오던데, 봤어?"

"아니, 오늘은 여러 가지 일이 있어서."

"일요일인데? 구가루이자와도 사람이 잔뜩 몰렸더라. 뭔가 어수선해."

얼마 지나지 않아 유키코도 노미야 하루에 씨 별장에서 돌아왔다.

11시가 지나 모두가 목욕을 끝내고 자기 방으로 돌아가려고 할 때쯤, 빈센트 블랙 섀도의 낮은 배기음이 멀리에서 작은 땅울림처럼 다가왔다. 어두운 숲을 달려오는 검은 바이크. 깊은 울림과 진동이 한숨을 쉬는 것처럼 잦아들어 진입로의 화산 자갈을 밟는 소리로 변하더니 조용해졌다. 나는 괜히 몸을 숨기고 싶어서 서고에 들어가 가만히 문을 닫았다. 가운데 정원에 면한 유리창은 열려 있었다. 망사문을 여는 소리, 문을 닫는 소리, 안쪽 미닫이문을 닫고 버팀목을 거는 소리가 덜컹덜컹 방 밑에서 전달되어왔다. 그러고 나서 한동안 나는 독서등 밑에서 아스플룬드의 책을 계속 읽었다.

14

火山のふもとで

다음 날 오후, 노미야 하루에가 도쿄에서 마중 온 딸과 함께 들러, 긴자의 과일가게 종합세트 상자를 두고 갔다. 유키코는 새로 썼다는 소설의 친필 서명본을 받았다. 묵향기가 날 듯이 짙은 묵으로 쓴 서명은 약간 떨리면서도 호방함이 분명히 엿보이는 필적이었다. 두 사람은 대기시킨 택시를 타고 나카가루이자와 역으로 향했다.

북동쪽 하늘에는 성층권까지 닿을 것 같은 뭉게구름이 피어 있었다. 점심이 지났을 때 기온은 25도를 넘고 있었다. 3시의 티타임이 끝나고 얼마 지나지 않아, 격심한 소나기가 여름 별장을 감쌌다. 기온이 바로 내려간다. 비슷한 날씨가 매일 되풀이되는 동안에, 요일 감각이 점차 모호해져간다. 선생님의 국립현대도서관 플랜이 목요일에 프레젠테이션하기로 되어 있었다.

나는 야마구치 저택의 유리창문 도면을 서둘러서 그리고, 시공사와 상의하면서 오기쿠보 주택의 가구공사 실측도를 열심히 마감해나갔다. 그사이에 선생님이 주신 스태킹 체어 스케치를 우치다 씨에게 보였더니 우치다 씨가 한참 스케치를 본 뒤에 입을 열었다.

"너무 섬세한 마감은 선생님이 싫어하셔. 그렇다고 너무 거칠면 의자 그 자체가 무거워지지. 선생님의 선은 너무 섬세하지도 않고 그렇다고 거칠지도 않은, 어느 쪽에도 치우치지 않는 곳에 그어져 있어서, 도면으로 그리는 일이 예상외로 어려워. 나도 매번 망설이면서 하고 있어. 열람실 의자 일도 있으니까 스케치 보여줘서 참고가 됐어. 고마워."

선생님이 우치다 씨가 아니라 나에게 스케치를 건넨 것에 대해 우치다 씨가 아무것도 느끼지 못했을 리는 없을 텐데 그것을 낌새 못 채게 행동해준 것이 고마웠다.

우치다 씨는 오기쿠보 주택 일이 일단락된 오후 늦게 책상 위를 일단 말끔하게 치우고 나서 현대도서관을 위한 가구 스터디를 시작했다. 스톡홀름 시립도서관의 가구 얘기를 꺼내자 팔짱을 낀 채 "그 도서관의 훌륭함은 설계는 물론이지만 가구공사의 높은 수준이 한몫하고 있는 게 틀림없어, 그렇게까지 해내기는 어려울지 모르지만 우리 나름으로 할 수 있는 것이 있을 거야" 하고 전에 없이 진지한 얼굴로 말했다.

그러고 나서 며칠 동안 홋카이도 도립대학 도면을 참고하면서, 나는 책장 사이즈의 변주를 생각하고, 책의 판형에 따라 생기는 서가 안쪽의 손실을 해결할 아이디어라든가, 안쪽에 쌓일 습기와 먼지를 수동적으로 제거할 방법을 우치다 씨와 함께 고민하기 시작했다. 우치다 씨는 나한테 잡담하는 일도 적어지고, 밤에도 일찌감치 자기 방으로 들어가버린다. 마리코와 나 사이를 뭔가 의심하고 있는 건지, 아니면 일에 집중하고 있을 뿐인 건지 모르겠다. 기타아오야마 사무소에 간 이구치 씨가 수요일 밤에 여름 별장에 돌아오자, "도쿄는 죽을 만큼 더워, 여기는 천국이야" 하고 정말 기쁜 듯이 말했다.

마리코와는 여러 번 같이 장을 보러 갔지만, 아무 데도 들르지 않았고 별 내용 없는 대화만 나누면서 돌아올 뿐이었다. 뭔가 아쉬운 듯한 한편, 안심되는 부분이 없는 것도 아니었다.

목요일은 모처럼 아침부터 비가 내리는 서늘한 날씨였다. 새도 벌레도 어딘가에서 비가 그치기를 기다리고 있는지 침묵하고 있다. 점심식사가 끝나자, 선생님이 설계실 큰 테이블 한가운데에 앉아 현대도서관 플랜을 설명하기 시작했다. 우리는 마리코가 끓여준 뜨거운 홍차를 마시면서 선생님 이야기를 들었다.

크로키북에 스테들러 4B로 그린 프리핸드 평면도는, 커다란 육각형과 작은 육각형이 조합된 것이었다. 가와라자키 플랜의 원주가 육각주로, 고바야시 플랜의 크고 작은 정방형 조합이 크고 작은 육각형 조합으로 바뀌었다고 볼 수 있다.

그러나 무엇인가가 결정적으로 달랐다.

크고 작은 육각형을 비스듬하게 연결하는 회랑은 작은 육각형의 한 변과 같은 폭이니까, 기하학적인 육각형 윤곽은 자연히 모호해진다. 전체를 조감하면 희미하게 떠오르는 크고 작은 육각형이 직선적이 아니고, 높은음자리표처럼 부드럽게 이어져 있다. 눈 결정結晶의 단편이나 현악기의 줄감개 부분처럼, 부분이 전체를 연상시키는 유기적 형태를 이루고 있다.

선생님이 설계한 것치고는 곡면이 많이 사용된 아스카야마 교회와 더불어 밖으로 드러난 형태에 먼저 눈길이 갈 것이다. 요란하거나 사람을 놀래는 것을 좋아하지 않고, 형태는 내부의 요청에 의해 자연히 결정된다고 생각하는 선생님 스타일에서 볼 때 이것은 이례적인 일이었다.

그런 인상은 입면도를 보면 좀더 강해진다. 큰 육각주는 지하 삼층, 지상 사층이고 작은 육각주는 지하 이층, 지상 삼층. 둘 사이의 회랑은 고저차를 연결하게 기울어져 있다. 선생님의 건축 중에서 이런 사례는 달리 본 적이 없다.

이야기가 조금 벗어나지만, 하고 선생님이 말하고 나서 원이라는 형태의 난점과 다루기 어려움에 대해 이야기하기 시작했다. 원이 갖는 전방위성, 회유성은 사실은 닫힌 것으로, 밖으로 열리고, 밖과 왕래하는 것이 되기는 어렵다. 종교 시설처럼 중심을 추구하고, 닫혀가는 장소가 필요할 때에는 원의 구심성이 유효하지만, 공공의 열린 공간에서는 다루기가 어렵다. 또 서적이 직육면체인 한, 서가에 곡면이 포함되면 책을 수장할 때 어긋남이나 남는 부분, 덜컹거림을 낳을 것이다. 원의 직경이 커지면 책장 하나하나의 그리드에서는 조금씩 곡면을 느끼지 못하게 되니까 가와라자키 플랜이라면 문제가 없을지도 모른다. 그러나 고바야시 플랜의 책장은 그리드가 작은 만큼, 구부러지는 비율이 높아, 보기에는 재미있지만 편리성은 조금 떨어진다. 원이라는 것은 꽤 힘든 것이다. 선생님은 거기까지 설명한 뒤, 다른 한 장의 스케치를 내밀었다. 육각형 위에 여섯 개의 각에 접한 원이 겹쳐서 그려져 있었다.

"공간으로서의 원이 아니라, 바깥쪽에서 만지거나 보거나 하는 원의 곡면, 이건 버리기 아깝지. 공 모양은 바깥에 나가면 바로 인력이 발생하거든."

원과 육각형을 아우르는 선생님의 플랜은 입면도에도 확실하게 반영되어 있었다. 한 층마다 원주와 육각기둥이 교대하는 구조로 되어 있다. 본관의 경우 일층은 육각주, 이층은 원주, 삼층은 육각주, 사층은 원주. 바깥에서 보면 이층과 사층은 작은 정방형 채광창이 열려 있는 원주지만, 일층과 삼층은 육각주이고 벽은 모두 유리로 되어 있다. 게다가 일층과 삼층의 육각주 각도는 삼십 도 정도 어긋나 있어서, 유리 벽면을 일부러 가지런하지 않게 되어 있다. 별관은 이층만 유리로 된 육각주로 거기에 레스토랑이 들어간다.

열람용 책상과 의자는 층마다 배열 방식이 달라진다. 짝수 층인 원주 플로어는 안에 들어가면 육각형 서가에 빙 둘러싸여 있고(이것은 가와라자키 플랜이나 스톡홀름 시립도서관과 같다) 그 안쪽에는 중심부를 향해서 이중으로 서가가 놓여 있다. 좀더 안쪽에는 열람용 책상과 의자가 중심점을 향해 방사선 형태로 늘어서 있고, 중앙부에는 엘리베이터 홀을 끼고 두 개의 반원 안내 카운터가 있다.

홀수 층인 육각형 플로어는 벽이 전부 유리라서 바깥 경치를 볼 수 있는 긴 카운터 테이블이 배치된 면과, 일인용 소파가 배치되어 있는 면이 교대로 준비되어 있다. 양쪽 다 자연채광으로 책을 읽을 수 있다. 그 안쪽에 육각형 책장이 이중으로 늘어서 있고, 중앙의 안내 카운터는 짝수 층과 같은 구조다.

커다란 육각형 본관과 작은 육각형 별관을 연결하는 회랑의 경사는 본관 사층에서 별관 삼층으로, 본관 삼층에서 별관 이층으로, 한 층씩 내려가는 형태로 연결되어 있다. 도서관동에서 레스토랑이나 강당이 있는 별관을 향해 완만한 경사를 천천히 내려가는 것이 이 건축물을 즐기는 큰 요소 중 하나라고 선생님이 말한다. 별관에 들어가기 직전에 유리 복도를 꺾어 걸어가면, 아오야마 묘지의 초록이 내려다보인다. 책상 위에 펼친 책 페이지의 커브 같은 곡면. 그 자리에 멈춰 설 사람도 많을 것이다.

별관 일층은 강당이다. 강당의 천장높이는 본관의 중이층에 필적하는 부피감이 있고, 객석은 지하 일층까지 플로어가 경사져 있다. 본관 이층에서 경사를 따라 별관에 들어가면 강당의 일층 로비가 내려다보이는 중이층 플로어에 도달한다. 본관 일층과 별관 일층을 연결하는 복도도 통유리로 되어 있고, 이층 복도의 경사에 따라 천장높이가 점차 낮아져 강당 일층 로비로 연결된다.

이 도서관이 실현된다면 틀림없이 무라이 슌스케의 1980년대 일을 대표하는 걸작이 될 것이다. 그러나…… 1970년대 중반이 되어서 일본의 전통적 건축 문맥에서 떨어져 한없이 모던에 가까운 조형에 다가가는 이유는 무엇일까? 또 하나, 그곳에 있는 모두가 알아차리고 느끼면서도 말하지 않은 것이 있다. 미일전쟁을 낀 짧은 기간, 선생님이 사사했던 프랭크 로이드 라이트의 영향이다. 지금까지는 설계상 거의 보이지 않았을뿐더러 당시의 경험에 대해 쓴 일도, 말한 일도 없었다. 그런데 이번 도서관 플랜에는 라이트 사후에 완성된 구겐하임 미술관과 겹치는 투명한 선이 여러 개 떠올라 보인다.

설계실 밖에서는 일정한 세기로 비가 계속 내리고 있다. 기온도 점점 낮아진다.

"샛백한 공간을 넉넉히 잡은 것은 여기를 광장처럼 이용하겠다는 건가요?" 가와라자키 씨가 물었다.

"아오야마 묘지 주변은 슬슬 걸어다니거나 나무 그늘에서 쉴 수 있는 곳이 의외로 적어. 누구라도 쉴 수 있는 장소가 있었으면 해서 말이야. 벤치에 앉아서 올려다보면, 레스토랑 유리창이 있고, 내친김에 도서관도 구경해볼까, 라는 생각이 든다면 더는 바랄 게 없지 않겠는가?"

"미술관이나 박물관 안의 레스토랑은 대개 실망스럽잖아요? 이 도서관에는 부디 맛있는 가게가 들어왔으면 좋겠어요."

차 주전자를 치우러 온 마리코가 테이블 뒤에서 그렇게 말했다. 마리코의 한마디로 긴장되어 있던 공기가 풀렸다. 우치다 씨도 웃고 있다. 마리코는 테이블에서 떨어져 찻주전자를 내 제도 책상 옆에 놓고 유리창 밖을 멍하니 바라보고 있다.

"기획전을 열 공간에 대해서는 어떤 생각을 갖고 계세요?" 유키코가 묻는다.

"도서관동 일층을 기획전시 공간으로 할까 생각하고 있어. 일층은 통유리니까 밖에 어필할 플랜을 세우기도 쉽지. 사무실도,

별관 강당 입구도 일층에 있어. 동선으로 생각해도 기획전은 일층을 이용하는 게 좋을 것 같아."

"도서관 내부 마감에 대해서는 어떻게 생각하십니까?" 가와라자키 씨가 물었다.

"마루와 천장은 나무를 사용하고, 벽은 장소에 따라 구분하지만 지하는 회반죽을 쓸까 해. 기본은 나무 이미지지. 이용하는 사람들에게 목조 건물에 들어온 것 같은 느낌을 갖게 하고 싶거든."

우치다 씨가 말을 이었다. "서가나 책상 의자는 어떻게 하실 생각이신가요?"

"글쎄, 가구에 대해서는 특별히 생각해본 적이 없네. 여느 때와 똑같다고 생각하면 될 거야. 단 이 도서관에 어울리는 아이디어가 있으면 해볼 가치는 있겠지."

외관의 임팩트는 준비했지만, 사람이 서가를 돌고 책을 읽기 위한 내부 환경에는 오서독스한 형태를 지키려는 선생님 방침이 점점 보인다.

"유럽에서는 예전에 키가 큰 책상 앞에 서서 읽거나 원고를 쓰는 경우가 있었지. 일본도 메이지 유신1868 이후에도 한동안은 방석에 앉아 앉은뱅이책상에서 책을 읽거나 쓰거나 했어. 책상에 의자라는 것은 의외로 새로운 스타일이야. 그렇지만 아무리 생각해도 이게 가장 무리 없는 자세라고 생각돼. 사실 개인적으로는 아무렇게나 누워서 보는 것이 제일이지만 도서관에 침대를 늘어놓을 수는 없고 말이야."

모두 웃었다. 지금 내가 쓰고 있는 서고의 작은 침대도 원래는 선생님의 독서용이었다. 선생님은 누워서 책을 읽거나 그대로 낮잠 자는 것을 좋아했다.

잠자코 듣고 있던 이구치 씨가 마당을 내려다보고 있는 마리코에게 "홍차를 한 잔 더 부탁해도 될까요?" 하고 정중하게 말했다. 유키코가 일어나서 마리코와 함께 부엌으로 내려간다. 유키코는 언제나 몸이 먼저 움직인다. 나는 두 사람의 등을 눈으로 좇았다.

이구치 씨는 홍차를 기다리는 동안에 기타아오야마 사무소로 종합건설회사에 다니는 지인이 찾아왔었다는 것과 현대도서관의 진척 상황을 탐색하는 것이 그들의 목적이었다는 것을 잡담처럼 전했다. 이구치 씨는 아는 사람도 많고, 인간성도 좋다. 선생님은 무리지만 이구치 씨라면 어떤 상황인지 알아낼 수 있을 거라고 생각했는지도 모른다. 조금 어조를 바꿔 이구치 씨가 말을 이었다.

"현대도서관 시공은 공동기업체가 맡게 되겠지만, 가구공사에 관해서는 우리가 확실하게 컨트롤할 수 있는 평상시 방식으로 나가야 합니다. 그렇게 되면 체제를 이쪽에서 정비해둬야 하고요. 아스카야마 교회처럼 다가와 씨 한 사람에게 부탁할 수는 없을 테니까요."

"그렇지. 도서관은 다 되었는데 서가가 완성되지 않는 상황이 벌어질 수도 있고, 다른 클라이언트에게 영향이 미쳐서도 안 되지."

일어날 수 있는 문제를 선생님이 먼저 언급했기 때문에 이구치 씨는 더는 말하지 않았다. 화살이 우리를 향했다.

"이제 넉 달도 남지 않았어. 이제부터가 진짜야. 각자 담당한 현장도 있고 시간이 모자랄 테지만 서로 조정해서 잘 변통해주면 좋겠네. 어려운 일이 있으면 뭐든지 주저하지 말고 나한테 말해요. 그리고 마리코는 가을부터 아오야마 사무소에서 일하게 되었어요. 사무소 일도 늘 테고 말이야."

마리코와 유키코가 설계실로 돌아온 참이었다. 막 구운 스콘을 커다란 나무접시에 담아온 마리코가 테이블에 접시를 놓고 격식을 차려 인사를 했다.

"여러분, 앞으로 신세 많이 지겠습니다. 잘 부탁드립니다."

마리코의 별장에 떠돌던 것과 같은 냄새가 설계실에 퍼졌다. 뜨거운 홍차가 든 무거운 티포트를 양손으로 들고, 유키코가 한 사람 한 사람 차를 따라준다. 마리코가 눈앞에 놓고 간 스콘 접시를 보고 나는 갑자기 견디기 힘들어졌다. 자리에 앉은 유키코가 어느 순간부터 이쪽을 보고 있다. 의아한 얼굴이었다. 나는 귓불이 뜨거워졌다. 유키코는 '왜 그래?'라고 묻고 싶은 듯한 표정을 보였지만, 나는 눈을 내리깔고, 클로티드 크림을 스푼으로 떴다.

선생님이 홍차에 우유를 붓고 나서, 모두를 둘러보며 말했다. 현대도서관 설계 담당은 가와라자키, 고바야시, 사사이 세 사람. 가구공사는 우치다, 나카오, 사카니시가 담당하도록. 선생님의 입에서 내 이름을 듣자, 무라이 설계사무소의 일원으로 인정되었다는 것이 새삼스럽게 느껴진다. 이런 규모의 사무소에서 언제까지고 신입 사원으로 있을 수는 없다.

잘 다루지 못하는 새 노를 손에 들고, 구명조끼도 입지 않은 채, 나는 작은 보트를 젓기 시작하고 있었다. 곁눈질하다가는 금방 밸런스를 잃고 말 것이다. 보트는 어느 틈엔지 온화한 만을 빠져나가 망망한 큰 바다의 일렁임 속에서 어설프게 앞으로 나아가려고 하고 있었다.

15

火山のふもとで

"지금부터 하는 이야기를 놀라지 말고 들어줘."

마리코가 구가루이자와에서 쇼핑을 마치고 르노5에 탔을 때 앞을 본 채 갑자기 말했다. 선생님이 플랜을 발표한 다음 날이었다. 뭐라고 해야 할지 몰라서 나는 "네?" 하고 작게 말하고는 마리코 옆얼굴을 봤다.

"우리 집에서 차 한잔하고 가자. 이구치 씨한테 늦겠다고 전화할 테니까."

마리코는 평소보다 조금 거칠게 시동을 걸었다. 차가 끊임없이 들락거리는 주차장을 미끄러지듯이 빠져나간다. 뒷길로 들어서자, 열어젖힌 유리창으로 가슴에 스며드는 듯한 침엽수 향기가 들어온다. 새소리는 들리지 않았다.

"아마 여름 별장이 끝날 때쯤, 선생님이 사카니시 군에게 말하지 않을까 생각해."

마리코의 이야기가 도대체 어디로 향하는 건지 짐작조차 할 수 없어서 나는 잠자코 있었다.

"그러니까 말이야. '자네는 마리코를 어떻게 생각하나?'라든지 선생님이 말씀하시지 않을까?"

"어떻게 생각하느냐니……."

만페이 거리에 들어서자 인적이 드물어진다. 곧장 뻗어 있는 낙엽송 길을 따라 차는 편안하게 달리기 시작한다.

"너하고 내가 결혼하면 어떻겠느냐고."

나는 운전중인 마리코의 옆얼굴을 뚫어지게 보았다. 농담을 하고 있는 얼굴은 아니었다.

"선생님이 우리 아버지한테 이야기해서 아버지가 어머니랑 의논해서, 그러니까 무라이 형제와 우리 부모님이 다 같이 너랑 나를 결혼시키면 어떨까 생각하는 것 같아."

예상치 못 했던 이야기를 듣자, 생각이 멈춰 그 자리에 정지한다. 머릿속에서 블렌더 같은 것이 소리도 의미도 없이 돌아가기 시작한다.

"그 얘기는 마리코 씨도 전부터 들은 얘기인가요?"

"설마, 지난번에 우치다 씨한테 들었어."

역시 그렇구나 하고 생각했다. 지난 주말 우치다 씨는 마리코와 함께 있었다.

"그렇지만 우치다 씨는 어째서 그런 얘기를?"

"알고 있었느냐고? 그건 선생님이 어딘가에서 그 얘기를 했으니까."

"어딘가라뇨?"

"우치다 씨가 그 사람네 집에 가서 가구 수리를 하다가 그 얘기를 들었나봐."

도대체 무슨 이야기인지 알 수가 없었다. 우치다 씨는 가구를 수리하러 간 것이 아니라 바이크를 수리하러 간 것이 아니었던가? 어떤 곳? 그리고 그 사람이란 도대체 누구일까?

"선생님이 주말마다 가시는 곳이야."

의문이 공중에 매달린 채 별장에 도착했다.

마리코는 슈퍼에서 사온 것들을 커다란 냉장고에 척척 집어넣는다. 도중에 하다 만 이야기에 다가가지 않고 둘 다 손만 움직이고 있었다.

"지금 차 끓일 테니까 조금만 기다려."

나는 거실에 들어가서 커튼과 유리창을 열었다. 잔디가 웃자라 있었다. 슬슬 깎지 않으면 안 될 때다. 그런 일을 지금 생각하는 자신이 이상했다. '결혼'이라는 단어에는 아무런 현실감이 없는데 내가 이 잔디를 깎는 모습은 쉽게 상상이 된다.

혼잣말처럼 나는 중얼거렸다. "시간이 된다면 잔디를 깎아도 괜찮은데."

마리코는 들리지 않은 건지, 들리지 않는 척하는 건지 부엌과 거실 경계에 서서 팔짱을 낀 채 말했다.

"사카니시 군이 모르는 곳에서 결혼 이야기가 된 게 왜라고 생각해?"

그것은 내가 묻고 싶은 것이었다. 마리코는 그대로의 자세와 표정으로 내 대답을 기다리고 있다.

"생각해본 일이 없으니까 모르겠어요."

"그건 지금은 결혼 같은 걸 생각할 수 없다는 얘기야?"

마리코의 표정은 뭔가 멍하다. 감정을 밖으로 드러내지 않으려고 하고 있기 때문인지도 모른다.

"결혼 같은 것은 훨씬 나중의 일이라고 생각하고 있었으니까. 특별한 이유가 있는 것은 아니고요."

"선생님도 아버지도 서두를 생각은 없는 것 같아."

"하지만 나는 아버님은 뵌 적도 없는데."

이야기하는 동안에 아까의 놀라움이 진정된다. 결혼이라고 해도 마리코가 바라고 있는 것은 아니다. 마리코는 그 사실을 나한테 공평하게 전달하려고 한 것뿐인지도 모른다.

"다만 그렇게 선생님과 부모님이 생각해주신다니, 뭐라고 해야 할까, 아주 영광입니다." 점점 목소리가 작아진다.

"무슨 소리야. 내가 묻는 건 그런 게 아니잖아." 마리코가 불만스러운 듯이 말을 이었다. "사카니시 군이 내 상대로 어울린다고 아버지와 선생님이 생각하신다면, 그건 어째서냐고 물은 건데."

나는 순간 할 말을 잃었다.

나이는 마리코가 세 살 위. 나는 대학을 막 나와서 아무런 경력이 없다. 혼고의 오래된 전통 화과자점 외동딸과 샐러리맨 가정의 차남. 상식적으로 생각하면 누가 봐도 어울리지 않는다. 무엇보다도 마리코에게는 객관적으로 봐서 나보다 훨씬 조건이 좋은 남자가 얼마든지 있을 것이다. 부모가 걱정하기 시작한 것은 그렇다 해도 거기에 큰아버지까지 껴들어야 하는 단계일까?

머릿속에 떠오르는 것을 그대로 이야기해도 될지 주저하는 마음이 강했지만, 마리코의 얼굴을 보고 있는 동안에 그대로 말하기로 마음먹었다.

"예컨대이지만, 무라이 가에는 지금 마리코 씨밖에 없잖아요? 선생님은 아이가 없고. 그러니까 무라이 가에 들어올 남자가 필요하다는 이야긴가요?"

"데릴사위라는 이야기야?"

"그래요."

말하고 보니 그것이 내 자신에게도 묘하게 설득력이 있는 것처럼 느껴진다.

"그렇지만 사카니시 군은 설계사무소에 들어간 것 아니야? 건축가가 되려는 거잖아? 화과자점의 젊은 오너가 되고 싶은 게 아니잖아?"

마리코는 조금 화난 듯이 그렇게 말하더니 몸을 휙 돌려서 부엌에 들어가 찻주전자에 물을 넣고 불에 올렸다.

무라이 가의 장남인 선생님에게는 아이가 없다. 선생님의 무라이 성도, 남동생의 무라이 성도 이대로는 사라져버린다. 건축가인 형과, 일본 화과자점의 동생이 각각 후계자가 되어줄 남자를 데릴사위로 맞고 싶다면 내 건축가로서의 미래에는 어떤 변화가 일어날 것인가. 전통 화과자점의 실질적인 운영은 마리코에게 맡기고 건축 일을 계속해도 된다는 이야기인가.

두 무라이 가의 '후계자'를 한 남자에게 겸하게 하려는 것은 아닌가 하고 내 추측을 말한 뒤에 "그렇게 복잡하게 생각한 것은 아닐지도 모르지만"이라고 덧붙였다. 그러고는 정원을 향해 놓인 등나무 의자에 앉았다. 마리코는 "사카니시 군은 꼭 남 얘기하는 것 같네"라고 말했다.

부엌에서 물이 끓는 소리가 났다. 마리코는 재빨리 차를 넣고 돌아오자, 등나무 의자 옆 테이블에 찻잔을 올려놓고 옆 의자에 앉았다. 그리고 지금까지의 이야기를 잊은 듯이 정원의 잔디를 물끄러미 바라보았다.

"내버려두면 금방 이렇게 돼."

잔디 이야기인 줄은 알지만 참견할 일이 아닌 것 같아서 잠자코 있었다.

"결혼하고, 집에서 나오고, 화과자점은 이어받지 않는다, 라는 선택지도 있나요?"

나는 왠지 마리코에게는 뭐든지 물어볼 수 있을 것 같았다. 정신을 차리고 보니 목이 칼칼했다. 찻잔을 들고 차를 마신다. 예쁜 노란색의 떫지 않고 부드러운 차가 목으로 흘러 들어간다.

"그건 없어. 아버지가 어떻게 생각하는지 모르지만 설혹 다른 성을 갖게 된다 해도 나는 우리 가게를 떠날 마음이 없어. 현대 도서관 일이 일단락되면 선생님 일을 돕는 것은 그만둘 거야. 좀 더 가게 일을 알고 싶으니까."

가을부터 기타아오야마 사무소에 온다는 이야기는 기한부였던 것이다. 마리코하고 앞으로도 계속 만날 수 있다고는 할 수 없다.

"그렇게 가게에 뜻이 있으면 결혼을 서두를 필요는 없겠네요."

"나는 그렇게 생각하지만 부모님 생각은 또 다를지 모르지. 한 번도 빨리 결혼하라고 하신 일은 없었지만 벌써 초등학교 동창생은 여럿 결혼했으니까."

나는 차 안에서 마리코가 말한, 우치다 씨가 주말에 가구 수리를 하러 갔었다는 집을 떠올렸다.

"선생님이 주말에 늘 만난다는 사람은 어떤 분이신가요?"

"원예가야."

"선생님과 함께 일하시는 분인가요?"

"고객."

고객이라는 말에 나는 조금 맥이 빠졌다.

"어느 댁인데요?"

"후지사와. 후지사와 기누코 씨. 기누는 옷衣이라는 글자. 오이와케 조금 지나서니까 여기서 아사마 산을 넘은 반대쪽에 후지사와 씨 농장이 있어."

"오이와케에 선생님이 설계한 별장이 분명 두 채 있는 걸로 알고 있는데, 후지사와라는 이름은 기억에 없네요. 왜일까요?"

"정식으로 계약해서 설계한 게 아니니까."

"정식이 아니라니 무슨 의미죠?"

"사무소를 통하지 않고 선생님 혼자 설계하고 건축회사에도 직접 지시해서 지었다고 우치다 씨가 말하던데. 그러니까 사무소 아카이브에도 설계도가 들어 있지 않아."

"언제쯤의 얘기인가요?"

"1960년대."

"그렇지만 왜일까?"

"그런 것도 모르겠어? 선생님 애인이니까 그렇지."

선생님에게 그런 사람이 있다니 상상도 못 해봤다.

"사무소 사람들은 알고 있나요?"

"그 당시 선생님은 지금보다 훨씬 더 바빴으니까 현장감리를 도운 사람이 있었던 것 같아. 이구치 씨는 물론 알고 있지만, 모른 척하는 거지. 사정을 제일 잘 아는 건 증축이나 수리를 담당하는 우치다 씨겠지. 선생님은 일이 생기면 우치다 씨에게 연락해서 오이와케에 가게 하는 것 같아."

마리코가 우치다 씨와 언제, 왜 이런 이야기를 했을까. 이 집에서 두 사람이 단둘이 이야기한 것일까?

"무슨 생각하고 있어?"

"아니, 선생님이 설계한 집은 어떤 집일까 싶어서요."

"부지가 3만 제곱미터나 된대. 거의가 밭과 숲. 상당히 큰 안채하고 농장에서 일하는 사람들을 위한 집이 있어."

3만 제곱미터라고 해도 상상이 되지 않는다.

"그렇지만 농장 자체는 조금씩 일을 축소하고 있는 것 같아."

"후지사와 씨는 혼자 살고 계신가요?"

"지금은 그런 것 같아. 차 더 마실래?"

마리코는 빈 찻잔을 쟁반에 올려놓고 부엌으로 들어갔다. 나도 뒤쫓아서 부엌에 가 철주전자를 불에 올려놓는다.

"사카니시 군은 어떻게 대답할 거야?"

바로 말이 떠오르지 않아서 나는 잠자코 있었다.

"선생님이 결혼 이야기를 꺼내면 뭐라고 할 건데?"

마리코는 찻주전자에 시선을 떨어뜨리고 뚜껑을 연다. 잠자코 있으니 가스의 불꽃 소리가 묘하게 크게 들린다. 무겁게 느껴지는 입을 열고, 나는 겨우 말했다.

"우치다 씨는……."

"우치다 씨?" 마리코는 이상하다는 목소리로 반문했다.

"어떻게 생각하나요?"

"어떻게라니?"

나는 잠자코 있었다.

"나랑 우치다 씨 이야기야?" 마리코의 어조가 밝게 바뀌었다. "관계없어."

"네? 관계없다니요?"

"나하고 우치다 씨는 어떤 관계인가 하는 이야기잖아? 아무것도 아닌 관계야."

"주말에 만났죠?"

"만페이 호텔에서 차를 마셨을 뿐이야."

마리코는 끓는 철주전자를 불에서 내려 물 식히는 하얀색 다기 그릇에 펄펄 끓는 물을 부어 한숨 돌리게 한 뒤 찻주전자에 붓는다. 일련의 동작을 하얗고 가느다란 손가락이 물 흐르듯이 진행한다.

"사무소 내 연애는 금지라고 우치다 씨가 말하지 않았어?"

우치다 씨와 마리코는 도대체 어디까지 무슨 이야기를 한 것일까?

"들었습니다."

"유키코한테도 우치다 씨가 그렇게 말했대."

"그렇지만 그건 우치다 씨가 정한 건 아니잖아요."

"처음에 이구치 씨가 제의한 것 같아. 예전에 사내연애가 문제가 돼서 혼난 것 같아. 우치다 씨는 무척 진지한 사람이거든. 그런데 겉으로는 그렇지 않은 척하니까 주변을 혼란스럽게 만들어. 나한테 식사하러 가자고 하고, 바이크 뒤에 태워서 달리기도 하고, 일부러 그렇게 굴거든. 정말 왜 그러는 걸까? 무슨 담력 테스트도 아니고."

"담력 테스트?"

"그렇잖아? 나는 선생님 조카딸이고. 게다가 사내연애는 금지라고 자기가 말한 주제에." 어디까지나 순박하게 마리코가 말을 이었다. "일부러 사무소 근처 바에서 마시기도 하고, 음주운전인 주제에 집까지 바래다주겠다고 고집부리기도 하고."

나는 잠자코 듣고 있었다. 우치다 씨와는 아무 사이도 아니라고 하는 마리코의 속편한 판정에 안도와 함께 꺼림칙함을 동시에 느꼈다.

"아마 재미삼아 그러는 거겠지만, 그러는 동안에 점점 힘들어질 게 뻔한데 말이야."

무슨 이야기인지 알 수 있을 것 같았다. 그렇지만 모르는 게 좋겠다는 생각이 들기도 했다. 나는 부엌 의자를 빼내서 앉았다. 내 앞에 찻잔을 놓자, 마리코는 건너편에 앉아서 위로하는 듯한 얼굴로 나를 보았다. 그러고 나서 말했다.

"차 다 마시면 갈까?"

모처럼의 기회가 멀어져간다. 마리코가 따라준 차를 마시면서 생각했다. 마리코와 결혼하는 것이 농담이 아니라 점차 현실이 된다면? 그 흐름을 밀어낼 이유는 하나도 없을 것 같다. 마리코가 지금까지 어떻게 살아왔는지는 잘 모르지만, 이 여름 동안, 쭉 같은 공간에서 같은 시간을 보내왔다. 같이 요리를 만들고, 식탁에 앉고, 차를 마시고, 청소를 하고, 차로 외출하고, 음악을 듣고, 장을 보고, 단둘이 있었던 적도 있다. 마리코의 웃음과 걸음걸이는 뇌리에 새겨져 있다. 꾸밈없는 말투도 익숙하다. 내 감정이 부풀어 형태를 이루기는 쉬울 것이다. 아니, 어느 틈엔지 그것은 이미 크게 부풀기 시작하고 있었다.

그러나 마리코는 나에 대해서 얼마나 알고 있을까. 그런 생각을 하다가 한 가지 떠오르는 일이 있었다. 무라이 설계사무소는 채용을 정하기 전에 흥신소에 신원 조사를 시킨 것 같았다. 우치다 씨에게 나중에 들었다.

"선생님은 이제는 그런 시대가 아니라고 하셨지만, 현실주의자인 이구치 씨가 귀중한 고객과의 일이 많으니까 신원이 확실해야 한다고 양보하지 않았어." 우치다 씨가 쓴웃음을 지으면서 말했다.

우리 집이 평범하다는 것도, 대학시절 말썽 없던 교우관계도, 길게 사귄 특정 여자친구가 없다는 것도, 모두 알려졌는지도 모른다. 그런 의미에서는 나는 극히 얌전한, 해가 없는 남자였다.

"무슨 생각해?"

마리코의 목소리에 나는 정신을 차렸다.

끼이, 희미한 울음소리가 마당 쪽에서 들려왔다. 쇠딱따구리다. 마리코에게 보여줄 수 있을지도 모른다고 생각했다. 나는 살그머니 일어나 거실로 가서 창밖을 봤다. 쇠딱따구리가 벚꽃 줄기를 탁탁탁 올라간다. 가끔 올라가다 말고 줄기를 쪼아서 벌레를 잡아먹는다.

"쇠딱따구리."

나는 뒤돌아보면서 속삭이듯이 마리코에게 말했다.

"어디?"

마리코가 뒤에서 소리나지 않게 다가와서 내 등에 숨듯이 하면서 내 오른팔을 살그머니 잡았다.

"저 벚꽃 줄기의 두 갈래로 갈라진 큰 가지 오른쪽 위."

"어디, 어디?"

마리코는 내 팔을 좀더 강하게 잡았다.

끼이. 쇠딱따구리는 부지런히 줄기를 쪼고 있다.

"있다."

그렇게 말하는 마리코의 손이 줄기를 올라가는 쇠딱따구리처럼 내 팔을 내려왔다. 차갑고 가늘고 가벼운 손이 내 오른손 안에 깔끔하게 들어앉는다. 나는 벚꽃 줄기를 쪼는 쇠딱따구리를 보고는 있었지만, 더는 아무것도 보이지 않았다. 가슴이 두근거리는 소리만 들렸다. 아주 잠깐 마리코의 손을 확인하듯이 쥐었다. 마리코도 되쥐는 것처럼 느꼈지만, 그것은 한순간의 일이었다.

"귀엽네." 마리코가 작은 목소리로 말했다.

아기 새인지 보통 볼 수 있는 새보다 한결 작았다.

"저건 아직 아기인가봐?"

"그럴지도 모르죠. 그렇지만 다 커도 저 정도가 아닐까요? 원래 작으니까."

쇠딱따구리가 갑자기 날아올랐다. 그 뒤를 좇아 끼이 하고 희미한 소리가 들렸다.

"가버렸네."

마리코는 그렇게 말하고 가볍게 한숨을 쉬더니 내 손을 놓았다. 창까지 가서 쇠딱따구리가 날아간 하늘을 올려다본다. 나는 마리코의 한숨의 의미를 생각하고 곧 생각하기를 그만두었다.

그러고 나서 우리는 아무 일도 없었던 것처럼 마리코네 집을 나섰다. 차에서 마리코는 음악을 틀지 않았다. 그러다가 갑자기 자기가 가끔 가는 혼고에 있는 양식집 하이라이스 이야기를 하기 시작했다. 그리고 쌍둥이 자매가 운영하는 오래되고 좁은 단팥죽집 이야기를 했다. 나는 우리 집 가까이에 있었는데 어느 틈엔지 없어진 계란 가게 이야기를 하고(왕겨 위에 예쁘게 계란을 진열해 놓았었다), 대학시절 자주 가던 아오야마의 레코드 가게 계산대에 왜 놓여 있는지 알 수 없던 박하드롭스 이야기를 했다.

파란 하늘을 오려낸 것 같은 능선에 작은 구름을 올려놓은 것처럼 정상 부근에 희미하게 연기를 길게 뻗치고 있는 아사마 산이 아오쿠리 마을로 돌아가는 우리 차를 내려다보고 있었다.

16

火山のふもとで

선생님의 낮은 목소리는 잘 들린다. 기타아오야마 사무소가 추석 연휴에 들어감과 동시에 여름 별장에서는 설계 경합을 위한 작업이 드디어 본격화되었다. 큰 책상에서 가와라자키 씨, 고바야시 씨랑 의논하는 선생님 목소리가 늘 들려오기 시작했다. 그것은 이념이나 구상이 아니라 어디까지나 구체적인 이야기였다. 길이, 높이, 폭, 두께, 각도였다.

제휴한 아카사카의 구조설계 사무소나, OB가 경영하는 설계 사무소에 자주 연락하는 것은 사사이 씨로, 앞으로의 스케줄이나 협조를 부탁하고 싶은 작업에 대해서 침착하고 온화한 목소리로 설명하고 있었다. 거기에 더해 문부성하고 절충하지 않으면 안 되는 이구치 씨의 비서 역할까지 매우 유능하게 해내고 있었다. 눈앞의 과제를 하나하나 현실적으로 조립해나가는 사사이 씨 솜씨는 정말 훌륭했다. 쓸데없이 각을 세우지 않고, 밀면 들어가고, 잡아당기면 늘어나는 탄력성이 있었다. 때문에 상대방도 가까이 다가온다. 이구치 씨 말고 또 한 사람, 이렇게 전체를 조망할 수 있는 사람이 있다는 것은 사무소에 큰 안도감을 준다.

나는 우치다 씨, 유키코와 셋이서 개가식 책장, 열람실 책상과 의자, 안내 카운터, 그리고 조명에 관한 스터디를 진행하고 있었다. 홋카이도 도립대학도서관 설계도를 아카이브에서 꺼내 가구공사 상세도를 참조하면서 개선해야 할 포인트나 새 아이디어를 선생님께 묻고, 그 자리에서 그려주신 스케치를 큰 크로키북에 붙인다. 표지에는 우치다 씨 글씨로 'Modern Library' 'Furniture'라고 두 줄로 적혀 있다.

우치다 씨가 크로키북에 기입한 메모와 스케치는 나중에 보아도 요점을 금방 알 수 있었다. '쌓이는 먼지 처리' '열람용 책상에 접히는 독서대' '의자 끄는 소리가 시끄럽지 않게' '휠체어와 책상의 수납' '책상은 삼인용이 아니고 이인용 아니면 사인용으로' 선생님의 말을 간결한 말로 정리하고, 설계 포인트를 한 페이지, 혹은 페이지 단위로 쉽게 정리해놓는다. 첨부된 일러스트레이션도, 손으로 쓴 글씨도 그 자체로 한참 바라보고 싶을 정도로 맛이 있었고, 가구를 쓸 사람의 모습이나 손을 클로즈업한 그림은 어딘가 유머러스하기까지 했다.

회유성이 있는 대열람실을 기능적일 뿐 아니라 공간으로도 친밀한 곳으로 만들고 싶었기 때문에 열람용 책상과 의자와는 별도로 편하게 쓸 수 있는 가구 플랜을 연구해보라는 선생님의 새로운 주문이 나왔다. 선 채 이용할 수 있는 독서대가 달린 카운터식 책상을 동선 요소요소에 배치하고, 책장 여기저기에 일인용 소파를 놓아 마음이 내키면 그대로 앉아서 독서할 수 있게 한다는 선생님 플랜이 스케치와 함께 제시되었다. 그 가구들이 육각형 책장의 규칙성이나 단조로움을 완화하는 역할도 담당하고 있는 것이 느껴진다.

우치다 씨가 고심한 것은 가구 디자인의 큰 방향성이었다. 현대도서관 플랜이 선생님의 기존 건축 스타일과 아주 동떨어진 것은 아니지만, 적어도 외관은 과감하게 모던한 스타일로 기울어져 있다. 그렇다면 도서관동 내부는 어떻게 할 것인가? 선생님이 프레젠테이션 때 시사했듯이, 기존의 무라이 스타일로 갈 것인지, 혹은 모던한 요소를 집어넣어서 외관과의 친화성을 높일 것인지.

설계 경합 심사 대상에는 의자 디자인 등, 자세한 가구공사는 포함되어 있지 않다. 후나야마 게이이치라면 기능적인 기성품 의자를 주저 없이 선택할 것이다. 유지 보수를 생각해도, 예산 배분을 생각해도, 오리지널 의자를 제작해서 납품한다는 플랜은 요즘의 공공 건축에는 모험에 가까운 제안일 것이다. 사무용품 브랜드와 공동으로 개발해서 오리지널 의자와 책상을 디자인하는 방법도 있다. 사무용품 브랜드로서는 그 뒤로 공공 건축에서 사용될 가능성과 연결되니까, 장기적인 협력관계를 기대할 수도 있을 것이다. 기브앤테이크 교섭에 능한 후나야마는 아마도 그런 방법을 상정하고, 경합은 건축 아이디어에 집중하지 않을까, 라는 것이 우치다 씨의 판단이었다.

그러나 선생님은 가구공사야말로 처음 플랜 단계부터 큰 줄기를 정리해두어야 한다고 생각하고 있다. 도서관에서 책상과 의자, 책장은 심장부와 같아서 그 디테일이 어떻게 되어 있느냐에 따라 이용자의 경험의 질이 크게 바뀐다. 현대도서관에 일부러 찾아와서 책과 함께 보낸 시간을 특별한 기억으로 남게 하려면 어떻게 해야 할까?

아스플룬드의 스톡홀름 시립도서관의 디테일은 정면 현관문부터 시작된다. 이용자가 잡는 손잡이에는 아담과 이브의 작은 조각이 있다. 이제 바야흐로 '금단의 과일'인 사과를 먹으려고 하는 아담은 나체를 부끄러워하는 마음이 아직 없으니까, 무화과 잎사귀로 숨기지 않고 편안하게 하반신을 드러내고 있다. 도서관 입구 문손잡이에 조금 우습기도 하고 오묘하기도 한 그 순간을 고른 것은 아스플룬드의 작은 장난일까? 도서관에는 그밖에도 의장意匠인지 장난인지 모를 디테일이 모른 척 준비되어 있다. 이용자의 시각과 촉각에 호소하는 이들 디테일은 체감으로 기억에 남을 것이다.

예컨대 대열람실 개가식 책장 벽면에는 호두나무 벽이 책 뒤표지 같은 곡면을 이루고 있고 놋쇠를 사용한 아르 데코 스타일의 상감象嵌은 금박을 입힌 가죽 책표지를 연상시킨다. 입구에서 완만하게 올라가는 계단 난간에는 촘촘하고 빈틈없이 무두질한 가죽이 감겨 있다. 음료대에는 작은 인체를 조각한 수도꼭지가 달려 있다. 모든 것이 오리지널이고 실용성보다 장식성을 우선했다고 생각할 수밖에 없는 디자인이다. 열람실 책상도, 의자도, 소파도, 벤치도 각각 여러 종류가 있고, 독서등까지 포함하면 조명 디자인만도 열 종류에 가깝다. 도대체 얼마나 시간을 들여서 세부를 완성해나갔을까? 조명 회사가 기업으로 성장할 때까지는 조명 디자인도 건축가의 일이었다. 새시나 수도 관계 제품도 마찬가지였다.

이 오리지널 디자인들은 아스플룬드의 신경질적인 집착이라기보다 디자인이라는 행위 자체를 기쁨으로 생각하는 그의 마음을 잘 나타내고 있는 것처럼 보인다. 조명도, 가구도, 예전의 건축가에게는 맨 마지막에 기다리고 있는 즐거운 마감 같은 것이 아니었을까? 골격이 아니라 살갗이고 윗도리 안감이고, 요리를 완성하는 디저트 같은 것. 비효율적이고 비용이 들기 때문에 더 재미있고, 귀찮기 때문에 연구할 여지가 있다. 아스플룬드나 라이트 시절에 건축가가 마지막 즐거움으로 삼고 있었을지도 모르는 일의 촉감과 기억이 선생님한테 계승되어 있는지도 모른다.

티타임 때 우치다 씨가 능숙하게 만든 레몬에이드를 들고 같이 뒷마당에 나갔다. 등나무 아래 벤치에 앉아서 아사마 산을 바라본다. 연기는 피어오르고 있지 않았다. 불그죽죽한 산 표면이 오후 햇볕을 쬐고 있었다. 구름도 없다. 어딘가 높은 곳에서 여름 철새인 큰유리새가 울고 있다. 검은개똥지빠귀 비슷한 투명한 소리. 모습은 보이지 않는다. 초등학교 여름방학 때 다카오산에서 딱 한 번 본 일이 있다. 가슴과 등의 푸른색에는 실크 같은 광택이 있고, 얼굴의 까만 부분에는 빛을 빨아들이는 깊이가 있었다. 풍경 가운데 선명하게 떠오르는 푸른 모습이 하늘을 향하는 나뭇가지 어딘가에서 목을 떨면서 자유롭게 지저귀고 있을 터였다.

우치다 씨가 말했다. "의자라는 것은 조금만 뭔가 하려고 하면 금방 공정이 늘어나니까 납기나 유지 관리를 생각하면 가능한 한 공정이 적고 손이 안 가는 의자가 좋은 게 당연하지. 그렇지만 앉기 편한 의자라는 것은 아무래도 좌면에 품이 많이 들어."

"아스카야마 교회 의자는 어땠어요?"

"그것은 처음부터 접이식 벤치로 한다는 전제가 있었어. 예배 중에 섰다 앉았다 하는 일이 의외로 많으니까 앉기 편한 것보다 심플함이나 쓰기 편한 것을 우선했던 거지. 개신교 교회에는 역시 간소한 의자가 어울리는 것 같아. 그렇지만 좌면에 조금 각도를 주었으니까 오랜 시간 앉아 있어도 평평한 벤치보다는 훨씬 편할 거야."

"페이퍼 코드나뭇진이 포함된 종이 끈으로, 주로 의자의 좌면에 사용된다로 짠 좌면 같은 것은 교회에서는 삐걱삐걱 시끄럽겠죠?"

"그런 의자를 쓰는 교회도 있어. 삐걱삐걱하는 정도는 예배할 때 적당한 BGM이 아닐까? 예전에는 만원 전철이 크게 커브를 돌면 가죽 손잡이가 일제히 끽끽거렸지. 그런 소리는 나쁘지 않거든."

'저녁 무렵에 덧문 닫는 소리가 들리면 이제 밤이 시작된다는 기분으로 바뀌었지.' 예전에 선생님이 하셨던 말씀이 떠오른다. '밖에서 놀던 아이들도 덧문이 덜컹덜컹 움직이는 소리가 나면 서둘러서 집에 돌아갔었지.'

"도서관 의자 좌면은 나무 그대로이면 너무 딱딱해. 가죽이나 헝겊을 바르면 때도 타고, 흠집이 신경쓰이지. 여름에 더운 것도 문제고 말이야. 에어컨이 있으니까 가죽이라도 괜찮을 거라고 선생님은 말씀하시지만. 천갈이도 페이퍼 코드보다는 간단하고. 그런데……." 우치다 씨가 내 얼굴을 보고 물었다. "안 좋은 의자라는 건 어떤 거라고 생각해?"

나는 잠깐 생각하고 나서 대답했다. "대학 연구실에서 쓰던 사무용 의자입니다. 볼베어링이랑 차륜 축이 망가지기도 하고, 등받이가 덜컹거리기도 하고. 놀랄 만큼 내구성이 없어요. 건축과 연구실에서 그런 의자를 쓰다니 조금 굴욕적이었죠."

"기성품이 오래가고 비용이 저렴하다는 건 완전한 환상이야. 기성품은 일정 기간이 되면 망가지게 되어 있어. 그러니까 회사가 유지되지. 나무 가구는 초기 비용은 많이 들지만 손질만 잘하면 오십 년, 백 년도 쓸 수 있지. 최종적으로는 여러 개분의 거스름돈이 남는다는 계산이야. 그렇지만 요즘은 손질해서 쓴다는 발상 자체가 없어졌고, 오십 년, 백 년 뒤에도 사람들이 똑같은 의자를 쓰고 싶어할지는 또 다른 문제거든. 어쨌든 거기까지 장기적인 차원으로는 아무도 생각 안 해. 전부 연도 단위 예산으로 돌고 있으니까."

"적층합판을 쓸 가능성은 없나요?"

"모던하게 하려면 적층합판 쪽이 가공하기 쉽고, 모양도 재미있는 것을 만들 수 있지. 그렇지만 아무래도 둔한 인상이 되거든. 알토의 파이미오 같은 것은 보기엔 그럴싸하지만, 오래 보고 있으면 싫증나고 앉기도 편하지 않아. 장소도 차지하고. 가구하고 모던은 아마도 궁합이 안 맞는 것 같아."

"한스 베그네르의 의자에는 모던과 정통, 양쪽 요소가 다 있지요?"

"베그네르는 예외 중에 예외지. 그는 건축가가 아니라 장인적인 가구 디자이너니까. 게다가 천재이고. 스리 레그드 셸 체어처럼 자기는 모던 가구라는 얼굴을 하고 있는 의자도 앉으면 놀랄 만큼 편하거든. 물론 적층합판 위에 단단하게 가죽을 붙였으니까 말이지만. 결론적으로 어렵긴 하지만 할 수는 있다는 거지." 우치다 씨는 생각하는 얼굴이 되었다. "다만 정통 디자인으로 할 거면 원목을 쓰는 것이 순리라고 생각해. 책상은 집성재가 현실적이겠지. 원목이면 무게 문제도 있고 뒤틀림도 나타나지. 흠집도 잘 나고."

"초등학교 저학년 때까지는 원목 책상을 쓰고 있었는데 이름을 새겨 넣기도 하고, 연필이 들어갈 구멍을 뚫기도 하고, 이인용 책상 한가운데에 경계선을 파기도 하고, 굉장했어요. 표면이 너덜너덜해질 정도였어요."

"요새 아이들은 책상을 조각도나 칼로 판다는 것을 상상도 못할 거야."

선생님이 우치다 씨에게 건넨 열람실 의자 스케치는 네 개였다. 모던한 타입이 두 개, 나머지는 종래 선생님의 의자 디자인을 변주한 것으로 정통 스타일이 두 개였다.

"양쪽 방향성을 생각해달라고 하시더군."

우치다 씨가 쓴웃음을 지으면서 말을 이었다. "그렇지만 도서관이 저렇게까지 확실하게 대담한 플랜이 되리라고는 생각도 못 했어. 아스카야마 교회도 사실 꽤 새로운 시도를 많이 한 것이거든. 그렇지만 그렇다는 걸 모르게 하는 것이 지금까지의 선생님이었으니까."

우치다 씨의 말대로였다.

"요컨대 선생님 설계는 수줍음이야. 건축은 애당초 수줍음이라는 단어의 대의어 같은 면이 있잖아? 여봐란듯이 어떤 지점에선가 의표를 찌르려 하지. 그러나 선생님 건축은 눈에 안 띄게 조심조심 신경쓰고 있어. 그렇지만 이번 플랜은 보기부터 새로워. 이목을 끌지. 후나야마 게이이치가 보면 당황할 정도로 말이야. 다만 이 새로움이 경선에서 플러스가 될지 마이너스가 될지 그건 모르겠어. 클라이언트는 그 사람다운 플랜을 상정하고 지명했을 테니까."

"그렇지만 가만히 보면 무엇보다도 쓰임새가 좋아요. 동선계획에도 무리가 없고. 역시 선생님 아니면 내지 못할 플랜이에요."

"그야 그렇지."

"우치다 씨는 가구는 정통적인 쪽이 좋다고 생각하십니까?"

"아니, 내 생각 따위는 없어. 어느 쪽이어도 상관없어. 둘 다 할 수 있지. 나는 선생님이 원하시는 것을 만들고 싶을 뿐이야."

뜻밖이었다. 선생님의 지시는 받지만 자기 나름의 생각을 표현하고 싶어 하는 우치다 씨는 가와라자키 씨나 고바야시 씨처럼 오로지 선생님만 섬기는 스타일에 대해서 어딘가 냉소적이 아니었던가? 우치다 씨는 레몬에이드를 비웠다. 작아진 얼음이 희미하게 소리를 냈다.

"정식으로 자네한테 이야기할 생각이었지만, 도서관 일이 끝나면 나는 여기를 그만둘 거야." 우치다 씨는 퍽 담담하게 말했다. "얼마 전부터 그렇게 생각하고 있었어. 지금 그만두지 않으면 타이밍을 놓칠 것 같아서 말이야. 불만이 있는 건 아니야. 이렇게 있기 좋은 설계사무소는 없다고 생각해. 그렇지만 선생님 밑에서 십 년 더 있다가는 여기에서 나갈 수 없게 될 거야."

부엌 쪽에서 유키코하고 마리코의 웃음소리가 들려왔다. 마리코는 우치다 씨가 그만둔다는 이야기를 들었을까?

"아틀리에를 차리실 건가요?"

"아틀리에라고 해봤자 처음엔 혼자지만 말이야."

지금은 그 이상 대답할 수 없다는 얼굴이다.

"이번 여름에 자네를 데리고 가야만 할 곳이 있어."

우치다 씨가 하려는 말을 나는 금방 알아챘다. 마리코가 말하던 아사마 산 너머에 있는 사람 이야기이다.

"선생님 고객인데 지금까지는 내가 담당이었지만, 앞으로는 자네가 이어서 맡아주면 고맙겠어. 오이와케 근처니까 여기에서 한 시간 안 걸려. 이번 주말 정도에 아침부터 갈 수 있을까?"

"알았습니다. 같이 가겠습니다. 선생님은 알고 계신가요?"

우치다 씨는 표정을 바꾸지 않고 고개를 끄덕였다. 마침 그때 뒷마당에 면한 통용문이 열리고 유키코가 말을 걸었다.

"사카니시 군, 잠깐 좀."

나는 반사적으로 벤치에서 일어났다. 우치다 씨도 천천히 일어나더니 크게 기지개를 켰다.

"노미야 선생님이 오셨어. 독서대를 새로 만들고 싶다고 일부러 오셨는데 선생님한테 말씀드렸더니 우리 둘 보고 이야기를 들어보라고 하셔."

유키코 뒤를 쫓아서 안으로 들어갔더니 난로 앞 소파에 노미야 하루에가 앉아 있었다. 딸하고 도쿄에 돌아간 지 아직 일주일도 되지 않는다. 그러나 지난번에 길바닥에 쓰러져 있던 사람이라고는 생각되지 않을 만큼 혈색이 좋고, 기모노는 단정하고 빈틈없는 차림이었다.

"건강해 보이셔서 안심입니다." 내가 말했다.

"고마워요. 도쿄는 찌는 듯이 더워서 그대로 있다가는 쓰러질 것 같더라고. 의사한테 그렇게 말하고 바로 달려왔어요."

노미야 하루에는 눈으로만 웃었다. 처음으로 부드러운 표정을 본 것 같았다.

"유감스럽게도 아직 은퇴할 수는 없는가봐. 오늘 온 것도 독서대를 만들어달라고 부탁하고 싶어서예요."

노미야 하루에는 큰 화집도 보고 에도시대의 끈으로 묶은 고본古本도 읽는다. 양서도 읽는다. 지금까지는 전쟁 전에 독일에서 입수한 독서대를 썼는데 반세기가 지나는 동안에 별 수 없이 여기저기가 어긋나기 시작해서 새로 주문하고 싶다고 한다.

"독서대같이 작은 것도 건축이죠? 지탱하기도 하고, 접기도 하고, 열기도 하고. 밸런스도 중요하고 얼마나 쓰임새가 좋은지는 설계 나름이라고 생각해요. 지금까지 무라이 선생님한테는 인사하는 정도였기 때문에 주저했지만 유키코 씨가 도와준 것도 인연이 아닐까 해서."

노미야 하루에는 유키코를 보고 나를 봤다. 유키코가 알아듣기 쉬운, 조용한 목소리로 물었다.

"저희도 마침 새로운 독서대를 고안해야 해요."

노미야 하루에 이야기를 들으면서 하필 이 타이밍에, 하고 나는 생각했다. 지금은 새로운 일을 맡을 처지가 못 된다. 그런데 유키코가 간단하게 웃는 얼굴로 승낙하고 말았다. 처음에는 어안이 벙벙했지만, 선생님이 둘이 응대하라고 한 것은 도서관 가구 담당 팀에게 스터디가 될지도 모른다고 생각했기 때문이 아닐까 하고 고쳐 생각했다.

나하고 유키코는 "지금부터 같이 갈까요?" 하고 말하는 노미야 하루에를 따라 부서져가는 오래된 독서대를 보기 위해 별장에 가기로 했다. 구십대 중반이 지났다고는 생각할 수 없는 확고한 걸음으로 노미야 하루에가 우리 앞을 걸어간다.

火山のふもとで

노미야 하루에의 사이즈에 맞춘 것처럼 아담한 서재는 유리창과 문 이외의 벽은 모두 책장으로 차 있었다. 오동나무로 된 일본 책 전용 책장도 여섯 단 있었다. 그리고 어린이용처럼 보이는 싱글 침대. 책장에는 새 책은 거의 보이지 않는다. 눈에 부드러운 색 바랜 책 표지는 이 집과 보조를 맞추어 세월을 겪어온 것 같았다.

노미야 하루에는 장서 중에서 특히 큰 피에로 델라프란체스카의 화집과 두껍고 무거운 옥스퍼드 인용구사전을 반쯤 망가져서 테이프로 보강한 커다란 독서대에 올려놓았다 내려놓았다 해보이면서 4단계로 각도를 조절할 수 있는 조절 장치에 대해 설명했다. 원고 교정을 볼 때는 독서대를 평면에 가까운 15도로 한다고 한다. 유키코는 가끔 질문을 하면서 노트에 메모를 하고 있다. 손녀라면서 "노미야 가즈에입니다" 하고 인사한 삼십대 중반의 내성적인 여성이 도중에 차를 내 왔지만, 상황을 보자 말도 하지 않고 가버렸다.

노미야 하루에의 설명에는 군더더기가 없었지만 생략도 없었다. 피에로 델라프란체스카 화집을 되풀이해봐도 싫증나지 않는 것은 화가가 냉철하기 때문으로 화가에게 인간을 선한 것으로 생각하는 환상이 없기 때문에 오히려 사람이 품고 있는 집념이 형태와 색채를 구비하고 나타나 있다. 그것은 구상화처럼 보이지만 사실은 인간이라는 것의 추상화인 것이다.

"피에로 델라프란체스카는 수학자이기도 하고 건축가이기도 했어요. 건축가는 이 사람처럼 냉철하지 않으면 안 돼요. 돌과 나무를 삼차원으로 조립할 때 정서나 감상으로 임하면 무슨 소용이 있겠어요. 일본인은 냉철함에 익숙하지 않은 국민이라서 그 탓에 오히려 깊은 상처를 입은 겁니다. 좀더 빨리 끝낼 수 있었던 전쟁을 그렇게까지 본토가 공습을 당하고도 계속한 것은 냉철함을 멀리했기 때문에 저지른 실책입니다." 노미야 하루에는 그런 이야기를 거침없이, 잘 알아들을 수 있게 천천히 말했다.

독서대 주문을 받는 것은 부차적인 일에 지나지 않고 노미야 하루에의 훈화를 듣는 것이 우리 일인 것 같은 착각이 들었다.

설명이 끝나자 노미야 하루에는 간단한 식사를 준비해두었으니까 사양하지 말고 먹고 가라고 했다. 시계를 보니 곧 6시가 되려고 하고 있었다. 여름 별장 식사도 슬슬 시작할 때라서 사양하려고 했지만 노미야 하루에가 손녀에게 만들게 한 것은 어머니한테 전수받은 생선, 채소 등을 잘게 썰어서 섞은 고모쿠五目 초밥이라는 것, 아침에는 토스트하고 홍차밖에 먹지 않으니까 오늘 밤 안에 이것을 먹어치워야 한다고 누누이 말해 결국 그 끈기에 진 유키코가 여름 별장에 전화를 하자 이구치 씨가 이쪽은 괜찮으니까 잘 먹고 오라고 싱겁게 대답했다.

고모쿠 초밥은 옛 도쿄의 맛이 났다. 박고지가 달고 부드럽다. 말린 표고버섯, 당근, 연근, 새우, 붕장어, 다랑어, 넙치, 완두콩, 지단. 분홍색 덴부생선을 쪄서 잘게 찢은 뒤 설탕과 간장으로 절인 음식도 위에 뿌려 있었다. 손녀인 가즈에 씨는 거의 말을 하지 않았지만, 계속 미소 짓고 세심하게 신경을 써주었다.

차와 식후 디저트로 차가운 찹쌀 경단까지 얻어먹고 나서 보기에도 졸려 보이는 노미야 하루에에게 작별을 고했다. 기온도 많이 내려가 있었다. 벌레 소리가 솟아오르듯이 들렸다.

아오쿠리 마을에서는 일몰 후 외출할 때 반드시 회중전등을 갖고 다녀야 한다. 가끔 가로등이 있지만 울창한 나무에 막혀서 불빛이 주변까지 닿지 않는다. 아오쿠리 마을의 길이 일 년 중 제일 어두운 때가 이 시기였다. 길이 곧장 여름 별장으로 이어져 있으니까 걸어서 못 갈 것은 없지만, 노면의 울퉁불퉁한 곳도, 굴러 있는 돌도, 늘어진 나뭇가지도 어둠에 섞여서 자칫하면 다치기 쉽다. 우리가 회중전등을 갖고 오지 않은 사실을 알아챈 가즈에 씨가 조금 당황한 듯이 현관 콘크리트 바닥에 내려오더니 신발장 옆에 매달아놓은 오래된 회중전등을 건네주었다.

달이 없는 밤이었다. 회중전등을 켤 때까지 주변은 깊이도, 폭도, 수평도 알 수 없는 암흑에 싸여 있었다. 슬라이드식 스위치를 켜서 뿌옇고 희미한 빛의 원을 좌우로 움직여 바큇자국을 찾는다. 우리는 밟혀서 단단해진 바큇자국에 의지해서 저 멀리 보였다 안 보였다 하는 콩알만 한 여름 별장 불을 향해 걷기 시작했다.

몸을 감싼 모든 공간에서 벌레 소리가 울려온다. 귀에서 흘러 넘칠 만큼의 소리.

"오래된 집은 정말 좋아." 어두운 밤길을 걷는 것이 아무렇지도 않은지 유키코가 평상시대로의 목소리로 말한다. "나무의 기름기가 완전히 빠져서 가벼워진 느낌이 나거든."

"그렇지만 저 집에서 겨울을 나려면 힘들 것 같아요."

"제2차세계대전 전부터 여기에서 겨울을 보냈으니까, 노미야 선생님은 아무렇지도 않으셔. 우리하고는 단련 정도가 완전히 달라. 아, 잠깐." 유키코가 갑자기 멈췄다.

"안 들려?"

"네?" 나도 멈춰 서서 소리를 죽였다.

여전히 성대한 벌레 울음소리.

유키코가 의문형으로 중얼거린다. "솔부엉이?"

귀를 기울이자 벌레 소리가 좀더 크게 들린다. 그 소란 가운데 낮고 짧은 소리가 잠깐 가로질렀다 사라진다. 가만히 있자 벌레 소리들 밑바닥에서 호오, 호오, 호오 하고 저음의 퉁소 비슷한 소리가 들린다. 뒤에서 등줄기를 쓰다듬는 듯한 소리였다.

"글쎄요, 밤새는 쏙독새 정도밖에 구분 못 해서."

유키코가 우습다는 듯이 웃었다.

"밤새 같은 분류법도 있어? 사사이 씨가 지난번에 들은 것하고 같은 건가?"

호오, 호오. 고대 사람들이 불길하게 느낀 것도 무리가 아니다. 이 세상 아닌 곳에서 들려오는 듯한 소리였다.

생각해보면 이 부근은 백 년, 천 년 단위로 반복된 아사마 산의 대분화로 생물이 살 수 없는 불탄 들판이 된 일이 여러 번 있었을 것이다. 토석류土石流나 화쇄류가 현재의 가루이자와와 오이와케, 사쿠다이라는 물론 마에바시까지 미쳤었다.

흔적도 없어진 아오쿠리 마을에 태양광선과 비가 내리쬐고 바람이 씨를 옮겨온다. 몇 안 되는 씨가 싹을 틔우고, 쭈뼛쭈뼛 뿌리를 내린다. 화산재도 토석류도 이 작은 초록에는 어마어마한 양분이다. 듬성듬성한 초원 틈에서 어린나무가 가지를 뻗고 이윽고 숲이 형성된다. 나무들과 풀에 이끌려서 벌레와 새가 온다. 낙엽은 부엽토가 되고, 숲은 가속도가 붙어 기세 좋게 큰 숲을 이룬다. 숲은 작은 포유류를 불러들이고, 여우와 부엉이가 그들을 노린다. 바로 지금 유키코와 걷고 있는 울창한 밤의 숲은 도대체 몇 번이나 불탄 들판에서 재생한 것일까? 우리도, 지금 울고 있는 부엉이도 불탄 들판을 모른 채 이 자리에 있다.

회중전등 빛에 비춰진 길에 타원 부분만이 미덥지 않게 밝고, 그 바깥쪽에는 짙은 밤의 어둠이 닥쳐오고 있다. 암흑에는 수압 같은 것이 있어서 희미한 빛의 윤곽을 부드럽게 밀어낸다. 암흑에 힘을 주는 것은 살아 있는 것만이 아니다. 돌아보자 노미야하루에 별장 불빛이 꽤 작아졌다. 유키코가 갑자기 걸음을 멈추더니 "아" 하고 다시 작게 소리를 내고 속삭였다.

"반딧불이."

나는 주위를 둘러보았다.

"봐, 왼쪽에 여러 마리."

암흑을 응시할 것도 없이 형광색 초록이 보였다. 두둥실 궤도를 그리면서 여러 개 떴다가 사라진다.

"회중전등 꺼봐." 유키코가 말했다.

스위치를 밀자 그 순간 꼼짝할 수 없을 만큼 깊은 어둠이 우리를 감쌌다. 그러자 왼쪽뿐 아니라 오른쪽에도, 앞쪽에도, 돌아본 뒤쪽에도 어딘가 이 세상 것 같지 않게 덧없는 초록색이 명멸하면서 목적 없이 날아다니고 있었다.

"이렇게 많구나."

"엄청난 수네요. 노미야 씨한테 보여주고 싶네요."

반딧불이가 준다고 누구보다도 걱정하던 노미야 하루에 씨의 별장 바로 앞 숲에는 놀랄 만큼 많은 빛의 알맹이가 소리 없이 날고 있었다.

손으로 만질 수 있을 만큼 가까운 곳을 한 마리가 가로지른다. 바람이 불면 그대로 날아갈 초미니 글라이더 같다. 망막에 잔상을 그리는 형광색. 커다란 포유류의 호흡처럼 느린 점멸이었다.

"이대로 회중전등 없이 걸어보지 않을래?" 놀자고 조르는 어린아이 같은 목소리로 유키코가 말한다.

"넘어지지 않을까요?"

"넘어져봤자 길이잖아? 절벽이 있는 것도 아니고. 괜찮아."

"멀리 떨어지진 마세요."

"어머, 무서워?" 보이지 않는 옆에서 유키코가 우스운 듯이 말했다.

"그게 아니라 발밑이 걱정이라서."

나는 그렇게 말하고 유키코가 있는 어둠 쪽으로 오른손을 뻗었다. 손가락 끝에 유키코의 손이 닿았다. 좀더 찾아서 잡아당기듯이 해서 왼손을 쥐었다.

"자, 갑시다."

유키코의 왼손이 주저 없이 내 오른손을 잡았다. 우리는 꼭 손을 잡은 채 걷기 시작했다. 유키코도 움직인다.

"정말 깜깜하네. 여름인데 이렇게 인기척이 없다니."

옆에 눈길을 줘도 유키코의 모습은 어둠에 녹아들어 거의 보이지 않는다. 쥔 손의 감촉만이 어둠 속에서 부풀어오른다. 잠시 잠자코 있던 유키코가 "사촌 같아" 하고 혼잣말을 한다.

"네?"

유키코가 말을 이었다. "초등학교 4학년 때였던가 사촌이 손을 끌어서 가르쳐주었어. 처음 스케이트를 탔을 때, 사촌은 중학생이었어. 그게 생각났어."

지금보다 한참 작은 유키코의 손.

"남자아이가 이렇게 친절할 수도 있구나 하고 생각했었지. 같은 반 남자애들은 전부 짓궂은 짓만 했거든."

유키코가 웃음을 머금은 목소리로 말했지만, 초등학교 때 여자아이한테 짓궂은 짓을 할 수 있는 친구들이 부러웠던 기억이 떠올라 나는 잠자코 있었다. 아까 주저 없이 유키코 손을 잡은 나 자신에게 조금 놀랐다. 무언가가 시킨 것처럼 손이 뻗어 있었다.

어둠 속 저 앞에 보이는 여름 별장의 불빛이 작은 빛의 점에서 점차 유리창 모양이 되고, 이윽고 집의 윤곽이 되어 다가온다. 반딧불이 무리는 걸어감에 따라 조금씩 줄어들어 어느 틈엔가 완전히 자취를 감추어버렸다. 희미한 어둠 속에서 여름 별장으로 이어지는 길이 떠올랐다. 나는 가만히 유키코의 손을 놓았다. 유키코는 "고마워"라고 했다. "천만에요"라고 내가 말했다.

여름 별장 진입로로 들어서자, 머리 위에서 히말라야 삼나무의 푸릇푸릇한 냄새가 내려왔다. 일층 식당에서 새어나오는 백열등 불빛이 가운뎃마당에 솟아 있는 계수나무 잎사귀 뒷면을 비추고 있었다. 계수나무가 공중에 떠 있었다. 여름 별장을 밤의 어둠 속에서 올려다보는 것은 좋은 풍경이었다. 안에 있는 사람들 모습은 안 보인다. 그래도 백열등 빛은 인기척을 띠고 있는데 우리를 기다리는 사람이 여기 있다는 표시로 보였다.

문 앞에 서자 유키코 얼굴이 외등에 비춰졌다. 어둠 속에서 여기에 돌아왔다, 고 나는 생각했다. 유키코는 평상시와 똑같은 미소를 띠고 있었다.

여름 별장에 들어가자, 유리창이 열려 있는데도 벌레 소리가 썰물처럼 사라졌다. 식당에는 우치다 씨가 구운 어린양고기 로스트 냄새가 로즈마리 향과 섞여 여유롭게 떠돌고 있었다. 암흑은 집 밖에 머물러 있었다. 집은 옛날부터 이렇게 어둠의 압력에서 사람을 지키기 위해 존재했을 것이다. 난로 앞 소파에는 이구치 씨와 마리코, 그리고 선생님이 계셨다. 식당에 들어가자 마리코가 우리를 보고 "어서 와" 하고 말했다. 이야기 소리가 한순간 그치고 세 명의 시선이 우리에게 부어졌다.

난로는 피우지 않았다. 작은 소리로 모차르트의 〈바이올린과 비올라를 위한 협주 교향곡〉이 울리고 있었다. 다른 사람들 모습은 이미 안 보였다. 자기 방에 돌아갔던지, 목욕을 하고 있는 것이리라.

"수고했네." 선생님이 노미야 하루에 씨네 집에 오래 있다 온 우리를 보고 노고를 위로하듯이 미소를 띠었다. 유키코는 기쁜 듯이 "대접을 너무 잘해주셨어요" 하고 말했다.

이미 약간 취기를 띤 이구치 씨가 말했다. "꽤 맘에 들었나봐. 저녁식사를 대접받다니 생각할 수도 없는데. 엄청 까다로운 분이시거든. 아침 일찍부터 낮까지 원고를 쓰고, 환한 낮에는 책을 읽고 밤에는 다시 원고를 쓴다, 매일 그 되풀이거든. 그러니까 밤에 손님은 일절 사절이라고 들은 적이 있어."

"그랬어요?" 유키코가 뜻밖이라는 얼굴을 했다.

선생님이 말했다. "독서대는 가능한 한 빨리 만들어드리게. 도서관 경합 전에 독서대 의뢰가 온 것도 뭔가 인연일 테니까."

"네." 유키코는 얌전한 얼굴로 대답하고 다시 밝은 목소리로 말했다. "독일제 독서대는 처음 봤어요. 오십 년 전부터 쓰셨대요."

선생님은 유키코에게 고개를 끄덕이고 나서 나에게 눈길을 옮기고 어떤 것이었느냐고 물었다. 선생님 옆에는 긴 다리를 답답한 듯이 가슴께로 끌어당긴 마리코가 있다. 나는 대각선 앞 소파에 앉아서 마리코 다리가 눈에 안 들어오게 선생님 눈을 보면서 대답했다.

일본인이 평상시 쓰는 그런 크기가 아니라는 것, 힘없는 노미야 하루에도 각도 조절을 할 수 있게 되어 있다는 것, 버팀목이 있으니까 손가락이 끼거나 책째 넘어질 걱정이 없다는 것, 각도 조절은 네 단계라는 것, 부품이 떨어지거나 나무가 마모되어서 잘 안 맞는 부분이 있지만, 새로 디자인하기보다는 그대로 복원하는 것이 좋지 않을까 생각했다는 것. 이야기하면서 내 얼굴 왼쪽에 마리코 시선을 느끼고 있었다.

"무슨 나무였지?"

선생님 물음에 유키코가 바로 대답했다.

"이미 조청색으로 변해 있어서 확실하지는 않지만, 아마도 밤나무가 아닐까 생각해요. 작은 벌레 먹은 자국이 드문드문 있었으니까요."

밤은 열매뿐 아니라 줄기도 벌레 먹기 쉽다. 그렇지만 그 자국은 아주 작은 까만 점 같아서 그렇다고 말하지 않으면 눈에 띄지 않는다. 나는 노미야 하루에의 손에만 시선이 가서 독서대의 벌레 먹은 자국은 알아차리지 못했다.

선생님은 납득한 듯이 이야기했다. "밤나무는 마를 때까지 말썽이 많지만, 그것만 가라앉으면 얇아도 튼튼하지. 독서대에는 아주 알맞아. 그럼 그대로 복각해서 다시 만드는 걸로 할까?"

나는 선생님 얼굴을 보면서 말했다. "우선 도면으로 그려보겠습니다. 그것을 봐주셨으면 합니다."

야쓰가다케의 다가와 씨에게 도서관 스터디용으로 또 하나 똑같은 것을 만들어달라고 부탁하자고 선생님이 말했다.

"스터디용은 졸참나무로 만들어서 밤나무 소재하고 비교해 보지."

보고를 마치자 유키코는 그대로 이층으로 갔다. 나는 글라스에 페리에를 붓고 난로 앞 소파에 앉았다. 식당 찬장에서 목이 긴 그라파 병을 꺼내온 마리코를 본 선생님이 "나는 이제 물러가겠네" 하고 말하고 이층으로 갔다. 레드와인을 흘리면 엉망이 될 것 같은 해도면see island cotton 여름 스웨터에 마 소재 버뮤다 바지를 입은 마리코는 목이 긴 두 개의 글라스에 그라파를 붓는다. 빨간 순무초절임을 먹으면서 와인을 계속 마시던 이구치 씨가 그라파도 조금 마시더니 취기가 올라 노미야 하루에 이야기를 시작했다.

반딧불이 연못은 노미야 하루에를 비롯한, 아오쿠리 마을 창립 멤버가 마을이 시작되고 나서 얼마 안 된 1930년경에 계획한 인공 연못이다. 마을이 시작되고 나서 몇 년간은 클럽하우스를 짓고, 테니스 코트, 궁도장, 체육관을 만들고, 우체국을 유치하고, 잇달아 계획을 세우고 실천하는 기세가 넘쳤다. 이윽고 누구라고 할 것 없이 연못을 만들면 어떨까 하는 이야기가 된 것 같았다. 시설 건축에는 그다지 관심을 보이지 않던 노미야 하루에도 인공 연못 계획에는 적극적이었다. 완성된 다음 해, 아사마산의 분화와 연동된 지진 때문에 연못 가장자리가 많이 무너져 자칫하면 말라버릴 뻔한 일도 있었지만, 당시 아직 사십대였던 노미야 하루에가 여기저기 뛰어다니면서 자금을 긁어모아 바로 수복보강공사에 착수하여 반딧불이 연못이 되살아났다고 한다.

이구치 씨는 물론 선생님도 아직 학생이었을 때의 이야기다.

이윽고 반딧불이 연못은 아오쿠리 마을의 심벌 역할을 하게 된다. 예전에는 한겨울이면 두툼하게 얼음이 얼었기 때문에 천연 스케이트 링크로 지역 아이들한테도 좋은 놀이터가 되었다. 당시는 엄동에도 별장에 오는 사람이 많았기 때문에 급조 하키 팀이 결성되기도 했었다. 노미야 하루에도 스케이트를 잘 타서 남의 손을 잡지도 않고, 아이들에게 말을 건네지도 않고, 주위 1.5킬로미터의 반딧불이 연못가를 따라 유유자적하게 스케이트를 탔다고 한다. 한겨울에도 사람이 끊이지 않았던 것은 마을이 아직 젊었기 때문만이 아니라 반딧불이 연못 덕택이기도 했다고 이구치 씨가 말했다.

"사카니시 군은 반딧불이를 본 적이 있어?" 그때까지 잠자코 있던 마리코가 갑자기 물었다.

될 수 있으면 대답하고 싶지 않았지만, 유키코가 언제 별생각 없이 말할지도 모른다고 생각해서 "아까 돌아오는 길에 날고 있는 거 봤어요" 하고 아무렇지도 않은 듯이 말했다.

마리코가 대답하기 전에 이구치 씨가 참견한다. "그래? 반딧불이가 있었어? 그거 잘됐네. 나도 한동안 못 봤는데. 노미야 선생님도 보셨을까?"

"노미야 선생님 댁에서 돌아오는 길에 봤어요."

"예전에는 여기 망사문에도 여러 놈이 앉아서 반짝거리고 있었지."

이구치 씨는 정처 없이 떠도는 듯한 어조로, 갑자기 노미야 하루에 이야기로 돌아갔다.

"시노자키 시게히사라고 알아?"

"미술사가죠? 이탈리아 르네상스 전문인."

"맞아 맞아. 자네는 그런 걸 잘 아네. 1960년대에 들어선 지 얼마 안 돼 시노자키 시게히사가 죽었지. 노미야 선생의 애인이라고들 했어."

마리코가 불만스러운 듯이 말했다. "지난번에 그 이야기를 했을 때는 모른 척했잖아요?"

"그랬나?" 이구치 씨는 시치미 떼듯이 말했다.

마리코가 말을 계속했다. "노미야 씨가 쓰러졌던 장소가 시노자키 씨 별장이 있던 반딧불이 연못의 딱 입구 부근이었다고요. 지금도 못 잊는 것 아닐까요? 그러니까 그런 데서 몸이 안 좋아졌지."

"그야 모르지, 시노자키 별장은 분명히 반딧불이 연못 바로 앞에 있긴 하지만." 그러면서 자기 이야기로 되돌리려고 한다. "노미야 하루에도 아흔이 훨씬 넘었어. 그렇게 보이지 않으려고 애쓰고 있지만 심약해지는 일도 있겠지. 자네하고 유키코가 우연히 지나가지 않았더라면 어떻게 되었을지 몰라. 새로 독서대를 만들 마음이 됐다는 것은 정말 좋은 일이야. 복각이라는 것은 공부도 되니 튼튼하게 잘 만들어드려."

후반부, 혀가 꼬부라져 말투가 수상해진 이구치 씨는 화장실에 가는가 싶더니 그대로 자기 방으로 돌아가 버렸다. 주위에서 소리가 다 사라지고 난로 앞이 조용해졌다.

"이구치 씨는 언제나 갑자기 없어진다니까."

마리코는 그렇게 말하고 자기 잔에 남아 있던 그라파를 다 마셨다.

"그럼 치울까요?"

나는 이구치 씨가 남긴 와인글라스와 작은 접시를 들고 부엌으로 갖고 가려고 소파에서 일어났다. 내 오른 발등을 옆에서 뻗어온 마리코의 맨발이 가볍게 밟았다. 나는 균형을 잃고 넘어질 뻔했다.

"괜찮아?" 마리코가 물었다.

괜찮을 리 없었다. 레드와인을 바닥에 흘렸기 때문에 나는 잠자코 종이 냅킨으로 바닥을 닦기 시작했다. 마리코는 취했는지 취하지 않았는지 여느 때하고 별로 다르지 않은 표정으로 내 얼굴을 옆에서 흘끗 들여다보고 있다. 마리코의 맨발의 감촉이 아직 남아 있었다. 손바닥 비슷한 얇고 가벼운 감촉.

"왜 화 안 내?"

마리코가 마룻바닥을 닦는 내 옆에 쪼그리고 앉아서 내 오른팔을 잡았다. 나는 오른손의 움직임을 멈췄다. 마리코는 그대로 똑바로 누워 마루를 등으로 젓듯이 몸을 미끄러뜨려 내 아래로 들어왔다. 작은 소리가 내 얼굴 바로 밑에서 올라왔다.

"키스해줘."

그런 말을 듣지 않았어도 같은 짓을 했을 것이다. 나는 마리코의 졸린 듯한, 그러면서도 분명히 뜨고 있는 듯한 눈을 보면서 마루를 짚은 팔의 힘을 빼고, 마리코 양옆에 팔꿈치를 대듯이 하면서 상반신을 겹쳤다. 마리코의 양팔도, 볼도, 입술도 차가웠다. 나와 마리코는 그때부터 오래오래 키스를 했다. 이층 안쪽에서 목욕탕 문을 여닫는 소리가 났을 때 우리는 겨우 입술을 떼고 일어났다.

"치울까?" 마리코가 속삭였다.

둘이 나란히 서서 설거지를 했다. 마른 수건으로 글라스와 접시를 닦은 뒤 찬장에 집어넣는다.

"나중에 서고에 가도 돼?" 마리코가 말했다.

나는 고개를 끄덕였다. 부엌 시계를 올려다본 마리코는 "그럼 1시 지나서" 하고 말하고는 몸을 빙글 돌려 식당을 빠져나가 이층으로 올라갔다.

나도 이층에 올라가 목욕을 했다. 욕조에 몸을 담근 채 창문으로 아사마 산 방향을 보았다. 완전히 어둠에 가라앉아서 아무것도 보이지 않았다.

목욕을 마치고 올라가서 서고 안쪽에 있는 기타아사마 관련 책장에서 이 지방에서 출간된 얇은 책을 꺼내 책상에서 읽기 시작했다. 덴메이 3년, 1783년의 아사마 산 대분화 때 관음당이 있는 고지대로 도망가다가 계단을 미처 다 올라가기 전에 토석류에 삼켜진 두 구의 유골이 얼마 전에 발굴되었다. 어머니를 업고 도망가던 딸이 계단을 막 오르기 시작하자마자 토석류에 희생된 것이 아닌가 추측하고 있다. 가마하라 마을의 인구는 600명 가까웠지만, 500명 정도가 죽고, 고지대인 관음당으로 도망친 약 100명 정도만이 살아남았다고 한다. 가마하라 마을은 아사마 산에서 약 12킬로미터 거리에 있다. 기타아사마는 그보다 가까운 10킬로미터 권내다.

1783년, 이백 년 전의 분화다. 토석류가 가마하라 마을을 습격한 것은 음력 7월 8일, 시기도 바로 이맘때다. 더는 머리에 들어오지 않았다. 나는 책을 덮었다. 찬 공기가 북쪽에서 약한 바람을 타고 흘러 들어왔다. 추위를 느끼고 가운뎃마당에 면한 작은 창을 닫았다.

1시가 조금 지났을 때쯤 마리코가 소리 없이 문을 열고 들어왔다.

바이크를 얻어 탄 것은 처음이었다. 헬멧과 고글을 받고 어물거리고 있자, 우치다 씨가 스트랩을 내 턱 밑에 단단히 고정하고 고글 위치를 고쳐주었다. 뒷좌석에 앉아 우치다 씨 허리에 양팔을 감은 순간, 빈센트 블랙 섀도의 엔진이 걸렸다. 진동이 몸속 깊숙이까지 전달되어온다. 예고도 없이 바이크가 발진했고 그 바람에 뒤로 젖혀졌다. 여름 별장이 저 멀리 멀어져간다.

나무 사이로 들어온 어른거리는 햇살 사이를 빠져나가자, 포장된 간선도로가 나왔다. 흙길과 달리 아스팔트 길은 햇빛의 반사가 강하다. 가속과 풍압에 숨이 막힐 것 같았다. 커브에 들어설 때마다 우치다 씨 허리에 두른 팔에 힘이 들어가고, 가죽 재킷에 손톱을 세우듯이 매달렸다. 겁먹은 것이 그대로 전달되어 부끄러웠지만, 그렇게 하지 않으면 떨어질 것 같았다. 센가타키 지역이 가까워지자, 고저차가 있는 헤어핀 커브주행로가 U자형으로 급하게 굽은 커브가 이어졌다. 몸이 바이크째 오른쪽으로 왼쪽으로 기울어지고, 무릎이 땅에 닿으려고 한다. 우치다 씨가 일부러 나를 떨어뜨리려는 게 아닌가 하는 말도 안 되는 의심까지 들고 팔과 다리에 힘이 들어간다.

호시노 온천을 지날 때쯤부터 싱겁게 온화한 길이 되어 바이크는 차간 거리를 유지하려고 속도를 줄였다. 뻣뻣하게 뭉쳤던 팔과 어깨가 겨우 풀린다. 얼마 있다 18번 국도에 나가서 처음으로 신호에 정지했다. 오른쪽으로 꺾어 고모로 방면으로 향하다, 오이와케의 신호를 지나자 우치다 씨 어깨 너머로 긴 언덕이 보였다. 다시 눈이 번쩍 뜨일 것 같은 기세로 바이크가 가속한다. 당황해서 상반신을 우치다 씨 몸에 밀착시킨다. 등을 따라 웃음 같은 것이 전달되어온 것 같았지만 헛들은 건지도 모른다.

파란 신호에 오른쪽으로 크게 꺾자, 정면에 갑자기 커다란 아사마 산이 나타났다. 아오쿠리 마을과는 완전히 반대편의 익숙하지 않은 모습이었다. 산 표면은 거의 같았지만 햇살을 받아 무척 밝다. 올려다본 모습은 이쪽이 훨씬 커서 두께와 무게가 가까이 다가온다. 동쪽으로 휘날리는 하얀 연기가 정지화靜止畵 같다.

이윽고 앞쪽에 태양광선을 오롯이 받고 있는 옥수수 밭이 보였다. 파랗게 바람에 날리고 있는 밀밭도 펼쳐져 있다. 아사마산 정상에서 십분의 삼 정도 되는 높이의 산기슭을 동서로 가로지르는 이 길은 오르막 내리막길도 커브도 완만했다. 가려는 농장은 여름 별장이 그렇듯 화산 기슭에 있었다.

바이크는 오른쪽으로 꺾여 금이 간 좁은 농로로 들어섰다. 여름 별장에서 한 시간 정도 달렸을까? 200-300미터 정도 올라가자 주위는 온통 밭이었다. 주변은 조용했지만 눈 밑의 풍경에서 잡다한 소리가 멀리 솟구치고 있다. 남쪽을 내려다보니 사쿠다이라 시내가, 그 너머에는 남알프스 산줄기가 이어져 있다. 마른 바람이 남쪽에서 불어오르듯이 우리 사이를 빠져나간다. 바람이 가는 방향을 돌아보자 한낮의 햇살을 받은 적동색 아사마산이 솟아 있다.

"여기부터 위쪽 전체가 후지사와 씨네 농장이야. 어디부터 어디까지인지 바로는 알 수 없어. 아무튼 넓어."

긴 관목 울타리를 왼쪽에 보면서 바이크는 좀더 북쪽으로 올라갔다. 울타리 중간에 한숨 돌리듯이 얌전하게 문이 나 있었다. 비포장 사설도로에는 바큇자국 두 개가 나란히 나 있고 흙과 풀냄새가 피어오르고 있었다. 약간 경사진 길을 다 올라가자 야트막한 돌담 왼쪽에 꽃밭이 넓게 펼쳐져 있었다. 파랑, 노랑, 하양, 분홍 등 다양한 색깔의 꽃들이 남쪽 비탈에 한껏 피어 있다. 키도 굵기도 각각인데도 질서와 밸런스가 유지되어 있다. 얼마나 손이 많이 갔을까. 그러나 사람 모습은 아무 데도 보이지 않는다.

얼마간 나아가니 오른쪽에 얕은 돌로 쌓은 문설주가 나타났다. 우회전해서 자갈이 깔린 진입로로 들어가자 왼쪽에 작은 목조집이, 그 앞 오른쪽에도 똑같은 목조집이 서 있다. 양쪽 다 선생님이 설계하신 것을 한눈에 알 수 있다. 각각의 집 너머에는 꽃밭이 펼쳐져 있다. 우치다 씨는 두번째 집까지 바이크를 몰고 가서, 지붕을 뒤덮듯이 서 있는 잎이 무성한 커다란 벚나무 아래에서 엔진을 껐다. 헬멧과 고글을 벗자, 마르고 시원한 바람이 나무 그늘을 지나가고 있었다.

진입로는 좀더 왼쪽으로 화살 같은 곡선을 그리면서 후지사와 기누코 씨라는 사람이 살고 있는 큰 저택으로 이어져 있었다. 깨끗하게 깎은 잔디 주변에 자작나무와 미루나무가 서 있어서 가지와 잎사귀가 시원한 소리를 내고 있었다. 파도 같은 소리. 아오쿠리 마을에서는 못 듣는 느긋하고 밝은 바람이었다.

"이 부근이 딱 라필러스 원예 중심부야."

나는 여기가 '라필러스' 즉 '화산 자갈'이라는 이름의 농장인 것을 알게 되었다. 우치다 씨는 문설주를 들어서자마자 왼쪽에 있는 작은 집을 돌아보고 말했다.

"저게 제일 처음 지은 산장이야. 지금은 비어 있지만, 안은 충분히 살 만해. 나도 가끔 저기서 묵어." 그리고 눈앞에 있는 또 하나의 산장을 올려다보면서 말했다. "여기는 농장에서 일하는 사람들이 써. 낮잠을 자기도 하고, 간식을 먹기도 하고, 차를 마실 수도 있고, 샤워도 할 수 있어. 여자가 네 명인데 매일 오는 사람은 두 사람이야. 지금은 모두 통근하지. 자는 사람은 없어. 전에는 양잠도 했다더군. 그 흔적으로 지금도 뽕나무가 여러 그루 있어서 여름이면 어이없을 만큼 잎사귀가 무성해. 여름 별장 창고에도 양잠에 쓰는 도구가 잔뜩 남아 있었지? 아마 비슷한 시기였을 거야."

우치다 씨는 안채로 향하는 작은 길을 천천히 걷기 시작했다. 북쪽으로 난 완만한 오르막길은 안채의 현관을 향해 왼쪽으로 크게 꺾이고, 현관 앞에 도착하면 커다란 산벚나무를 시계방향으로 한 바퀴 돌아 원래의 진입로로 돌아오게 되어 있다. 여름 별장하고 똑같이 원을 그리는 스타일이다. 편백나무 미늘 판자

벽은 전체적으로 희미한 붉은 빛을 띠고 있다. 가까이 다가가자 좋은 냄새가 난다. 붉은 빛이 감도는 외벽은 주변의 자작나무랑 농장 전체를 뒤덮은 초록색 잎사귀, 그리고 파란 하늘과 잘 어울렸다.

현관의 나무문은 선생님답게 심플하다. 놋쇠 손잡이에 먼저 시선이 갔다. 문에는 눈높이에 옆으로 긴 유리 구멍이 가늘게 뚫려 있지만, 현관 안이 어두워서인지 안쪽은 보이지 않는다. 처마 밑에 정연하게 쌓아놓은 장작에서 꼼꼼한 선생님 기척이 풍기는 것 같았다.

"후지사와 씨는 마당에 계시나봐. 여기서 잠깐 기다릴까?"

우치다 씨는 문을 노크해보지도 않고 현관 왼쪽에 놓여 있는 나무 벤치에 앉았다. 벤치도 선생님의 디자인이다. 어딘가에 외출 중이라는 사인이라도 있는 것일까? (나중에 외출중일 때는 유리 구멍 안쪽에서 나무 가리개를 내린다는 것을 알았다. 어두워서 안이 안 보인 것이 아니었다.) 조금 떨어져서 차 대는 곳에서 큰 저택을 올려다본다.

"이 집은 몇 년쯤에 세워졌나요?"

문의 손잡이 디자인이나, 창의 나무 새시, 콘크리트 공법으로 봐서는 빨라도 1960년대 후반 아니면 1970년대 전반쯤의 설계 같았다.

"1969년이었던가? 입구 가까이에 있는 두 채는 조금 더 오래됐지. 1958년하고, 그다음 것은 분명 1963년. 여름 별장하고 대체로 같은 시기야."

현관 옆 벤치에 앉자 아사마 산이 보였다. 여름의 상승기류를 타고 솔개가 커다란 원을 그리면서 활공하고 있다. 얼굴과 눈이 지표를 향하고 있는 것을 알 수 있었다. 가끔 무언가를 확인하듯이 머리를 휙휙 움직인다. 먹이를 찾는 건지 두 방문객을 품평하고 있는 건지.

"후지사와 씨가 여기에 살게 된 것은 도쿄가 전공투전국학생공동투쟁회의 때문에 난리였던 1968년경부터인데 오십대 후반에 들어섰을 때였다고 들었어. 원래는 별장이었는데 본격적으로 원예를 시작하고 꽃밭 범위도 점점 커져서 어느새 여기 있는 시간이 더 길어지게 된 것 같아. 이곳에 일주일만 있으면 나도 도쿄에 돌아갈 마음이 없어질 거야."

우치다 씨 목소리가 여느 때 없이 솔직하게 울린다. 터무니없이 넓은 땅과 건조한 공기, 선생님이 설계한 대저택이 이런 곳에 고즈넉이 서 있다는 놀라움에서 나는 아직 빠져나오지 못하고 있었다.

지금 왔던 길을 돌아보자 여자 한 사람이 이쪽을 향해 걸어온다. 정원용 작업복을 입고, 대나무로 짠 바구니를 한쪽 손에 들고, 챙이 넓은 밀짚모자를 쓰고 있다. 천천히 걸어오고 있지만 중심이 좌우로 흔들리지 않는 아름다운 걸음걸이였다. 등줄기가 자연스럽게 쭉 뻗어 있다. 일흔이 넘었다고는 믿을 수가 없었다. 나는 얼른 일어났다. 후지사와 씨로 보이는 여성은 우치다 씨를 보자 웃는 얼굴이 되어 멀리에서 말을 걸었다.

"오늘은 덥네." 총명한 울림의 목소리였다.

우치다 씨가 천천히 허리를 펴면서 일어나더니 친근하게 말한다. "하지만 활짝 갠 날이라 기분은 좋네요."

할 일 없는 나는 아직 조금 멀리 있는 후지사와 씨에게 성급하게 인사했다.

"안녕하세요. 사카니시입니다. 처음 뵙겠습니다."

후지사와 씨는 모자를 벗으면서 다가오더니 나를 자세히 살펴보면서 말했다. "잘 오셨어요. 후지사와입니다. 사카니시 군이지요?"

은회색 머리에 갸름하고 뚜렷한 얼굴, 눈동자는 다소 갈색이다.

"자, 들어와요."

문은 열쇠가 걸려 있지 않았다.

후지사와 씨를 따라 현관에 들어가서 어두컴컴한 복도로 가자 톱라이트에서 자연채광이 흠뻑 쏟아지는 밝은 계단실로 이어진다. 후지사와 씨는 가벼운 발걸음으로 계단을 올라간다. 계단실 앞 벽에는 커다란 추상화가 걸려 있다. 위의 반은 흰색, 아래 반은 갈색, 마크 로스코 같다. 설마, 라고 생각하면서 멈춰 서서 보지 못하고 그대로 지나친다.

계단실을 올라가자 방 가득 자연광선이 넘치는 엄청나게 넓은 거실 겸 식당이 나온다. 개인 집 스케일은 아니었지만 가구나 집기 등은 후지사와 기누코라는 개인한테서 유래하는 것임이 확실했다. 옅은 황갈색 단모 카펫이 깔려 있고, 주변의 벽은 회반죽 백색이었다. 제일 넓은 서쪽 벽에는 한층 더 큰 추상화가 걸려 있다. 아무리 봐도 역시 로스코였다.

그랜드피아노 옆 벽에 야마구치 겐이치로 작품인 해변의 그림이 있다. 마리코네 별장에 걸려 있던 그림은 잔물결이 밀려오는 순간이지만, 여기 있는 것은 잔물결이 쓸려나간 뒤의 광경이다.

바닷물에 잠길 듯 말 듯 물을 머금은 매끄러운 모래사장이 둔하게 빛나고 있다. 어린아이의 발자국은 앞쪽 세 개만 남고 희미하게 파이고, 그 파인 자국도 먼 바다로 나아가면서 평평해졌다가 이윽고 사라져버린다.

천장은 올려다봐야 할 만큼 높았다. 이층까지 트여 있는 서쪽에서 부엌이 있는 동쪽을 향해 지붕 경사를 따르듯이 천장이 낮아진다. 부엌 천장은 선생님이 설계하는 일반적인 천장높이 같았다.

우치다 씨는 익숙한 듯이 커다란 식당 테이블로 가더니 의자를 잡아당기고 앉았다. 북쪽에 있는 옆으로 긴 유리창으로 선명한 윤곽의 아사마 산이 보인다. 창에 다가가서 바라보니 깊숙한 숲의 녹색이 산기슭을 뒤덮고 있다.

"우치다 씨, 바이크로 왔죠? 세수라도 하면 어때요?"

"그럼 실례" 하고 일어선 우치다 씨를 쫓아 부엌 뒤쪽에 있는 세면장으로 갔다. 둘이 나란히 쓸 수 있는 세면장으로, 전등갓도 선생님 디자인이다. 우치다 씨는 좋은 냄새가 나는 호박색 비누로 거품을 내고 있다. 나도 따뜻한 물로 손과 얼굴을 씻었다. 기분이 좋다. 선반에는 하얀 수건이 쌓여 있다.

"써도 돼요?"

"물론이지." 우치다 씨는 수건에 얼굴을 파묻은 채 둔한 목소리로 대답한다.

거실 겸 식당에 돌아가서 자리에 앉았다. 테이블은 단풍나무 원목이었다. 흠집 하나 없는 매끄러운 촉감. 우치다 씨 아니면 선생님이 정기적으로 기름을 먹이고 있을 것이다. 후지사와 씨가 백도와 거봉이 담긴 유리 접시를 벚나무 소재인 듯한 커다란 쟁반에 받쳐서 들고 왔다. 냉장고에 넣어두었던지 유리에 하얗게 김이 서려 있다.

"드세요."

후지사와 씨는 어느새 옷을 갈아입고 있었다. 하얀 마 셔츠에 롱스커트, 머리를 뒤로 묶고 있다. 부엌 뒤쪽에 또 하나 작은 파우더 룸이 있는 것 같다. 선생님은 큰 집의 경우, 부엌 뒤편에 눈에 안 띄게 파우더룸을 만드는 경우가 있다.

"요리하다 말고 화장실에 가고 싶을 때도 있을 것이고, 손님하고 이야기하다가 잠깐 얼굴을 씻거나, 화장을 고치고 싶을 때도 있을 테니까."

내가 앉아 있는 곳에서는 어디에 문이 있는지 전혀 알 수 없다. 잘 익은 복숭아가 입 안에서 녹듯이 뭉개지면서 말랐던 목이 주르르 축축해진다.

"사카니시 군이 앞으로 우리 집을 담당해준다면서요?" 후지사와 씨가 내 얼굴을 똑바로 보고 말했다.

"우치다 씨만큼 잘할 수 있을지 모르겠어요."

"잘 못하면 곤란해요. 당신만 믿고 있으니까."

그렇게 말한 후지사와 씨가 소리를 내서 웃었다. 어렸을 때부터 쭉 바뀌지 않고 그 사람한테 있었던 무엇인가가 떠오르는, 그런 웃음이었다.

"이 집도 십사 년 됐으니까, 사람하고 똑같아서 여기저기 손볼 곳이 나와요. 태양도 바람도 비도 평지보다 훨씬 강하니까 더 심할 테고? 우치다 씨가 귀찮아하지 않고 부지런히 와줘서 정말 고마웠어요. 감사합니다."

후지사와 씨가 우치다 씨에게 고개를 숙였다.

"아니, 아닙니다. 작업을 하는 것은 스기야마 씨인걸요."

오이와케에 있는 스기야마 시공사는 선생님의 가루이자와 일거리의 거의 전부를 맡고 있었다. 여름 별장은 지금 사장의 선대가 담당한 아주 오래 거래한 시공사이다.

"그렇지만 간단한 것은 그 자리에서 고쳐주셨잖아요? 정말 고마웠어요."

후지사와 씨가 사쿠다이라가 내려다보이는 바닥 가까이에 난 유리창을 열었다. 나무 새시라 여성에게는 좀 무거울 것 같았지만, 선생님다운 간소한 아름다움이 있는 유리창이었다. 신나게 바람이 들어온다. 그대로 북쪽 창으로 가려는 후지사와 씨에게 내가 엉거주춤 말했다.

"열까요?"

"어머, 고마워요."

아사마 산이 보이는 북쪽 창은 가로로 긴, 양 팔꿈치를 올려놓을 수 있는 허리 높이였다. 오른쪽에 아사마, 왼쪽에 구로후 산이 보인다. 새시에 달려 있는 놋쇠 열쇠는 여름 별장이나 마리코네 별장하고 똑같은 것이었다. 천천히 열자, 드높이 울어대는 빼꾸기 울음소리가 들려온다.

테이블에 돌아오자 후지사와 씨가 우치다 씨를 놀리듯이 보고 있다.

"사카니시 군, 이 사람은 무뚝뚝해 보이지만 사실은 친절해요. 그러니까 '이거는? 저거는?' 하고 귀찮을 만큼 물어서 힘들게 만드는 게 좋아요. 그렇게 하면 넘칠 만큼 대답해줘요. 하지만 사카니시 군은 상대방이 먼저 나서줄 때까지 기다리는 타입인가요?"

정곡을 찔린 것 같아서 뜨끔했다.

"그럴지도 모르겠습니다." 내가 대답했다.

"본인이 삼가서 잠자코 있는 것하고 그저 멍하니 있는 것은 전혀 다르다고 생각하지만, 상대방한테는 똑같아요. 나는 꽃에도 열심히 말을 걸어요. 아무 말 안 하고 돌볼 때보다 훨씬 더 예쁜 꽃을 피워주니까. 정말이에요." 후지사와 씨가 방긋 웃었다. "그렇지만 우치다 씨는 말없이 해요. 부엌 오븐 주변이 덜컹거렸을 때도 레인지 후드부터 서랍까지 전부 새로 조정해주었지요."

"아무 데서나 그렇게 해드리는 게 아닙니다. 특별 케이스예요." 우치다 씨가 쑥스러운 듯이 단조로운 목소리로 말했다.

나는 두 사람의 대화를 들으면서, 마리코를 생각하고 있었다. 후지사와 씨 말대로 나는 늘 수동적이었다.

"현대도서관이 마지막 일이 되겠네요."

"경합에서 지면 그걸로 끝이죠. 통과되면 도서관 일이 끝날 때까지 있을 거니까, 이 년 정도는 목이 붙어 있으려나."

"어머, 자기가 그만두면서 모가지라니. 선생님이 들으면 화내세요."

"아뇨, 잘리는 거나 마찬가진걸요."

우치다 씨는 나를 보지 않고 후지사와 씨만 보면서 그렇게 말했다.

"뭐라면 좋을까, 스스로 목을 자르는 법도 있으니까요."

후지사와 씨는 잠자코 우치다 씨를 보고 있었다.

"어쨌든 지난번에도 말했듯이 도쿄에서 사무소 오픈하기가 힘들거든 이 낡은 집은 언제라도 와서 써도 돼요." 후지사와 씨는 그렇게 말하면서 부엌으로 갔다.

주전자를 불에 올려놓는 소리가 났다.

"방을 봐도 될까요?"

내가 부엌을 향해 말하자 후지사와 씨는 돌아보지도 않고, "물론이지, 커피 마시고 나서 우치다 씨한테 안내해달라고 해요" 하고 말했다.

거실 남쪽의 낮은 유리창으로 아래를 내려다보았다. 진입로 좌우로 꽃밭이 펼쳐져 있다. 쭈그리고 작업을 하는 사람이 있다. 멀리 시선을 옮기자 건물도, 다리도, 강도 백분의 일 정도의 모형으로 보이는 사쿠다이라가 햇빛을 받아 어렴풋하게 빛나고 있다. 야경은 무척 아름다울 것이다.

"여기는 대체로 표고 1000미터야." 창가 소파에 앉은 우치다 씨가 나를 돌아보면서 말했다.

"여기에서 보면 좀더 높은 것 같은데 여름 별장하고 비슷한가요?"

"한겨울에는 중앙난방만으로는 등이 시려. 마이너스 20도 정도 되니까. 난로 없이는 도저히 겨울을 날 수가 없지."

부엌에서 커피 향내가 풍겨온다.

"겨울 이야기?"

후지사와 씨가 소파 앞 커피 테이블로 커피를 가지고 왔다. 소파는 선생님이 고객이 의논하면 추천하는 그 종류였다. 그러나 전체가 가죽으로 된 타입은 처음 봤다.

"네, 영하 20도가 되면."

"영하 5도나 영하 20도나 별로 다르지 않아. 초가을에 감기 걸릴 때도 있지만, 한겨울에는 오히려 괜찮아요."

"그렇지만 독주는 적당히 좀 하세요."

우치다 씨는 후지사와 씨의 겨울철 일상을 잘 아는 것 같았다. 후지사와 씨는 대답하지 않았다.

"요즘 도쿄의 겨울은 눈도 제대로 오지 않잖아요? 건조하기만 하지."

"나는 사실 11월부터 연말까지의 도쿄를 매우 좋아해요."

"어머나, 그래요? 사카니시 군, 커피 식기 전에 마셔요."

그 말을 듣고 후지사와 씨 옆 소파에 앉았다.

"새 스웨터 냄새라든가 고급 가죽 재킷 냄새, 군고구마 냄새. 그런 게 건조한 차가운 공기 속을 가득 떠돌아요. 모두 깔보지만 거리를 걸으면 크리스마스 장식도 멋있고요. 공기가 탁하지 않으니까, 밤이 되면 먼 곳의 불빛도 예쁘게 보이고. 도쿄가 가장 좋은 계절은 누가 뭐래도 늦가을에서 겨울에 걸쳐서죠."

"우치다 씨처럼 애인이 있는 사람은 그럴지도 모르죠." 후지사와 씨가 놀리는 말투로 그렇게 말했다.

뭐야, 우치다 씨한테 애인이 있었구나. 나는 맥이 풀려서 후지사와 씨를 보았다.

"없어요. 왜 그런 말씀을 하세요?"

"우치다 씨 같은 사람한테 애인이 없다니, 주사위 놀이 때 잠깐 쉬는 거나 같은 것 아니에요?"

우치다 씨는 반론하지 않고 잠자코 커피를 마신다. 후지사와 씨가 이번에는 나한테 말했다.

"앞으로는 사카니시 군의 일이 되는 거니까, 집 안을 잘 봐둬요."

후지사와 씨네 저택은 선생님이 1960년대 후반, 미국의 자산가 톰슨 씨를 위해 설계한 저택 크기에 필적했다. 설계 시기도 비슷하다. 부지가 워낙 광활하니까 진입로에서 올려다본 외관에 위압감은 없지만, 이 집이 만일 시내에 있다면 적어도 1600제곱미터 이상의 부지 아니면 어울리지 않을 것이다. 주위의 집들하고 적당히 잘 조화되어 눈에 띄지 않게 섞여 있는 것이 좋다는, 주택에 대한 선생님의 생각이 이런 환경이 아니라면 성립되지 않을 스케일이었다.

제일 큰 방은 거실 겸 식당이었다. 천장높이도 올려다봐야 할 정도로 서쪽은 6미터 이상 될 것이다. 여름에는 특히 손님이 많아서 이십 명 정도의 파티는 흔했다고 한다. 우치다 씨는 여러 번 부엌 일꾼으로 도왔다고 한다. 여러 명이 나란히 서서 작업할 수 있는 부엌 넓이나, 식당 테이블 크기는 파티를 전제로 설계된 것 같았다.

자고 가는 손님도 많았는지 일층에 침실이 세 개 있고, 각각 목욕탕이 달려 있다. 고타쓰난방기 위에 틀을 놓고 그 위에 이불을 덮는 기구가 있는 일본식 방도 하나 있다. 이층의 거실 겸 식당과 비교하면, 적당히 어둡고 창도 그다지 크지 않다. 천장높이도 상당히 나지막하게 설계되어 있다. 조용하게 틀어박혀서 쉬기에 적당한 공간이었다. 큰 집이라고 해도 모든 것이 밝고 넓으며 공적인 공간으로 하지 않은 것도 선생님이 만드시는 주택답다. 열린 곳은 마음껏 열고, 닫을 곳은 닫는다. 선생님은 이렇게 말한 적이 있었다. 기분이 좋아서 주절주절 말할 때와, 멍하니 혼자 있을 때, 이불을 뒤집어쓰고 훌쩍거릴 때, 여러 가지 상황에 놓이는 것이 인간이니까, 방도 거기에 맞춰 역할을 분담하는 게 좋다, 고.

이층 거실 겸 식당 난로 뒤편에 우리가 얼굴을 씻은 세면장과 나란히 후지사와 씨 침실이 있었다. 침실에는 거실 겸 식당 난로와 등을 맞댄 자그마한 난로가 있었다. 창 너머로 아사마 산을 볼 수 있는 욕실도 있다. 작은 문을 열자 일인용 파우더 룸이 나타났다.

부엌을 사이에 끼고 남쪽에는 안락한 분위기의 서재가 있다. 창문 아래를 내려다보면 꽃밭이다. 이 커다란 별장에서 후지사와 씨가 일상을 보내는 장소를 가능한 한 모아놓았음을 알 수 있다.

삼층에는 넓은 광이 있어서 그림이 들어 있는 박스가 세로로 죽 놓여 있었다. 다양한 크기의 여행용 트렁크도 늘어서 있고 크루즈용인 듯한 크고 오래된 가죽 트렁크도 있었다.

광 남쪽에 작은 발코니가 있었다. 둘이 나란히 서면 꽉 찰 크기로 테이블은커녕 의자를 놓을 공간도 없다. 열기구 바구니 정도 되는 크기였다. 선생님은 무엇 때문에 실용적이지 못한 이런 발코니를 만들었을까? 미닫이문을 열고 발코니에 나가본다. 태양에 덥혀진 흙내가 난다. 난간에 양손을 올려놓고 꽃밭을 멍하니 내려다보고 있자니 갑자기 오른쪽에서 왼쪽으로 자로 직선을 긋듯이 까만 작은 그림자가 가로질러 갔다. 날아온 방향으로 눈길을 주자 5-6미터 정도 앞 처마 밑에 한눈에 알 수 있는 말벌 집이 있었다. 옅은 갈색과 하얀색으로 그린 파란 바다의 파도 같은 무늬가 농구공 정도 크기의 말벌 집을 뒤덮고 있다. 출입구가 하나 열려 있어서 노란색과 까만색으로 어우러진 커다란 말벌 여러 마리가 흔들흔들 움직이고 있다.

기분 나쁜 소리가 가까이 다가왔다. 말벌이 한 마리 곁에 날아와서 내 위치를 중심점에 두고 낮은 날갯짓소리를 내며 반원을 그리면서 품평을 하고 있다.

"왜 그래?" 우치다 씨가 뒤에서 물었다.

나는 잠자코 그대로 뒷걸음질해서 소리나지 않게 발코니 문을 닫고 나서야 겨우 한숨 돌렸다. 말벌이 두 번 세 번 이쪽을 향해 부딪혀온다. 유리창에 단단한 것이 부딪히는 소리. 전신에 소름이 돋는다.

"또 집을 만들었군. 구제를 부탁해야겠네." 우치다 씨가 냉정한 목소리로 말한다.

진정이 됐는지 몸으로 부딪히는 짓은 그만뒀지만 아직도 의심스러운지 창밖을 왔다 갔다 하고 있다. 길이는 4센티미터 가까이 될 것 같다. 말벌 집은 번식하는 해가 따로 있다고 우치다 씨가 말했다. 처마 밑에 당당히 집을 짓는 해는 여름이 덥고 계속 쾌청할 때이고, 여름이 춥고 비가 많은 해에는 하나도 안 보인다고 한다. 처마 밑뿐만 아니라 낙엽송 줄기나, 부지 내에 방치한 쓰러진 나무 구멍, 커다란 정원석 틈새에도 집을 만든다. 한 번 쏘여서 혼났는데도 후지사와 씨는 말벌에 대해 대범한 것 같았다.

"지난번에는 마침 내가 있어서 바로 병원에 모시고 갔지만 벌은 첫번째보다 두번째가 무서운데. 이번에 쏘이면 큰일이니까 정말 조심해야 한다고 의사도 말했어……." 우치다 씨가 곤란한 듯이 말했다.

한차례 방을 돌고 나자, 뛰어난 난로 배치가 눈에 띄었다. 이층의 거실 겸 식당의 커다란 난로와 후지사와 씨 침실 난로. 일층 거실과 제일 큰 게스트룸 침실에도 등을 맞대고 난로가 설치되어 있다. 각각 넓이도 비율도 다른 방에 꼭 설치해야 할 장소에 설치하고, 여러 개의 난로를 하나의 굴뚝으로 정리하는 샘플 같은 설계였다.

지하에는 커다란 기계실이 있다. 콘크리트가 그대로 드러난 어두운 공간 어디에선가 신음하는 듯한 낮은 소리가 울리고 있다. 보일러는 작동하고 있지 않을 터였다. 귀를 기울여서 이쪽저쪽 둘러보니까 남쪽 방충망에 꿀벌이 무수히 모여 있었다. 가까이 가서 살펴보니 덧문과 망사문 틈새의 반을 메울 만큼 커다란 벌집이었다. 입김을 불어대니까 일제히 날갯짓하여 파도를 만들고 윙윙거리는 소리가 커진다. 망사문이 있으니까 쏘일 걱정은 없다. 나는 못된 어린애처럼 꿀벌 무리에 여러 번 입김을 불어댔다.

거기에서 꼭 10미터 정도 위에 말벌 집이 있다. 이만큼 큰 집이 산기슭에 있으면, 공생하는 생물 종류가 많은 것이 당연했다. 졸참나무로 된 미늘 판자벽에는 딱따구리가 뚫어놓은 구멍도 있다. 뱀이나 들쥐도 지붕 밑이나 장작더미 그늘에서 잘 지내고 있을지도 모른다. 반지하 덧문 안쪽에 집을 만든 꿀벌은 말벌의 위협과, 넘칠 만큼 많은 꿀의 유혹 사이에서 이렇게 무리를 이루어 살아간다. 말벌의 습격으로 벌집째 없어질지도 모른다. 집단으로 역습하기도 할 것이다.

그건 그렇고 이 저택에 사는 것이 후지사와 씨 혼자라면 무엇 때문에 이렇게 큰 집을 지을 필요가 있었을까. 파티에 많은 사람을 초대하는 것이 설계 조건이었다고 해도 매주 파티를 여는 것은 아닐 테고 손님이 적어지는 한겨울에는 더더군다나 이 집에서 혼자 대체 어떤 나날을 보낼까. 개나 고양이가 있는 것 같지도 않고, 방에는 수조도, 새집도 없다. 혼자 요리하고, 차를 끓이고, 음악을 듣고, 책을 읽고, 침대에서 쉰다. 나날의 삶에 싫증나지도 쓸쓸해지지도 않고, 평온하게 지낸다면 후지사와 씨를 조용하게 충족시키고 있는 것은 집 바깥의 이 광대한 자연일까?

아니, 단순하게 해석하는 일은 그만두는 게 좋겠다. 여기는 적어도 지금까지의 나로서는 상상도 할 수 없는 곳이기 때문이다.

아무것에도 쫓기지 않아도 되는 많은 시간과 엄청나게 많은 재력으로 사람을 가까이 다가오지 못하게 하는 공간이 있었기 때문에 영국에서는 박물학과 생물학이 발달했다고 대학 강의에서 들은 것이 생각난다. 사람을 고용해서 자기가 좋아하는 꽃을 키우는 것도 후지사와 씨 혼자만의 안에서 완결되는 생물학일지도 모른다. 다시 생각이 빙글빙글 돌기 시작한다. 후지사와 씨는 사람과 떨어진 삶을 당연하게 받아들이고, 나날을 보낼 수 있는 강인함을 어떻게 익혔을까.

우치다 씨네 집도 북유럽에서 가구를 수입하는 유명한 수입상으로, 시나가와에 있는 집은 저택이라고 할 만한 것인 것 같았다. 그러니까 후지사와 씨네 생활에 나만큼 놀라지 않았을 것이다. 마리코도 마찬가지다. 나는 새삼스럽게 마리코에게는 우치다 씨가 어울리는 짝이 아닐까 생각하면서, 두 사람의 얼굴을 머릿속에서 나란히 세워본다. 우치다 씨도 그렇게 생각하고 있었던 게 아니었을까. 그런데 왜? 나는 계속 되풀이해 자문하는 질문 속에 다시 잠긴다.

그 풀 수 없는 의문과는 별개로, 마리코하고는 새로운 관계가 시작되고 있었다. 나는 마리코에게 저항할 수 없이 이끌리고 있었다. 귀에 살그머니 들어와 그대로 머무는 목소리 톤, 가볍고 부드러운 손가락과 손의 감촉, 목과 어깨 움직임을 따라 물결치는 머리카락, 자유로운 다리의 움직임, 강인한 성격이 반전되어 모든 것을 용납하고 받아들이는 듯한 몸짓.

기계실의 회색으로 퇴색한 나무문이 갑자기 밖에서 열렸다. 오후의 햇빛을 등진 후지사와 씨의 밝은 목소리.

"열심이네. 낡은 보일러 따위 열심히 봤자 재미없잖아? 도깨비 저택 구경은 이제 그만둬요. 마당을 안내할 테니 이리와요."

우치다 씨는 기계실에 들어온 뒤 계속 벽에 붙어 있는 작은 환기용 선풍기 날개의 덜컹거림을 고치고, 천장에 설치된 배관 이음새를 점검하고 있다. 후지사와 씨 모습을 보고 조금 안심한 얼굴이 되어 소매에 묻은 먼지를 손으로 털고, 밖으로 열린 문을 향해서 걸어간다.

정연하게 이랑을 따라 심은 꽃은 묵직해 보이는 봉오리를 일제히 위로 향하고 있다. 반쯤 꽃잎을 열고 상황을 살피고 있는 것 같은 꽃도 있다. 향기가 강한 꽃도 있고, 흙내가 앞서는 꽃들도 있다. 키 큰 꽃이 많지만, 어린아이 손바닥같이 작은 포기도 있다. 처음 보는 서양 꽃 종류뿐이었다.

"여기 땅이나 기후에 맞는 것만 살아남았어요. 별로 잘 돌보지도 않는데 정말 잘 자라주고, 좋은 꽃을 피워주네요."

꽃밭으로 가는 길은 한 사람이 걸을 폭밖에 안 된다.

"이게 뭔지 알아요?"

이랑에서 떨어진 공터 같은 곳에 쪼그리고 앉은 후지사와 씨가 말한다. 떨어진 잎사귀를 모아놓은 곁에 1센티미터가 될까 말까 한 작은 꽃이 여러 개 무리지어 피어 있었다.

"잘 보지 않으면 몰라요."

몸을 굽혀서 꽃을 봤다. 팬지의 미니어처 같은 꽃이었다. 노란색과 보라색, 옅은 등나무색의 배색. 꽃잎 모양도, 잎 모양도 가련했다. 바람에 작게 흔들리고 있다.

"제비꽃의 원종이에요, 비올라 트리컬러." 후지사와 씨가 말했다. "이건 말이지 자기 좋을 대로 놔두고 있어요. 아무것도 안 하고 그대로 놔두고 있어요."

꽃밭 동쪽 끝까지 걸어갔다. 벌집에 입김을 불어넣은 범인이 나인 줄 모르고 꿀벌이 나를 추월하기도 하고, 혹은 피해서 간다. 흙과 꽃향기 사이를 로즈마리랑 민트, 타임 등의 허브 냄새가 바람을 타고 스쳐간다.

갑자기 옆 이랑의 꽃그늘에서 사람이 일어섰다.

"선생님, 자두나무 앞 그루터기에 벌집이 있으니까 조심하세요."

밀짚모자에 수건으로 볼을 가린 아주머니였다. 몸을 앞으로 숙인 채 햇볕에 그을린 얼굴을 우리에게 향하고 있다.

"아, 그래? 노리 씨, 조심할게."

내 얼굴을 보고 노리 씨라고 불린 아주머니가 눈을 크게 뜨고 말한다. "이분 선생님 조카예요?"

"응? 이 사람? 아니야. 도대체가 나한테 이런 젊은 조카가 있을 리 없잖아."

아주머니가 유쾌한 듯이 웃었다. "그게 아니라 무라이 선생님 이야기예요. 많이 닮으셨네."

"제가요?"

"네, 선생님 젊을 때하고 너무 똑같아서 깜짝 놀라 보고 있었어요."

후지사와 씨도 웃었다. 우치다 씨는 어느 틈엔지 우리와 떨어져서 벌집이 있는 장소를 멀리서 확인하고 있는 것 같았다. 우치다 씨에게도 웃음소리는 들리고 있을 것이다.

"선생님은 배우처럼 목소리도 좋고, 젊을 때는 무척 핸섬했죠. 하하하. 물론 지금도 그렇지만."

아주머니는 웃어서 느슨해진 눈물샘을 볼을 덮은 수건으로 가볍게 누르고 다시 웃었다.

"핸섬하다고 했으니까, 그렇게 놀란 얼굴 하지 않아도 돼요."

후지사와 씨는 반쯤 난처한 듯이 웃고 있다. 선생님과 후지사와 씨 관계를 이 사람은 잘 알고 있는 것이 틀림없다.

농장의 중심가를 빠져나오자, 앞에 커다란 밤나무가 서 있었다. 우치다 씨가 재촉해서 이만 실례하기로 했다.

"앞으로는 언제라도 좋으니까 혼자 와요." 후지사와 씨가 바이크를 세워놓은 데까지 배웅하러 와서 말했다.

"네." 나는 고개를 숙였다. "잘 먹었습니다. 감사합니다."

이미 핸들을 쥐고 있던 우치다 씨는 내가 뒤에 올라타자마자 빈센트 블랙 섀도의 시동을 걸더니 말했다.

"후지사와 씨, 신세 많았습니다."

"어머나, 또 오실 거 아니에요?"

"네, 그렇지만 앞으로는 사카니시 군이 담당하니까."

"그렇군요. 그럼 볼일이 없어도 놀러 와요."

"감사합니다."

우치다 씨는 농장에 경의를 표하듯이 클러치를 지그시 돌리고 아주 느린 속도로 문설주로 향했다. 사설도로를 빠져나와 아스팔트 길로 나왔을 때, 바이크가 일단 멈췄다. 나는 눈앞의 아사마 산을 올려다보았다.

"다음부터 혼자 올 수 있게 길의 분기점이나 표시가 될 만한 것을 잘 기억해두라고." 우치다 씨가 몸을 반쯤 기울이듯이 하면서 나에게 말했다.

나는 고개를 끄덕이고 나서 다시 "네" 하고 답했다.

19

火山のふもとで

8월 끝 무렵이 되자, 아오쿠리 마을의 여름은 서둘러 돌아갈 채비를 시작한 것 같았다. 낮에는 한여름 기온에 가까워도, 저녁 나절에는 바람이 숲을 지나가면서 햇살의 흔적을 빠짐없이 지워간다. 아침에 산책 나가는 선생님도 얇은 카디건을 걸치게 되었다.

언제나 머리 어딘가에서, 마리코하고 둘만 있을 수 있는 기회를 찾고 있었다. 토요일 오전 중에 청소랑 빨래, 밭일을 끝내고 나서, 노선버스를 타고 구가루이자와 부근에 있는 카페에서 만나 마리코 차로 별장으로 간다. 밤에는 막차를 타고 여름 별장으로 돌아왔다. 백화점에 납품하기 시작한 물양갱이 예상외로 잘 팔려서 마리코 아버지는 여름휴가도 반납하고 진두지휘를 하고 있다고 한다. 마리코가 명령받은 잔디 깎기는 내가 대신했다.

평일에 가루이자와 시립도서관에서 조사할 게 있다는 구실로 합류할 때도 있고, 장보기가 끝나고 나서 별장에 들를 때도 있었다. 두 사람은 잠깐의 틈만 있어도 거기에 몸을 밀어넣듯이 만날 수 있는 시간을 늘 찾고 있었다.

마리코네 별장에서 완전히 텅 빈 것 같은 기분으로 샤워를 하고 있는 동안에 펄펄 끓던 것이 조용한 물이 되어간다. 우치다 씨가 말한 것처럼 마리코하고의 관계 때문에 사무실을 그만두게 된다면, 그런 불안이 싹트는 것은 나갈 때가 아니라 밤에 여름 별장 문을 여는 순간이었다. 모든 사람이 우리 사이를 알고 있을지도 모르고, 아무도 모를지도 모른다. 어느 쪽이라도 이상하지 않을 것 같았지만, 어느 쪽인지는 알 수 없었다.

여름의 끝을 향해 일도 스피디하게 돌아갔다. 야마구치 저택의 보수공사에 입회하고, 우치다 씨 밑에서 담당하고 있는 오기쿠보 주택의 가구 도면을 다시 그리고, 시공사가 보내온 견적을 체크했다. 게다가 고객과 연락해서 양해받고 발주한다. 그 김에 세탁기나 냉장고 고르는 상담에 응하고, 새 기종의 카탈로그 수배도 해야 한다. 급한 일을 먼저하고 있으면, 현대도서관 책장에 관한 아이디어가 떠올랐다가 그대로 가라앉아버린다. 선생님한테 스케치를 받은 스태킹 체어 도면도 좌면과 다리 각도, 네 다리 배치가 아무리 해도 깔끔하게 정리되지 않아 끝내지 못하고 있다.

한편 책장에 고이는 먼지나 책에 생기는 곰팡이, 종이를 상하게 하는 좀을 제거하는 과제에서는 아이디어가 하나 떠올랐다. 우치다 씨에게 말했더니 모형을 만들어서 실험해보는 게 어떻겠느냐고 해서 유키코와 둘이 착수한 참이었다.

사람이 많이 드나드는 공간에는 어쩔 수 없이 먼지가 쌓인다. 가을에서 겨울에 걸쳐 입는 옷이 울 소재 중심이 되면 먼지 양은 한층 더 많아진다. 책 윗부분과 책장 뒤쪽 틈에는 먼지가 조금씩, 그러나 확실하게 쌓여간다. 온도는 물론 습도 관리가 중요하지만, 장마철에는 에어컨만으로는 한계가 있다. 여름에는 사람 손의 땀이랑 기름기가 늘고, 책에 부착하면 곰팡이의 영양원이 된다. 고인 먼지는 벌레에게 절호의 환경을 제공하게 된다. 고온다습한 몬순기후인 일본 도서관에서는 제습이 설계 조건의 중요한 요건 중 하나이다.

먼지도 곰팡이도 얼룩도, 권연벌레 등의 해충도 공기 흐름에 약하다. 미풍이 책장을 빠져나가게끔 설계하면 고이지는 않을 것이다. 그러나 책장을 등판으로 완전히 막으면 바람이 빠져나갈 곳이 없다. 등판 위와 아래를 잘라서 공기가 흐르게 만들고, 보통은 천장에 다는 배기 그릴을 책장 뒤쪽 바닥면에 슬릿slit 형태로 설치하면 어떨까? 국회도서관 책장 제일 아랫단이 마루에서 20센티미터 정도의 높이로 설정된 것은 습도와 먼지, 곰팡이에 대한 대책이니까, 마룻바닥으로 나가게 하는 배기는 합리적이다. 책장을 경유해서 마룻바닥으로 향하는 공기 흐름을 만들 수 있으면, 먼지는 책장에 쌓이지 않고 바닥에 떨어져 그대로 배기 그릴로 빨려들어갈 것이다. 공기 흐름을 싫어하는 곰팡이나 벌레에게 책장은 늘 바람이 부는 고약한 환경이 될 것이다…… 라는 것이 내 아이디어였다.

설계실의 큰 테이블에서 유키코와 나는 시나베니어판을 써서 묵묵히 모형을 만들었다. 마루 밑의 구조까지 준비한 모형에는 마룻바닥의 배기 그릴에 배기 파이프를 연결하고, 그 끝에 마부치 모터를 쓴 작은 환풍기를 돌린다. 책장에는 한 권에 십 엔씩

대량으로 구매한 중고 문고본을 사분의 일로 잘라서 만든 아주 작은 책을 준비했다. 책장 앞 몇 곳에 높이가 다른 불붙인 향을 설치하고, 그 연기의 흐름으로 어느 정도 배기가 기능하는지 보기로 했다.

스틸렌보드가 아니라 시나베니어판으로 모형을 만들자고 한 이는 유키코였다. 유키코는 창고 입구의 콘크리트 바닥 한쪽에 놓여 있던 띠톱을 써서 바로 재료를 자르기 시작했다. 머리카락과 팔에 톱밥이 튀는 것도 개의치 않고 익숙한 솜씨로 띠톱을 구사하는 모습에 놀라자, 유키코가 돌아보고 "이래봬도 목수집 딸인걸, 초등학교 때는 장난감도 내가 만들었어" 하고 득의양양하며 이야기한다.

시나베니어판 부품을 다 자른 뒤에 설계실로 돌아가 신문지를 깐 큰 테이블에서 모형을 조립하기 시작했다. 나란히 앉아서 접착 작업을 하고 있을 때, 유키코가 뻗은 손이 부품을 잡으려는 내 손에 닿았다. "저 말이야, 조립 순서는 그렇게 안 하는 게 좋아. 위에서부터 차례로 하지 말고 여기하고 여기를 붙여서" 하며 뻗은 팔이 내 손등에 다시 닿았다. 유키코의 시선은 오로지 시나베니어판에 향해 있다.

마리코가 설계실에 들어오는 기척이 났다. 마리코의 발소리는 그 리듬으로 바로 알 수 있다. 유키코의 시선이 처음으로 나한테로 왔다. 유키코는 미소 짓고 있었다.

"조금 있으면 차를 끓일 테니까. 모두 아래로 내려오세요."

나는 뒤돌아보지 않고 설계실에 울리는 마리코 목소리만을 듣고 있었다. 이구치 씨가 "좋지" 하고 말했다. 우치다 씨가 의자에서 일어나는 소리가 났다.

"일단락되면 내려갈게. 고마워."

유키코의 튀는 듯한 목소리가 마리코에게 향한다.

"응, 알았어."

무뚝뚝한 대답을 남기고 마리코가 계단을 내려가는 소리가 났다.

결국 나와 유키코는 티타임이 지나도 모형 작업을 계속했다. 모형을 만들고 있으면 자기도 모르게 머리가 어린아이처럼 된다. 나는 평상시보다 말이 헤퍼지고, 유키코의 웃음소리도 점점 커진다. 도중에 차와 과자를 쟁반에 담아 갖고 온 사사이 씨가 "정말 재미있나봐, 뭐가 그렇게 재밌어?"라고 말했다. 나는 유키코의 얼굴을 봤다.

"사카니시 군이." 너무 웃어서 상기된 얼굴로 유키코가 말하다 도중에 또 참지 못하고 웃기 시작했다.

사사이 씨가 "이런이런, 너무 열심인 거 아냐? 좀 쉬엄쉬엄해" 하고 말하더니 왜 웃는지 물어보지도 않고 쟁반을 겨드랑이에 끼고는 설계실을 나갔다.

티타임이 끝날 때쯤 책장 모형이 완성되었다. 컵을 치울 겸, 실험에 쓸 향을 가지러 계단을 내려가다 식당 앞에서 사사이 씨와 스쳤다. 사사이 씨는 멈춰 서서 내 얼굴을 정면으로 보면서 낮은 목소리로 분명하게 말했다.

"아무한테나 잘 대하면 안 돼."

"네?" 목구멍 속에서 소리가 되지 않는 작은 소리가 나왔다.

"알잖아?"

사사이 씨는 그렇게만 말하고 촛불을 끈 듯한 평온한 얼굴로 계단을 올라갔다.

식당에 마리코는 없었다. 그렇다면 가사실에 있을 터였지만 조용하다. 뜨끔한 마음으로 창고 선반에서 향 상자를 꺼내, 오른쪽 시야에 들어오는 가사실은 쳐다보지도 않고 설계실로 돌아갔다. 도면 위를 달리는 연필 소리만이 가득했다. 보이지 않는 선이 잇달아 태어난다. 주저도 망설임도 없는 선. 일층의 마리코와 이층의 내가 아무한테도 말하지 않았던 사실을 여러 개의 연필선이 곧장 손가락질하면서 비난하는 것 같았다. 연필을 쓰지 않고 있는 유키코만이 얼굴을 들고 웃는 얼굴로 나를 보았다. 사사이 씨 말이 떠올라서 나는 눈길을 떨어뜨렸다.

향에 불을 붙이고 실험을 시작한다. 연필과 자를 놓는 소리가 나더니 다른 사람들도 모여든다. 미니어처 책이 빽빽이 늘어선 책장 위쪽 공간으로 향 연기가 빨려들어간다. 위쪽 단보다 아래쪽 단의 흡입력이 크다. 유키코는 모형에서 조금 떨어져서 연기의 흐름을 몸을 숙이듯이 하고 보고 있다. 모인 연기가 배기 파이프 끝에서 나와 선생님이 애용하시는 향내가 주위에 떠돈다. 등을 맞대어놓은 두 책장 간격을 떼면 연기를 빨아들이는 힘이 떨어지고, 바닥에 설치한 배기 그릴 폭 빠듯하게 간격을 좁히면 흡입력 속도가 가장 빨랐다. 난로에 장작을 어떻게 쌓아놓느냐에 따라 불꽃 세기가 바뀐다고 선생님이 가르쳐준 대로였다. 장작도, 책장도, 사람도 적당히 가까울 때 기세가 오르고 바람이 일어난다.

"이것 괜찮을 것 같은데." 실험을 보고 있던 우치다 씨가 말했다. "선생님한테는 자네가 직접 말씀드려."

소장실에 가서 선생님께 아이디어를 구두로 설명하고 나서, 스케치 레벨의 도면을 보여드렸다. "모형도 만들어두었으니까, 아무 때라도 보실 수 있습니다."

선생님은 씁쓸한 얼굴을 하고 있었다. "스태킹 체어 도면은 어떻게 되어가고 있지?"

나는 몸이 굳어져서 말했다. "죄송합니다. 이제 곧 보여드릴 수 있을 겁니다."

"늦잖아. 뭐가 문젠가?"

좌면과 다리 각도가 잘 안 된다고 답했다.

"그게 자네 혼자 결정할 일인가? 왜 보이고 의논하려고 하지 않는 거야?" 엄한 목소리였다.

"죄송합니다."

"고객이 있고, 기일이 있어. 건축가의 일이란 그런 거야."

"네."

선생님은 노안경을 벗고 내 얼굴을 물끄러미 봤다.

"한 점의 틈도 그늘도 없는 완벽한 건축 같은 건 존재하지 않아. 그런 것은 아무도 못 만들어. 언제까지나 주물럭대면서 상대방을 기다리게 할 만한 것이 자신한테 있는지, 그렇게 자문하면서 설계해야 한다네."

지금의 나한테 누군가를 기다리게 할 만한 것이 있을 리 없다.

"고객이 시키는 대로, 납기를 지키기 위해서 일하라는 건 물론 아닐세. 만일 고객이 불평하거나 변경해달라고 했을 때 마감이 임박할 때까지 주물럭거리고 있으면 어떻게 되겠어? 자네가 잘못한 경우도 있을 수 있어. 그런 만일의 경우를 위해서라도 늘 시간은 봐둬야 하네. 그런 의미에서 건축은 예술이 아니야. 현실 그 자체지." 선생님은 양쪽 손가락으로 눈 위를 꾹 누르고 나서 다시 말했다. "설계사무소가 있는 것은 한정된 시간을 사람 수로 늘리기 위해서이기도 해. 혼자 하면 하루 걸릴 일이 둘이 하면 반나절이면 끝나지. 도서관 설계 같은 것은 나 혼자 하다가는 오 년이 지나도 안 끝나. 내가 자네들한테 맡기는 것도, 자네들이 나한테 맡기는 것도 협동이라는 거지. 제자니 보스니 하는 상하 관계하고는 별개야. 신뢰지, 그렇지 않으면 같이 일할 수 없어."

나는 얼굴을 들 수가 없어서 선생님 손이 놓여 있는 오래된 책상의 세련되고 윤기 나는 나뭇결을 가만히 보고 있었다.

"눈을 내리깔 건 없어."

"네."

선생님은 엄격한 얼굴을 풀고 어색하게 웃으려고 했다. 눈에는 이미 노기는 없어지고 어느 틈엔지 부끄러워하는 듯한 기색이 있었다.

"그럼, 실험을 좀 볼까?"

노안경을 다시 쓰고 선생님이 일어섰다.

선생님이 온화한 목소리로 지적한 포인트는 하나하나가 명료했다.

아랫단 쪽 흡입력이 강한 것은 먼지나 습기가 아래에 고이니까 오히려 좋다. 책장은 개량의 여지가 있다. 책이 없는 상태에서도 책장은 아름다워야 한다. 위아래가 뚫린 웨스턴 도어 같은 등판은 보기에도 불안정하고 싸구려 시공같이 보인다. 등판을 상중하 세 장으로 나누어 가운데 등판만 앞으로 좀 끌어낸 뒤 상하 등판 사이에 틈을 만들면 어떻겠는가. 정면에서 보면 구멍 같은 틈새는 보이지 않을 것이고, 등판에 구멍이 생기면 난로하고 똑같은 속도가 생긴다. 공기를 빨아내는 힘도 강해질 것이다. 그런 방향으로 다시 한 번 연구해주면 좋겠다.

선생님은 설명하면서 그린 스케치를 나에게 건넸다.

"어디에서 배기하게 만드는가는 중요한 문제지. 보통은 천장이나 대들보 부근에 배치해서 끝내지만, 바닥에서 배기하는 것은 실용성도 높고, 잘 연구하면 관리보수도 쉬워지지. 게다가 이번 플랜은 공기 흐름에 또 다른 역할을 맡기려는 거니까 세부까지 꼼꼼하게 연구해나가면 눈에 거슬리지 않고 거의 소리도 안 나는 좋은 장치가 될 걸세. 이것을 좀더 진행시켜보지. 수고했어. 좋은 제안이었네."

나는 고개를 숙였다. 유키코가 이쪽을 보고 기쁜 얼굴을 하고 있다.

"사카니시 군, 다시 한 번 방에 와주겠나?"

선생님은 그렇게 말하고 소장실을 향해 걸어간다.

소장실 일인용 소파에 앉은 선생님이 나를 올려다보면서 말했다. "후지사와 씨한테 갔었다면서?"

"우치다 씨와 함께 갔었습니다." 나는 진지한 얼굴을 하고 말했다.

"거기 앉게." 선생님이 소파 맞은편에 있는 의자를 가리켰다. "어땠나?"

"집이 너무 커서 깜짝 놀랐습니다. 그러나 부엌을 끼고 남북으로 서재와 침실, 목욕탕과 파우더 룸이 모여 있어서, 넓은 집이지만 여기저기 돌아다닐 필요가 없던데요."

선생님 표정이 문득 부드러워졌다. "낮에는 밭에서 몸을 움직이니까, 집 안에서까지 운동하지 않아도 되겠지. 겨울에는 이층에서 지낼 수 있게 하려고 했지. ……후지사와 씨는 말이 잘 통하는 사람이니까 걱정 없을 거야. 집은 나름 세월이 지나서 관리해야 할 부분이 늘었으니까, 앞으로도 자주 다녀주면 좋겠어. 잘 부탁하네."

나는 "네" 하고 대답했다.

"중앙난방 효율이 나쁘단 말이야. 보일러를 새로 바꾸면 좋겠는데. 올해 할지 말지는 후지사와 씨가 결정할 문제지만."

눈꼬리 부분을 누르면서 모호한 표정을 짓고 있는 선생님한테 나는 계속 마음에 걸렸던 질문을 했다.

"삼층 발코니 말인데요."

"응, 말벌이 또 집을 지었다고 하더군."

"왜 그 발코니를 만드셨죠?"

"왜냐고?" 선생님은 웃더니 생각하는 듯 한참 틈을 두고 말했다. "덴마크의 코펜하겐에는 오래된 시청 청사가 있어. 알고 있나?"

"아닙니다."

"시청 청사라고는 해도, 영어로 말하면 시티 홀인데, 단순한 관공서가 아니야. 100미터가 넘는 탑이 있는, 붉은 벽돌이 인상적인 훌륭한 건물이야. 코펜하겐에서는 그것보다 높은 건물은 지을 수 없다는 규제가 있으니까, 도시의 심벌이 되었지. 지금 보면 중세 덴마크 건축 양식을 따른, 보기에도 북유럽 건축으로 보일지 모르지. 마르틴 뉘로프가 설계했고 1905년에 완성했지. 그런데 완성 당시에는 건축계에서 아주 평이 나빴다고 하더군." 선생님은 손바닥으로 턱을 문질렀다. "전통적인 양식과 동떨어진 것이었거든. 예컨대 옆에서 보면 잘 모르지만, 상공에서 보면 일목요연, 커다란 유리 지붕이 덮여 있어. 그러니까 밖에서 본 인상하고 달리 안은 밝아. 유리 지붕은 비가 새지 않게 한쪽으로 급경사가 되어 있지. 내부에는 수공업적인 장치가 잔뜩 있고 목재, 벽돌, 화강암, 철골까지 소재의 맛을 그대로 살려서 사용하고 있어. 말하자면 하고 싶은 대로 마음껏 한 거야."

선생님이 우습다는 듯이 웃었다.

"의자도 처음부터 앉았을 때의 편안함을 중시해서 디자인했지. 종래의 장식적이고 양식적인 의자는 일절 쓰지 않았어. 그때의 뉘로프의 디자인이 북유럽 의자를 전통적인 틀에서 해방시켜 하나의 새 흐름을 만든 거야. 당시의 건축가에게는 아카데믹하게 전통을 존중한 양식이 올바른 것이었지만, 뉘로프는 현장에서 생각하는 장인 기질이 농후한 건축가였던 거지. 그게 이제는 평판이 나쁘기는커녕, 코펜하겐의 심벌이 되었어. 뉘로프가 노리던 것이 시간을 들여 침투된 것이지. 시민들은 청사에서 결혼식을 올리고, 덴마크의 왕자나 왕녀가 결혼할 때도 식전에 먼저 시청 청사에서 시민의 축복을 받아. 그 광장이 너무 넓지도 좁지도 않아 시청 청사의 볼륨과의 비율이 아주 좋거든. 유럽의 광장이라는 것은 일본에는 없는 개념이지. 어디에서나 자유롭게 드나들 수가 있어. 도시의 일부지 특별한 장소가 아니야. 나라나 왕실이 준비한 것도 아니고. 광장에 서면 여기는 누구의 것도 아닌 장소라고 느끼게 돼. 그러니까 혁명이 일어나면 언제라도 집회장이 될 수 있는 거지. 즉 광장은 시민의 것인 거야. 일본인은 광장을 가지려고 생각한 적도 없고 앞으로도 아마 없겠지."

옆길로 샌 자기 이야기를 되돌리듯이 선생님이 소파에 고쳐 앉았다.

"광장을 내려다보는 시청 청사 삼층 중앙부에 만든 아치 형태의 나무문이 밖으로 열리면 작은 발코니에 왕실 사람들이 모습을 나타내지. 모여든 시민들에게 손을 흔들어서 화답해. 음, 그렇지. 뻐꾸기시계를 상상하면 되겠네. 그게 진짜 작은 발코니거든."

선생님이 오른손에 든 연필을 천천히 움직이면서 왼쪽 엄지 손가락에 가볍게 갖다댔다.

"발코니가 그런 식으로 사용된다는 것을 그 시청 청사에서 처음 본 것 같았어. 후지사와 씨의 발코니가 그거야. 그 집의 경우는 꽃에 인사하기 위해서 설계한 것이지만." 선생님이 웃었다. "뭐 그건 농담이지만, 꽃밭을 한눈에 볼 수 있는 장소가 그 집에는 꼭 있었으면 했고, 볼륨이 있는 집이니까 어딘가 한구석 애교스러운 곳이 있으면 좋겠다 싶었지. 이번에 사람이 서 있을 때 발코니를 꽃밭에서 올려다봐. 아주 재미있네. 사람은 멀리서 보면 정말 콩알만 하지. 큰 집을 배경으로 하면 한층 더 덧없을 만큼 작아 보이거든."

무언가 떠올린 듯 선생님의 말이 잠시 끊겼다.

"발코니에 나가는 것은 말벌 집이 없어진 뒤에 해야겠지."

"구제하지 않으면 안 되겠죠?"

"아니, 서두를 필요 없을 거야. 가을이 깊어지고 겨울이 되면 어차피 말벌은 벌집에서 나가. 일상적으로 위험하지 않다면 추워지는 것을 기다렸다가, 빈집이 된 벌집을 없애는 것이 효율적이지. 후지사와 씨와 잘 의논해보게."

선생님은 일반 고객 중 한 사람처럼 후지사와 씨 얘기를 했다. 마리코 이야기를 꺼내려는 기척은 전혀 없었다.

우리는 밤늦게까지 설계실에 남아서 스태킹 체어 도면을 완성하고, 다음 날 아침 산책에서 돌아온 선생님께 보여드렸다. 그 자리에서 몇 가지 수정 지시가 있었고, 오전 내내 도면을 새로 고치자, 다시 수정해야 할 부분을 지적받았다. 저녁나절까지 걸려서 다시 그린 도면을 선생님은 한참 보고 나서 말했다. "이거면 되겠네. 도서관이 결정되면 이것으로 하지."

실현되기만 하면 이것이 내가 담당한 첫 의자가 된다. 나는 청사진을 한 세트 여분으로 만들어 방으로 갖고 갔다. 선생님께 야단맞은 것, 인정받은 것. 이 청사진을 보면 싫든 좋든 그 양쪽 모두를 떠올리게 될 것이다.

책장에 관한 과제는 그밖에도 있었다. 한 단의 높이를 몇 종류로 나눌 것인지, 즉 사륙판이라고 불리는 보통 사이즈의 책과, 그 외의 크고 작은 책을 어느 정도의 비율로 상정하여 책장을 준비해야 할 것인가 하는 일이었다. 가루이자와 시립도서관에 틀어박혀서 책 판형과 간행년도를 대조하면서 조사해봤더니, 판형의 베리에이션이 매년 줄고 있는 경향이 분명하게 나타났다. 큰 판형의 곽에 넣는 책은 전집류 말고는 1970년대 후반부터 격감하였고, 정방형 같은 변형판도, 조금 큰 국판도, 핸디한 작은 B6판도 감소하고 있었다. 크로스 장정이나 금박을 칠한, 정말 손이 많이 간 느낌의 장정은 앞으로는 더 줄어들 것으로 예상된다.

책장을 떼었다 끼웠다 할 수 있게 하고 높낮이를 조정할 수 있게 하면, 선반이 남거나 모자라거나 해서 결국은 쓸모없는 공간이 생긴다. 도서관의 길고 큰 책장도 무작위로 흐트러지게 되니까 안정감이 없어진다. 선생님은 "도립대 때도 그랬지만 이번에도 선반은 고정하는 편이 좋을 거야, 고정해도 책장의 쓸모없는 공간을 적게 할 배분 방법이 있을 테니까 그걸 연구해주기 바라네"라는 주문이 있었다. 그것을 아직 시작도 하지 못하고 있다.

노미야 씨 독서대는 이제 곧 완성될 만큼 진척되어 있었다. 하치가다케의 다가와 씨에게 독서대 설계도를 보내고, 디테일에 관하여 몇 번 전화로 의논했다. 현대도서관 열람실에서 독서대를 어떻게 쓸 것인가는 실물이 도착하면 선생님과 검토하기로 되어 있었다.

다가와 씨에게 연락할 때는 마리코가 있는 가사실 전화를 썼다. 마리코는 내가 들어가도 미소를 보이지 않았다. 마지막으로 둘만 같이 있었던 것이 벌써 사흘 전이다. 밭의 채소가 많이 쌓여서 장 보러 가는 것을 한 번 쉬었기 때문이다. 서서 수화기를 쥐고 있으면, 마리코 쪽에서 풍겨오는 향내가 코에 닿아서 나는 안절부절못하게 된다. 머리카락과 피부 감촉이 바로 되살아난다.

"다음 주까지 졸참나무 독서대를 먼저 보낼게." 다가와 씨가 전화 너머에서 말했다.

나는 "감사합니다, 살았어요" 하고 말하면서 내가 거의 건성으로 대답하고 있음을 느꼈다.

마리코는 전화를 끝낸 나를 돌아보고 말했다. "전혀 쓸데없는 이야기는 안 하네. 안녕하십니까, 라든가 그쪽 날씨는 어떻습니까, 라든가."

"실례가 됐을까?" 하고 묻자, "아휴, 애교 없는 건 선생님이랑 똑같아" 하고 말하면서 긴 머리카락을 뒤로 넘긴다. 마리코의 귀가 나타났다. 대화의 이음새를 잃은 나는 "아, 그런가?" 하고 입 안에서 중얼거렸다.

일층에는 나와 마리코 말고는 아무도 없었다. 손을 뻗으면 바로 닿을 곳에 마리코가 있었다. 그래서 오히려 예전처럼 "전화

잘 썼어요"라고만 말했다. 사실은 주말에 어떻게 할지 얘기하고 싶었는데 그 말이 안 나왔다. 마리코도 "천만에요"라고만 하고 잠자코 있다. 이것도 틀림없이 애교 없는 행동일 거라고 생각하면서, 마음하고는 달리 가사실에서 나와 옆에 있는 부엌으로 가 냉장고의 토마토 주스를 컵에 따랐다. 까만 후추를 갈아서 집어넣고, 숨도 안 쉬고 꿀꺽꿀꺽 마셨다. 컵을 씻고 닦으면서 가사실 쪽을 돌아보니, 마리코가 책상 위에 겹친 양팔에 머리를 올려놓고 저쪽으로 얼굴을 돌리고 있다. 내린 커튼처럼 부드러운 머리카락이 이쪽으로 흐르고 있었다. 말을 걸지 못한 채 부엌을 나와서 설계실로 돌아갔다.

저녁때도 마리코는 조용했다. 얼마 전부터 우치다 씨도 말수가 적어져서 식탁은 툭하면 대화가 끊겼다. 선생님이 갑자기 말했다. 유리창 공사를 마친 야마구치 겐이치로 씨 별장에 빈집털이가 두 번 다시 들어갈 엄두를 못 내게 산초나무를 심으면 어떨까 하는 이야기였다. 여름 별장 뒷마당에 산초나무가 다섯 그루 늘어서 있었다. 산초나무 한 그루에서 떨어진 씨가 번식한 것 같았다. 2미터 정도의 높이였는데, 잎사귀도 울창해서 이웃집 단풍철쭉을 덮을 만큼 자라 있었다. 초록색 열매가 넘칠 만큼 많이 달려 가까이 가기만 해도 좋은 냄새가 난다. 그러나 반소매를 입고 손을 뻗으면, 무섭게 딱딱하고 날카로운 가시에 얼마나 혼나는지 모른다. 분명히 효과는 있을 것 같지만 지금 바로 옮기는 제안에는 유키코가 반대했다.

"산초나무를 옮겨 심기에는 좀 늦었어요. 사실은 장마철이 좋지만 이제부터 옮겨 심으려면 가을이 되어야 해요."

"그래? 그러면 가을이 되고 나서 우리 집 산초나무 두 그루를 야마구치 씨 댁으로 옮기기로 하지. 그럼 됐나?" 선생님이 유키코 얼굴을 보았다.

"네, 저도 거들겠습니다."

유키코는 밝은 미소로 대답하고 나서 그대로 사사이 씨와 산초 열매를 딸 의논을 시작한다. 삶아서 냉동하기도 하고, 장아찌를 만들기도 하고, 두 사람은 매년 산초나무 열매 따는 것을 즐거움으로 삼는 것 같았다. 나를 산초 열매 따는데 부르지 않는 두 사람의 대화를 뭔지 모르게 거북한 마음으로 듣고 있었다. 마리코는 어떻게 하고 있나 쳐다보자, 모른 척 펜네 아라비아타를 먹고 있었다.

얼마 전에 나는 50시시 바이크를 샀다. 앞으로는 혼자 후지사와 기누코 씨네 집에 갈 일도 있을 것이고, 근처에 나갈 때도 편리할 거 같다고 의논하자, 우치다 씨가 "50시시는 두 사람은 못 타" 하고 내 눈을 보면서 말했다.

"혼자 타면 돼요. 그저 언덕을 올라가고 내려오는 마력만 있으면 돼요."

그러자 우치다 씨는 가루이자와에 있는 중고 바이크 판매점을 소개해주었다. 합리적이고, 고장 났을 때도 잘해주고, 오랜 거래를 전제로 판매하니까 믿을 수 있다고 했다. 나는 저녁에 일이 일단 마무리되자 버스를 타고 가서 문 닫기 직전의 가게에 뛰어 들어가, 주인이 권하는 대로 빨간 바이크를 주저하지 않고 샀다. 이러면 주말에 구가루이자와의 마리코의 집에 가도 한밤중이든 새벽이든 시간에 신경쓰지 않고 여름 별장으로 돌아올 수 있다. 노선버스가 달리는 길은 군데군데 다나자카 경철도 선로와 겹친다고 이구치 씨가 말했다. 경철도는 가능한 한 고저차를 피하기 위해 빙 돌아서 천천히 달리니까 50시시 바이크로도 무리 없이 달릴 수 있을 거라고 나는 생각했다.

등록을 마친 바이크를 가지러 가는 날, 우치다 씨가 "이거 안 쓴 거야"라며 바이크보다 비쌀 것 같은 중고 영국제 헬멧과 고글을 선물로 주었다. 나는 그것을 쓰고, 빨간 50시시 바이크를 타고 아사마 산을 정면으로 봤다 옆으로 봤다 하면서 차로 다니는 시간의 두 배 가까운 시간을 들여 여름 별장으로 돌아왔다.

저녁식사 후 마리코가 일찌감치 자기 방으로 들어간 뒤, 한밤중에 서고 문 밑으로 어느 틈엔지 작은 봉투가 들이밀어 있었다. 마리코한테서 온 것이었다. 카드에는 '토요일과 일요일 같이 있을 수 있어? Mariko'라고만 쓰여 있었다. 부드럽고 두툼한 카드를 열었을 때, 마리코의 오 드 투알레트 향기가 희미하게 풍겼다.

8월 마지막 토요일 아침, 나는 유키코하고 둘이서 아침식사 준비를 하고 있었다. 공기도 건조하고 아사마 산이 한층 더 선명하게 보이기 시작하고 있었다. 실외 온도계를 보니까 눈금이 12도를 가리키고 있었다.

간단한 메뉴를 혼자 준비할 생각이었는데, 유키코가 해시 브라운 포테이토를 만들겠다고 도중에 부엌에 들어왔다. 많이 빨아서 부드러워진 블루 티셔츠에 초콜릿브라운 카디건을 입은 유키코는 기분 좋게 부엌 안에서 척척 움직였다.

프라이팬에서 노릇노릇하게 구워진 해시 브라운 포테이토를 접시에 올려놓으면서 유키코가 "아!" 하고 소리쳤다. 시선을 좇으니까 뒷마당의 산초나무가 이상하게 시끄럽다. 산비둘기가 세 마리, 산초나무에 앉아 있다. 가시가 다리에 닿는지 푸득푸득 날갯짓을 되풀이하면서 계속 위치를 바꾸고 엉거주춤한 자세로 목을 빼듯이 하며 파란 열매를 쫀다. 열심인데 어딘지 모르게 우스꽝스러운 움직임이었다. 커피콩을 갈던 손을 멈추고 내가 말했다.

"괜찮아요? 먹어치워도?"

아침식사 뒤에 산초 열매를 수확할 예정이었다.

"많으니까 먹고 싶은 만큼 먹으래. 호랑나비도 산초 잎사귀를 굉장히 좋아하고, 저렇게 가시에 찔리면서도 너무 맛있으니까 못 참겠나봐."

산비둘기는 올가미에 걸린 것처럼 몸을 기우뚱하게 한 채 어색한 모습으로 잇달아 열매를 쪼고 있다.

"아픈가봐. 아픈데도 먹고 싶은 게지."

유키코는 우스워하면서도 연민이 섞인 목소리로 그렇게 말했다. 가시를 피해 날갯짓을 하다가는 멈추고, 멈췄다가는 다시 날갯짓을 해서 가지를 옮겨가는 산비둘기를 보고 있는 동안에 나는 내 자신을 보고 있는 것같이 느끼기 시작했다. 마리코와 만나려고 이제야 일부러 50시시 바이크를 산 것은 정말 웃기는 짓이다. 그렇다고 자기 행동을 외부의 시선으로 보고 고칠 여유는 없었다. 식사가 끝나면 바이크를 타고 시내에 나가 어젯밤에 구가루이자와에 돌아와 있을 마리코랑 일요일 저녁까지 보내기로 되어 있었다.

"굿모닝."

우치다 씨가 식당에 들어왔다. 산비둘기들은 놀란 듯이 일제히 날아갔다. 산초나무가 흔들리다 금방 조용해진다. 테이블에 앉은 사람은 나, 우치다 씨, 사사이 씨, 유키코, 네 사람뿐이었다. 여름 별장에 오고 나서 이렇게 적은 인원이 테이블에 앉은 것은 처음이었다.

"해시 브라운 포테이토 냄새에 잠이 깼어." 우치다 씨는 모처럼 기쁜 얼굴이었다.

"어머 잘됐네요." 유키코가 말한다.

가와라자키 씨와 고바야시 씨, 이구치 씨는 월요일까지 기타아오야마 사무소에 가 있다. 선생님도 어제저녁부터 외출중이다. 후지사와 씨의 농장에 있을 것이다.

조용한 아침식사가 끝나고 두 잔째 커피를 마시고 있을 때, "이 멤버니까 말해두겠는데" 하고 우치다 씨가 새삼스럽게 말하고 살짝 등줄기를 폈다. 웃어 보이려고 하지만 표정이 딱딱하다.

"갑작스럽지만 이 도서관 프로젝트가 끝나면, 사무소를 그만두기로 했어요."

유키코의 얼굴이 순간 어두워졌다. 사사이 씨가 놀란 얼굴로 말했다.

"독립한다는 얘기인가?"

"응. 그렇긴 하지만 아직 아무것도 결정된 것은 없어요."

유키코가 말한다. "도서관 경합에서 일등을 하면 준공까지 계시는 거지요?"

"그렇게 되면 물론 그러고 싶지만."

"그럼 아직 한참 같이 일할 수 있겠네."

사사이 씨는 밝은 목소리를 내려고 애쓰는 것 같았다. 표정을 바꾸지 않고 자리에서 일어선 우치다 씨는 주전자에 물을 부으면서 등진 채 말을 계속했다.

"글쎄, 어떨지. 선생님의 플랜이 정당하게 평가받기만 하면 실현해야 할 최선의 플랜인 것만은 틀림없어. 그렇지만 선정위원회에는 또 다른 역학이 작용하니까 말이야."

우치다 씨가 사무실을 그만둔다는 이야기는 아직 선생님한테밖에 하지 않았다. 이구치 씨는 알고 있겠지만, 당분간은 네 사람만 알고 있으면 좋겠다고 했다. 마리코에 대해 언급하지 않는 것은 그다지 부자연스러운 일이 아닐지도 모른다. 그래도 나는 마리코의 이름을 입에 담고 싶어 하지 않는 우치다 씨의 완강함을 힐끗 본 것처럼 느꼈다. 이야기하고 있는 동안 우치다 씨는 한 번도 나를 보지 않았다.

청소를 마치고 나서 나갈 채비를 했다. 가루이자와에 있는 친구 별장에 간다고 해두었다. 차고에 넣어둔 빨간 바이크를 타고 우치다 씨가 준 헬멧과 고글을 썼다. 50시시짜리 바이크하고 어울리지 않는 차림이 지금의 나에게는 맞는다.

시동을 건다. 빈센트 블랙 섀도의 백분의 일도 되지 않는 가벼운 울림, 천천히 움직이면서 등 뒤의 큰 계수나무 좀더 뒤쪽으로 보이지 않는 우치다 씨의 기척을 느끼고 있었다. 나는 무언가를 떼어내듯이 액셀 그립을 좀더 깊이 돌렸다.

저녁이 되어 있었다.

거실의 레코드 선반에는 오래된 앨범들이 늘어서 있었다.

"젊은 시절의 선생님도 계셔."

한 권을 꺼내 양손에 들자, 마리코가 내 옆에 앉아 소파 뒤에 있는 르클린트의 플로어 램프를 켰다. 밖은 아직 밝았지만 앨범이 있는 쪽은 정원에 면한 유리창에서 제일 먼 어슴푸레한 어둠 속에 있었다. 넉넉하고 커다란 둥근 빛의 원이 퍼지며 앨범을 들고 있는 손을 비춘다. 마리코와 나는 같은 빛 안에 있다.

앨범을 넘기자 오래된 사진 냄새가 피어오른다. 대지台紙 위에 주의 깊게 배열한 흑백사진 네 귀퉁이를 작은 삼각형 코너로 붙여두었다. 첫 페이지 중앙에는 아사마 산을 배경으로 한 가족사진이 있었다. 한가운데 서 있는 여자아이는 티롤모를 쓰고, 긴소매 셔츠에 니커보커스, 단단한 등산화를 신고 있다. 부모도 등산복 차림이다. 여자아이는 조금 눈이 부신 것 같다. 희미한 웃음에는 의기양양한 표정도 비친다. 사진 아래에 '1962년 8월 5일 아사마 가쿠레 산에서 마리코의 첫 등정'이라고 파란색 만년필로 쓰여 있다. 아버지 글씨일 것이다. 아버지는 분명히 선생님하고 닮았지만 표정이 좀더 부드럽다. 선생님보다 눈썹 사이가 멀고 이마도 넓다. 편한 농담이 금방이라도 튀어나올 것 같은 입매였다. 어머니의 등산복 차림은 어딘지 꿔다놓은 보릿자루 같고 피곤해서인지 미소가 딱딱해 보인다.

"이때는 정말 죽을 것 같았지만, 아버지가 계속 '굉장하네 마리코, 이제 조금만 더 가면 되니까 힘내'라고 부추겨서 올라갔어. 정상에서 등산 배낭을 내린 순간, 갑자기 몸에서 무게가 사라지고 바람에 날아갈 것 같았던 기억이 나."

앨범 속에 있는 초등학교 1학년생 정도의 마리코는 가는 나뭇가지처럼 연약했다. 그렇지만 자기 팔이 가늘다든가 굵다든가 하는 생각은 하지도 않는 얼굴이었다. 관심이 자기가 아니라 밖으로, 밖으로 향하는 어린아이의 눈이었다. 계류 곁에 쪼그리고 앉아서 물이 흐르는 것을 보고 있는 마리코. 단풍잎을 한쪽 눈에 대고 앞니가 빠진 입으로 웃고 있는 마리코. 만페이 호텔 식당에서 외출복 차림의 사진도 있었다. 빗으로 앞머리를 단정하게 빗고 부모가 입혀준 옷을 고분고분하게 입고 있다. 또 한 권, 오래된 앨범의 첫 페이지에는 별장이 늘어서 있는 낙엽송 가운데 길을 저쪽으로 뛰어가는 뒷모습이 있었다. 뛰는 기세에 윤곽이 흔들려서 찍혀 있다.

"여기가 어디인지 알겠어?" 마리코가 앨범을 내 무릎 쪽으로 조금 밀면서 말했다. 덜 마른 머리칼 끝이 팔에 닿는다.

"가루이자와 아니야?"

"아니, 아오쿠리 마을."

깜짝 놀라서 사진에 얼굴을 가까이 댔더니 확실히 포장이 안 되어 있는 도로 분위기가 구가루이자와하고 달리 시원시원하고 넓다. 다음 페이지에는 아오쿠리 마을에 체재중이던 가족사진이 꼼꼼하게 배열되어 붙어 있었다. 오래된 건물은 그 모습으로 바로 기차 역사인 것을 알 수 있었다. '개찰구'라는 글자가 오른쪽에서 왼쪽으로 쓰여 있다. 그 하얀 글자 훨씬 밑에 아직 유치원에도 안 들어갔을 어린 소녀가 뭔가 불안한 표정으로 개찰구에 기대듯이 서서 무언가를 이상한 듯이 올려다보고 있다. 옷깃에 수가 놓여 있는 하얀 블라우스에 체크무늬 스커트, 까만 스트랩슈즈. 머리는 단발로 잘랐고, 볼이 토실토실하다. 다나자카 경철도의 기타아사마 역 구내일 것이다. 선로하고의 단차가 거의 없는 간단한 플랫폼에 한 량뿐인 객차가 서 있다. 마리코네 가족을 기타아사마에서 내려주고 계속 구사쓰로 향하려는 것일까. 하늘풍뎅이라는 애칭으로 불리던 전기기관차는 팬터그래프를 빼면 객차의 반도 되지 않는 크기다.

역사驛舍를 나온 지점에서 웃는 얼굴의 선생님이 마리코를 안아 올리고 카메라를 보고 있는 사진도 있다. 하얀 노타이 차림의 선생님은 지금보다 훨씬 마르고, 머리도 짧고, 날카로워 보였다.

앨범에는 거기에서부터 여름 별장에서 찍은 사진이 죽 붙어 있었다. 어린 마리코가 여름 별장 앞에 있는 계수나무 아래 서 있다. 계수나무는 높이가 지금의 반밖에 되지 않는다. 줄기도 가늘다. 눈에 익은 계단 난간을 겨우 손을 뻗어서 붙잡은 마리코가 혼자 내려오는 사진이 있다. 통통한 어린 맨발. 뒷마당에서 찍은 선생님과 마리코네 식구의 사진에는 허약한 청년이 같은 간격으로 정렬하고 있는 것 같은 수령이 어린 나무 숲 너머에 아사마 산의 실루엣이 희미하게 보인다. 사람도 경치도 희미하고, 미덥지 못하고, 어딘지 덧없어 보인다.

이십 년 정도 전의 여름 별장 뒷마당에는 이름 모를 서양 꽃이 넘치고 있었다. 후지사와 기누코 씨 농장에도 비슷한 꽃이 있었던 것 같지만, 기억 속에서 찾아보려고 해도 상이 맺히지 않는다. 흑백사진으로 찍힌 꽃밭 주변은 지금은 벤치가 놓여 있고 꽃밭 흔적은 아무 데에도 남아 있지 않다. 어느 사진이나 그저 조용하다. 소리도, 냄새도, 바람의 방향도 알 수 없다. 검은개똥지빠귀와 박새가 지저귀는 소리도 안 들린다.

"지금하고는 분위기가 많이 다르네."

"아직 오십대이시니까."

"아니, 선생님 말고, 아오쿠리 마을의 모습이 말이야. 왠지 젊어 보여."

마리코가 납득한 듯이 말했다. "전에는 좀더 하늘이 넓고 통풍도 좋았고 햇살도 밝았어."

옆얼굴을 클로즈업한 사진도 몇 장 있다. 아버지가 예쁘다고 자주 찍은 각도일 것이다. 어린 마리코의, 눈앞의 무언가를 열심히 보고 있는 옆얼굴에는 지금과 연결되는 표정이 있었다.

"이거, 뭘 보고 있는 거야?"

"기억할 리 없잖아." 마리코가 웃었다.

어느 틈엔지 주변이 완전히 어두워져 있었다. 방충망에 하얀 나방이 부딪혔다가 떨어져나간다. 밖에서 들어오는 밤공기가 차다.

우리는 부엌에 가서 마리코가 준비해놓은 호박 수프를 데우고 채소 초절임과 삭힌 두부를 테이블에 차렸다. 큰 접시에 둥글게 늘어선 만두를 쪘다. 초승달 모양의 만두 주름이 예뻤다. 찐 만두를 맛있다, 맛있다 하면서 먹고 있는 나를 보면서, 마리코는 여름 별장에서 보냈던 어렸을 때의 기억을 하나씩 꺼내서는 손바닥 위에서 확인하듯이 이야기를 이어갔다. 이구치 씨가 아오쿠리 마을의 옛날이야기를 할 때에는 좀처럼 말을 하지 않고 듣기만 하던 마리코였기 때문에 거의가 다 처음 듣는 이야기였다.

구가루이자와에서는 어른의 교제가 우선이고 애들은 덤같이 다루어졌지만, 아오쿠리 마을에서는 아이들 세계가 제대로 따로 있었다. 유치원 때부터 아는 친구가 여러 명 있어서 구가루이자와에서 지내기보다 아오쿠리 마을에서 보내는 여름방학이 훨씬 재미있었다.

부모와 함께 소아사마 산에도 올라갔다. 마을을 흐르는 나가이 강물은 언제나 차가웠다. 반딧불이 연못에서 보트 젓는 법도 배우고, 연못 주변을 일주하는 도깨비대회에도 참가했다. 길바닥에 놓인 작은 등롱을 표적으로 중간중간에 있는 별장 우체통에서 테니스공을 꺼내 네 개 모으면 스타트라인에 돌아온다. 그것이 룰이었다. 가을의 아오쿠리 마을도 즐거웠다. 클럽하우스가 있는 그라운드 옆에 커다란 밤나무가 있어서 광주리 가득 주워오기도 했다. 겨울이 되면 반딧불이 연못에서 스케이트를 타고, 선생님과 스태프들이 만들어준 어린이용 스틱과 떡갈나무를 무두질한 가죽으로 감싼 팩을 써서 아이스하키 흉내도 냈다.

마리코는 아오쿠리 마을이 해가 갈수록 쓸쓸해지는 것을 어쩔 수 없는 일이라고 생각하는 것 같았다.

"시골을 싫어하는 엄마는 훨씬 전부터 안 왔지만, 나도 고등학생이 됐을 쯤부터는 거의 안 오게 되었으니까."

1세대인 별장 주인들이 늙어가면서 먼 별장에 오기를 귀찮아하기 시작했고, 한편 아이들은 부모처럼 퇴색한 세상을 벗어나, 새롭고 선명한 세계를 좇게 되었다. 아오쿠리 마을도 그렇게 해서 점차 활기를 잃어갔다.

"나, 노미야 선생님을 여러 번 봤어. 조금도 웃지 않지만 이 사람은 다른 할머니들하고는 다르다고 생각했어."

"이야기한 적은 없어?"

"없어. 아이 같은 것에는 관심이 없었던 것 아닐까? 지금이나 옛날이나. 모임에서 까다롭게 생긴 남자분하고 나란히 앉아 있을 때는 정말 행복해 보였어. 파란 꽃무늬 여름 원피스를 입고 계신 걸 분명히 기억해." 마리코가 우스운 듯이 말을 이었다. "이 사람한테도 팔과 다리가 있구나 생각했어. 늘 기모노를 입고 계시잖아? 게다가 웃고 계셨고. 그것만으로도 다른 사람 같았어."

저녁을 마치고 둘이 설거지를 하고 나자, 마리코가 앰프 스위치를 켜고 턴테이블에 레코드를 올려놓았다. 기타로 연주한 바흐의 전주곡이었다.

"피아노가 아니네." 내가 말했다.

"기타 소리가 좋아."

옆방에는 스타인웨이의 그랜드피아노가 있다. 이제 안 치는 거냐고 묻고 싶었지만 말은 하지 않았다. 우리는 다시 소파에 나란히 앉았다.

낡은 앨범 마지막 권에는 농사지을 때 입는 작업복 차림의 선생님이 경트럭 짐칸에서 잎사귀가 잔뜩 달린 나뭇가지 다발을 한 아름 안고 옮기는 사진이 있었다.

"이게 뭐지?" 내가 사진을 가리켰다.

"뽕잎. 누에 먹이."

"여름 별장에서 누에를 키우던 때?"

"응. 동쪽 일층 창고에 누에시렁이 있었어."

"양잠하던 때 일도 알고 있구나."

"어렸으니까 누에가 뽕잎을 사각사각 먹는 모습을 보는 것이 재밌었어. 그렇지만 기껏해야 이삼 년밖에 안 갔을 거야. 손이 많이 가는 취미 같은 것이니까. 병으로 전멸해서 그것으로 끝."

뽕잎은 후지사와 씨 농장에서 가져온 것일 것이다. 선생님은 이 경트럭으로 농장과 여름 별장 사이를 왕래했는지도 모른다.

마리코가 앨범에서 얼굴을 들고 나한테 말했다. "자기 초등학교 때 이야기를 해줘."

그렇게 말해도 나는 마리코에게 이야기할 만한 특별한 추억이 아무것도 없다.

"새 보러 갔었잖아?"

분명히 노는 날이면 산과 숲에만 갔었다.

여름방학이 되면 산에서 관찰할 수 있는 새 종류도, 참가자 수도 는다. 그렇지만 탐조회가 번잡스러워지면 소란스러움을 싫어해서인지 바로 모습을 보이지 않게 되는 새도 나온다. 그래서 나는 여름방학이 빨리 끝나 여느 때처럼 적은 인원으로 인기척을 줄이고 산을 걸어다니면서 야생 새의 모습과 지저귐을 즐기고 싶다고 생각했다.

"탐조회 말고는?" 마리코가 물었다.

"가족 여행도 갔어. 니시이즈에 해수욕하러 가기도 하고, 요코하마에 있는 사촌 집에 묵으면서 놀기도 하고. 그렇지만 거의 집에 있었던 것 같아. 학교 수영교실에 다니기도 하고, 동네 어린이회에서 수박 깨기 놀이도 하고, 숙제는 뒤로 미뤄두고, 그냥 빈둥빈둥 지냈었어. 아오쿠리 마을에 별장이 있었다면 내 여름방학도 조금은 달라졌겠지만."

마리코는 가만히 내 얼굴을 봤다. 그리고 탁 하고 앨범을 덮어버렸다.

"선생님이 아직 아무 소리 안 하셔?"

그렇게 말하더니 소파에 등을 깊게 묻으며 마리코가 천장을 올려다보았다.

"아니, 아무 말도."

기타로 연주한 바흐의 A면이 끝났다. 주변이 갑자기 조용해졌다. 나는 일어나서 B면에 바늘을 올려놓고 나서 소파에 돌아와 마리코 옆에 앉았다.

"선생님 말씀, 안 했으면 좋았을걸." 마리코는 나를 보지 않고 심드렁하게 말했다.

뭐라고 해야 좋을지 몰라서 나는 잠자코 있었다. 마리코는 내 왼팔에 오른손을 집어넣고 양다리를 자기 가슴으로 잡아끌었다. 다리 움직임에 맞추어 체온을 띤 마리코 냄새가 내 코에 와 닿는다.

"난처하지?"

"아니, 뭐가?"

침묵 사이를 기타 연주가 메워간다.

"어릴 적의 사카니시 군을 만나보고 싶어."

"뭐?"

"같이 산을 걷는 거야. 새가 울잖아? 그러면 사카니시 군이 쇠딱따구리입니다, 큰유리새입니다, 검은개똥지빠귀입니다, 라고 그때마다 가르쳐주는 거야. 쌍안경으로 바로 새가 어디 있는지 찾아내서 "여기예요, 보세요" 하고 건네주고 새가 지저귀는 모습도 보여주는 거지."

"나만 초등학생이고?"

"물론이지. 나는 지금의 나 그대로. 사카니시 군은 얌전한 초등학생이고, 나보다 훨씬 작고, 아무런 사심 없이 나를 소중하게 다뤄주고."

"사심 없이." 나는 웃으며 마리코 팔에 손을 댔다.

"내가 2학년이면 당신은 5학년 아니야? 5학년으로 돌아가서 만나면 되지."

"그럼 그럴까?"

마리코가 우스운 듯이 말하고 내 귀에 코끝을 갖다댔다.

초등학생이던 마리코의 둥근 코랑 볼은 어른이 되면서 어린애다운 지방이 빠지고 콧대와 광대뼈의 예쁜 윤곽이 떠올랐다. 무언가에 마음이 빼앗길 때마다 무방비하게 열렸을 입술도 의지와 감정이 균형을 잡아가자 무리 없이 상큼하게 닫혀져 갔다. 선생님이 가뿐하게 안았던 마리코는 내 팔 안에서 적당한 무게를 지니게 되었다. 물론 어린애였던 마리코가 사라진 것은 아니다. 손바닥에 느껴지는 머리 형태, 손가락 사이로 새는 가는 머리카락, 곧은 등뼈, 둥근 어깨……. 마리코의 형태는 태어났을 때부터 쭉 끊이지 않고 이어지고 있다. 지금 옆에 앉아서 숨을 쉬고, 말하는 마리코가 사랑스러웠다. 성급한 욕망과는 색채가 다른 감정이 내 안에서 자라고 있었다.

마리코의 침실에 벌레 소리가 울려 퍼진다. 서로의 손이 움직이고, 몸이 닿고, 말이 형태를 이루기를 그만둘 때, 닫힌 입이 다시 살짝 열린다. 바닥에 가라앉아서 잠들어 있던 감각이 자극을 받아서 떠오른다. 몇 번을 되풀이해도 싫증나지 않고 좀더 강하고 선명하게 태어나는 이 감각은 어디에서 솟구치는 것일까. 아무리 깊게, 흔들리고, 자기가 사라질 것처럼 느껴도 언젠가는 돌아올 것을 알고 있다. 그것은 이 감각이 사람의 마음속 저 깊이 태어나면서부터 있었던 암흑에 속하는 것이기 때문이 아닐까. 두려워할 필요가 없는 그리운 어둠. 우리는 그 따뜻한 어둠 속으로 서로의 숨결을 확인하고 호흡을 맞추면서 한없이 내려갔다.

21

火山のふもとで

이층 서재의 동쪽 벽지에 위에서 아래로 흐르듯이 번진 것은 틀림없이 비가 샌 얼룩이었다. 선생님이 잠깐 가서 봐달라고 하신 다음 날, 나는 혼자 바이크를 타고 후지사와 씨 농장에 갔다.

“3시까지는 밭에 있을 거니까 일이 있으면 말해줘요.” 현관에서 그렇게 말하고 후지사와 씨는 밭으로 나갔다.

아마도 이 집에서 제일 작은 방일 터인 서재는 문을 빼면 북쪽 벽 전체가 책장으로 차 있었다. 꽃, 식물, 과실나무 도감이나 전문서적, 시집과 소설 등, 일본책과 서양책이 각각 반 정도의 비율로 정연하게 꽂혀 있다. 도감은 한결같이 닳아서 여러 번 꺼내 읽었다는 것을 알 수 있었다. 양봉에 관한 오래된 책도 있다.

책장 귀퉁이에 작은 액자가 놓여 있었다. 흑백사진에는 까만 머리카락을 뒤로 묶은 후지사와 씨와 고등학생 정도의 웃는 여자아이가 같이 찍혀 있었다. 선명한 눈썹의 곡선과 귀 모양이 닮았다. 후지사와 씨가 결혼한 사실도 아이가 있다는 사실도 우치다 씨는 말해주지 않았다.

남향의 유리창을 향한 책상에서는 앉은 채로 사쿠다이라의 경치가 내려다보인다. 결이 고운 참한 나뭇결의 책상은 아마도 단풍나무일 것이다. 작은 사전, 돌 문진, 메트로폴리탄 박물관의 부들 같은 파란색의 돌 펜접시에는 연필과 지우개, 만년필, 오피넬 나이프가 놓여 있었다. 우리가 설계실에서 쓰는 나이프와 같은 것이다. 연필은 스테들러가 아니라 유니였다. 타이틀이 없는 대학 노트 위에 예쁘게 깎은 연지색 연필이 올려져 있었다.

책상 왼쪽 벽에는 얇은 나무틀 유리 케이스에 나비 표본이 담겨 있었다. 농장에서 채집한 나비들일까? 못 보던 모양과 색상의 크고 작은 나비들. 그 옆 벽지에 나무 색소를 머금은 연한 갈색의 비 얼룩이 번져 있다. 주변 벽을 손바닥으로 만져보니 전혀 축축하지 않아서 장기간에 걸친 것은 아니고 오늘이 처음인 것 같았다.

삼층으로 올라갔다. 벽장의 동쪽 벽에는 비가 샌 흔적이 없었다. 선생님한테 들은 순서대로 벽장 천장에 잘 안 보이게 만든 작은 문을 열고, 늘었다 줄었다 하는 사다리를 끌어내려 지붕 밑으로 올라간다. 지붕 밑에는 해치가 있어서 거기에서 지붕으로 나갈 수 있다. 눈높이에 있는 해치에서 사방을 빙 둘러보며 체크한다. 비가 샌 흔적은 없다. 해치에 손을 걸어 지붕으로 나간다. 바람이 얼굴에 닿는다.

지붕에는 북쪽과 가까운 중앙에 굴뚝이 있고 그 외에 계단실 톱라이트가 있다. 경사가 완만한 맞배지붕으로 낙엽으로 막힐 빗물받이는 처음부터 달지 않았기 때문에 비는 서쪽과 동쪽으로 그대로 떨어진다. 처마 밑에 전면에 깔린 아사마 산의 까만 화산석이 보인다.

지붕에 올라가보니까 그렇게 큰 집이라고 생각되지 않았다. 광대한 하늘 아래 주위와 비교할 만한 집이 없기 때문일까. 몸을 굽히고 걸으면서 낙엽송 나뭇잎이 모여서 아연 동판으로 된 지붕을 상하게 하지는 않았는지, 색칠이 벗겨진 곳은 없는지 찬찬이 살펴본다. 지붕은 막 청소한 것처럼 깨끗했다. 서재 위에 가까운 톱라이트는 특히 꼼꼼하게 엎드려서 살펴보았지만 이상한 점은 보이지 않았다.

'옆으로 불어닥치는 태풍의 비는 생각하지도 못한 곳으로 들어와서 비가 새는 경우가 있어. 미늘 판자벽 사이까지 빗물이 들어와서 그것이 모세관현상으로 위로 빨아들여져서 안쪽으로 새기도 해. 안심할 수가 없지.' 선생님이 그렇게 말했었다.

후지사와 씨 저택을 지었을 때쯤은 외벽도 방수와 단열 가공된 것으로 바뀌어 있었을 테고, 벽으로 비가 샜을 가능성은 적다. 그러나 어쨌든 집이란 시간이 지나면 반드시 망가지는 부분이 나온다. 지붕 상태를 보는 한, 비가 들이친 곳은 굴뚝 주변일 것이다. 우리가 여름 별장으로 옮겨왔던 7월 말에 상륙해서 나가노를 통과한 태풍은 옆으로 들이치는 비바람을 이틀에 걸쳐서 불어댔다. 그것이 굴뚝 이음새에서 역류하듯이 들어가 지붕 경사를 따라 흘러내리고는 서재 위쪽에서 갈 곳을 잃고 방으로 샌 게 아닐까? 벽장 벽에 얼룩이 없는 것이 이상했지만, 우선 굴뚝 주변과 만일을 위해서 톱라이트 이음새도 틈을 메우고 한동안 상태를 볼 수밖에 없을 것이다. 선생님한테 보고하여 시공사를 수배하면 내일이라도 작업할 수 있다.

지붕 밑에서 계단으로 내려오자 밭에서 막 돌아온 후지사와 씨가 서 있었다.

"지붕 위는 괜찮아요?"

"아뇨, 굴뚝 주변으로 비가 샜을 가능성이 있어요."

아래 벽장으로 내려가서 사다리를 천장 밑으로 밀어넣었다. 후지사와 씨가 웃는 얼굴로 나를 보았다.

"그게 아니고, 사카니시 군은 지붕 위를 걸어다니는 게 무섭지 않느냐고 물어본 거예요."

"전혀 무섭지 않은 건 아니지만요."

떨어지면 큰일이니까 긴장은 하지만 마음이 자유로워지는 것이 더 크다. 게다가 여기는 일조시간이 길고 적설량이 적은 지역이라 지붕 경사가 완만하니까 미끄러지거나 넘어지지 않으면 떨어질 일이 없다.

"우치다 씨는 고소공포증이 있어서 지붕은 해치에서 목만 내밀고 빙 둘러보는 게 다였거든."

그렇게 말하면서 웃는 후지사와 씨가 "차 끓였으니까 아래층으로 와요"라면서 쓱쓱 아래층으로 내려간다.

테이블 위에 놓인 깊은 푸른색 컵에 홍차를 부으면서 후지사와 씨가 나를 봤다. 사람을 빤히 보는 것에도, 남이 자기를 빤히 보는 것에도 전혀 주저가 없는 사람일 것이다. 피가 이어진 것도 아닐 텐데 마리코와 기질이 어딘가 닮았다.

"내버려두면 말이야, 계속 뻔뻔스럽게 번식하는 꽃이 있어요."

후지사와 씨는 뜬금없이 그렇게 말했다.

경험이 풍부한 원예가의 표정이었다. 아직 두번째 만남인데도 왠지 나는 편안하게 말을 했다.

"환경만 좋으면 식물이란 계속 번식하는 게 아닌가요?"

"환경만 좋으면, 이라는 그런 수동형이 아니에요."

홍차에 우유를 넣는 후지사와 씨 손에는 가는 주름이 있었다. 반지는 하나도 끼고 있지 않았다. 탄력이 있을 듯한 가늘고 긴 손가락은 원예가라기보다 경질硬質의 자유로운 소리를 울리는 피아니스트의 손가락 같았다.

"씨가 떨어져서 정신 차리고 보니 번식해 있었습니다, 라는 그런 느긋한 이야기가 아니고, 옆에 얌전하게 자라고 있는 꽃의 영역까지 다리가 달린 것처럼 계속 파고드는 거예요. 꽃의 얼굴에도 묘한 주장이 있고요."

"주장하는 것은 꽃만인가요? 잎사귀나 줄기, 뿌리는 관여하지 않나요?"

나는 파란 컵에 입을 갖다댔다. 안쪽에 하얀 유약이 발라져 있어서 홍차색이 무척이나 예뻤다.

"그게 재미있는 점인데 뻔뻔한 꽃에 한 해 줄기나 잎사귀는 패기가 없어요. 줄기에 맥이 없거나 잎사귀와 잎사귀 사이가 이상하게 휑하거나 뭔가 전체적으로 감칠맛이 없고 힘이 없지요. 꽃이 에너지를 다 빼어간 것처럼. 큰비라도 내리면 제일 먼저 고개를 숙여버리고, 한 송이만 잘라서 꽃병에 꽂으면 그 순간 의기소침해진 것처럼 생기가 없어지죠. 뻔뻔한 꽃들은 떼를 지어요. 고독에 약하지."

강하게 말하는 것 같은데 듣고 있는 사람으로는 상쾌했다. 나는 나도 모르게 웃었다.

"왜 이런 이야기가 됐지?" 자기가 너무 열심히 이야기하는 것이 우습다는 듯이 후지사와 씨가 웃는 얼굴로 말을 이었다. "사람도 마찬가지잖아요? 자기주장이 강하고 목소리가 큰 사람은 막 퍼지지요. 조용한 사람은 져버려요."

잠시 우리 둘은 가만히 있었다.

"후지사와 씨는 어떤 꽃을 좋아하세요?"

멋대가리 없는 내 질문에 후지사와 씨가 잠시 생각하는 얼굴이 되었다가 대답했다.

"삼색제비꽃이에요. ……팬지가 아니고. 지난번에 봤던 작은 꽃, 기억나요?" 후지사와 씨는 또 무례할 정도로 내 얼굴을 똑바로 봤다. "원예종이 아니고 야생의 1센티미터 될까 말까 한 꽃인데 크기도 이만밖에 안 돼요."

보이지 않는 꽃을 엄지와 검지로 재듯이 꺾어 보인다. 후지사와 씨의 손가락 간격으로 기억이 났다. 잘라낸 식물들을 까만 흙에 쌓아놓은 곁에 보라색과 옅은 등나무색 꽃잎을 가진, 수술 부분이 노란, 아주 작은 꽃이 피어 있었다. "제비꽃의 원종"이라고 후지사와 씨가 말했다. 개가 밟기만 해도 죽어버릴 것같이 가련한 꽃이었다.

"내가 늘 열심히 가꾸는 꽃으로 고르고 싶지만, 비올라 트리컬러는 특별하거든요."

팬지는 19세기가 되고 얼마 안 되어 북유럽의 원예가가 몇 개인가의 제비과 꽃을 교배해서 만든 꽃이다. 비올라 트리컬러는 그 베이스가 되었던 야생 제비꽃으로, 유럽에서는 농지나 황무지에 자생하고 있다. 영어명은 허츠이즈heartsease, 천식이랑 피부병에 듣는 약초로도 알려져 있다. 원예가는 그 효능보다도 꽃의 아름다움에 주목하여 좀더 커다란 색색가지 꽃을 피우게 하고, 군생할 수 있는 생명력을 끌어내려고 잇달아 새 품종을 만들었다. 19세기 중반에는 원종의 몇 배나 되는 크기의 다양한 색깔의 팬지가 유럽 전역에 퍼졌다. 온실이 보급된 것도 그때쯤으로(후지사와 씨는 "19세기는 왜 철과 유리의 시대였잖아요?"라고 했다) 팬지는 호젓하게 피어 있던 야생의 원종에서 멀리 떨어져 큼지막한 관상용 꽃으로 사람들에게 알려지게 된다.

"셰익스피어는 읽은 적 있어요?"

"아뇨, 《베니스의 상인》밖에."

"셰익스피어는 읽어두는 게 좋아요. 건축가든 과학자든 피아니스트든 말이에요." 후지사와 씨가 말했다.

《한여름 밤의 꿈》은 자는 동안에 허츠이즈, 즉 비올라 트리컬러 꽃 즙을 눈두덩에 떨어뜨리면 잠에서 깼을 때 처음 본 사람을 무조건 좋아하게 되는 미약媚藥으로 사용해서 한눈에 반한 사랑이 일으키는 희극을 그린 것이다. 그 장난을 획책한 이가 숲의 요정들이다. 17세기의 관객들은 요정의 작은 손이 따는 비올라 트리컬러 꽃을 확실히 상기하면서 무대를 보고 있었을 것이다.

《햄릿》에서도 햄릿의 애인 오필리아의 무덤 장면에 등장한다.

데이지와 쐐기풀로 짠 화환을 큰 버드나무에 장식하려던 오필리아는 잘못해서 강에 떨어져 목숨을 잃는다. 비탄에 잠긴 오빠가 오필리아 무덤을 향해 '아름답고 때 타지 않은 여동생의 몸'에서 피어날 꽃, 허츠이즈의 이름을 입에 올린다. 모차르트도, 스카를라티도 〈제비꽃〉이라는 가곡을 남겼다.

"유럽 사람에게 이 꽃은 그 무엇인 거겠지요." 후지사와 씨가 말한다.

1950년대 전반, 후지사와 씨는 몇 년간 유럽에 살면서 스위스에서 처음 본 비올라 트리컬러에 마음이 끌려 들이나 공원, 강가를 걸을 때마다 모습을 찾게 되었다. 이윽고 배로 귀국하게 되었을 때 뿌리와 씨를 들고 왔다. 비올라 트리컬러는 그러나 까다로운 꽃이었다. 도쿄의 흙이나 물과는 맞지 않았는지 단 한 개도 뿌리를 내리지 않았다. 별장을 갖게 된 쓰부라노에서 스위스에서의 기억을 더듬어서 양지바른 장소에 씨를 뿌리자, 거의 죽긴 했지만, 극히 몇 개인가 싹을 틔운 것이 있어서 이 년째에는 꽃을 피웠다. 조금씩 늘어가는 것 같더니, 일년생이라 그다음 해에는 뒤를 잇는 꽃이 안 나올 때도 있었다. 다시 수가 줄어들고 반쯤 체념해가던 오 년째, 씨를 뿌리지 않았을 터인 몇 군데에서 동시에 싹이 나고 한여름에 작은 꽃이 핀 것을 봤는데 그때의 기쁨은 지금도 잊히지 않는다.

"야생의 원종은 사람 손이 가는 것을 싫어하는 것 같아요. 모르는 척 좋아하는 장소에서 자기 마음대로 피게 두었더니 전보다 적응이 된 거예요. 우리 농장에서 제멋대로 피는 것은 비올라

트리컬러뿐이야."

후지사와 씨는 비가 왜 새는지 묻지도 않고 꽃 이야기를 계속 했다. 도중에 "맞아, 깜빡했네" 하면서 부엌에 가서 뜨거운 홍차를 다시 끓이고 여러 종류의 과일을 올려놓은 커다란 타르트를 잘라주었다. 본차이나 접시에 담긴 타르트는 미니어처 꽃밭 같았다.

"꽃은 그냥 사랑하면 되지만, 계통을 더듬어가거나 번식하는 지역이랑 기후를 조사하다 보면 그런 모양이 된 이유와 의미를 어렴풋이 알게 돼요."

예컨대 비올라 트리컬러는 빙하기의 한랭한 환경을 살아남았던 풍모를 지금도 지니고 있는 것 같다고 후지사와 씨는 말한다.

"러프하게 말해 온난한 지역에서 열대에 걸쳐 꽃이 점점 커지고, 한랭지나 고지로 갈수록 작은 꽃을 피우는 종류가 많아지죠. 작은 쪽이 에너지 효율도 좋고 바람이나 눈 영향도 덜 타잖아요? 눈 틈새로 보이는 까만 땅에 기특하게 피어 있는 모습이 왠지 눈에 떠오르거든요."

그러나 야생의 원종에 개량이 가해지자, 사소한 특징이 쓸데없이 확대 해석되어 꽃이 본래의 아름다움을 잃어간다.

"팬지에 남겨진 것은 비올라 트리컬러의 꽃잎 구조뿐이고 원종이 갖고 있던 기품은 완전히 훼손됐어요. 품종개량을 한 사람들이 조금만 센스가 있었으면, 원래의 유래를 훼손하지 않고 새로운 것을 만들 수도 있었을 텐데. 그렇지만 그런 게 상당히 어려운 것 같아요."

형태가 있는 것에는 모두 유래가 있다. 그러한 이야기다. 사진 액자 속의 후지사와 씨 딸의 귀와 눈썹에 유래가 있는 것처럼.

후지사와 씨가 생각난 듯이 과일 타르트를 먹더니 혼잣말처럼 중얼거린다. "여름 과일은 정말 맛있어."

말수가 적은 선생님이 생각나는 대로 계속 이야기하는 후지사와 씨 곁에서 잠자코 듣고 있는 모습이 떠올랐다.

철과 유리로 된 고층 빌딩도 자연의 영향을 받지 않고 인간의 한계에 눈을 감을 수 있게 한 품종개량이다. 달콤한 타르트를 먹으면서 나는 생각한다. 엘리베이터가 있으면 자기 다리 힘에 상관없이 오십층이든 백층이든 얼마든지 오르내릴 수 있다. 건축의 유래는 이제는 자연이 아니라 인간의 머릿속에 있어서 환경을 의식하고 연구할 필요는 점점 없어져간다. 사막이든 열대우림이든 똑같은 고층 빌딩을 짓는 것이 가능한 것이다.

나하고 후지사와 씨는 일층의 남향 테라스에서 계단 두 개를 밟고 밭으로 내려갔다.

"여기는 옛날 조몬시대BC 13000년경-BC 300년 촌락이 있던 곳이에요. 처음에는 밭을 갈 때마다 토기랑 석기가 굴러나오더라고."

지금 바로 그 자리에 토기가 뒹굴고 있는 것 같아서 내가 발께의 땅을 보았다.

"이번에 시간 있을 때 잘 나오는 곳을 가르쳐줄게요. 가끔은 흑요석 화살촉도 나오거든요. 서재 책상 위에 놓여 있는 돌도끼도 그거예요. 문진으로 쓰기 딱 알맞아요."

분명히 책상 위에 장방형 돌이 있었다.

"사실은 발굴 조사를 해야 하는데, 이 부근 일대가 유적으로 지정되면 당분간 농장을 운영하지 못하잖아요? 발굴 비용도 땅 주인이 부담해야 하고. 그런 건 딱 질색이라 그냥 놔뒀어요. 그렇지만 언젠가는 발굴해야 할 테고, 그래서 조사하게 돈도 모아 두었어요. 유언장에도 그렇게 썼고요. 내가 죽으면 꽃은 전부 출하하고 비올라 트리컬러는 정성껏 옮겨 심고, 그런 뒤에는 신속하게 발굴 작업을 진행할 것." 후지사와 씨는 그렇게 말하고 밝게 웃었다. "표고 1000미터가 되는 이런 곳에서 어떻게 겨울을 났을까 싶어요. 조몬시대 말기는 점차 한랭기로 향하던 시기였잖아요? 인구가 눈앞에서 줄어갔다고 해요. 조몬시대 말기에는 일본 열도 전체 인구가 십만 명이 안 됐다는 연구도 있어요. 석기시대의 수혈주거구덩이를 깊이 파서 평면을 만들어놓고, 가운데 불을 피우고 지붕을 이은 움집에서 불씨를 꺼뜨리지 않았다고 해도 겨울나기가 얼마나 힘들고 어려웠을까?"

"아사마 산 분화도 있었을 테고요."

"그렇지. 다만 놀라운 것은 이 부근은 조몬시대부터 지금까지 화쇄류도 토석류도 비켜갔다는 사실이에요. 화산 자갈 정도는 떨어졌겠지만, 아사마 산이 이만 년 전에는 훨씬 더 컸거든. 봐, 아사마 산 서쪽에 괴상하게 뾰족한 산이 있잖아요?"

후지사와 씨가 가리키는 방향에 코 큰 마녀가 땅바닥에 똑바로 누워 있는 것 같은 산이 보인다.

"저게 태곳적의 아사마 산기슭이에요. 산 중앙이 거대한 분화 때문에 날아가버려서 남은 산기슭이 저 뾰족한 산이지요. 그 뒤에도 여러 번 큰 분화가 있었겠지만, 저 오래된 산기슭이 방파제가 돼줘서 이 부근까지 도달하지 않았나봐요. 여기에서 조금 더 동쪽 부근은 가로막는 산이 없어서 화쇄류도 토석류도 그대로 밀어닥쳤지요. 그러니까 조몬시대 유적이 거의 발굴되지 않는 거예요. 다만 앞으로도 계속 괜찮을 거라고는 장담 못 하지. 여기도 언젠가 대분화로 괴멸될 수 있겠지요. 화산재 아래 잠든 채 몇백 년, 몇천 년이 지나고 나서 꽃의 종이나 화석이 발굴되어 여기가 농장이었다는 것을 알게 될지도 모르지요."

종류도 이름도 알 수 없는 커다란 나비가 주위를 하늘하늘 날고 있었다.

"서재의 사진은 따님이세요?"

"어머나, 알겠어요? 맞아요."

"똑 닮은 건 아니지만, 비슷한 점이 있어서."

후지사와 씨가 웃었다. "어디가?"

조금 사이를 두고 대답했다. "눈썹과 귀 모양이요."

"아버지를 쏙 빼다고 늘 말들 하지만, 눈썹과 귀는 날 닮았지. 잘 알아봤네요."

"유심히 봤으니까요."

"비 새는 곳을 조사하던 것 아니었나요?"

"죄송합니다." 나는 사과했다.

그건 그렇고 이 집에는 '아버지'의 흔적이 아무 데도 없다. 마리코의 별장에서 어머니 흔적을 느끼지 못하는 것처럼.

"따님은 도쿄에 살고 계시나요?"

"영국, 케임브리지의 분자생물학연구소에 있어요." 분자, 생물학, 연구소라고 후지사와 씨는 세 개로 나누듯이 말했다.

"눈썹과 귀의 수수께끼를 푸는 학문이네요."

"어머, 그래요?" 후지사와 씨가 웃었다. "나는 뭘 연구하는 건지 전혀 알 수 없지만, 딸이 말하기를 '생명의 최소 단위를 관찰해서 분석하는 거니까, 엄마 일하고 많이 비슷해'래요."

아, 그렇구나 하고 생각했다.

"엄마가 꽃이랑 나비를 바깥에서 관찰하는 거라면, 자기는 내부에서 관찰한다는 거라면서. 그 애는 분자생물학을 연구하기 시작하면서 비로소 신이 있다고 믿게 되었다고 해요. 이렇게 정치精緻하고 합리적이고 게다가 아름다운 형태는 신이 아니면 도저히 만들 수 없는 거라고."

후지사와 씨가 갑자기 쭈그리고 앉았다. 그 눈앞에 비올라 트리컬러가 엷은 보라색 꽃을 피우고 약한 바람에 떨고 있었다.

"나도 그렇게 생각해요."

비올라 트리컬러 꽃은 가만히 보고 있으면 얼굴처럼 보인다. 그것은 땅에서 얼마 안 되는 높이에서 무심히 나를 올려다보고 있다. 후지사와 씨를 따라 나도 쭈그리고 앉았다.

"사카니시 군, 저기 말이야, 나 선생님이 좀 걱정돼요."

후지사와 씨가 내 얼굴을 보지 않고 그렇게 말했다. 어조에 전에 없던 그늘이 끼어 있다.

"뭔가 서두르는 것같이 느껴져요. 지금까지는 좀더 느긋하게 걷는 것처럼 일하던 분인데."

"그럴지도 모르겠습니다. 현대도서관 경합이 다가오고 있으니까요."

"나도 플랜을 봤어요. 굉장하다고 생각했지요. 그렇지만 말이야. 어딘지 그 사람답지 않은 부분이 있어서 왜 이런 형태로 했느냐고 물었더니, 슌스케 씨가 화를 내더라고요. 정말이지 깜짝 놀랐어요. 지금까지 그렇게 거칠게 말을 한 적이 한 번도 없었는데."

바람을 타고 부푼 흙내와 꽃향내가 우리를 감쌌다.

"예쁘다고 생각해서 물었을 뿐인데, '자네는 맘에 안 들겠지만'이라고 굉장한 기세로 말이죠."

선생님 가운데 우리에게는 보이지 않는 망설임과 벼르는 것 같은 것이 조금씩 쌓였는지도 모르겠다. 쭈그리고 앉았다 일어선 순간 현기증이 났다.

"제 생각에는 선생님이 조금 피곤하신 것 아닌가 싶어요."

"경합이라는 건 기분 나빠요, 그렇죠? 빨리 끝나면 좋겠는데." 후지사와 씨가 중얼거리듯이 말했다.

뒤를 돌아보자 안채 정면이 넉넉한 크기로 밭을 내려다보듯이 서 있었다. 삼층의 작은 발코니가 보인다. 그 왼쪽 처마 밑에 커다란 말벌 집이 있다. 발코니에 선 후지사와 씨 모습을 상상해 보았다. 그것은 놀랄 만큼 작았다.

"말벌은 겨울이 될 때까지 내버려둘 거예요. 어차피 나갈 텐데 뭐."

한 마리 또 한 마리, 말벌이 탄환 같은 궤도를 그리면서 동쪽 방향으로 날아간다. 선생님의 최종 플랜을 본 뒤 처음으로 나는 뭔지 모를 불안 같은 것을 느끼고 있었다.

22

火山のふもとで

아오쿠리 마을의 색채는 완전히 바뀌어 있었다. 10월 중순부터 나는 선생님하고 둘이 여름 별장에 와 있다. 예년보다 기온이 낮은 날들이 계속되어 아사마 산도 얼마 전에 첫눈을 머리에 인 참이었다. 도쿄에는 아직 기척조차 없는 겨울의 전조가 여기에는 와 있었다.

여름 별장을 철수한 9월 중순에는 울창한 숲이 하나의 커다란 초록 덩어리 같았는데, 지금은 노랑, 빨강, 초록으로 나뉘어, 한 그루 한 그루의 형태와 크기가 선명하게 떠올라 있었다. 이미 거의 모든 잎을 떨어뜨리고 겨울에 대비한 나무도 있었다. 숲속은 멀리까지 전망이 트이고, 색채가 거의 느껴지지 않는 줄기랑 가지는 상량식을 올린 가옥의 뼈대 같았다.

경합까지 앞으로 한 달 남짓. 마지막까지 난제로 남아 있던 도서관동과 별관을 잇는 부분이 구조설계 사무소하고 여러 번 상의한 결과, 회랑의 경사와 유리창이 보여주는 넉넉한 곡면에 한층 더 우아함이 나타나게 되었다. 도면 최종판을 가와라자키 씨가 그려서 설계실 큰 테이블에 펼쳤을 때, 모여든 사무소 직원들 사이에 새삼스러운 경탄과 감탄이 소리 없이 퍼지는 것이 느껴졌다. 회랑부 평면도는 높은음자리표의 곡선을, 입면도는 가죽 장본의 둥근 책 표지를 각각 연상시켰다. 눈을 즐겁게 하는 인상의 선명함과 비바람이 오랜 세월에 걸쳐 다듬은 듯한 매끄럽고 자연스러운 아름다움이 동시에 거기에 있었다.

일흔이 지나서 선생님은 왜 이때까지 하지 않았던 새로운 형태를 이 세상에 내보내려고 하는 것일까? 새삼스럽게 이상하게 느껴졌지만, 선생님 속에도 그 이유를 설명할 말이 없는지 모른다. 자연의 형태나 색채가 합리적인 이유만으로 태어났다면 예컨대 꽃에게, 새에게, 나무에게 이다지도 많은 종류와 변화가 초래되었겠는가. 박새의 가슴께에 흑백으로 그려진 무늬는 왜 그렇게 생겼는지, 각각의 개체로는 알 수 없을 것이다. 형태나 색은 그것을 지니는 자에게 속하는 것이 아니다. 그것은 먼 옛날부터 시간을 들여 찾아왔고, 그냥 계승되어가는 것이다.

우치다 씨, 유키코, 나. 이렇게 셋이 담당한 가구와 카운터 플랜도 겨우 완성 형태에 가까워지고 있었다. 이제는 도서관 전체 안에서의 밸런스를 선생님이 최종판 도면으로 확인하는 것을 기다려서 프레젠테이션용 도면과 부분, 그리고 모형을 완성시키면 된다. 그러나 최근 선생님은 고객하고의 상담과 현장 감리로 주말도 없이 일하느라고 얼굴에 지친 기색이 여실히 보이고 있었다.

금계나무 향내가 약해지면서 오렌지색 꽃이 지기 시작한 목요일 밤, 선생님이 조금 안 좋은 기색으로 소장실에서 나왔다.

"내일 오후에 산에 가려고 하는데. 사카니시 군, 운전 부탁해도 될까?"

"네." 내가 말했다.

"월요일까지 별장에서 도서관 마감에 집중했으면 하네. 도쿄에 있으면 안 끝나니까 말이야."

선생님은 토요일부터 월요일에 걸친 사흘간에 기본 설계안을 최종 정리하려는 것 같았다. 주말에는 마리코하고 약속이 있었지만 선생님의 여느 때 없이 초췌한 모습을 걱정하는 것은 마리코나 나나 같았기 때문에 망설일 여지가 없었다.

나는 금요일 아침 일찍 사무소에 나가서 아직 손대지 않았던 카운터 모형을 서둘러서 만들었다. 선생님한테서 여름 별장에 간다는 얘기를 들은 이구치 씨는 유키코나 마리코를 데리고 가는 편이 좋겠다고 진언했지만 선생님은 "괜찮아, 사카니시 군만 있으면 돼"라면서 일축했다. 그 얘기를 듣고 있던 유키코가 자기 일을 뒤로 미루고 내 모형 제작을 도와주었다. 유키코는 이럴 때 쓸데없는 말을 하지 않고, 그저 묵묵히 손을 움직인다. 우치다 씨는 골판지로 모형운반용 커다란 상자를 만들기 시작하더니 재깍 완성시킨 후 책장, 책상, 의자 모형, 나아가 이용자의 인체모형 보수를 시작했다. 우치다 씨가 만드는 모형은 세밀했다. 열람실 책상에 앉아 있는 사람, 책장 앞에서 책을 꺼내서 서서 읽고 있는 사람, 쭈그리고 앉아서 책을 고르고 있는 사람이 있었고, 책장 사이를 걷는 아이와 같이 온 부모까지 있었다.

점심시간이 되기 전에 모형은 완성되었다. 우치다 씨는 이리저리 꼼꼼하게 검사하면서 여름 별장에서는 모형을 마지막에 들여놓으면 좋겠다고 말했다.

"덧문을 열고 차라도 마시고 나서 한숨 돌린 다음에 느긋한 마음으로 운반하면 좋겠어. 서두르다가 뭔가에 부딪히거나 어딘가 걸려 넘어질 수도 있으니까 말이야. 서두르는 비렁뱅이는 모형을 망가뜨리지." 조금도 웃지 않고 그렇게 말하고는 내 어깨에 손을 올렸다.

점심 뒤, 우치다 씨와 유키코가 모형과 도면을 왜건에 실어주었다. 마리코는 "선생님하고 간식으로 드세요" 하면서 종이봉투가 든 손가방을 내밀었다. 나는 점차 엉뚱한 중책을 짊어지고 아오쿠리 마을로 향하는 것같이 느끼기 시작했다. 자그마한 보스턴백 하나만 달랑 손에 든 선생님은 어딘지 한숨 돌린 것 같은 얼굴로 뒷좌석에 탔다.

금요일 오후의 고속도로는 정체가 없었다. 후지오카에서 빠져나온 뒤의 국도도 순조로웠다. 저녁 전에 우스이 고개를 넘었다. 아오쿠리 마을에 들어서고 나서 계속 50미터 정도 앞을 선도하듯이 경트럭 한 대가 석양의 붉은 빛을 띤 광선 가운데 색이 선명한 낙엽을 흩날리면서 달리고 있었다. 날아오른 낙엽은 잠시 잔광에 비쳤다가 바로 땅바닥으로 가라앉아간다.

아까까지 뒷좌석에서 주무시던 선생님이 어느 틈엔지 잠이 깨서 창 너머로 가을이 깊은 아오쿠리 마을을 물끄러미 보고 있다. 선생님은 나하고 마리코의 '결혼'에 대해서 아직 아무 소리도 안 하신 상태이다. 도쿄에 돌아가고 나서도 우리는 주말마다 만났다. 평일 밤이면 신궁 앞 골목 안의 카페 레스토랑에서 식사를 하고, 그대로 걸어서 내 아파트로 갔다. 전철이 끊기면 마리코는 택시로 자기 집에 돌아간다.

뭔가 눈치챘으면 모른 척하지 못할 터인 유키코이지만, 여전히 마리코하고 사이가 좋았다. 기타아오야마의 사무소에 돌아온 뒤 유키코는 전보다 쾌활해지고 마리코는 조금이지만 말수가 적어졌다.

엔진을 끄고 차에서 내리자 낮은 기온에 몸을 사리게 된다. 어치새가 시끄럽게 울면서 저공비행을 하고 있다. 갑자기 땅에 내려왔다가 다시 낮게 날아올라서 옆으로 이동한다. 옅은 팥죽색 동체에, 날개에는 선명한 코발트블루색 무늬가 있어서 날갯짓할 때 다 눈에 들어온다. 주위를 배회하듯이 날면서 도토리를 쪼고 있다. 어치새는 까마귀만큼 머리가 좋다. 일단 공복을 채운 뒤에는 겨울에 대비해서 도토리를 모은다. 때까치는 벌레나 개구리 등의 노획물을 가지에 꽂아둔 채 내버려두는 일이 있지만, 어치새는 나무 구멍이나 뿌리 아래 틈새 등, 일정한 장소를 저장고로 삼아 겨울 동안 제대로 활용한다. 남의 일도 잘 살피고 있으니까 나하고 선생님이 여름 별장에 들어가는 것도 도토리를 주우면서 곁눈질로 보고 있을 터였다.

계수나무는 모든 잎사귀가 구석구석까지 빛나는 황금색으로 바뀌어 있었다. 산들바람도 없는 가운데 석양빛을 받은 잎사귀는 주위의 소리를 빨아들인 것처럼 조용하다.

여름 별장 안은 빈집처럼 공허했다. 걸으면 군데군데에서 나무 마루가 삐걱거렸다. 일층의 부엌과 식당 유리창을 하나씩 열어간다. 사사이 씨와 유키코가 가시를 피하면서 파란 열매를 딴 산초나무는 시원하고 가벼워 보인다. 이층에서 선생님이 소장실 문을 여는 소리가 난다. 나도 위층으로 올라가서 설계실의 가운뎃마당에 면한 창문을 열고 노란 계수나무를 바라보았다. 인기척 없는 설계실은 방과 후의 교실 같다. 남성용 욕실의 서쪽 유리창을 연다. 약한 석양빛이 들어오고 가을에서 겨울로 향하는 여름 별장을 뒤에서 부추기듯이 자아, 자아 하는 어치새 울음소리가 울린다.

도대체 어디에서 들어왔는지 능숙한 점프로도 쉽게 뛰어넘을 수 없는 깊은 욕조에 들어와서 결국 죽어버린 꼽등이의 말라비틀어진 시체를 여러 개 모으고, 욕실을 샤워기로 닦는다. 목욕타월과 세수수건, 바닥 매트를 세탁실에서 목욕탕으로 옮긴다. 소장실 침대에 시트를 깔고 베갯잇을 끼우고 나서, 부엌에 돌아와 주전자에 듬뿍 물을 담아 끓였다.

문을 열어둔 소장실에서 선생님의 목소리가 들려온다. 후지사와 씨하고 이야기하고 있는 것 같다. 농장에 가실 건가.

일단 홍차를 끓이기로 했다. 팔팔 끓는 물로 포트와 컵을 데우고 우유를 유리병에 넣고 다시 한 번 주전자를 불에 올려 물을 끓인다. 기온이 낮아지면 주전자가 끓는 소리가 반가워진다. 한참 소리를 듣고 나서, 포트의 물을 버리고 찻잎을 집어넣는다. 선생님이 좋아하시는 딤불라로 골랐다. 스푼으로 네 숟갈. 포트에 뜨거운 물을 붓고 뚜껑을 닫고 커버를 덮는다. 덥힌 컵을 닦고 있자 선생님이 내려왔다.

"홍차인가? 마침 부탁하려던 참이었는데."

선생님이 기쁜 얼굴이 된다. 최근 며칠 기타아오야마 사무소에서는 볼 수 없던 표정이다. 마음에 한 획을 그으려는 듯이 크게 숨을 쉬고 나서 테이블에 앉자, 선생님이 바깥 경치에 눈길을 주면서 말했다.

"여기는 가을에서 겨울에 걸쳐서가 아주 좋아. 이번 주말에 낙엽이 피크일지도 모르겠군."

식당에서도 계수나무 잎사귀의 밝은 황금색 무리가 보인다.

"근사해요."

"왠지 두려울 정도야."

여기에 도착하기 전, 낙엽이 차에 말려 올라가는 것을 봤을 때의 가슴이 조여오는 듯한 느낌이 되살아났다. 티포트를 손에 들고 홍차를 붓자 빨간 빛이 강한 예쁜 색이 컵을 채워간다. 홍차를 한 입 마시고 나서 선생님이 이야기하기 시작했다.

"가을이 되면 조몬시대 사람들 생각을 해. 지금쯤은 겨울에 대비해서 서둘러서 일하고 있었던 것이 아닐까 하고. 장작도 비축해야지, 나무 열매도 동물하고 다투듯이 모았겠지. 작은 동물을 사냥하기도 하고, 올가미로 잡았을지도 몰라. 겨울용으로 눈이 촘촘한 옷을 짜기도 하고 말이야. 낙엽이 지기 시작하면 쫓기는 듯한 마음이 됐을 거야."

선생님은 아라레주사위 모양으로 썬 떡을 튀긴 과자를 우두둑우두둑 깨물면서 홍차를 맛있다는 듯이 마셨다.

"조몬시대의 수혈주거는 알고 있지? 돌로 싼 화로가 중앙에 있어서 거기에서 취사를 하기도 하고, 식사를 하고, 옷을 짜기도 하고, 아이들을 어르고 그 주변에서 자는 등 온갖 일을 거기서 했었지. 커다란 규모의 수혈주택 흔적도 있지만 기껏해야 다다미 열 장약 15제곱미터 정도의 원룸에서 그들은 생활하고 있었어."

나는 집 가운데 땅바닥에서 불이 타고 있는 모습을 상상했다.

"동굴이나 벼랑 밑에서 셋방살이를 하는 게 아니라, 자기들 손으로 만든 최초의 주택이지. 지금 같은 계절에는 날이 저물기 전에 가족이 전원 움집에 돌아와 있었겠지? 그리고 불을 둘러싸는 거야." 선생님은 아라레를 한 손에 올려놓고 입에 툭 털어넣었다.

"쓰부라노 부근에는 조몬시대의 집촌 흔적이 많이 있어. 깨끗한 강도 흐르고 살기에는 좋았겠지만, 표고는 여기하고 똑같이 천 미터 전후니까 겨울에는 무척 추웠을 거야. 왜 그런 곳에 사느냐고 생각하겠지만, 추워도 식량을 얻기 쉬운 장소를 고른 거겠지. 도대체가 우리가 춥다고 하는 감각에는 개인차나 연령차가 크니까 말이야. 조몬시대의 평균수명은 열네다섯 살이었다고 해. 유소아의 사망률이 평균수명을 끌어내렸다 하더라도, 나처럼 추위를 타는 늙은이는 거의 없었겠지. 사카니시 군 정도의 나이가 되면 이미 마을 사람들을 이끌어가는 존재였던 거야." 선생님이 후후후 웃었다. "우리는 장수는 하게 되었지만, 많이 나약해졌어."

조몬시대의 출토품을 보면서 이런저런 이야기를 하는 후지사와 씨와 선생님 모습이 지금은 상상이 된다.

"아이는 많이 낳아도 거의가 일찍 죽었지. 출산 때문에 죽는 어머니도 많았을 거야. 부모도 여러 가지 병에 걸렸을 테고, 부락을 이루어서 서로 도우면서 살지 않으면 살아남을 수 없는 환경이었지."

선생님 이야기치고 모처럼 끊기지 않는다.

"아이들 무덤은 어른하고 다른 장소에 있는 일이 많아."

부락에 공동묘지가 있어도 거기에 어린아이들 뼈는 거의 없다. 아이들 유골은 일부러 만든 옹기에 넣어서 집 근처에 매장되었다. 더 어린 젖먹이인 경우는 움막 출입구 부근에 묻기도 했다. 죽은 아이의 영혼이 그 위를 넘어서 출입하는 어머니 배로 돌아가 다시 태어날 것이라고 믿었기 때문이라고 한다.

"오봉 때 혼령맞기음력 7월 14일 밤에 조상의 혼백을 영접하기 위해서 문 앞에 향을 피우는 관습는 해본 적 있나?"

"저희 집에선 매년 7월에 합니다. 동네 집들은 어느 틈엔가 그만둬버려서 계속하는 집은 이제 우리 집 정도입니다. 현관 앞에 겨릅대를 작게 쌓아올리고……."

"겨릅대를 태우고, 그 뒤에는?"

"물에 적신 부처꽃을 흔들어서 불을 끄고……."

"끄고 나서 어떻게 하지?"

"젖어서 까매진 재 위를 넘어서 집에 들어갑니다."

선생님이 희미하게 끄덕였다. "재를 넘는 것은 움막집에 들어갈 때 매장한 흙을 넘는 것과 같은 거라고 생각해."

왜 일부러 재를 넘어서 집에 들어가는 걸까 하고 어릴 때는 이상하게 생각했었다.

"뭐니 뭐니 해도 조몬시대 이야기니까, 아무도 진위를 확인할 수는 없겠지만……." 선생님이 빙긋 웃고는 턱과 볼의 윤곽을 손바닥으로 문질렀다. "다만 조몬시대나 지금이나 바뀌지 않은 것은 출입구가 안과 밖을 나누는 장소임과 동시에 안과 밖을 잇는 장소이기도 하다는 사실이야. 어린아이 뼈라고 해도 죽어버린 것은 집 안에는 못 들어오지. 그러나 분명하게 밖이라고도 할 수 없는 경계선에 묻었다는 데에 조몬인의 마음이 전해지는 것 같지 않아? 적어도 그들의 마음과 내 마음은 이어져 있는 거지."

선생님은 식은 홍차를 마셨다.

"몸을 굽히고 들어가는 작은 출입구를 통해서 다다미 두 장짜리 다실에 들어가는 것은 입구도 실내도 극한까지 작고 좁게 함으로써 안과 밖의 구별을 강렬하게 인상지으려는 것이었지만, 보통 집도 마찬가지야. 집에 들어간다는 것은 들어오지 않는 것, 들어오지 못하는 것을 등 뒤에 남기고 자기만 안에 들어간다는 얘기니까."

"장례식에서 돌아오면 현관 앞에서 소금을 뿌리는 것도 같은 이치인가 봅니다."

"그렇지. 밖에 남기고 온 것은 죽은 자이고, 밤의 어둠에 사는 그 무엇인가이고, 비, 바람, 번개, 달, 별, 즉 자연이야. 인간한테 안과 밖이라는 개념이 태어난 것은, 자의식 같은 것이 태어나 내면이 자라게 된 것은 자기들 손으로 집을 만들게 된 영향이 컸다고 생각해."

나는 이야기하는 선생님의 얼굴을 쭉 보고 있었다. 조몬시대의 움막집이나 매장에 대해서 생각하는 것은 현관문을 안쪽으로 열 것인가 바깥쪽으로 열 것인가를 생각하고, 개방형 부엌과 거실의 경계를 어떻게 나눌까 생각하고, 부모 침실과 아이 침실을 어떻게 배치할까 생각하는 것과 같다. 사람의 마음이 어떻게 움직이나 하는 이치가 선생님 건축의 근간을 이루고 있다. "건축은 예술이 아니다, 현실 그 자체다"라고 선생님이 말씀하는 것은 그런 얘기인지도 모른다.

"동굴이나 벼랑 아래 살던 원시인과 움막집을 만든 조몬인은 마음의 존재 양식이 달랐군요."

"아마도. 비를 맞거나, 태양에 이글이글 타거나, 강한 바람을 맞으면 그것을 견뎌내는 것만도 벅찼지. 그러나 움막이라면 아주 잠시라도 밖을 바라보기도 하고 불을 멍하니 보는 여백 같은 시간이 있었을 거야. 인간에게 마음이 싹튼 것은 그런 시간이 아니었을까. 그러나 우리는 반대로 집 안에 계속 있으면 점차 견딜 수가 없어져서 밖에 나가고 싶고, 자연 속을 걷고 싶고, 나무와 꽃을 보고 싶고, 바다를 보고 싶다고 원하게 되지. 인간의 내면 같은 것은 나중에 생긴 것으로 아직 그다지 단단한 건축물은 아니라는 증거일 거야. 집 안에서만 계속 살 수 있을 만큼 인간의 내면은 튼튼하지 못해. 마음을 좌우하는 걸 자기 내부에서가 아니라 바깥에서 찾고 싶다, 내맡기고 싶다고 생각할 때가 있는 것은 그런 것이 아닐까?"

"그렇지만 여기에 있으면 언제까지나 집 안에 있어도 상관없게 느껴져요."

"바깥의 기척이나 변화가 잘 보이니까. 그렇지만 큰 눈으로 한 달 동안 여기에 갇히면, 아무리 밖이 보여도 못 견디게 되지. 밀실공포증으로 쓰러져버릴 거야."

포트에는 이제 홍차가 없었다. 물을 끓이려고 일어났더니 "고맙지만 난 됐네"라고 선생님이 말했다.

"나중에 설계실 책상에 평면도와 모형을 놔주게."

"알았습니다."

나는 우치다 씨의 경고를 떠올리면서 왜건의 화물칸에서 모형이 든 골판지 상자를 꺼내 이층 설계실로 하나씩 운반했다. 바깥 공기는 팽팽하게 차가웠다. 뒤에서 어치새의 기이기이 하는 조심스러운 울음소리가 들려온다. 모형을 양손에 안고 돌아보자, 노랑과 빨강으로 물든 풀숲에 하얀색과 까만색이 섞인 작은 덩어리가 나무줄기를 따따따 올라가는 것이 보였다.

저녁은 백반집으로 갔다. 선생님은 기타아오야마를 나서기 전부터 "식사는 로터리의 아사마에서 하면 돼"라고 말했다. 폐선廢線이 되었어도 역사驛舍는 남은 기타아사마 역 부근에는 잡화점과 우체국, 술집, 그리고 백반집이 있었다. "튀김덮밥과 돈가스덮밥이 맛있어, 같이 나오는 채소 절임도 제법 괜찮아"라고 선생님이 말했다. "나쁘지도 않고 좋지도 않은 수준이야"라는 것이 우치다 씨의 평이었다.

'아사마'의 텔레비전은 조상을 모시는 감실 같은 자리에 놓여 있었고 수신 상태가 좋지 않은 NHK 뉴스에 채널이 맞춰져 있었다. 벽에는 분화하는 아사마 산의 커다란 사진이 걸려 있었다. 하얗게 눈을 뒤집어쓴 산 정상에서 짙은 회색 화산재가 표고의 몇 배나 되는 높이까지 솟구쳐오르고 있다. 컬러사진이지만 파란 하늘은 탁하고 상당히 퇴색되어 있었다. 냉장 유리 케이스에는 맥주와 오렌지 주스만 늘어서 있다. 많이 빨아서 색이 바랜 하얀 윗도리를 입은 중년 여성이 주문을 받으러 왔다. 선생님이 조린 돈가스덮밥을, 나는 닭고기 계란덮밥을 주문했다. 가게 안에는 간장과 우린 국물 냄새가 떠돌고 있었다. 작업복을 입은 젊은 남자 둘이 돈가스덮밥 곱빼기를 주문하더니 고개를 숙이고 잡지를 읽기 시작했다.

"집에 가면 가구 도면 체크를 시작하면 좋겠군. 내일은 모형과 평면도에서 가구를 어디에 배치할지 정하도록 하지. 빨리 끝나면 자네를 쓰부라노 부근에 데리고 갈 수 있을지도 몰라."

선생님은 덮밥을 먹으면서 시선을 떨어뜨린 채 그렇게 말했다. 뜨끔했지만, "네" 하고 대답했다.

가게를 나오자 주변은 캄캄했고, 잡화점의 백열등 불빛이 홀로 쓸쓸했다. 나도 선생님도 덮밥 냄새가 몸에 배어 있었다.

여름 별장에 돌아와서 난로에 불을 지폈다. 신문을 한 면씩 둥글려서 불쏘시개용 삼나무를 올려놓고 그 위에 장작을 우물 정 자로 쌓아올린 뒤 불을 붙인다. 망설이지 않는 기세로 장작 사이를 불꽃이 핥아간다. 이층에서 내려온 선생님이 소장실 난로에도 불을 지펴주면 좋겠다고 했다. 작은 난로에 맞게 짧게 자른 장작을 갖고 가자, 책상 위 스탠드가 켜 있을 뿐 플로어 램프는 꺼져 있었다. 방 네 귀퉁이까지 빛이 닿지 않아 선생님이 이렇게 어두운 데서 일을 하시나 하고 놀랐다.

짧은 장작을 난로 바닥에 쌓고 성냥불을 갖다댄다. 유황 냄새가 피어오르고 탁탁, 쾌활한 소리를 내면서 불길이 돈다.

"오, 불 피우는 데 달인이 됐네." 뒤에서 소리가 났다.

돌아보자 선생님의 안경에도 난롯불이 어른거리고 있다.

"장작 타는 냄새가 좋군. 좋은 장작이야."

졸참나무였다. 장작을 묶은 철사를 펜치로 끊고 난로 옆에 쌓았다.

'선생님은 왜 저를 입사시키셨나요.' 가슴속에서 물었지만 말이 되지는 않았다. 선생님은 왜 마리코와 저를 결혼시키려고 생각하신 겁니까. 떨어진 나무 부스러기를 작은 빗자루로 쓸어모아서 불 속에 털어넣자, 탁탁 하고 작은 불꽃처럼 터지면서 탄다.

"네 다발 갖고 왔는데, 조금 더 있는 편이 좋을까요?"

"아니야, 이거면 돼. 9시가 넘거든 목욕물 준비 부탁하네."

"네, 바로 준비하겠습니다."

"고마워."

선생님은 나를 보고 그렇게 말하고 나서 책상 위의 도면에 눈길을 보냈다.

목욕 준비를 마치고 나는 일단 서고에 들어갔다. 그리고 여름에 여러 번 펼쳤던 아스플룬드의 사진집을 책장에서 꺼내 책상 위에 펼쳤다.

숲의 묘지의 광활한 부지 안에 솟아 있는 화강암 십자가. 스톡홀름 시립도서관 정면 현관의 진입로. 양쪽 다 곧장 걸어오는 사람을 정면으로 맞이하게 설계되어 있다. 선생님의 설계에 의한 현대도서관은 진입로가 광장으로 되어 있으니까 입구를 향하는 동선이 하나만 있는 게 아니라 어디에서라도 입구에 다가갈 수 있다. 사람의 흐름을 자연스럽게 만들어내는 것은 원형 건물의 둥그스름함과 회랑의 곡선, 도서관동에서 별관으로 가는 완만한 경사이다. 한편 숲의 묘지에 설치된 긴 돌 진입로는 의지를 지니는 인간의 자율적인 움직임을 전제로 똑바로 깔려 있는 것처럼 보인다. 예컨대 그것은 어쩐지 성경의 '계약'이라는 말을 연상시킨다. 신과 인간의 일대일의 관계는 직선으로 맺는 것이 어울린다.

장례식의 시작을 기다리는 유가족을 위한 대기실 사진. 벽에 붙은 긴 벤치. 그 맞은편에 옆으로 긴 유리창이 펼쳐져 있다. 그 밖에는 아무런 장식도 없다. 이상한 공백을 끌어안은 방이었다. 예배당은 사람이 없어도 예배당이지만, 이 대기실은 사람이 모임으로써 비로소 공백이 메워지는, 중심 없는 공간으로 보인다. 까만 옷을 입은 노파 세 명이 멍하니 벤치에 나란히 앉아서 창 너머로 바깥 경치를 바라보고 있다. 죽은 사람의 자매일까? 이윽고 속삭이는 듯한 목소리로 무언가를 이야기하기 시작하고 가끔 나지막하고 조심스러운 웃음소리까지 낼 것 같은 세 얼굴. 북국의 광활한 지방을 달리는 단선철도역 대합실 같기도 하다. 죽은 사람을 태우고 출발하여 두 번 다시 돌아오지 않을 기차를 기다린다.

창 너머로 들어오는 하얀 대낮의 광선이 마룻바닥을 비추고 있다. 하얀 천장 귀퉁이가 곡선을 그리며 나무 벽으로 내려온다. 벽은 마루로 향하는 도중에 안쪽으로 커브를 그리면서 긴 벤치가 등판으로 연결된다. 합판을 구부려 만든 벤치는 무릎 뒤에 닿는 좌면도 R자를 그리고 있다. 이 방에는 직선인 모퉁이나 각이 없다. 한동안은 고인의 부재에 익숙해질 수 없는 유가족을 위로하듯 손에 닿고 눈에 들어오는 모든 각을 곡면으로 한 것일까? 아스카야마 교회의, 예배당 강당을 부드럽게 감싸는 천장과 벽의 배합의 디테일이 떠오른다.

선생님이 목욕탕 문을 열고 들어가는 소리가 난다. 바가지에 물을 길어 몸에 끼얹는 소리가 희미하게 들린다. 여러 명이 함께 지낸 여름에는 거의 의식한 일이 없는 소리였다. 목욕탕에서 선생님의 등을 밀어드리는 자신을 상상해보았지만 그런 재치도 배짱도 나한테는 없었다.

설계실 전화가 울린다. 서둘러서 서고에서 나가 이구치 씨 책상 위의 전화를 든다.

"여보세요."

마리코였다.

"아, 안녕." 나는 쌀쌀함과 친근함이 섞인 목소리로 말했다.

"지금 뭐해?"

"선생님은 목욕 시작하셨어."

"당신은?"

"서고에서 책을 보고 있지."

"당신이 좋아하는 아스플룬드?"

마리코의 '당신'이라는 말이 전화에서 되풀이해 들려 나는 조금 당황했다. 동요를 들키지 않게 틈을 두지 않고 마리코에게 묻는다.

"왜? 무슨 일 있어?"

"목소리가 듣고 싶었을 뿐이야." 마리코는 내 무뚝뚝한 말에 종지부를 찍듯이 말했다. "어때? 선생님하고 둘만 있는 밤은?" 웃음을 머금은 목소리로 말한다.

"다른 때보다 이야기를 많이 들어."

"선생님은 당신을 좋아하니까, 이런저런 얘기를 해주고 싶은 걸 거야."

"그럴까?"

"그럴까라니. 그렇다니까! 그쪽은 추워?"

"응. 꽤 차. 아까 아래층 난로도 소장실 난로도 지폈어."

"당신은 불을 잘 지피니까."

"선생님한테 배웠으니까."

"장작도 예쁘게 쌓고."

"그런가?"

"그럼! 선생님이 춥지 않게 신경써줘. 목욕하고 나서 갑자기 몸이 차지면 혈압이 올라가거든."

"그렇지. 신경쓸게."

"그럼, 잘해."

"응, 고마워."

"감기 조심하고."

나는 조용히 수화기를 내려놓았다.

설계실 유리창이 한군데 조금 열려 있어서 단단히 닫고 열쇠를 걸었다. 일층에 내려가서 현관 문단속을 하고 창문도 점검한다. 난로에 장작을 더 넣어 화력을 강하게 했다. 불꽃이 튀지 않게 파이어 스크린을 앞에 놓는다. 장작의 불꽃은 파이어 스크린을 마술처럼 빠져나와 원을 그릴 때도 있지만 공중에서 불이 꺼지면서 까만 찌꺼기가 되어 떨어질 뿐이다. 그것 때문에 불이 날 일은 없다. 잘 마른 좋은 장작이니까 쓸데없이 튀는 일은 없을 것이다. 신나게 불길이 돌고 불꽃이 기세를 올린다. 불이 타는 소리, 열, 향기로운 냄새. 조몬인들도 똑같이 불꽃을 보고, 피부로 느끼고, 귀로 들었으리라. 온기가 목욕탕과 소장실까지 올라가게 이층으로 통하는 문을 열어둔다.

계단을 올라가자 선생님이 목욕을 마치고 나온 참이었다. 조금 상기된 얼굴이다.

"아, 목욕 잘했네."

"선생님 뭐 마실 것 좀 드릴까요?"

"글쎄, 엽차를 끓여주면 좋겠네."

"알았습니다. 방으로 갖다드릴게요."

"고마워." 선생님은 그렇게 말하고 나서 나를 돌아봤다. "아까 전화가 울리던데?"

"아, 네. 마리코 씨였어요."

선생님은 조금 뜻밖이라는 얼굴을 하고 나서 미소를 띠었다.

"뭐래?"

"선생님이 목욕한 뒤에 춥지 않게 신경써드리라고."

"그래? 그럼 조심하도록 하지." 선생님은 기쁜 듯했다.

차를 끓이고 나서 나도 목욕을 했다. 창문을 활짝 열어 냉기를 집어넣고 욕조에 몸을 담갔다. 여름에는 벌레 소리가 넘치는 것 같았는데 지금은 조용하다. 눈을 감자 마리코가 떠오른다. 마리코는 늘 직구를 던져온다. 내가 얼마나 그 공을 받아치고 있는가 생각하면 자신이 없다. 이대로 가다가는 두 사람 사이는 언젠가 끊어져버리는 게 아닌가. 갑자기 서늘해져 감고 있던 눈을 뜬다. 머리가 맑다. 욕조에서 나와 창문을 닫았다.

목욕하고 나서 식은 엽차를 마시고 나도 자기로 했다. 소장실 난롯불이 어떻게 되었는지 신경이 쓰여서 문을 가볍게 노크했다. 조용했다.

"실례합니다." 목소리를 낮춰 말하면서 문을 열고 들여다본다.

선생님은 안쪽 침대에 누워 계셨다. 얼굴이 다소 붉게 보이는 것은 난로의 불꽃이 비추고 있기 때문이다. 주무시고 계시다. 잠이 듦과 동시에 손에서 떨어졌나보다. 읽다 만 문고본이 페이지가 펼쳐진 채 침대 가장자리에 떨어져 있다. 슈만의《음악과 음악가》였다. 책갈피를 껴두고 안경이 놓여 있는 사이드 테이블에 올려놓았다. 엽차가 든 찻잔이 손대지 않은 채 놓여 있었다. 선생님은 이 방에도 북셀프 스피커를 갖다놓고 일하는 중에도 볼륨을 줄여서 피아노곡 레코드를 듣는다. 선생님은 큰아버지로

서 마리코가 피아니스트가 되기를 남몰래 바라고 있었는지도 모른다.

파자마를 입은 선생님의 잠든 얼굴을 보고 있자 갑자기 불안이 엄습했다. 헤어 제품을 바르지 않은 머리카락, 안경을 벗은 낯선 얼굴, 잊었던 것을 생각해내려는 듯이 미간에 얕게 주름이 모여 있다. 규칙적인 숨소리가 들리니까 괴로운 것은 아닐 것이다. 그렇게 확신할 수 있을 때까지 숨을 죽이고 귀를 기울이며 나는 선생님의 얼굴을 계속 바라보았다.

사이드 테이블의 불을 살그머니 끈다. 난로의 흔들리는 불꽃만이 방을 밝게 하고 있다. 벌건 장작불은 한 시간 정도면 완전히 재가 될 것이다. 나는 발소리가 나지 않게 선생님 방에서 나왔다.

다음 날, 설계실 창으로 올려다본 파란 하늘은 한없이 투명하여 이 세상 것 같지 않은 색이었다. 많이 추워졌지만 낮에는 조금 더 기온이 올라갈 것이다. 햇살이 강하다. 공기도 건조하다. 모처럼 늦잠을 잔 선생님이 아침식사 전의 산책에서 돌아올 때까지 나는 접시를 닦고, 서고 침대를 정리하고, 거실 유리창을 활짝 열어젖히고, 얼얼할 만큼 신선한 공기를 방에 집어넣었다.

짧은 산책에서 돌아온 선생님은 약간 숨을 헐떡이면서 설계실 큰 책상에 앉았다. 곁의 모형들을 들어 도면과 대조하고, 책장, 열람 테이블, 의자, 카운터 등 각각의 배치를 하나하나 확인해간다. 수정사항을 메모하기 위해서 노트를 펼치고 있었지만 걱정하던 대폭적인 수정은 더는 없었다.

책장 확인에 착수했을 때 선생님은 생각에 잠겼다. 벽에서 동심원상으로 세 줄로 나란히 서 있는 육각형 책장은 같은 간격으로 설치될 계획이었다.

"운동회에서 트랙을 달릴 때, 인코스하고 아웃코스에서는 인코스의 커브 쪽이 더 가파르게 느껴지지 않나?"

분명히 그랬다.

"바깥쪽 책장과 안쪽 책장을 같은 간격으로 설치하면 아무래도 안쪽에 압박감이 생기게 되지. 실시 설계에 들어가면 좀더 커다란 모형으로 다시 검토해야겠군."

그렇게 말하면서 선생님은 여러 번 모형을 움직이고는 머리를 낮게 하여 책장과 책장 사이를 들여다봤다. 투명한 생쥐가 모형 사이를 달려 나가는 것을 눈으로 좇고 있는 것 같은 뒷모습이었다. 한참 있다가 선생님이 팔짱을 끼고 의자에 앉았다.

"이것은 간격 문제만이 아니네." 아직도 모형을 물끄러미 보고 있다. "책장 높이가 같으니까 안쪽에 들어가면 들어갈수록 시각적으로 몰리는 것같이 느껴지는 거야."

처음에는 선생님이 무슨 말을 하고 있는지 알 수가 없었다.

"사카니시 군, 미안하지만, 안쪽으로 들어갈 때마다 책장을 한 단씩 낮춰주면 좋겠는데." 책장을 점차 낮추면 안쪽에 생길 압박감을 줄일 수 있다고 선생님이 말했다.

책장 디자인은 수장될 책의 판형 비율을 예측하고 스터디를 거듭한 뒤 선생님과 의논해서 결정한 것이었다. 한 단씩 깎으면 보통 사이즈인 사륙판 책의 수용량이 대폭 줄게 된다. 전체적으로 선반을 어떻게 붙여야 할지 처음부터 다시 시작해야 할 것이다. 물론 선생님은 자신의 지시가 무엇을 의미하는지 알고 이야기한 것이다.

점심을 사이에 끼고 작업에 착수했다. 완성된 책장을 깎으면, 위쪽 판때기에 접착제 흔적이 남기 때문에, 다시 만들기로 했다. 책장 한 단분의 용적과 책 수장량을 산출하기 위해 수없이 계산을 되풀이한 일을 생각하고 잠시 망연자실해진다. 그러나 마음을 고쳐 잡고 큰 책상의 빈 공간에서 새 모형에 착수한다. 스틸렌보드를 부품별로 잘라가는 동안에 내가 선생님하고 함께 여름 별장에 온 의미가 겨우 분명해진 것같이 느껴진다. 어느 틈엔가 작업에 몰두하고 있었다. 무언가가 뒤집혔을 때 작업이 단순하면 단순할수록 그것이 확실하게 구원이 된다.

"당황하지 않아도 돼. 아직 시간은 충분하니 천천히 하면 돼."

그렇게 말하고 선생님은 거실로 내려갔다.

잠시 뒤에 일층에서 말러의 교향곡 4번이 들려왔다. 소파에 앉아서 레코드를 듣고 계시리라. 아무도 없는 널찍한 설계실에서 아래층에서 들려오는 말러를 들으면서 작업을 계속했다. 얼굴을 들자, 창밖에 대낮의 햇살을 받은 계수나무의 노란 잎이 100와트 백열등처럼 빛나고 있었다.

모형 조립과 접착은 티타임이 되기 전에 끝났다. 일층에 내려가서 모형이 완성됐다고 선생님께 전하고 부엌에 들어가서 주전자를 불에 올려놓았다. 선생님은 신기하게도 커피가 마시고 싶다고 하면서 나를 쫓아 부엌에 들어왔다.

"나는 커피를 잘 끓이거든. 우치다 군만큼 잘할 수 있을지는 모르지만 말이야."

선생님이 득의양양한 웃음을 띠고 익숙한 솜씨로 커피콩을 갈기 시작했다. 강렬한 향내가 풍긴다. 우리는 부엌 식탁에서 말없이 커피를 마시고 마리코가 챙겨준 치즈케이크를 먹고 설계실로 돌아왔다.

책장 모형을 안쪽부터 차례차례 늘어놓는다. 동심원을 그리는 책장 높이가 바깥쪽을 향해서 한 단씩 높아지면 카운터와 엘리베이터 홀이 있는 중심원을 바닥으로 하는 얕은 절구형 면이 만들어진다. 제일 바깥쪽에 시선을 두고 중앙 카운터 방향을 보면, 삼층 책장의 압박감이 썰물 빠지듯이 약해지고 전체를 둘러봤을 때의 인상이 백팔십도 달라져 있다. 눈길을 반대쪽 막다른 데까지 보내보면, 이번에는 벽에 붙인 캣 워크현수교 등의 케이블 시공에 앞서 시공 기반 등으로서 공중에 걸쳐지는 통로 모양의 구조물가 달린 이층분, 4미터가 넘는 책장이 보인다.

"나쁘지 않군."

선생님도 나처럼 허리를 구부리고 이쪽저쪽 각도에서 책장이 어떻게 보이는지 확인한다. 소리도 표정도 담담하지만 분명히 만족스러워 보였다.

"이 방침으로 가지. 책장 설계도를 상당 부분 손질해야 되니까 우치다 군에게는 미안하지만 말이야. 나카오가 이론이 없으면 좋겠는데." 선생님이 웃는 얼굴로 말하고 나서 밭은기침을 했다.

"나카오는 언제나 냉정하니까 빠진 곳을 바로 발견하거든."

선생님은 유키코에게 의지하고 있다. 그것은 가와라자키 씨나 고바야시 씨, 우치다 씨에 대한 신뢰하고는 또 다른 독특한 것이었다. 만일 누군가가 선생님에게 충고할 필요가 있다면 유키코가 말하면 순순하게 들을 것이다. 그런 생각이 들 정도였다.

"나카오 씨는 어제부터 우치다 씨하고 강당 의자 배치계획에 착수했습니다."

"그랬지. 다음 주에는 강당을 마감하지 않으면 안 되겠군."

나는 생각난 듯이 말했다. "그러고 보니 마리코 씨가 레스토랑이 이탈리안인지 프렌치인지 신경쓰던데요."

"그래? 마리코는 어떤 레스토랑을 원하는데?"

"어린이용 런치도, 조급한 웨이트리스도, 차갑게 식은 딱딱한 빵도 싫대요." 마리코가 지난주에 나한테 떠오르는 대로 말한 것을 그대로 전달했다. "그리고 입구에서 식권을 사서 들어가는 곳도요."

선생님이 소리내어 웃었다.

"공공시설의 레스토랑은 마음에 안 드는 부분이 많지. 그렇지만 흑자이기만 하면 불평이 없을 테니까, 괜찮은 가게에 입점해 달라고 하지. 자네 환영회를 연 '하나' 주인에게 말해볼까? 그렇게 하면 뒷거래가 되나?"

진담인지 농담인지 얼굴만 봐서는 모르겠다.

"그 가게가 입점하면 마리코 씨는 기꺼이 다닐 거예요. 사무소에서 자전거로 갈 수 있는 거리고."

나는 마리코, 마리코하고 너무 많이 말했는지도 모른다고 신경쓰면서 한편으로는 선생님이 그것을 계기로 뭔가 얘기를 시작할지도 모른다는 생각도 들었다. 그러나 선생님은 기분 좋게 이야기를 계속 할 뿐이었다.

"강당에서는 말이야, 강연회나 상영회뿐 아니라 콘서트를 열어도 좋아. 미국의 국회도서관에는 오디토리엄수백 명 이상이 모여 거기서 베풀어지는 행사를 보고 듣는 옥내 공간이 있어서 줄리어드 쿼텟이 연주회를 열기도 하거든. 책뿐 아니라 영상이나 음원도 수장하고 있으니까 말이야. 어떤 형태로든 기록된 것은 모두 모으려는 거지. 〈내셔널 지오그래픽〉의 나라답게 지도 컬렉션도 세계적이야. 그렇게까지 하는 것은 무리라고 해도 LP레코드도 나중에 희귀해질지 모르고, 텔레비전 방송도 아카이브화해서 열람할 수 있게 해야 하지 않을까? 현대도서관을 기능시키기 위해서는 건물 설계만으로는 부족해. 운영하고 양 바퀴가 같이 굴러가야 하지."

선생님은 그렇게 말하고 나서 커피를 마시고, "숙제는 이걸로 끝이다, 생각보다 빨리 끝나서 안심했네"라고 하다가 목이 멘 듯이 밭은기침을 하고 얼굴이 빨개졌다.

"물 갖다드릴까요?"

"아니, 괜찮아. 모형은 핀으로 고정하고 이대로 도쿄에 갖고 가기로 하지." 선생님은 내 얼굴을 보고 말했다. "벌써 저녁이고 서둘러서 돌아갈 것도 없겠지. 내일 천천히 도쿄에 돌아가도 괜찮은가?"

당연히 이견이 없었다. 내일 귀경해도 예정보다 하루 빠르다.

"이제부터 쓰부라노 경유로 고모로 온천이라도 갈까? 최근 왠지 허리랑 어깨가 아파서 말이야. 오늘은 머리도 조금 아파. 온천을 하면 좀 나아지지 않을까."

쓰부라노 경유라니까 후지사와 씨 농장에 들르실 생각인가? 커피 잔을 씻고 있자 선생님이 부엌까지 와서, "목욕과 여관은 예약했네, 길은 내가 안내하지"라고 했다.

날이 기울고 있었다. 선생님을 뒷좌석에 태우고 볼보로 달린다.

나카가루이자와를 향해 내려가는 길은 한여름 동안에 완전히 친근하게 되었다. 시라이토의 폭포로 꺾이는 갈림길에 들어섰을 때, 그때까지 잠자코 있던 선생님이 이야기하기 시작했다.

"우치다 군 얘기는 들었으리라고 생각하는데."

한숨 쉬고 내가 "네" 하고 말했다. 백미러를 보니 선생님은 바깥 경치에 눈길을 주고 있는 것 같았다.

"유감스럽지만 어쩔 수 없지. 우치다 군은 독립할 힘이 있어. 틀림없이 뛰어난 건축가가 될 거야. 그것은 틀림없는 사실이야. 다만……." 선생님은 잠시 생각에 잠긴 듯하다가 말을 이었다. "우치다 군에게는 조금 선이 가는 부분이 있어서 말이야."

나는 잠자코 듣고 있었다.

"불합리한 것이나 억지 등 여러 가지 일에 정면으로 부딪쳐야만 할 때가 있지. 그것이 건축가의 일이야."

엔진 소리만이 차 안에 울리고 있었다.

"우치다 군은 셔터를 내려버리니까 말이야. 그렇게 해서 자기 자신을 무감각하게 해놓고 불합리하거나 억지를 잠자코 받아들이려는 성향이 있어. 자기가 다치지 않고, 잘 흘려보내기 위한 방위책일지도 몰라. 그러나 그래서는 오히려 상처를 입는 결과가 되거든."

선생님은 나한테가 아니라 이 자리에 없는 우치다 씨한테 얘기하고 있는 것 같았다.

"그런 일을 되풀이하고 있는 동안에 자기가 무엇을 하고 싶은지, 무엇이 하고 싶지 않은지, 점차 모르게 돼. 알겠나?"

"네."

"말도 안 되는 것에 밀릴 때도 있겠지. 상대방이 있는 일이니까. 다만 마지막에는 밀린다 해도 자기 생각은 말로 최선을 다해 전달해야 하는 거야. 그렇지 않으면 자기가 생각하는 건축이 아무 데에도 없게 돼. 자기 생각을 자기 자신조차 더듬어갈 수 없게 된다고."

나는 전후 건축가 가운데서 아마도 그 누구보다도 말수가 적고 기록으로 남긴 것도 셀 수 있을 만큼밖에 안 되는 선생님이 전달해야 할 때는 분명하게 언어화해서 전달해온 사실을 알고 있었다. 우치다 씨도 안다. 무라이 설계사무소에서 일하는 사람들은 모두가 아는 일이었다.

"그것이 도대체 무슨 도움이 되느냐고 물으면, 아무것도 되지 않을지도 모른다고 말할 수밖에 없어. 실제로 남는 것은 최종적으로 결정된 도면과 건축뿐이니까. 사카니시 군, 자네는 여차할 때 제대로 주장할 수 있겠나?"

선생님 목소리가 갑자기 부드러워졌다.

"제가 어떻게 할 수 있을지 아직 모릅니다만, 말씀하시는 것은 알겠습니다."

"자네는 부드러운 얼굴을 하고 있지만, 의외로 완고하니까." 웃음을 머금고 선생님이 말했다. "그 완고함을 소중히 지키도록."

차가 헤어핀 커브에 들어서고 있었다. 나는 대답을 할 수 없어서 가능한 한 선생님 몸이 좌우로 흔들리지 않게 핸들을 신중하게 돌렸다. 커브가 끝난 지점에서 겨우 나는 고개를 끄덕였다.

"정말로 죽기 살기로 억지 부리는 사람은 얼마 없어. 대단한 탁견이 있는 것도 아니고. 누가 그렇게 말했으니까, 남이 이렇게 생각하니까, 세상이 이런 것이니까, 그런 정도의 생각으로 말하는 사람들이 거의 대부분이야. 그런 사람들은 이쪽이 각오만 섰으면 밀어붙일 수가 있지. 물론 어디까지나 자기 아집을 관통시키려는 사람도 있어. 그런 때 건축가로서의 신념이 문제가 되는 거야. 그 자리에서 자기 생각을 어떻게 전달할 수 있는가는 평상시 어떻게 해왔느냐의 연장선상에 있어. 여차하면 저력을 발휘할 생각으로 있어도 평상시 그렇게 하고 있지 않았으면 갑자기 할 수 있는 게 아니야."

"네."

진행 방향 오른쪽에 역광을 받고 아사마 산이 어두침침하게 솟아 있다. 표고보다도 산 전체의 용적과 중량이 다가오는 것 같다. 이미 한 번 눈이 덮어씌웠을 텐데, 지금은 눈의 흔적도 없다.

"올해는 이제 분화가 없나? 여름에는 꽤 분기噴氣가 솟구치더니 많이 얌전해진 것 같군." 차창으로 아사마 산을 올려다보면서 선생님이 말했다. "화산은 참 모르겠어. 이상한 거야."

한동안 잠자코 있던 선생님이 생각난 듯이 말했다.

"아사마가 세 번 눈을 뒤집어쓰면, 시내에도 첫눈이 내린다고 하더군."

"그런가요? 그럼 아직도 한참 있어야겠네요."

"겨울이 조금 더 기다려줬으면 좋겠어. 올가을은 유난히 예쁘니까."

구불구불한 언덕길의 마지막 헤어핀 커브가 끝났다.

"18번 국도에 나가서 우회전한 다음, 그 뒤론 한동안 길을 따라가면 돼."

"네."

선생님은 아직 후지사와 씨한테 들른다고 하지 않는다.

"사무실을 그만두고 나서도 우치다 군하고의 교류는 계속하는 게 좋아."

"네."

"아래로 내려오니까 기온이 올라가는군."

이미 표고가 수백 미터 낮아져 있었다. 주변 나무들의 단풍도 아오쿠리 마을보다 분명히 늦다.

"창을 열까요?"

"에어컨을 조금 켜주겠나?"

나는 최소한의 냉기가 나오게 패널 단추를 조정했다.

"고마워. 잠깐 눈 좀 붙이겠네."

선생님은 그렇게 말씀하시고 나서 또 몇 번인가 숨이 막힐 듯한 기침을 했다.

"어디쯤에서 깨워드릴까요?"

"18번 국도를 쭉 가면 오이와케 지나서 마세구치라는 신호가 나와. 거기를 지나거든 깨워주게."

백미러에 비친 선생님은 이미 눈을 감고 있었다. 호시노 온천이 왼쪽에 나타난다. 얼마 있으면 18번 국도이다.

후지사와 씨는 우치다 씨에게 언제라도 쓰부라노의 집을 제공하겠다고 했다. 그것은 후지사와 씨 스스로 한 얘기일까? 아니면 선생님이 후지사와 씨한테 부탁한 것일까? 어느 쪽이든 우치다 씨는 선생님도 후지사와 씨도 쭉 소중하게 여기던 사람이라고 나는 생각했다. 아까 이야기도 사실은 우치다 씨에게 말해주고 싶었던 얘기였을 것이다. 본인에게 전달되지 않을 줄 알면서도 그래도 나한테 얘기해두려고 한 것이다.

현대도서관 경합에서 무라이 설계사무소가 일등을 하면, 우치다 씨는 당분간 사무소에 있게 된다. 일등을 놓치면 새해에 그만둬버릴지도 모른다. 그러나 거의 다 된 현대도서관 플랜을 보면 이것을 능가할 것이 어디 있겠는가, 하고 나는 새삼 생각한다. 가지키 문부장관의 지지도 반쯤 약속된 것이나 같다고 이구치 씨가 말했다. 선정위원회와 문부장관의 교류도 있을 테니까 우치다 씨가 걱정하는 것만큼 선생님을 지지하는 기반이 약하다고 생각되지는 않았다.

오이와케로 향하는 긴 내리막길에 들어섰다. 차 안의 기온이 다시 올라간 것 같아서 에어컨 눈금을 하나 더 내렸다.

선생님이 코를 골기 시작했다. 깊이 코고는 소리였다. 쉬지 못하고 일하다가 그대로 아오쿠리 마을에 와서 이제 겨우 큰 고비를 넘긴 셈이다. 이제는 우리가 최종판 도면과 모형을 준비하기만 하면 된다.

오이와케의 신호에 차가 멈췄다. 선생님의 코고는 소리는 아직 계속되고 있다. 나는 뒤를 돌아보았다. 선생님은 오른쪽 유리창에 머리를 기대고 있었다. 나는 선생님 얼굴을 보고 설명할 수 없는 불길한 느낌이 들었다. 신호가 파란색이 되었다.

"선생님, 오이와케를 지났는데요, 좀 이르긴 하지만."

선생님은 코를 골고 있다. 나는 다시 한 번 큰 소리로 말했다.

"선생님…… 선생님! 일어나세요."

반응이 없다. 나는 차를 천천히 길가에 대고 다시 한 번 "선생님!" 하고 큰 소리로 불렀다. 그러고 손을 뻗어 선생님 왼쪽 무릎을 잡았다. "선생님, 괜찮으신 겁니까?"

차를 멈추자 코고는 소리가 더 크게 들린다. 이것은 잠자는 게 아니다. 의식을 잃은 것이다. 병원에 가지 않으면, 하고 생각해도 병원이 어디 있는지 장소를 몰랐다. 주변에 공중전화 같은 것은 보이지 않는다. 후지사와 씨 댁에 가서 구급차를 불러달라고 하자. 핸드브레이크를 해제하고 천천히 차를 출발시켰다. 선생님의 코고는 소리는 계속되고 있다. 나는 반은 내 자신에게 말했다.

"선생님, 이제 곧 후지사와 씨 댁에 도착해요. 조금만 더 참아주세요. 괜찮습니다. 병원만 가면, 괜찮습니다."

간선도로에서 우회전해서 아사마 산이 보이는 방향으로 올라갔다. 후지사와 씨는 석양을 받고 있는 밭에 혼자 있었다. 진입로에 차를 집어넣자 일하던 손을 멈추고 돌아봤다. 웃는 얼굴이었다. 면장갑을 벗으면서 이쪽으로 걸어오던 중에 의아한 얼굴이 되는 것이 보인다. 내가 차를 세웠다. 후지사와 씨가 서둘러 온다.

문을 열자 차 안보다도 훨씬 차가운 공기가 선생님하고 나를 감쌌다.

주말의 병원 복도는 한산했다. 벽시계를 올려다보니 저녁 8시가 넘어 있었다.

후지사와 씨랑 함께 구급차에 동승한 나는 중환자실에 선생님이 들어가는 것을 보고 나서 우치다 씨에게 전화했다. 선생님 댁과 이구치 씨, 그리고 마리코에게도 우치다 씨가 알려주기로 했다. 우치다 씨는 침착한 목소리로 "사카니시 군이 같이 있어서 다행이야"라고 말했다.

선생님이 중환자실에 들어가고 나서 이미 두 시간이 지나 있었다. 후지사와 씨는 말없이 앉아 있었다. 나도 그냥 앉아 있었다.

의사가 중환자실에서 나와 복도 의자에 나란히 앉아 있는 나하고 후지사와 씨를 교대로 봤다.

"사모님이십니까?" 의사가 물었다.

후지사와 씨는 "부인은 아닙니다"라고 한 뒤에 일순간 주저하고 나서 영어 발음이 조금 있는 억양으로 "파트너입니다"라고 분명하게 말했다. 나는 내가 선생님 사무소에서 일하고 있는 사람이라고 간단히 설명했다. 의사 목소리에는 신중한 울림과 이제부터 심각한 사실을 전달할 상대방에 대한 배려가 깃들어 있었다.

"상당히 위중한 뇌경색입니다. 연세가 연세이니만큼 낙관할 수 없습니다. 오늘 밤은 병원에서 대기해주셨으면 좋겠습니다. 가족분들에게 서둘러서 연락해주세요. 할 수 있는 것은 최대한 하겠지만 무슨 일이 일어나도 이상하지 않은 상황입니다."

후지사와 씨가 의사를 똑바로 쳐다봤다. "가족한테는 연락했습니다, 잘 부탁드립니다" 하고 말하면서 머리를 숙였다. 그리고 그대로 한동안 움직이지 않았다.

"가족은 도쿄에 계셔서 시간이 걸릴 것 같습니다." 내가 덧붙였다.

고개를 끄덕인 의사가 말했다. "이제부터 내일 아침까지 무사히 넘길 수 있을지가 관건입니다."

의사는 다시 중환자실로 들어갔다.

대기실에서 기다리고 있으니 의사와 간호사가 드나들 때마다 중환자실 문이 자동으로 열리고 그 몇 초 동안 안쪽에 있는 선생님 침대가 보인다. 생각했던 것보다 훨씬 넓은 중환자실 속에서 선생님한테 연결된 수많은 선이랑 관이 금방이라도 빠질 것 같이 불안하게 보인다. 형광등의 퍼렇고 차가운 광선이 방 구석 구석까지 남김없이 비추고 있다. 선생님은 배관처럼 정렬한 형광등 빛을 싫어했다. 대낮인데 켜놓은 역 플랫폼의 형광등을 올려다보고 '구석까지 밝기만 하면 된다는 것은 도대체 무슨 발상일까?'라고 말씀하던 것이 생각났다.

"슌스케 씨는 형광등을 싫어하는데, 저렇게 비추다니 불쌍해."

후지사와 씨도 그렇게 말했다.

쓰러지고 나서 한 달이 지나도 선생님은 중환자실에서 나오지 못했다. 생명은 건졌지만 의식이 돌아오지 않는다. 뇌경색이 미친 범위가 넓어 CT 화면으로는 언어를 주관하는 부위와 소뇌 주위가 하얗게 비치고 있었다. 가지키 문부장관 소개로 뇌경색 치료에 정평이 있는 도내 병원으로 옮길 것도 검토했지만, 상태가 좀더 안정될 때까지 움직여서는 안 된다고 담당 의사가 판단했고 의사인 선생님 부인도 무리하고 싶지 않다고 했다. 인공호흡기가 장착되고 심전도와 맥박과 혈압을 이십사 시간 체크하는 태세가 계속되었다.

요요기 우에하라의 자택에서 소아과 병원을 운영하고 있는 부인은 일주일에 두 번 아사마 중앙병원에 와보았다. 전철을 갈아타고 고모로 역까지 온 다음, 다시 택시로 이십 분 정도 걸렸다. 하지만 선생님의 의식은 돌아오지 않고 눈앞에 있는 각양각색의 계기 숫자나 파형에도 희망적인 조짐이 보이지 않았다. 결국, 부인은 곁에 있어도 소용없다고 생각했는지 보름 정도 지나자 부담이 많은 당일치기 문병을 그만두었다.

주말 오후, 나랑 같이 선생님을 문병하던 마리코가 매주 요요기 우에하라에 가서 용태를 알려주기로 했다. 부인은 애가 없는 자기한테 조카딸이 자주 와주는 것을 무척 기뻐했다. 몇번째인가의 방문 때 현관문이 안쪽에서 열린 순간, 만면에 웃음을 띤 부인이 "어서 와요" 하고 튀는 듯한 밝은 목소리로 맞이했다. 마리코는 자기 얼굴이 바로 굳는 것을 느꼈다. 그다음 주부터 마리코는 일이 바쁘다는 핑계로 전화로 보고하는 것으로 바꿨다. 중환자실의 면회가 허용되는 것은 오전과 오후, 하루 두 번, 원칙적으로 가족만 가능했다. 그러나 부인이 도쿄에 있게 되자, 후지사와 씨는 마리코 아버지의 부탁도 있고 해서 담당 의사의 허가를 받아, 사흘이 멀다 하고 선생님을 찾아왔다.

제일 초췌한 사람은 이구치 씨일지도 모른다. 선생님이 쓰러진 다음 날, 우치다 씨와 같이 병원에 온 이구치 씨는 나를 보자

마자 입을 꾹 다물고 간신히 고개만 끄덕일 뿐이었다. 도쿄사무소에서도 위문전화와 손님 접대에 쫓기는 동안은 등도 쭉 펴고 상대에 따라서는 밝은 목소리도 냈지만, 용건이 끝나면 한동안 소장실에 틀어박힌 채 나오지 않는 일이 잦았다.

선생님이 쓰러지기 직전에 기본 설계는 완성되어 있으니까 경합 불참가를 우리가 결정할 이유는 없다. 이구치 씨 이외의 전원이 그렇게 생각하고 있었다. 선생님이 퇴원해서 복귀하게 되면 실시 설계 진두지휘도 할 수 있을 것이다. 가와라자키 씨도 고바야시 씨도 같은 의견이었다. 이구치 씨는 스태프들의 말을 그저 잠자코 듣고 있었다.

기타아오야마 사무소의 미팅 테이블에는 경합용으로 제작한 국립현대도서관의 하얀 모형이 투명 아크릴 케이스 안에서 나갈 차례를 기다리고 있었다. 우치다 씨가 중심이 되어 나랑 유키코 셋이 완성한 모형은 위부터 차례로 층마다 떼어낼 수 있게 되어 있었다. 동심원상으로 늘어서서 중심을 향해 낮아져가는 개가식 책장 조형의 아름다움은 아무리 봐도 싫증이 나지 않았다. 우치다 씨가 만든 인물 미니어처에도 유머러스한 현실감이 있었다. 이 모형이 사무소 직원 이외에 아무도 보는 일 없이 아크릴 케이스 안에 소장된 채로 있다면, 그것은 의식이 돌아오지 않는 선생님이 움직이지 못하고 있다는 것을 상징하고 있는 것 같지 않은가. 일단 한번 그렇게 생각하자 머리에서 그 이미지를 떨쳐낼 수가 없었다.

이구치 씨가 문부성의 담당자하고 비공식적으로 만나 여러 번 상의한 끝에, '참고출품'이라는 형식으로 설계 경합 참가가 인정되었다. 무라이 슌스케가 아니라, 무라이 설계사무소를 지명한 경합이었기 때문에 선생님이 입원했다 해도 원래 문제가 없었다고 한다. 그러나 이구치 씨는 담당자에게 선생님의 상태를 자세하게 보고했다. 아직 사무소가 선생님이 없는 상태에서 설계감리를 온전히 책임질 태세가 되어 있지 않다는 판단에서였다. '참고출품'이 되었다는 것을 이구치 씨는 경합이 끝날 때까지 가와라자키 씨와 고바야시 씨한테만 말했다.

선생님이 쓰러졌다는 얘기는 바로 퍼져나갔다. 위문의 꽃이 여러 개 도착하였고, 우리는 매일 아침 꽃냄새로 선생님이 안 계시다는 사실을 뼈저리게 느끼게 되었다. 한편 멋모르고 설계를 부탁하는 사람도 적잖이 있었다. 이구치 씨는 정중하게 현재 상황을 설명하고 당분간은 치료와 휴양이 필요하기 때문에 언제쯤 맡을 수 있을지 알 수 없다고 말했다. 그것은 실질적으로 의뢰를 거절하는 것과 같았다.

사무소가 직면한 사태는 심각했다. 이구치 씨가 예전부터 생각하던 신체제가 정비되기 전에 선생님이 쓰러져버렸다. 이대로 가다가는 사무소는 사실상 멈추게 된다. 그러나 이구치 씨는 기다렸다는 듯 선생님의 부재를 기회 삼아 프랭크 로이드 라이트의 탈리에신을 본뜬 자신의 구상을 시작하지는 않았다.

11월 하순, 감기 기운이 있는 마리코를 도쿄에 남겨두고 나는 혼자 아사마 중앙병원으로 향했다. 우연히 병원에서 만난 후지사와 씨를 차로 농장에 데려다주는 도중에 격렬한 뇌우가 몰아쳤다. 와이퍼를 가장 빨리 돌려도 앞 창문이 순간순간 보이지 않는다. 속도를 줄이고 라이트를 켰다. 사쿠다이라 방향에 커다란 번개가 몇 번이나 떨어진다. 풍경의 스케일이 도쿄하고는 완전히 다르다.

"예전에는 이런 비로 눈 깜짝할 사이에 강이 범람했어요. 게다가 경사면에 밭이 있잖아요? 진흙이랑 돌이 위에서 계속 밀려와서 꽃도 구근도 다 흘려버리고, 비가 그친 뒤에는 진흙 더미를 치우는 것이 큰일이었죠. 그래서 돌담을 만든 거예요."

쓰부라노는 두 개의 강에 낀 대지주변보다 높은 평지 같은 땅이었다. 조몬시대, 사람들은 강 곁의 이 토지에 살았다. 강에서 물을 긷고 고기를 잡는다. 돌미나리를 딴다. 아이들하고 물놀이를 했을지도 모른다. 그렇지만 큰 홍수가 나면 집이 통째로 떠내려갈 때도 있었을 것이다. 때로는 폭력적으로 변모하는 강 곁에 산다는 것하고, 강의 혜택 사이에서 조몬시대 사람들은 어떻게 절충했을까. 홍수는 전설처럼 계속 전해져왔다. 사람들은 무언가를 끔찍이 두려워하면서는 살아갈 수 없다. 몇천 년이라는 시간이 이 땅에 드리우는 사이에 두려움도 기쁨도, 수혈주거 터도, 토기랑 석기도 흙에 파묻혔다. 가끔 강한 비가 변덕스럽게 밭의 부드러운 흙을 뒤집으면 토기 파편이랑 화살촉이 햇빛에 드러난다. 비가 그친 뒤에 반들반들 빛나는 흑요석은 몇천 년 전의 말없는 기억이다.

현관 바로 곁에 차를 붙이고 밖에 나가 후지사와 씨 쪽 문을 열어 우산을 폈다. 눈 깜짝할 사이였는데 머리부터 흠뻑 젖었다. 현관에 들어가서 문을 닫은 순간, 빗소리가 작아졌다. 멀리서 천둥소리가 들린다. 후지사와 씨가 건네준 수건을 머리에 뒤집어쓰고 비에 젖은 몸을 닦았다. 마른 수건에서는 선생님의 셔츠와 같은 허브 냄새가 났다.

"도쿄의 병원에 갈 수 있으면 좋겠는데." 거실 겸 식당의 식탁 위에 뜨거운 홍차와 데운 애플파이를 놓자 후지사와 씨가 말했다.

"네."

고개를 끄덕이면서도 그렇지만 그렇게 되면 후지사와 씨는 곁에 있을 수 없게 되는 게 아닌가, 라고 생각했다. 우유를 넣은 홍차를 마신다. 혀에서 익숙한 맛이 난다. 코로 빠지는 향기로 선생님이 좋아하는 딤불라라는 것을 안다. 영국제 티포트도 여름 별장과 같은 것이었다.

"그날, 지금부터 사카니시 군을 데리고 그쪽에 잠깐 들르려고 하는데 괜찮겠느냐고 전화가 왔었어요."

선생님은 "쓰부라노 경유로"라고 했을 뿐, 후지사와 씨 얘기는 하지 않았다. 역시 그랬구나.

"그 도중에 쓰러지다니."

"죄송합니다."

"아니, 왜 사카니시 군이 사과해요?"

직접 병원에 데리고 갔더라면 삼십 분 빨리 치료할 수 있었을 것이다. 그렇게 되면 좀더 빨리 의식이 돌아오지 않았을까. 나는 그 생각을 지울 수가 없었다.

"이번 여름에는 두통이 난다고 자주 말했었어요. 도대체가 슌스케 씨는 여기가 아프다, 저기가 아프다고 만날 얘기하는 사람이니까, 언제나 하는 불평이 시작된 것이라고 생각했던 거죠. 내가 좀더 빨리 병원에 끌고 갔으면 좋았을걸."

어느 틈엔지 비가 그쳤다. 구름 틈새로 성질 급한 태양빛이 넘쳐흐르고 사쿠다이라에 통 형태의 빛다발이 내려오고 있었다. 후지사와 씨도 창밖의 광경에 눈길을 주었다.

"공공 건축은 두 번 다시 안 하겠다고 했었는데, 왜 그런지 현대도서관 일은 해보려고 생각한 거예요. 그래서 더 열심이었지요. 나한테까지 플랜을 보이며 설명해줬거든요. 건축 이야기 같은 건 좀처럼 하지 않는 사람인데."

후지사와 씨는 거실의 남쪽 창문을 열었다. 빗물에 씻겨서 몸에 스며들듯이 차가운 공기가 창에서 들어온다. 어딘가 높은 가지에서 고지새가 느긋하게 지저귀고 있다. 농장에서 자주 듣는 고음의 휘파람 같은 '휘시리고키리'라는 울음소리다.

"슌스케 씨는 의식이 돌아와도 일은 이제 못하겠지요. 유감스럽지만 어쩔 수 없지요. 사람한테는 주어진 시간이 있다고 생각해요. 얼마나 시간이 남아 있는지 자기는 모르지만 그 끝은 누구에게나 공평하게 와요. 나는 매일 아침 오늘 쓰러져도 이상하지 않다, 내일이 이 세상하고 하직하는 날일지도 모른다고 생각해요. 젊은 사람은 그런 일을 생각할 필요가 없지만, 그렇지만 사실은 똑같아요."

하늘에는 금방 맑은 하늘이 펼쳐지고 비에 젖은 농장의 긴 돌담이 일제히 빛나기 시작했다.

"부탁이 있는데……."

"네."

"나는 여름 별장에 한 번도 가본 일이 없어요. 슌스케 씨가 와보라고 여러 번 말했어도, 그럼 지금 같이 가보자, 라고는 안 했거든요. 여기 밭에서 마음에 드는 꽃을 갖고 간 일도 있는데 어떻게 심어서 어디에 피고 있는지도 모르고 가르쳐주지도 않았어요. 나한테 거는 전화가 방 어디에 있는지도 모르고, 앉아서 걸었는지 서서 말했는지, 그것도 몰라요. 만일 슌스케 씨의 의식이 이대로 안 돌아온다면, 이제는 갈 기회도 없잖아요? 작업실 방이 어떻게 되어 있는지, 어떤 의자에 앉아서 어떤 경치를 보고 있었는지, 한 번이라도 좋으니까 보고 싶어요. 쓰러지고 나서 자꾸 여름 별장에서의 슌스케 씨가 떠오르는 거예요. 그렇지만 그건 목소리뿐이지 모습은 없어요."

"알겠습니다. 모시고 가겠습니다."

"미안해요. 부담 갖지 말아줘요. 서두르지 않아도 되고 슌스케 씨가 다시 건강해지면 안 가도 되니까. 그렇지만 이대로 겨울이 지나고 봄이 되고, 그래도 의식이 안 돌아온다면……."

무언가가 밀어닥쳐서 균형을 잃고 컨트롤이 안 될 것 같은 후지사와 씨의 표정을 보고 내가 말했다.

"저, 여름 별장에 모시고 갈 때, 선생님 조카따님이 같이 가도 될까요?"

"마리코?"

후지사와 씨 얼굴이 갑자기 밝아졌다.

"아세요?"

"어릴 때부터 여러 번 놀러 왔었으니까."

그렇게 친한지는 몰랐다.

"슌스케 씨는 사카니시 군하고 마리코를 결혼시키고 싶어했어요. 얘기 못 들었어요?"

"아니, 아무 소리 안 하시던데요."

"어머, 그래요?" 후지사와 씨는 뜻밖이라는 목소리였다.

"그렇지만 마리코 씨가 우치다 씨한테 들었다고……."

"내가 말했으니까요."

"왜 우치다 씨에게?"

"그건 말이야, 우치다가 괜히 장난 비슷하게 마리코한테 접근해서예요. 반쯤 놀이 삼아 데리고 다니는 척 자기 마음을 숨기고 있었거든요. 언제든지 진심이 아니었다고 누구한테라도 말할 수 있게 말이지. 자기 자신한테도, 마리코한테도 말이에요. 그런 것이 우치다의 잘못된 점이지요."

"후지사와 씨는 어떻게 그렇게까지 아십니까?"

"슌스케 씨한테 들었으니까."

아무것도 보지 않은 것 같은데 선생님은 그런 것까지 다 보고 있었던 걸까.

"우치다는 그만 됐어요. 요컨대 사카니시 군에게 선생님이 반한 거니까." 후지사와 씨는 그렇게 말하고 명랑하게 웃었다. "그렇지만 결정하는 것은 슌스케 씨가 아니잖아요. 사카니시 군하고 마리코지. 성급하게 생각할 필요는 없어요. 둘 다 아직 황당할 만큼 젊으니까."

나는 되돌릴 말을 못 찾은 채, 후지사와 씨 댁을 나왔다.

"잘 가요. 오늘은 고마웠어요."

헤어질 때 후지사와 씨는 여느 때의 웃는 얼굴이 되어 있었다.

24

火山のふもとで

11월 25일, 국립현대도서관 설계 경합이 있었다. 일등은 후나야마 게이이치 건축연구소의 플랜이었다.

후나야마의 안은 두꺼운 소형 성경을 한가운데서 열어 세워 놓은 것 같은 모양이었다. 시선을 위로, 위로 수직으로 이끄는 후나야마다운 형태였다. 동서 윙wing으로 나뉜 각각의 사다리꼴 플로어에는 책장이 비스듬하게 평행해서 늘어서고 책으로 말하면 책등이나 한가운데의 목에 해당하는 부분에 카운터 등의 사무기능이 모여 있었다. 카운터에서는 책장과 책장 사이의 통로를 볼 수가 있다. 이용객의 동선보다 도서관을 운영하고 책을 관리하는 쪽에 무게중심이 놓여 있다고 볼 수도 있었다. 어딘가 큰 병원의 심플하고 기능적인 로비 플로어를 연상시켰다. 주위를 내려다보는 듯한 표정의 외관에서 조금이라도 건축에 관심이 있으면 한눈에 후나야마 게이이치의 설계라고 알 수 있을 것이다. 만일 국립도서관에 위엄 같은 것을 원한다면 이 플랜을 선택하는 데 아무도 이견이 없을 것이다.

나는 개인적인 입장이나 취향을 모두 빼도 여전히 선생님 플랜이 후나야마 게이이치 플랜을 모든 의미에서 능가한다고 생각했다. 그러나 선생님의 부재는 뜨거운 물을 막 부은 티포트의 뚜껑이 갑자기 없어진 것이나 같았다. 뚜껑 없는 티포트에 누가 손을 대겠는가. 선생님이 쓰러진 충격이 너무 커서 경합에 진 데 대한 낙담은 그 속에 녹아서 가라앉았다.

12월에 들어서자, 도쿄도 겨울다운 날씨가 계속되기 시작했다. 선생님이 쓰러지고 나서 이제 일곱번째 주말을 맞이하려는 금요일 저녁, 나하고 마리코, 그리고 "나도 같이 데려가 줄래?" 하고 주저하면서 말한 유키코, 셋이서 아사마 중앙병원에 가기로 했다. 나는 오후부터 사무실 주차장에서 선생님 볼보를 세차했다. 앞창도 뒤창도, 사이드미러도 마른 헝겊으로 반들반들해질 때까지 닦았다.

그전 주말, 나는 마리코한테 선생님이 좋아하시는 피아노곡을 몇 곡 골라서 연주해달라고 부탁했다. 테이프에 녹음해서 의식이 돌아오지 않는 선생님께 들려드리려고 생각했던 것이다. 그것은 나의 감상적인 생각이 아니라 뇌 질환에 대한 책을 여러 권 읽는 중에 청각이 인간의 진화과정 중에서도 태곳적부터 있었던 시원적인 것으로, 의식이 맑지 않는 상태에서도 기능하는 경우가 있다는 것을 알게 되었기 때문이다.

중환자실 안에서 들리는 것은 인공호흡기의 압축기 소리, 에어컨의 낮은 바람 가르는 소리, 의사와 간호사의 짤막한 대화, 기계류의 무기질적인 소리, 가끔 열렸다 닫히는 자동문 소리 정도이다. 숲을 건너는 바람 소리도, 가지에서 지저귀는 새소리도,

난로에서 탁탁 튀는 장작 소리도 들리지 않는다. 선생님의 의식이 물속에 가라앉아 있다 하더라도 마리코가 치는 피아노 소리라면 깊은 곳에서 잠들어 있는 기억과 서로 교류할지도 모른다.

초등학교부터 중학교에 걸쳐 피아노 발표회에는 큰아버지인 선생님이 꼭 왔었다고 한다. 발표회에서 치는 곡은 피아노 선생님이 선택한 후보곡 가운데서 본인이 치고 싶은 곡을 고르게 되어 있는데, 마리코는 늘 선생님과 의논했다고 한다. 4학년 때 선생님이 골라준 것은 슈베르트의 즉흥곡이었다.

거실이나 소장실에서 선생님이 자주 듣던 그 곡을 나도 자연스레 외워버렸는데 마리코 말에 의하면, 중고생 무렵 발표회에서 친 곡도 있는 것 같다. 그러나 선생님은 적어도 여름 별장에서는 마리코에게 피아노 얘기를 하지 않았다. 나도 선생님이 입원하지 않았다면 마리코에게 피아노를 쳐달라고는 도저히 말할 수 없었을 것이다. 처음에는 내키지 않는 듯하던 마리코는 전날이 되자 조금 화난 것 같은 빠른 말투로 슈베르트의 피아노 소나타를 치겠다고 말했다.

"매일 연습해서 1악장만은 악보를 보면서 겨우 칠 수 있게 되었지만, 그래도 이십 분 정도 걸리니까 그게 한계야."

마리코는 1악장이라면 녹음해도 좋다, 그렇지만 녹음은 금요일 밤에 혼자 하겠다, 구가루이자와에 있는 피아노는 중학교를 졸업한 봄에, 선생님이 긴자의 전시실뿐 아니라 보관 창고까지 같이 가서 골라준 것이니까 선생님이 좋아하는 소리일 거라고 했다. 마지막으로 고른 두 대의 피아노 앞에서 어느 쪽이 좋은지

망설이고 있자 선생님이 말했다.

"둘 다 좋네. 한쪽은 긴장되고 씩씩한 맛이 있고, 또 한쪽은 부드럽고 둥근 느낌의 소리가 나."

"같은 피아노라도 이렇게 다르구나. 그렇지만 둘 다 소리가 좋은데."

"그렇긴 해. 마리코의 좋은 점만을 두 대가 나눠 갖고 있는 것 같군." 선생님은 그렇게 말하고 빙긋 웃었다.

"어쩌지?"

"뭐, 곤란해할 건 없어. 씩씩한 쪽을 고르면 그 피아노로 둥근 음을 내면 되지. 둥근 음이 나는 피아노도 어떻게 치느냐에 따라서 좀더 긴장되게 만들 수 있고."

마리코는 망설인 끝에 둥근 음의 피아노를 골랐다. 그리고 십여 년 정도가 지났다.

마리코는 녹음하는 데에 토요일 오전 내내 시간이 필요하다, 당신은 레코더 세팅을 해두고 어디를 누르면 녹음할 수 있는지 가르쳐주면 된다고 했다.

"녹음하는 것은 간단해. 소리도 깨끗하게 녹음될 거야."

대학 친구한테 빌린 소니의 카세트레코더를 차에 실어놓았다. 선생님께는 평상시 내가 쓰는 워크맨으로 들려드릴 생각이다.

"나는 구가루이자와에 묵을 테니까, 토요일 점심때쯤 유키코 씨랑 데리러 와줄래?" 마리코가 말했다.

나는 유키코하고 단둘이 될 거라고는 생각도 안 했기 때문에 순간 놀란 얼굴이 되었다.

"왜? ……뭐?" 마리코는 조금 무서운 얼굴을 해보였다.

"괜찮을까?" 그렇게 말해보았다.

"까, 라니 왜 까야?"

마리코는 내 목에 양손을 뻗어가는 손가락으로 부드럽게 목을 조였다.

구가루이자와의 양식집에서 셋이 저녁을 먹은 뒤에, 카세트레코더를 피아노 가까이에 세팅한 뒤 마리코를 별장에 혼자 남겨두고 나와 유키코는 여름 별장으로 향했다. 만월에 가까운 달밤이었다. 도중에 왼쪽에 나타난 커다란 아사마 산은 달빛에 윤곽을 떠올리고 파우더 같은 눈이 덮인 산 표면을 흐릿하게 보이고 있었다. 엔진과 에어컨 소리만이 어두운 차 안에 울리고 있었다. 계기판의 오렌지색 빛이 어두운 시야 가운데 떠 있다.

아오쿠리 마을은 완전히 한겨울 풍경이 되어 있었다. 낙엽수는 몽땅 잎사귀가 떨어지고 자동차 라이트가 가지와 줄기를 지나, 저 멀리까지 뻗는다.

유키코가 열쇠로 문을 여는 동안에 여름 별장 주위를 낙엽을 밟으면서 걸어다니며 물을 빼서 잠가둔 네 군데의 수도전을 연다. 계수나무 낙엽 위를 걷고 있자, 희미하게 달콤한 냄새가 솟구친다. 차디찬 여름 별장에 들어가자마자 바로 석유스토브를 켜고 난로에 장작을 옮겼다. 부엌 밖의 온도계를 보니 눈금이 영하를 가리키고 있다. 유키코하고 단둘이 있는 것을 얼버무리듯이 식당 장에 놓여 있는 라디오를 켠다. 뉴스가 끝나고 일기예보가 시작되었다. "……내일 최저 기온은 우에다 마이너스 1도, 마쓰모토 마이너스 2도, 가루이자와 마이너스 5도……."

"둘밖에 없으니까 목욕탕은 한쪽만 쓰면 되지 않을까? 나는 상관없으니까." 유키코가 말했다.

"그렇지요"라고 말하고는 남성용 목욕탕을 준비하러 갔다. 마리코가 걱정하려나 하고 타일 바닥을 보면서 생각했지만, 뒤가 켕기는 일이 없으니까, 하고 고쳐 생각했다.

거실로 돌아오자 붙은 줄 알았던 난롯불이 꺼져 있었다. 장작에 어지간히 습기가 차 있었던 것 같아서 여러 번 되풀이해서 불을 붙여도 연기만 나고 불이 붙지 않는다. 유키코가 엽차를 갖고 왔다. 여러 번 만에 겨우 시원찮은 불꽃이 일어났다. 이윽고 뜨거워진 장작의 수분이 나무에서 슉슉거리며 거품 상태로 뿜어져나오기 시작했다. 나하고 유키코는 난로 앞 소파에 떨어져 앉았다. 잠자코 불을 보면서 엽차를 마셨다. 실내인데도 뱉는 숨이 하얗다.

"춥네." 유키코가 불을 보면서 말했다.

"목욕하고 오늘은 잘 일밖에 없네요."

"그러네." 유키코가 다소 건성으로 대답하고는 말을 이었다. "마리코, 지금쯤 치고 있을까? 기대된다."

고개를 끄덕이는 나를 보고 유키코가 입을 열었다.

"사카니시 군, 마리코의 피아노 연주 들어본 적 있어?"

"네? 없어요."

"그래?"

불꽃을 올리고 있는 장작이 유키코 목소리에 맞추듯이 기울어지더니 무너졌다. 부지깽이로 불이 붙은 장작을 주워서 다시 쌓아올린다. 불꽃이 강해진다. 유키코는 잠자코 불꽃을 보고 있다.

"조금 있으면 목욕물이 덥혀질 테니까 먼저 들어가시죠."

"응." 듣고 있는지 어떤지 알 수 없는 목소리였다.

장작 타는 소리만이 긴 침묵을 완화시키고 있었다. 뭔가 얘기해야겠다고 생각한 순간, 장작이 성대하게 튀었다. 우리는 서로 얼굴을 봤다. 온화한 미소를 띤 유키코의 눈이 여느 때보다 오래 머물러 있는 것처럼 느낀 것은 내가 그랬기 때문일까?

"그럼 먼저 갈게." 유키코는 잊고 있던 무언가가 생각난 듯이 갑자기 일어났다.

"천천히 몸을 덥히세요." 나는 유키코를 보지 않고 장작을 정돈하면서 말했다.

"고마워."

귀 깊숙한 곳에 남은 유키코 목소리로는 아무것도 추측할 수 없었다. 나는 난로 앞에 달라붙듯이 하며 장작을 잇달아 보충했다. 조금이라도 방이 따뜻해지기 위해서만이 아니라 불꽃이 강해지면 내 안의 이도저도 아닌 침전물이 타서 없어질 것 같았기 때문이다. 화력이 강해지자 습한 장작도 쌓아올린 순간 불꽃을 올린다. 여느 때보다 한 단 더 장작을 높이 쌓아본다. 신나게 높이 불꽃이 오르고 탁 하는 소리를 내기 시작했다. 이렇게 장작과 불을 상대하고 있는 동안은 아무 생각을 하지 않아도 된다. 장작을 보충하고 불꽃 상태를 보면서 부지깽이로 위치를 바꾼다. 나도 모르게 손이 움츠러들 만큼 뜨겁다. 얼굴도 불꽃에 타는 것 같다. 난로의 복사열이 계속 올라간다. 밤이 짙게 깊어간다.

목욕을 끝내고 돌아온 유키코가 상큼하고 밝은 얼굴로 아무렇지도 않게 소파의 내 옆자리에 앉았다. 마리코하고 다른 비누와 샴푸 냄새가 났다.

"어, 난로 벽에 별자리가 생겼네?" 유키코가 식은 엽차를 꿀꺽꿀꺽 마시고 나서 말했다.

"네? 별자리?"

"응. 까만 벽에 불꽃이 튀잖아? 그 불꽃 모양으로 점을 친대. 전에 선생님이 가르쳐주셨어."

"뭐 알아낸 게 있어요?"

"아니."

나는 그대로 불꽃을 바라보는 유키코 얼굴을 보고 있었다.

이윽고 유키코가 "그럼 먼저 들어갈게" 하고 소파에 앉은 채 말했다. 고개는 끄덕였지만 바로 말이 나오지 않았다.

"잘 자."

유키코는 그렇게 말하고 일어서더니 나에게 등을 돌렸다.

"안녕히 주무세요." 등을 보고 나도 말했다.

유키코는 돌아보지 않고 그대로 계단을 올라갔다. 나는 잠시 난로 앞에 앉아 있었다. 그러다가 문득 생각이 나서 후지사와 씨에게 전화를 걸기로 했다. 약속을 지키려고 한 것이다.

가사실의 등을 켜자 책상 끝 연필깎이 옆에 마리코가 쓰던 작은 유리 화병이 그대로 놓여 있었다. 마지막에 꽂혀 있던 것은 자주색 엉겅퀴였다.

후지사와 씨는 바로 전화를 받았다. 짧게 용건을 이야기하자, "알았어, 고마워요, 지금 마리코 씨 거기 있나요?" 하고 물었다. 나는 없다고 말하고 유키코가 있다는 말은 하지 않고 수화기를 내려놓았다.

목욕탕은 깨끗하게 정돈되어 있었다. 유리창은 김으로 하얬다. 유키코의 샴푸 냄새가 남아 있었다.

다음 날 아침, 전화로 마리코와 얘기하던 유키코가 "점심을 같이 먹고 병원에 가자네" 하고 말했다.

"녹음은 잘됐나?"

"아무 소리 안 하던데. 조금 더 시간이 걸리려나?"

유키코는 여느 때와 똑같은 미소를 띠고 나를 보았다.

쾌청이었다. 아사마 산은 어젯밤 달빛으로 봤을 때보다 더 하얘진 것 같았다. 마리코하고의 약속 시간까지는 아직 시간이 넉넉했다. 아침식사 뒤, 나는 유키코에게 말해서 반딧불이 연못까지 산책가기로 했다.

더플코트에 머플러를 하고 밖에 나가자, 고요한 냉기가 볼을 조인다. 유키코는 백곰 같은 카우틴 스웨터에 성기게 짠 울 머플러로 입가를 덮고, 짙은 갈색 코르덴바지에 메인 헌팅 슈즈갑피는 내수耐水 소가죽, 바닥은 방수 가류加硫 가공이 된 고무 밑창 구두를 신고 있다. 털모자에 양털 장갑, 완전 무장 상태였다. 잎이 다 떨어지고 줄기하고 가지만 남은 계수나무는 골격 표본 같았다. 태양의 위치가 여름보다 훨씬 낮다. 숲에서 비스듬하게 눈부신 광선이 들어온다. 어치새의 기이기이 하는 작은 울음소리가 머리 위에서 들려온다. 올려다본 나뭇가지에서 새 그림자가 날아갔다.

아오쿠리 마을에 인기척은 없었다. 차도 지나가지 않는다. 한참 곧장 걷자 여름에 노미야 씨가 쓰러져 있던 곳에 도달했다. 주위는 낙엽이 바람에 날려서 쌓인 웅덩이가 되어 있었다. 나하고 유키코는 거기에 멈춰 서서 서로의 얼굴을 봤다. 올겨울은 가족의 간청에 따라 도쿄에서 보내기로 한 노미야 씨는 완성된 독서대를 세타가야의 집에 보내달라고 했다. 그 앞에서 왼쪽으로 꺾이면 반딧불이 연못이다.

어딘가에서 장작 때는 냄새가 풍겨온다. 인기척을 느끼기만 해도 마음이 놓인다. 낙엽을 밟고 연못으로 완만하게 내려가는 오솔길을 걸어간다. 장갑을 잊은 내 손은 완전히 얼어붙고 코끝도 차가워져 있었다.

초등학생인 마리코가 여름방학 담력 테스트 때 일주한 반딧불이 연못가 산책로로 나왔다. 연못가를 따라 얼어붙은 수면에서 둔탁한 빛이 반사하고 있다. 갑자기 오색딱따구리의 요란한 울음소리가 울린다. 자기 영토에 들어오지 말라고 경고하는 것 같은 소리였다.

"선생님이……." 연못의 언 얼음을 눈부신 듯이 보면서 일단 말은 삼킨 유키코가 마른 목소리로 말했다. "의식만이라도 돌아오시면 좋겠어. 말은 다시 하기 힘들지도 모른다고 마리코가 말했지만."

"선생님은 체력도 있고 심장도 튼튼한 것 같으니까 틀림없이 의식이 돌아올 거예요." 나는 마리코의 걱정에는 직접 언급하지 않고 그렇게 말했다.

"앞으로…… 사무실은 어떻게 될까?"

"지금 상태로 계속하기는 어려울지도 모르겠지요."

"그렇지? 지금 이대로는 안 되겠지?" 유키코의 목소리가 가라앉았다.

얼음이 얼지 않은 연못 중심부에서 갑자기 청둥오리가 날아올랐다. 그 뒤를 쫓듯이 또 한 마리가 물 위를 달려 하늘로 올라간다. 두 마리가 서로 울면서 상공을 선회하기 시작한다. 우리는 한동안 하늘을 올려다보면서 어딘가 쓸쓸한 울음소리를 듣고 있었다.

마리코와 유키코를 뒷좌석에 태운 차 안에는 겨울 오후의 금빛을 띤 햇살이 들어오고 있었다. 구가루이자와를 빠져나왔을 때 유키코가 마리코에게 말했다.

"마리코, 피아노 연주 들어도 될까?"

바깥 경치를 보던 마리코가 "잘 못 치긴 했지만…… 그래요" 하고 말하면서 손가방에서 카세트테이프 케이스를 꺼냈다.

"고마워."

유키코는 밝은 목소리로 카세트를 마리코한테 받아서 케이스에서 꺼낸 테이프를 나한테 건넸다.

테이프를 집어넣자, 피아노 소리가 아니라 마리코의 음성이 들리기 시작했다.

"선생님…… 안녕하세요. 마리코예요. 컨디션은 어떠세요? 쭉 누워 계시니까 등이랑 엉덩이가 아프지 않을까 걱정입니다. 아프시면 오른손이든 왼손이든 손가락 끝만이라도 좋으니까 신호를 해주세요. 간호사에게 전달할게요. 가루이자와는 이제 겨울입니다. 아사마 산도 새하얗게 눈 화장을 했어요. 참 예뻐요. 리스토란테 하나에서 모두 모였을 때, 사카니시 군 입사 축하로 커다란 몽블랑이 나왔다면서요? 유키코한테 물었더니 지금 아사마 산의 눈 풍경이 그 몽블랑하고 똑같다고 하네요. 오늘은 유키코도 사카니시 군도 함께 있어요. 이제부터 오래간만에 피아노를 쳐서 선생님께 들려드릴게요. 별장의 피아노예요. 고등학생이 됐을 때 같이 골라주셨죠? 벌써 십 년도 더 됐네요. 시간이 지나가는 것은 정말 놀랄 만큼 빠르네요. 제가 이 부드럽고 다정한 음색의 피아노를 골랐을 때 선생님이 좋은 소리라고 말씀하셨던 것, 기억하고 있습니다. 지금부터 치는 것은 선생님이 좋아하시는 슈베르트의 〈피아노 소나타 21번〉이에요. 충분히 연습하지 못해서 사실 민망한 수준이지만, 오늘은 인사 대신이라고 생각하시고 너그러이 이해해주세요. 다시 연습해서 좀더 잘 치게 되면 그때 다시 들려드릴게요. 그럼 치겠습니다."

마리코가 피아노 의자를 잡아당기는 소리가 났다.

18번 국도를 달리는 차 안에 마리코가 치는 피아노 소나타가 흐르기 시작했다. 터치는 부드럽고 막히는 곳이 없었다. 교양이라고 할 레벨이 전혀 아닌 것에 대한 놀라움은 이내 사라지고 그저 그 소리에 귀를 기울였다. 자기가 살고 있는 시대와 맞서는 것도 아니고 친한 친구에게 보내는 것도 아닌, 하물며 애인에게 들려주려는 것도 아니고 혼자 자기하고 대화하고 있는 것 같은 선율이었다. 슈베르트는 남겨진 시간이 얼마 남지 않았다는 것을 알고 있었던 것일까?

백미러에는 유키코가 비춰지고 있었다. 조금이라도 고개를 숙이면 눈물이 떨어질까 봐 고개를 숙이지 않고 앞을 보고 있는 표정이었다.

오이와케를 지나서 쓰부라노에 들어섰다. 마리코의 피아노는 아직 계속되고 있다. 오른쪽에 이제 곧 후지사와 씨의 농장이 보일 것이다. 도로에서는 방풍림이 보일 것이다. 매 주말 마리코와 같이 병원에 간다고 전화했을 때, 후지사와 씨는 "사카니시 군하고 마리코가 둘이 와주는 걸 알면 슌스케 씨가 기뻐할 거야" 하고 말하고는 입을 다물었다.

왼쪽으로는 사쿠다이라의 풍광이 펼쳐져 있었다. 선생님도 바라보던 전원 풍경이다. 사쿠다이라로 이어지는 넓은 경사면에 작은 연기가 몇 개 휘날리고 있었다. 차는 완만한 오르막과 내리막길을 거쳐 쓰부라노를 지나 좀더 서쪽으로 향했다.

나하고 마리코는 중환자실 스태프하고 이제는 완전히 친해져 있었다. 삼십대 후반의 '고이데'라는 명찰을 단 간호사는 "멀리서 오느라고 고생이 많죠? 오늘은 무라이 씨의 안색이 좋으세요" 하고 말했다. 나는 지나가던 간호사를 불러서 선생님께 마리코가 친 피아노를 들려드리고 싶다고 이야기했다.

"물론 괜찮아요. 시간은 얼마나 걸리나요?"

"이십오 분 정도 됩니다." 마리코가 말했다.

"저, 그리고 괜찮으시다면."

나는 조심스럽게 만일 가능하다면 하루에 한 번 정도 이 테이프를 들려줄 수 있겠느냐고 물었다.

"알았어요. 하루에 한 번은 들려드리도록 할게요." 그렇게 말하고 나서 간호사는 진지한 얼굴이 되었다. "의식 불명으로 보이는 환자도 사실 귀는 들리는 일이 종종 있어요."

마리코가 내 눈을 쳐다보았다.

"선생님께 지금 가족이 오셨다고 연락했으니까 나중에 면담실에서 무라이 씨 용태에 대해 말씀을 들으세요."

간호사는 시원시원한 발걸음으로 중환자실 밖으로 나갔다.

우리는 하얀 옷으로 갈아입은 뒤 마스크와 모자를 쓰고 팔뚝까지 소독한 다음, 중환자실로 들어갔다. 지금은 선생님만이 네 개 있는 침대의 가장 안쪽에 누워 있다.

마리코가 맨 먼저 선생님한테 가까이 가서 여느 때처럼 오른손을 살며시 쥐었다. 선생님은 인공호흡기를 달고 눈을 감고 있었다. 미간의 주름은 지난주보다 부드러워진 것 같아 보였다. 안색도 좋아진 것 같다. 마리코가 선생님 귓가에 얼굴을 가까이 대고 말했다.

"선생님, 마리코예요. 오늘은 사카니시 군뿐 아니라 유키코 씨하고도 같이 왔습니다."

마리코가 손짓으로 유키코를 불렀다. 유키코가 선생님 팔에 손을 올려놓았다.

“선생님, 나카오입니다.”

그리고 그대로 입을 다물어버렸다.

나는 머리맡에 워크맨을 놓고 이어폰을 선생님 귀에 갖다댔다. 깨끗하게 수염을 깎고 머리도 잘 빗겨져 있다.

“선생님, 실례합니다. 이어폰 끼워드릴게요.”

시작 버튼을 천천히 누르자, 머리맡 워크맨 속에서 카세트가 움직이기 시작한다. 선생님의 귀에 마리코의 목소리가 도달했을 것이다. 좀 있으면 슈베르트의 피아노 소나타가 울리기 시작하리라.

우리는 잠자코 선 채 이어폰을 낀 선생님을 보고 있었다. 선생님의 얼굴도, 손도, 손가락 끝도 꼼짝도 하지 않는다. 마리코는 도중부터 선생님의 무릎 아래를 천천히 쓰다듬고 있다.

손목시계를 확인하여 테이프 재생이 끝날 시간에 나는 정지 버튼을 눌렀다. 테이프의 회전이 멈춘다. 선생님 귀에서 이어폰을 뗀다. 그 바람에 약간 흐트러진 머리카락을 마리코가 손가락 끝으로 가지런히 정돈했다.

지금 이 장소에서 확실하게 움직이고 있는 것은 시곗바늘과 계기판, 그리고 규칙적으로 오르락내리락하는 선생님의 가슴뿐이다. 우리 선생님은 거기 있지만 없는 것이나 같았다.

의사의 말에는 새로운 내용이 하나도 없었다. 미안한 듯이 또는 우회적으로 체념을 촉구하는 듯한 표정이 떠 있었다. 설명을 다 들은 우리는 고개를 숙이고 병동을 나왔다. 북풍이 불어닥치고 있었다. 완전히 차가워진 자동차에 시동을 걸고 난방을 제일 세게 틀었다. 출발하기 전에 잠깐 숨을 정돈하고 나서 내가 말했다.

"도중에 들르고 싶은 곳이 있는데요." 목소리가 조금 굳어 있다. "후지사와 기누코 씨라고, 선생님이 아시는 분이 한 번 여름 별장을 보고 싶다고 하셔서요."

백미러에 마리코의 얼굴이 비쳤을 테지만 나는 백미러를 보지 않았다.

"후지사와 씨는 여름 별장에 오신 일이 없었구나."

마리코가 담담하게 지금까지 얘기가 안 됐던 부분을 슬쩍 건너뛰고 그렇게 말했다. 유키코는 마리코도 아는 사람인 줄 알고 아무 소리 안 하고 잠자코 있다.

차가 후지사와 씨네 농장 부지에 들어서자, 유키코가 뒷좌석에서 창밖에 눈길을 빼앗기고 있는 것이 느껴졌다.

"여기는 개인 주택이야? 아니면 뭔가 큰 농장 같은 거?"

"개인 주택이면서 큰 농장입니다."

진입로 좌우에 나타난 집이 시야에 들어와도, 좀더 안쪽의 커다란 저택을 봐도, 유키코는 왠지 잠자코 있다. 어느 것이나 선생님이 설계한 집이라고 금방 알아차렸을 것이다. 엔진을 끄고 차에서 내려 현관을 노크하려고 하자, 문이 안쪽에서 열렸다. 후지사와 씨가 무릎 아래까지 오는 베이지색 다운코트를 입고 서 있었다.

"병원에 다녀왔습니다."

"변함없으시지요?"

"네."

후지사와 씨는 문을 잠갔다. 마리코하고 유키코가 차에서 내렸다.

"안녕하세요, 기누코 씨." 마리코가 후지사와 씨에게 인사했다.

"마리코 씨, 오래간만이네. 건강해 보여요."

"처음 뵙겠습니다. 나카오라고 합니다."

"안녕하세요. 선생님한테 말씀은 많이 듣고 있었어요. 처음 뵙겠습니다. 후지사와입니다."

조수석에 유키코가 앉고, 뒷좌석에 마리코하고 후지사와 씨가 앉았다. 차는 거기에서 한 시간 정도 겨울 경치 속의 기타아사마를 향해 달렸다. 이 멤버가 선생님의 차를 타고 여름 별장을 향하는 것을 보았으면 선생님은 어떻게 생각하실까. 나는 그렇게 생각하면서 핸들을 잡고 있었다.

왼쪽 앞에 보이는 아사마 산은 완전히 눈에 덮여 있었다. 글러브 박스에서 카세트테이프를 꺼내서 틀었다. 선생님이 차에서 자주 듣던 곡이다. 카세트에는 만년필로 '하이든 〈사계〉'라고 적혀 있다. 선생님의 꼼꼼한 글씨였다.

테이프는 3부 가을부터 시작했다. 〈사계〉는 북쪽으로 향하는 겨울 길 여행을 위해 준비된 음악인 것처럼 들렸다. 나카가루이자와에서 좌회전하여 구불구불한 언덕길을 올라갈 즈음에는 와인을 맛보는 기쁨을 밝고 튀는 듯이 합창하는 가을의 최종 파트에 들어서 있었다. 구불구불한 길이 끝나자, 갑자기 조용해지면서 어두운 겨울의 서주가 시작되었다.

유키코는 바깥을 보면서 "추워졌나봐" 하고 말했다. 콘솔 계기판의 외부 온도를 보니 마이너스 3도였다.

"밖은 영하네요." 내가 앞을 본 채 말했다.

마리코하고 후지사와 씨는 뒷좌석에서 피아노 이야기를 하고 있었다. 후지사와 씨의 큰 저택에는 피아노가 두 대 있다. 뚜껑이 열려 있는 베이비 그랜드피아노 악보대에는 늘 악보가 놓여 있었다. 후지사와 씨가 피아노 치는 소리를 선생님은 듣고 있었을 것이다.

똑바른 길이 이어졌다. 길가에 쌓인 가루눈이 강풍에 휘날려 도로 위를 미끄러지듯이 흘러간다. 〈사계〉는 침울한 곡조가 끝나자, 여성을 감싸는 베일을 짜기 위한 〈물레의 노래〉가 되었다. 그것은 격려의 노래이고 사람들을 기쁨으로 유도하는 노래였다. 그것이 이윽고 어딘가 윤택한 울림이 있는 사랑의 노래로 변한다. 우리 인간의 삶과, 그것을 지탱하고 때로는 위협하는 자연을 그대로 긍정하려 한 하이든의 만년의 의지가 넘쳐 있었다. 선생님은 차를 운전할 때, 싫증내지 않고 이 음악을 듣고 있었던 것이다.

차가 아오쿠리 마을에 들어섰다. 음악은 조금 전에 끝났다. 숲의 하얀 바닥에 쓸쓸한 겨울나무들이 시커멓게 서 있었다. 지금 우리를 맞이하는 것이 꽃이 흐드러지게 피고 어린 잎사귀가 바람에 흔들리는 봄이 아니라는 사실에 작은 위안을 느꼈다.

여름 별장은 조용한 겨울 경치 안에 서 있었다. 나는 후지사와 씨가 전체를 볼 수 있게 현관 앞이 아니라 계수나무를 빙 돌아서 차고에 차를 세웠다. 선생님이 주말을 후지사와 씨네 농장에서 보내고 돌아왔을 때하고 똑같이 천천히 후진하면서.

후지사와 씨가 제일 먼저 문을 열고 차에서 내렸다. 그 뒤로 마리코가 내리고 나와 유키코가 나란히 섰다. 진입로에도 하얀 눈이 얇게 남아 있었다. 후지사와 씨는 계수나무 아래에서 여름 별장을 올려다보더니 멈춰 섰다. 시선이 설계실 유리창을 향하고 있다. 나도 후지사와 씨를 따라 설계실을 올려다보았다.

선생님이 설계실 유리창에서 우리를 내려다보고 있었다. 멀리서 보기엔 엄한 얼굴을 하고 있는 것 같지만, 자세히 보면 그 얼굴이 희미하게 웃고 있다. 선생님이 자주 보이는, 우리 누구에게나 친근하고 잊기 어려운 표정이었다.

후지사와 씨는 그대로 한동안 서 있었다. 마리코도 유키코도 말없이 나란히 서 있었다.

시간이 멈춘 것 같았다.

새소리도 바람 소리도 그리고 선생님 목소리도, 아무것도 들리지 않았다.

火山のふもとで

건축에는 사용에 견디는 사용 가능 햇수가 있다. 보기만 하는 작품과 달리, 사람이 그 안에 들어가고, 사용하고, 조금씩 상하게 하기 때문이다. 사람의 손이나 발이 닿는 곳은 더러워지고, 느슨해지고, 낡아간다. 하얀 벽에는 그림자 같은 손자국이 생기고 벽지는 모서리부터 젖혀지고, 마룻바닥은 기름기가 빠져 마른 것처럼 허예진다. 몇천 번, 몇만 번 여닫는 동안에 문의 경첩은 느슨해지고 이윽고 어긋난다. 배수관 끝인 목욕탕, 세면대, 화장실, 부엌에는 반드시 잘못된 부분이나 고장이 생기고 노후화도 빠르다. 바깥에서 들어오는 광선, 물, 바람도 집을 상하게 한다. 비바람에 드러나 있는 지붕이나 유리창 틀은 물이 새고, 남몰래 녹을 키우며 손상이 심해진다.

집은 준공된 순간 건축가의 손을 떠나, 고객과 시간의 흐름에 그 운명을 내맡기게 된다. 손질할 시간과 비용을 아끼지 않는 고객이라 해도, 삶의 변화에 따라, 예컨대 가족 수가 늘거나 줄거나 하면 증개축할 필요가 생긴다. 다시 설계를 부탁하는 경우도 있고, 전혀 다른 건축가, 혹은 시공사가 원래 구상과는 관계없는 플랜을 세워서 형태를 바꿔버릴 때도 있다. 팔린 뒤에 자비 비슷한 감정과 함께 다시 살기도 하고, 가차 없이 부숴버릴 때도 있다.

사는 사람이나 주인이 바뀌면 주택에 대한 평가가 변하는 것이 당연하다. 비록 명건축이라고 불리는 것이라도 견해를 바꿔 보면 노후화된, 효율 나쁜, 평가액 제로의 불편한 덩어리에 지나지 않게 된다. 증개축 정도의 변경이라면 언젠가 처음 설계안으로 원상 복귀하는 것도 불가능하지 않다. 그러나 헐어버리면 그 땅에서의 복원은 거의 절망적이다. 고유한 건축의 수명은 그때 끝나버린다.

동시에 헐어버린다는 기별은 건축가에게 내심 어딘가 안심하게 하는 부분도 없지 않다. 적어도 내 경우는 그랬다.

고객한테서 직접 헐어버린다는 연락이 오는 일은 거의 없다. 시공사나 일부 열렬한 건축 애호가, 때로는 학생한테서 "선생님의 그 집이" 하고 분하다는 듯한 톤으로 연락이 온다. 그러면 나는 그날의 일이 끝나기를 기다렸다가 컴퓨터 아카이브에서 도면을 찾아 평면도, 입면도, 단면도, 상세도를 한 장 한 장 다시 살펴본다. 이윽고 머릿속에 내 자신의 중얼거림이 차례차례 물방울처럼 생긴다. 배치된 방의 밸런스가 일층과 이층에서 아무래도 좋지 않다. 부엌과 식당의 동선계획의 마지막 점검이 허술했다. 천장과 벽의 조합은 지금 같으면 이렇게 하지 않을 것이다.

한편 이십 년 전의 자기 설계에 감탄할 때도 있다. 이런 곳에 빗물 처리장치가 있으리라고는 아무도 모를 거라고 생각할 때도 있고, 이렇게 작은 토지에 고객의 요청을 전부 집어넣고도 비율이 아름다운 이 삼층집을 지은 인내심을 지금은 도저히 가지지 못할 거라고 생각하기도 한다. 계단의 난간 마감을 이렇게 자세하게 지정해서 가구공사를 담당한 사람이 꽤나 고생했을 것이다. 그렇게까지 자세하게 지시했어도 이 난간에 얼마나 손이 많이 갔는지 고객들은 상상도 못 할 것이다. 부술 거라면 난간만이라도 찾아오고 싶다. 젊을 때는 시간이 되는대로 도면에 달라붙어 숨이 막힐 듯한 완성을 목표로 일했다. 그 때문에 등한시한 부분이 손도 대지 못한 채 남겨진 것은 알아채지도 못하고.

잘된 것도, 잘못된 것도 해체하면 똑같이 사라진다. 그러나 그것을 마음속 깊이 아쉽다고 생각한 일은 별로 없다. 해체되는 집에는 그 나름의 이유가, 조금 더 과장해서 말하면 그 나름의 운명이 있다고 생각할 수밖에 없기 때문이다.

그러한 집의 고객이었던 사람과의 관계를 되돌아보면, 거의 예외 없이 어딘가 어렴풋하거나, 마음이 어긋났던 기억하고 연결되는 것이 이상하기도 하고, 납득되기도 한다. 건물은 사람이 원하고, 사람이 세우고, 사람이 사는 것으로, 사람과 건축가와 관계는 반드시 어떤 형태로든 건물 자체의 완성도에 나타나기 때문이다. 그러나 생각해보면 지금까지 허물었던 몇 채의 건물은 모두 소유주가 바뀌고, 토지째 처분된 것뿐이었다. 건축이 잘됐다 잘못됐다 하는 것과는 관계없이 건축의 경제적 가치는 이 나라에서는 시간의 경과에 따라 제로가 된다는 이야기다.

백 채 가까운 주택을 설계하고 몇몇의 공공 건축에도 관여하다 보면 오 년, 십 년이라는 시점에서 개수, 증축, 전기설비 교환 등 보수 의뢰가 부정기적으로, 게다가 갑자기 들어온다. 보수는 급하게 해야 하는 경우가 많기 때문에 저절로 우선순위가 올라가고, 신축 일은 전체의 반에 지나지 않는 것처럼 느껴지기도 한다. 최근 몇 년간, 주택설계 의뢰는 충분히 이야기를 나눈 뒤에 한정된 것만 맡았을 뿐인데도, 일상적으로 끌어안고 있는 일의 양은 매해 늘어만 간다. 사무소 인원을 늘리지 않도록 했기 때문에 맡을 수 있는 일에는 저절로 한계가 생긴다.

내가 어떤 이유로든 일을 계속하지 못하게 되면, 열 명이 일하는 이 사무소는 단계적으로 사람을 줄여나가다 사 년 뒤에는 해산하기로 결정했다. 직원도 모두 그 사실을 알고 있다. 해산 후 원래 사무소가 처리해줘야 하는 보수 작업은 두 수석건축가가 세울 설계사무소가 계속 맡는다. 자본금과 당장의 운영자금은 내 생명보험에서 내준다는 구상이다. 이후로도 의뢰가 들어오면 설계 당시의 담당자가 적극적으로 실작업에 협력하여 그 대가를 받는다. 수석건축가는 지금 삼대째이다. 그 자리를 맡는 때는 내가 죽은 뒤 혹은 일을 할 수 없게 된 시점으로 보수 업무를 인수하기로 해두었다.

멋대가리 없는 프로그램처럼 생각되지만 막상 시작해보니까 그렇지 않았다. 직원들은 언제라도 독립할 수 있는 실력을 익히려고 노력하게 되었다. 준공 뒤의 보수 관리도 좀더 꼼꼼하게 하려고 한다. 자기가 한 일은 반드시 자기한테 돌아올 거라는 의식이 자연히 생긴 것 같다. '선생님' 밑에서 일한다는 생각에 기대지 않고, 기한부로 같이 일하고 그 작업에서 나온 것을 최종적으로는 자기가 회수하겠다는 동기부여도 되어서 사무소의 분위기는 오히려 좋아졌다. 앞에 기다리고 있는 미지의 요소를 자기 자신을 위한 확장으로 생각하는 사고방식을 몸에 익혔으면 좋겠다. 나는 직원 한 사람 한 사람이 독립적이기를 바라고 있다.

쉰이 지나자, 내가 없을 때의 준비가 상상 속의 일이 아니게 되었다. 지금 공연히 이십대 직원을 채용해도 예상외로 빨리 사무소가 해산해버리면 너무 딱하고 미안하다. 내가 경험했던 일을 대학을 막 졸업한 젊은이에게 경험하게 하고 싶지 않다는 생각도 있다. 최근 몇 년간 새 직원 채용을 삼간 것은 그 이유가 컸다. 내가 일찍이 사무소를 어떻게 접을까 생각하게 된 것은 물론 선생님이 쓰러진 뒤의 무라이 설계사무소에서의 경험이 있기 때문이다.

삼십 년쯤 전, 선생님이 소장실 책상에 준비해둔 편지를 이구치 씨가 보여주었을 때, 나는 마음이 가라앉을 때까지 같은 문장을 되풀이하여 눈으로 좇고 있었다. 선생님 말씀이 의미하는 바는 그 뒤 시간을 두고 내 안으로 침전해갔다. 선생님은 끝내 자기 입으로는 말하지 않았지만 사무소를 어떻게 해갈지에 대해 미리 글로 남겨두었던 것이다.

1982년 10월 중순에 선생님은 쓰러졌고, 나가노 병원의 중환자실에서 나오지 못한 채 크리스마스가 다가오고 있었다. 뇌부종이 가라앉고 뇌압이 내려가자 처음에 왼손이 먼저 약간 움직였다. 그다음에 왼쪽 다리가 움직였다. 그리고 머리가 조금 좌우로 기울어지고, 더는 호전하지 않을 거라고 반쯤 체념하던 정체기에 들어선 어느 날 아무 예고 없이 눈을 떴다. 그러나 선생님의 뜬 눈은 아무것도 보고 있지 않는 것 같았다. 시점視点이 고정되지 않고 눈동자는 의지와 관계없이 움직이는 것 같았다. 선생님 표정을 보고 눈이 안 보이는 사람이 갑자기 시각이 되살아난 것과 같은 일이 일어나고 있는지도 모른다고 상상했다. 눈에 보이는 것을 의미가 있는 것으로, 말과 대응하는 것으로 인식할 때까지는 보아도 보지 않는 것이나 마찬가지가 아닐까 하는 것이다. 의사에게 물어도 시원한 대답은 듣지 못했지만 뜨고 있는데도 아무것도 안 보는 것 같은 눈을 보고 나는 그렇게 느끼고, 그렇게 해석했다.

이윽고 인공호흡기를 떼고 자력 호흡으로 전환했다. 그리고 아마도 깊은 안개가 낀 것 같은 상태이긴 했지만 선생님의 의식에 빛이 비추기 시작했다.

몸에 연결되어 있던 줄이 하나씩 줄어갔다. 연말에는 중환자실에서 나와 일반병동 독방으로 옮겼다. 선생님은 이쪽이 말하면 가끔 고개를 끄덕이게끔 되었지만 어디까지 이해하고 있는지는 알 수 없었다. 말은 전혀 나오지 않았다. 그러는 동안에 “아아”라든가 쉰 것 같은 작은 목소리가 목에서 나오게 되고, 이쪽 질문에 부정인지 긍정인지 의사표시를 할 수 있는 비율이 늘어갔다.

독방 침대에서 상반신을 조금씩 일으키게 되고 장기간에 걸친 인공호흡기 때문에 염증이 생긴 기관지가 진정되었을 때쯤, 입으로 식사하기 시작했다. 선생님은 우선 미음을 두 숟갈 정도 먹었다. 오른쪽 반신에는 확실하게 마비가 남아 있었다.

새해가 된 1983년 1월 말, 도쿄 도내에 있는 병원으로 옮기기로 결정되었다. 그날 나는 후지사와 씨에게 전화를 걸었다. 후지사와 씨는 "알았어요" 하고 말했다. 전화 너머에서 잠시 침묵이 흘렀다. 출구가 보이지 않는 어두운 터널 같은 침묵이었다. "도쿄 병원에서의 선생님 용태는 바로 연락드리겠습니다"라고 하자, 후지사와 씨가 "고마워요"라고만 했다.

도쿄에 갈 때는 내가 선생님의 볼보를 운전하고 사모님이 뒷좌석에 선생님을 모시고 앉고, 조수석에는 마리코가 앉았다. 고속도로에 들어섰을 때, 선생님이 자주 듣던 하이든의 〈사계〉를 틀었지만 선생님의 표정에는 변화가 없었다. 워크맨으로 들려드린 마리코의 피아노에 대해 언젠가 물어보고 싶었지만, 선생님 얼굴을 보고 있는 동안에 그 마음이 시들어버렸다. 말의 자유를 빼앗긴 상태로 선생님은 무엇을 어떻게 느끼고 있을까. 슬픔이나 짜증나는 감정은 가끔 전달되어온다. 사소한 일이라도 기쁨의 감정이 전달되어올 때까지 도대체 얼마큼의 시간이 필요한 것일까? 하이든의 〈사계〉는 고속도로를 달리는 차 안을 공연히 채울 뿐이었다. 아무도 듣지 않는 음악은 서먹서먹한 음의 연속에 지나지 않는다. 〈여름〉의 합창이 끝났을 때 오디오 스위치를 껐다.

도쿄 병원에 들어갔어도 사태가 극적으로 변화하는 일은 없었다. 마음대로 움직이지 않는 입에서 나오는 단어는 아직 불분명하고 성량도 없었다. 글자를 읽는 것도 마음대로 되지 않는다. 눈앞에 신문을 갖다놓아도 힐끗 볼 뿐 잡으려고도 하지 않았다.

기능이 남아 있는 왼손으로 글을 쓰려고 해도 거의 형태가 되지 못했고, 의미를 이루지 않는 선이 뻗고, 구부러지고, 떨리고, 끊길 뿐이었다.

오른쪽 시야에 보이지 않는 부분이 크게 있을 테니까 집에서도 뭔가에 부딪히지 않게 충분히 조심할 것, 소뇌가 손상을 입었기 때문에 몸의 밸런스를 유지하기 어렵다. 그러나 체념하지 말고 재활훈련을 계속하라는 것이 퇴원하는 날 의사가 한 말이었다.

선생님 차로 요요기 우에하라의 댁까지 모셔다 드리자 이미 간병인이 기다리고 있었다. 사모님은 선생님이 집에 들어가서 자리 잡는 것을 확인하자 곧바로 병원으로 돌아갔다. 마리코는 하루걸러 선생님을 찾아갔다. 일주일에 두 번, 간병인이 모시고 재활하러 다니는 것 외엔 선생님은 휠체어에 앉은 채 음악이 흐르는 거실에서 잠자코 마당의 나무들을 바라보고 있었다.

선생님이 댁으로 돌아가고 나서 얼마 안 돼 아사마 산이 커다란 땅울림을 울리면서 분화했다.

분화구에 불기둥이 솟구친 뉴스 영상이 방영되었다. 여름 별장 반대편 산중턱에는 산불이 났다고 한다. 후지사와 씨가 걱정이 되어 전화를 걸었다.

수화기에서 들려오는 목소리는 생각보다 명랑했다.

"걱정해줘서 고마워요. 산불이 난 곳은 여기에서 머니까 우리는 괜찮아요." 한밤중의 분화 뒤, 가스는 가끔 올라오지만 대규모 분화는 없다고 후지사와 씨가 말했다.

"분화 소리에 잠이 깼어요. 꽝 하고 온몸이 흔들리는 것 같은 엄청난 소리였지요. 그러고 나서 쭉 북쪽 창으로 소파를 옮겨서 아사마를 보고 있었어요. 물론 무서웠지만, 분화는 정말 예쁘더라고요. 불기둥까지 본 것은 참 오래간만이었는데…… 번개가 분화 가스 가운데를 여러 번 쳤어요. 화산재는 서풍을 타고 날아간 것 같아요. 여름 별장 쪽에 화산재라든가 화산 자갈이 많이 떨어진 것 아닐까요? 공진空振에 유리창이 깨지지는 않았는지 걱정이에요."

자택에서 지내는 선생님 상태를 전하자 후지사와 씨가 갑자기 침울한 목소리가 되었다. "요요기 우에하라하고 병원을 왕복하고 계시다면 올여름에는 아오쿠리 마을에 못 오시겠네요. 나는 전화도 걸지 못하고, 편지 보내는 것도 조심스럽고……. 그렇지만 그 상태라면 편지를 읽는 것도 지금은 무리겠지요. 슌스케 씨는 아사마 산이 분화한 것을 알고 계신가요?"

"TV 뉴스는 매일 빠뜨리지 않고 보시니까 아시리라고 생각해요." 내가 말했다.

"분화를 보고 무슨 생각을 했을까? 천천히라도 좋으니까 뭔가 얘기해줬으면 좋겠어요."

아사마 산의 화산재는 편서풍을 타고 광범위하게 퍼져서 멀리는 후쿠시마 현의 태평양 연안에도 재가 내리는 것이 관측되었다고 한다.

마리코는 분화가 있었던 바로 그날 선생님 댁을 방문했다. 나중에 들었더니, 선생님은 아사마 산의 분화를 보도하는 TV 화면을 꼼짝도 하지 않고 보고 있었다고 한다. 거실에는 선생님과 마리코 두 사람뿐이었다. 선생님이 천천히 왼손을 들어 TV 화면을 가리키고 나서 마리코를 보았다. 아사마 산의 분화 뉴스가 끝나자 선생님은 고개를 숙이고 눈을 감았다.

"얼굴을 든 선생님 눈에서 눈물이 흐르고 있었어. 왼손으로 닦으려고 하셔서 손수건을 드렸지."

마리코는 선생님이 왜 우시는지 자기가 추측하는 것은 삼갔다고 했다.

그날은 사모님이 진찰에서 돌아오는 9시 너머까지 선생님과 같이 있기로 했다. 마리코는 선생님께 계속 말을 걸었다. 최근 연습을 다시 시작한 피아노 얘기라든가, 이번 봄에 제일 잘 팔린 새로운 과자 이야기, 그리고 갑자기 아버지 양말이 몽땅 없어진 것이 결국 어머니가 말도 없이 전부 버렸기 때문이었다는 등등. 양말 이야기를 듣던 선생님이 훗훗훗 하고 천천히 소리내어 웃었다.

돌아오는 길에 마리코는 요요기 우에하라 역의 공중전화에서 후지사와 씨에게 전화를 걸고 분화 상황을 물었다. 뉴스를 보고 선생님이 울었다는 이야기는 하지 않았다. 백 엔짜리 동전이 떨어져서 지갑에 남아 있던 마지막 십 엔을 넣고 나서, 퇴원하고 처음으로 선생님이 웃었다는 사실을 떠올렸다. 얼른 후지사와 씨한테 전하자, "잘됐네" 하고 말하고는 그대로 입을 다물어버렸다. 전화는 거기에서 끊어졌다.

초여름이 되었다.

선생님이 계시지 않아도 사무소 일은 계속되고 있었다. 직원은 한 사람도 빠지지 않았지만 미팅 횟수가 현저하게 줄고 사무소가 도서관처럼 조용한 날이 늘어갔다. 다른 해 같으면 이제 곧 사무소가 들뜨면서 여름 별장으로 갈 준비를 할 때였다.

그러던 어느 날, 선생님이 갑자기 마리코가 운전하는 차로 사무소에 왔다. 현관 앞에 마중 나간 우리를 보고 휠체어에 앉은 선생님은 웃으려고 했지만, 얼굴의 반이 마비되어 통증을 참고 있는 것으로밖에 보이지 않았다. 모두가 선생님께 말을 걸었다. 선생님은 계속 고개를 끄덕였다.

올해 말까지 사무소에 남기로 한 우치다 씨가 휠체어 뒤를, 내가 앞을 들어서 이층 소장실까지 운반했다. 얼굴이 허예진 선생님은 체중이 많이 줄어 있었다. 휠체어를 들어올린 순간, 생각보다 훨씬 더 가벼워서 가슴이 찡했다.

소장실에 들어가자 선생님이 왼손으로 휠체어를 조금 움직여서 책상 왼쪽 서랍을 잡아 빼려고 했다. 거들지 않는 편이 좋을까 싶어 주저하고 있자, 우치다 씨가 "제가 열어드릴게요" 하면서 서랍을 뺐다. 선생님은 우치다 씨를 올려다보고, 왼손을 조금 위로 들어 고개를 끄덕이며 고맙다는 말을 나름대로 표현했다.

선생님은 서랍 속의 하얀 봉투를 왼손으로 집어서 책상 위에 올려놓았다. 그리고 이구치 씨를 왼손으로 가리키고 고개를 끄덕이고 다시 한 번 봉투를 들었다.

이구치 씨는 하얀 봉투에서 편지지를 꺼내 말없이 읽기 시작했다. 열 장 이상 쓴 긴 편지였다. 이구치 씨가 선생님한테 "분명히 읽었습니다"라고만 하고 깊숙이 고개를 숙였다.

다시 나하고 우치다 씨가 선생님을 휠체어째 모시고 계단을 내려가, 밖에 대기하고 있던 마리코 차로 옮겼다. 열두 명의 직원은 모두 말없이 밖에 나와 선생님을 배웅했다. 선생님은 유리창 너머로 직원들에게 왼손을 들었다.

선생님의 편지는 꼭 일 년 전, 여름 별장으로 출발하기 전날 쓴 것이었다.

> 이구치 히로시 님
>
> 이 편지는 내가 죽거나 쓰러지거나 했을 경우, 사무소를 어떻게 처리할지에 대해서 내 생각과 바람을 쓴 것입니다.

그렇게 시작하는 편지 내용은 매우 구체적이었다.

무라이 설계사무소는 기한을 정해 일을 계속하고 가능하면 이 년 이내에 닫을 것, 만일 맡아준다면 가와라자키, 고바야시 두 사람이 새 사무소를 열고, 무라이 설계사무소의 보수 업무를 인수해주었으면 좋겠다는 것, 사무소 개설 비용, 직원 퇴직금 등 필요한 경비는 사무소 땅과 건물을 팔아서 충당해주었으면 좋겠다는 것, 이 편지에 근거해서 폐소에 착수하고 나서 일 년간은 전 직원의 월급을 전액 보장해주기 바란다는 것, 아이에게 타이르듯이 사무소 해산에 관한 수순이 자세하게 지시되어 있었다. 그 뒤, 이구치 씨에게 보낸 서신이 이어졌다.

사무소 존속에 대해서는 자네가 생각하던 방법도 포함해서 다른 방법이 있었을지 몰라. 그러나 억지로 계속하려고 해도 아마 도중에 숨이 차버릴 거야. 그것이 이것저것 생각해본 나의 마지막 결론이었어.

덕분에 지금까지 오랫동안 좋은 일을 할 수 있었어. 감사하고 있네. 자네가 없었더라면 이렇게 하고 싶은 대로 일하지 못했을 거야. 다시 한 번 고맙다는 말을 전하고 싶네.

나는 쭉 좋은 직원들을 만났고 그 힘으로 지탱해왔어. 직원 모두에게 편지를 쓰고 싶지만, 이 편지를 읽을 때 누가 사무소에 남아 있을지 몰라서(만일 자네밖에 남아 있지 않다면 자네는 웃을 수도 없겠지), 자네에게 대표로 감사 인사를 하고 싶네.

신세가 많았습니다. 고맙습니다.

그리고 사무소 해산 수순에 힘써주기를, 정말 죄송하지만 잘 부탁합니다. 사무소 여러분께서는 나의 이 판단을 부디 양해해주시기 바랍니다. 여러분 고맙습니다.

일은 사무소 안에는 없고, 여러분의 손안에 있습니다.

부디 좋은 건축 일을 계속해주길 바랍니다.

1982년 7월 28일

무라이 슌스케

소장실 책상 위에 있던 가죽 펜접시에는 스테들러의 빨간 연필, 4B연필, 지우개, 하얀 면 모자를 쓴 물푸레나무의 귀이개, 그리고 애용하던 몽블랑이 여느 때하고 똑같이 놓여 있었다. 편지는 펜접시 안의 몽블랑으로 썼을 것이다. 블루블랙의 해서楷書는 선생님의 건축처럼 단정하고 깔끔했다. 필압도 단단했다. 입원했을 당시 왼손으로 쓰고 하던 종이 위를 정처 없이 떠돌던 글씨하고는 완전히 달랐다.

선생님이 사무소에 나타난 사흘 뒤, 이구치 씨가 사무소 직원 모두에게 편지를 복사해서 나눠주었다. 1983년 7월 28일, 선생님이 편지를 쓴 지 딱 일 년 되는 날이었다.

무라이 설계사무소는 그날부터 이 년 남짓 뒤, 사실상 문을 닫았다. 선생님의 의향을 거의 따르는 형태로 각각의 직원이 자신의 길을 찾아갔다. 다음 근무처나 일이 결정되면, 그때까지 담당했던 설계도 청사진을 뽑고, 고객한테는 이구치 씨가 쓴 인사장과 함께 퇴소 기별을 보냈다. 자리를 정리하고 짐을 빼고 책상서랍의 먼지를 털었다. 스테들러의 루모그래프나 제도용 운형雲形자, 오피넬의 폴딩나이프는 입소할 때 선생님이 주신 것이다. 나이프에는 선생님이 새겨준 각자의 이름이 있었다. "괜찮다면 기념으로 갖고 가요"라는 이구치 씨 말이 없었어도 놓고 가기 싫은 것은 누구나 마찬가지였을 것이다.

한 사람의 직원이 사무소에서 떠날 때마다 리스토란테 하나에서 송별회가 열렸다. 매일 아침 설계실을 채우던 연필 깎는 사각사각하는 소리의 겹침이 점차 열어져갔다.

가와라자키 씨와 고바야시 씨는 잡다한 회사와 점포가 입주하고 있는 유지마의 잡거빌딩 한 층을 빌려서 같이 설계사무소를 열었다. 사사이 씨는 두 사람의 권유로 그 사무소에 동참하기로 했다. 유키코한테도 같이 일하자고 한 것 같았지만, 유키코는 대기업 종합건설회사가 개설하기로 한 건축 전문 갤러리에 계약직 직원으로 채용되었다.

우치다 씨는 사무소를 그만두자 혼자 덴마크로 갔다. 아버지 지인의 소개로 코펜하겐의 중견 설계사무소에 들어갔다가 삼 년 뒤에 덴마크 여성을 데리고 귀국하여 개인설계사무소를 시작했고, 다음 해 두 사람은 결혼했다.

마리코는 선생님이 쓰러지고 나서 얼마 되지 않아 아르바이트를 그만두었다. 단골집 자제에게 자기 집에서 피아노를 가르치면서 부모님의 화과자점을 거들고, 선생님의 시중을 들었다.

결혼 이야기는 다시 나오지 않았다. 마리코도 그 이야기는 전혀 하지 않았다. 여름이 끝나고 선생님 쓰러지고 아사마 산이 눈에 덮이자, 그것은 이미 저 멀리 멀어진 통과역같이 되었다.

딱 한 번 마리코가 어렸을 때 이야기를 한 일이 있다. 날씨가 좋으니까 벚꽃이 만개한 아오야마 묘지를 산책하자고 마리코가 말했다. 아사마 산이 분화하고 얼마 안 된 일요일 오후였다. 차가운 공기 가운데 보도를 터널처럼 덮은 벚꽃을 올려다보면서 묘지를 빠져나와 그대로 아오야마 1가 쪽으로 걸어갔다. 횡단보도를 건너자 현대도서관 건설 예정지에 면한 플라타너스 가로수가 이어지는 쓸쓸한 거리였다. 예정지 앞에서 멈추지 않고 우리는 계속 걸었다. 도중에 오래된 클래식 카페에 들어가서 차를 마셨다.

하얀 커버를 씌운 소파에 앉아 제복을 입은 웨이트리스가 가져온 슈크림을 다 먹을 때쯤 갑자기 마리코가 "나 스물여덟 살까지는 아이가 갖고 싶어"라고 말했다. 마리코의 목소리는 여름방학 계획을 친구하고 의논하는 것처럼 편안하게 울렸다. 이유를 묻자, "아버지 나이도 나이고, 이제 십 년 정도 있으면 은퇴하실 거거든. 그때까지 애가 초등학교에 들어가지 않으면 도저히 가게를 해나갈 수가 없어" 하고 말했다.

눈앞에 있는 회색 트윈 니트를 입은 마리코가 어딘가 다른 곳으로 걸어가려고 하고 있는 게 아닌가 생각되어 한동안 말이 나오지 않았다. 마리코는 내 아이를 스물여덟 살까지는 갖고 싶다고 말하고 있는 게 **아니지** 않을까. 지금이라면 '꼭 그런 것만은 아니야, **너 하기 나름**이야'라고 스물셋의 나한테 말해줄 수 있었겠지만, 이십 년 뒤, 삼십 년 뒤에 깨달아봤자 이제는 때를 놓쳐서 되돌릴 수 없다.

그 뒤로도 마리코하고는 만났다. 주말마다 같이 시간을 보냈다. 레스토랑에서 식사하고, 마리코가 쇼핑하는데 따라가고, 같이 영화를 보고, 마리코가 단골인 바에 갔다. 나는 얼굴이 빨개지면서도 술을 마시게 되었다. 가을이 되자, 마리코는 본격적으로 가게를 돕기 시작했다. 주말은 늘 함께였는데 언제부턴가 토요일만 만나고, 이윽고 가게가 열려 있으니까 하고 토요일에도 만나지 않게 되었다. 정기 휴일에 만나도 "내일은 아침 일찍 준비해야 돼서" 하고 미안한 듯이 중얼거리는 횟수가 많아졌다.

그런 식으로 보내는 동안에 사소한 다툼을 하고 정신을 차리고 보니 보름 동안 만나지 않는 경우도 있었다. 내 방에 남아 있는 카디건이나 숄에서 마리코 냄새가 희미하게 떠돌면 달콤하면서도 고통스러운 마음과 울 것 같은 쓸쓸함이 목까지 솟구쳐올라왔다. 그러나 그렇게 마리코가 조금씩 멀어져가는 것을 나 따위가 되돌리는 것은 무리라고 마음 밑바닥에 체념이 쌓여갔다.

1984년 봄, 마리코는 초등학교부터 고등학교까지 동창이었던 동갑내기하고 결혼하게 되었다고 알려왔다. 중견 증권회사를 경영하는 집안의 아들로 시기하라 다케시라는 이름이었다. 시기하라라고? 시기도요새라면 물떼새군 하고 순간 생각하고 잰걸음으로 해변가를 걷는 도요새 모습이 떠올랐다. 작년 12월 이래 한 번도 만나지 않았기 때문에 갑자기 결혼한다는 소식을 직접 전해왔어도 전화에서는 동요한 목소리를 들키지 않을 수 있었다.

그 일주일 뒤 우연히, 덴마크에서 일시 귀국한 우치다 씨와 식사를 하게 되었다. 마리코하고 몇 번인가 간 바에 우치다 씨와 함께 가서 태어나서 처음 만취했다. 어떻게 아파트에 왔는지, 다음 날 점심때쯤 침대에서 기어나와 화장실에 가자, 이제껏 한 번도 본 적이 없는 부어터진 얼굴이 거울에 비쳤다. 벌써 장을 보고 돌아온 우치다 씨가 "숙취에는 탄수화물이 제일이지" 하고 말하면서 언제 준비했는지 소금기가 적은 중국 죽을 내왔다. 생강과 매실 장아찌가 곁들여 있었다.

"사카니시 군, 자넨 도대체 몇 살이야?" 우치다 씨가 물었다.

"스물네 살입니다."

"자네가 앞으로 만날 여자가 도대체 몇 명이나 될 거라고 생각해?"

쿡쿡 쑤시는 머리는 말라서 금이 간 벽 같아 생각할 마음조차 없다.

"마리코의 일은 앞으로도 소중히 하면 돼. 마리코를 원망하지 말라고. 우선 오늘은 숙취를 깨는 게 중요하지." 우치다 씨는 그렇게 말하고 웃었다.

마리코의 결혼식은 선생님이 이십 년 전에 설계한 다이칸야마의 스칸디나비아 문화회관에서 거행되었다. 사무소에서는 이구치 씨와 유키코, 두 사람이 초대받았다. 유키코는 그다음 날, 결혼식에 대해서 이야기해주었다.

선생님은 휠체어를 타고 참석했다. 식이 끝난 뒤, 유키코는 오래간만에 뵌 선생님께 인사를 드렸다. 선생님은 말은 하지 않았지만, 유키코 얼굴을 보고 계속 고개를 끄덕였다. 귀에 들어오는 말을 전부 이해하는지 어떤지는 알 수 없었다. 유키코는 사무소 멤버의 이후 거취에 대해서 알고 있는 것을 가능한 한 꼼꼼하게 천천히 전달했다. 선생님은 유키코의 말을 이해하려고 진지한 표정으로 귀를 기울이고, 이윽고 깊이 고개를 끄덕이며 눈가가 촉촉해졌다. 선생님은 왼손을 유키코에게 내밀었다. 유키코는 양손으로 선생님 손을 감싸듯이 하고 악수했다. 선생님은 놀랄 만큼 단단하게 유키코의 손을 잡았다. 잡으면서 "응, 응" 하고 낮은 목소리로 말했다. 유키코가 선생님을 만난 것은 그것이 마지막이었다.

마리코의 결혼식이 있었던 해 연말에 나는 이구치 씨 소개로 무라이 설계사무소 OB가 하고 있는 작은 설계사무소에 들어갔다. 월급은 반으로 줄었지만, 온화한 사람들만 모여 있는 사무소여서 있기는 편했다. 삼 년째에 독립하여 내 설계사무소를 열었다. 스물일곱 살 때의 일이다. 마리코는 벌써 어머니가 되어 있었다.

전 직원이 갈 곳을 정한 것을 끝까지 확인한 이구치 씨는 매각한 빌딩의 새 주인의 호의로 소장실을 특별히 싼 임대료에 빌리게 되었다. 오너는 사무소하고도 잘 알던 건축 관계의 작은 출판사였다. 이구치 씨가 선생님 설계도 등 저작권을 관리하는 대리인 자격으로 소장실에 다니기 시작했다. 가끔 가와라자키 씨나 고바야시 씨가 드나드는 것 말고는 거의 손님도 없었다. 전에 선생님이 앉았던 의자에 앉은 채 낮잠 자는 시간이 늘어갔다. 창가의 사이드 테이블에는 아크릴 케이스에 든 국립현대도서관 모형이 놓여 있었다.

이구치 씨는 꿈속에서 아오쿠리 마을로 향하는 다나자카 경철도에 흔들리고 있었다. 주위는 온통 눈이었다. 객차에는 선생님하고 이구치 씨, 두 사람만 타고 있었다. 전기기관차 소리는 눈에 흡수되어 웅얼거리는 것 같은 진동음만이 객실에 울렸다.

"아오쿠리 마을까지 갈 수 있을까요? 눈이 더 심해졌네요."

선생님은 잠자코 미소 짓고 있다. 밖은 눈보라가 치기 시작하고 있었다. 유리창에 눈이 달라붙는다.

"웃고 있을 때가 아니에요. 여기에서 멈추면 손님은 우리 두 사람뿐이니까 기관사하고 셋이서 눈을 치우며 앞으로 나갈 수 밖에 없다고요. 아시겠어요?"

선생님은 미소를 띤 채 차창 밖의 대설을 바라보고 있다. 하얗게 뒤덮인 차창 밖 경치에 이구치 씨가 뭐라 할 수 없는 공포를 느꼈을 때, 예고도 없이 쿵 하고 전철이 멈췄다. 미친 듯이 내리는 폭설 저쪽에서 노란 불빛이 다가온다. 석유등을 든 눈투성이인 역무원이 창 너머로 차내를 들여다보았다. 기타아사마 역이었다.

이구치 씨가 그 꿈을 꾼 다음 날, 얼마 전부터 다시 입원하고 계시던 선생님이 폐렴이 악화되어 숨을 거뒀다. 1985년 1월 21일이었다.

나는 쓰야通夜 자리에서 누구보다도 크게 취한 이구치 씨한테서 그 꿈 이야기를 들었다.

후지사와 씨는 쓰야에도 고별식에도 오지 않았다.

26

火山のふもとで

나는 '여름 별장' 앞에 서 있다.

이십구 년 전 여름, 나는 처음 여기 왔었다. 가루이자와에 일이 있을 때면 여름 별장이 어떻게 되었는지 보러 가려고 몇 번 생각했지만 실제로 아오쿠리 마을에 와본 것은 두 번뿐이었다. 마지막으로 여기에 온 것은 십 년도 더 전이다.

아오쿠리 마을의 숲은 한층 더 울창해져 있었다. 근처에는 덧문을 닫은 별장이 여러 채 있었다. 덧문 위를 담쟁이넝쿨이 뒤덮은 집도 있다. 마당에는 낙엽이 몇 겹으로 쌓이고, 여름에 멋대로 자란 잡초가 자란 그대로 말라 있다. 가을의 쾌청한 날인데도 불구하고 광선이 나무에 가려져 주변은 어두침침했다.

진입로의 계수나무는 놀랄 만큼 커 있었다. 기억 속의 계수나무보다 훨씬 더 굵고, 높이도 여름 별장의 처마 높이를 훨씬 넘어버렸다. 바뀌지 않은 것은 잎사귀의 모습뿐이었다. 선생님이 쓰러진 날처럼 모든 잎사귀가 위부터 아래까지 남김없이 노랗게 물들어 있었다. 계수나무의 그리운 달콤한 냄새. 나는 잡초와 낙엽으로 뒤덮인 진입로를 걸어가 시기하라 마리코한테 받은 열쇠를 주머니에서 꺼내 현관문을 열었다.

여름 별장은 선생님이 돌아가시고 얼마 안 되어 동생인 마리코의 아버지가 샀지만, 구가루이자와에 별장이 있기 때문에 이용하는 횟수도 적고 어느 틈엔지 황폐할 대로 황폐해져 있었다. 장수한 마리코 아버지가 봄에 돌아가시자 마리코가 제일 먼저 아내에게 연락했다. 여름 별장을 인수하지 않겠느냐는 타진이었다. 생각보다도 훨씬 싼 가격이어서 우리도 어찌어찌 마련할 수 있는 금액이었다.

그리운 기억에 이끌리듯이 나는 사무소 공동경영자이기도 한 아내와 함께 이렇게 여름 별장에 온 것이다.

현관을 들어서자 어두운 실내에는 오랫동안 인기척이 끊긴 탁한 공기가 떠돌고 있었다. 가시에 찔리지 않게 조심하면서 일층 덧문을 차례차례 연다. 여름 별장에 몇 년 만에 빛이 들어온다. 먼지의 미립자가 떠올라 소리 없는 물의 흐름처럼 움직이는 것이 보인다. 이십구 년 전에는 여름 별장을 쓰지 않게 되리라고는 상상도 하지 못했다.

부엌 유리창으로 잎사귀가 떨어진 산초나무가 보인다. 다섯 그루 있었던 나무 중 두 그루를 도둑을 막기 위한 용도로 야마구치 씨 댁으로 옮긴 뒤, 떨어진 씨에서 싹이 나 주변 일대에 가지를 뻗고 있다. 선생님이 특히 좋아하신 수양벚꽃은 산초 덤불에 싸여 답답해 보인다. 줄기와 가지에는 연녹색 이끼가 잔뜩 달라붙어 있다. 산초를 과감하게 가지치기하고, 이끼를 털어내고, 선생님이 가끔 하셨듯이 뿌리에 난로 재라도 뿌려주지 않으면 이대로 두었다가는 말라버릴지도 모른다.

난로에는 언제 누가 태웠는지 까맣게 탄 장작 세 개가 그대로 남아 있었다. 난로 옆 선반에 길어진 오후 햇살을 받아 아가리가 넓은 큰 유리병이 빛나고 있다. 일곱 개나 늘어선 유리병에는 작아져서 못 쓰게 된 연필이 가득 담겨 있었다. 무라이 설계사무소에서 쓰던 연필이었다. 오른쪽 끝 유리병 제일 위쪽에 내가 쓰던 연필도 섞여 있을 것이다.

"장관이네."

"이 병은 완전히 잊고 있었군."

"당신 연필도 내 연필도 이 안에 들어 있어." 옆에 선 유키코가 말했다.

계단을 올라간다. 그리운 난간의 감촉, 어린 마리코가 발돋움해서 난간을 잡고 있는 사진이 떠오른다. 이층 덧문을 연다. 설계실은 책상도 의자도 그대로였다. 책상 위에는 하얀 가루 같은 먼지가 얇게 쌓여 있다. 목욕탕에는 말라비틀어진 벌레 시체가 흩어져 있고 타일 줄눈에는 여러 군데 금이 가 있다. 온수기도 골동품이나 같고 목욕탕 전체의 방수공사부터 다시 할 필요가 있을 것 같았다.

서고에 들어가자 벌레 먹은 것처럼 책을 꺼낸 빈틈이 있고, 몇 권인가가 나란히 쓰러져 있거나 누워서 먼지를 뒤집어쓰고 있었다. 스물셋이던 내가 한여름 동안 사용했던 침대는 낡은 매트리스가 드러난 채 놓여 있었다. 이 좁은 침대에서 마리코하고 나란히 눕는 관계가 되었던 것을 유키코는 당시에 알고 있었을까? 여러 번 본 군나르 아스플룬드의 책이 기억했던 위치에 책등 쪽을 보이고 있었다.

소장실도 거의 그대로였다.

오래된 다이얼식 전화기가 놓여 있다. 전화선은 훨씬 전에 끊겼을 것이다. 선생님은 여기에서 후지사와 기누코 씨에게 전화를 했던 것이다. 처음 여름 별장에 온 후지사와 씨는 까만 전화기를 물끄러미 바라보고 있었다. 수화기를 귀에 대본다. 아무 소리도 나지 않는다. 그리운 무게를 느끼면서 수화기를 내려놓았다. 후지사와 씨가 돌아가시고 나서 벌써 십 년도 더 지났다. 농장은 나이 차가 나는 여동생이 상속했다. 부지 내의 작은 집은 우치다 씨가 별장으로 빌려 여름에는 자주 다닌다고 들었다. 우치다 씨도 벌써 환갑이 지났다.

텅 빈, 인기척 없는 설계실의 큰 책상 위에 국립현대도서관의 모형이 아크릴 케이스 안에 들어 있었다.

선생님이 돌아가시고 나서 오 년 뒤, 이구치 씨가 식도암으로 쓰러졌다. 방사능 치료 단계를 놓쳐 외과 수술을 했는데 이구치 씨는 식도뿐 아니라 성대까지 잃었다. 얼마 지나고 나서 큰맘 먹고 문병을 가자, 이구치 씨는 준비해둔 노트에 굉장한 기세로 잇달아 글을 써서 나에게 읽게 했다. 내가 거기에 대답하면 굉장한 기세로 다시 글을 써댄다. 수다는 건재했다. 대화에는 전혀 막힘이 없었고 쓴 내용은 예전과 똑같이 명랑하고 실없는 소리뿐이었다.

병실에는 애용하던 셰이커의 레바논 흔들의자를 들여놓고, 벽에는 매릴린 먼로의 큰 포스터를 붙이고, 천장에는 우치다 씨 부인이 문병 왔을 때 갖고 온 낙엽의 움직임을 본뜬 덴마크제 모빌이 매달려 있었다. 색색가지의 번잡한 것들이 병실 기척을 완전히 지우고 있었다. 아주 사이가 좋아진(이라고 이구치 씨는 썼다) 간호부장에게 허락을 받아, 기타아오야마 사무소 시절 잘 가던 장어요릿집에서 배달을 시킨 일까지 이구치 씨는 튀는 듯한 필적으로 썼다.

헤어질 때쯤 진지한 얼굴이 된 이구치 씨가 또 노트에 무언가를 썼다. 노트를 받아들자 이렇게 쓰여 있었다.

현대도서관 모형은 여름 별장 설계실에 갖다두었어.

이구치 씨는 몇 번이고 고개를 끄덕이고 나서 나를 똑바로 보았다. 그 눈을 본 순간 나는 갑자기 감정의 뚜껑이 벗겨질 것 같아서 말을 찾았다.

"그래요? 퇴원하시거든 여름 별장에 같이 가요." 나는 겨우 입을 열었다.

그러고 나서 반년 뒤, 이구치 씨는 죽었다.

아크릴 케이스의 먼지를 꼼꼼하게 털고 나서 국립도서관의 하얀 모형을 여러 각도에서 보았다. 몇 군데 살짝 접착이 떨어진 것 외에는 큰 손상은 없었다. 책상 반대쪽으로 돌아가기도 하고, 몸을 구부려서 낮은 시점에서 바라보기도 하자, 선생님이 이 책상에서 나처럼 모형을 확인하던 모습이 떠오른다.

양손으로 끌어안듯이 아크릴 케이스를 살그머니 들어올려 옆에 두었다. 이렇게 정밀하고 견고한 모형은 전에도 후에도 본 일이 없다. 우치다 씨하고 나와 유키코가 별로 시간을 들이지 않고 이 모형을 완성시킬 수 있었던 것은 팔과 손목, 손바닥과 손가락의 연계가 이상적으로 안정되고(어떤 세밀한 작업에서도 손가락은 1밀리미터도 떨지 않았다), 시력에도 전혀 문제가 없었고(0.1밀리미터의 틈새도 놓치지 않았다), 그래도 본인들은 그 사실에 아무런 자각이 없던, 틀림없는 젊음이 있었기 때문이다. 우리는 쉽게 선생님의 머릿속에만 있는 이상적인 손끝이 될 수 있었던 것이다.

도서관동 최상층부터 차례차례 떼어낸다. 책장 사이나 열람용 책상, 의자에 우치다 씨가 만든 인물 모형이 그때 그대로 거기에 있다. 통로에 쓰러져 있는 인형을 집어서 책장 앞에 세운다. 손가락이 조금 떨린다.

이십구 년 전, 사무소가 하나가 되어 착수하고 경합에서 일등이 되리라고 믿어 의심치 않던 선생님의 플랜이었다. 내일이라도 공사를 시작할 거라고 믿었다. 헬멧을 쓰고, 작업복을 입고 현장 감리하러 다니는 우리 모습까지 확실하게 그리고 있었다. 기본 설계부터 실시 설계로 옮기고, 상세도를 그리고, 건설회사와 의논하고, 현장을 감독하고, 이윽고 준공할 것으로 꿈꾸고 있었다.

이상했다.

그러한 실감이나 감정은 지금도 기억 속에서 선명한데, 이만한 플랜이 왜 실현되지 못한 채 끝나버렸을까 하는 강한 개탄은 이렇게 모형을 앞에 둔 지금 내 안에서 더는 찾아볼 수 없었다.

후나야마 게이이치가 설계한 국립현대도서관에는 몇 번인가 갔었다. 지난달에는 노미야 하루에의 원작에 의한 일본영화 연속 상연회가 있어서 사흘간 계속 다녔다. 재작년, 개관했을 때부터 사반세기 만에 대규모 개수가 있었고, 관내 열람실 책상과 의자가 반으로 줄어든 대신 지금까지의 세 배 가까운 소파 공간이 준비되어 오랜 시간 머무르면서 책을 읽는 이용자가 급증했다. 현대도서관 주변에는 레스토랑과 고서점이 잇달아 오픈하여 전에는 아오야마 묘지 앞의 쓸쓸한 거리에 지나지 않았던 구역이 지금은 평일에도 산책하는 사람들의 모습이 눈에 띄게 늘어났다. 국립현대도서관은 처음 계획대로 혹은 그 이상의 확장세를 보이며 착실하게 기능하고 있었다.

건축은 준공되고 나서 비로소 생명이 부여된다. 나는 어느새 그렇게 생각하게 되었다. 건축은 이용객과 그 시대에 의해 숨결이 부여되고 살아난다. 그렇게 악취미로 생각되던 니시하라 캐티드럴 성 베드로 대성당도 지금은 주변 풍경의 중심이 되고 조용한 침착함을 느끼게 하고 있다. 사람과 시간이 그 대성당을 키운 것이다. 선생님의 국립현대도서관은 이 세상에 모습을 드러내지 못했다. 그대로 흘러, 지나간 세월은 이 모형에 사소한 숨결조차 부여하지 않았다. 그것은 어쩔 수 없는 일이었다. 선생님 플랜의 가치가 훼손된 것은 아니다. 선생님 플랜에 생명이 불어넣어지지 않았을 뿐이다.

모형 앞에서 잠시 망연자실한 채 서서, 나는 내 안에서 무언가가 억누를 수 없이 움직이기 시작한 것을 알아차리고 있었다. 그것은 지금 여기에 있는 쓰러져가는 건축물을 향하고 있었다. 내가 건축가로서의 걸음을 시작한 이 건물은 그 이전의 긴 증개축 역사를 포함하여 선생님과 그 주변 수많은 사람들의 기억과 함께 여기까지 생명을 이어온 것이다. 오랫동안 잠든 채였지만 각인된 것은 상실되지 않았다. 숨이 끊어진 것도 아니다.

이 여름 별장은 다시 한 번 자네가 새롭게 만들면 돼. 탁해져서 움직이지 않게 된 현실에 숨결을 불어넣으면 되네. 건축은 예술이 아니야. 현실 그 자체지. 선생님이 언젠가 하신 말씀이 그때의 음성 그대로 내 귀에 되살아난다.

선생님의 현대도서관 모형을 원래대로 조립한다. 떨어지려고 하는 부분은 언젠가 제대로 보수하자. 지금은 우선 원래대로 케이스에 집어넣고 이 집 어딘가에 넣어두기로 하자. 아무런 말도 하지 않고 같이 모형을 보던 유키코가 바로 손을 내밀어 작업을 돕기 시작했다.

모형 앞에서 떨어진 우리는 여름 별장 여기저기를 걸어다녔다. 유키코가 잠시 동안 예전의 자기 방에 틀어박혔다가 여성용 방의 문을 열었다 닫았다 하는 모습이 설계실 창문 너머로 보인다. 나는 유키코가 움직이고 있는 동관과 원래 있었던 이 안채의 이음새 부분의 천장을 올려다보았다. 1950년대에 세운 안채와 1960년대에 들어서 증축한 동관과 서관의 접합 부분에 비가 샌 것 같은 얼룩이 희미하게 남아 있었다. 유키코가 설계실에 들어왔다.

"원래대로 하는 게 좋을까?" 내가 혼잣말처럼 말했다.

"원래대로 하다니?"

"우리 사무소가 여기를 여름 별장처럼 쓰는 일은 없을 테니까 이렇게 큰 집은 우리한테는 필요 없어."

유키코는 잠자코 무언가를 생각하는 것 같았다.

"여기를 샀다고 해도 이삼십 년 뒤에는 역시 누군가의 손에 넘어가게 되겠지."

우리는 아이가 없었다.

"그렇다면 집의 규모를 훨씬 더 작게, 애당초 선생님이 처음에 세웠을 때의 형태로 되돌리는 게 좋지 않을까? 선생님이 어떻게 작은 별장에서 지내셨는지, 실제 방의 배치 가운데에서 자면서 피부로 느껴보고 싶군. 누군가에게 넘길 때도 처음의 작은 별장 스케일로 되돌리는 편이 서로 마음의 부담이 적을 것 같기도 하고."

"그건 그럴지도 모르지만 인수하기 전부터 남에게 넘겼을 때를 생각하다니 뭔가 좀 이상해. 당신은 늘 끝만 생각해."

유키코는 그렇게 말하고 웃으면서 내가 아까까지 올려다보던 곳과 똑같은 부분, 안채와 동관의 이음새를 꼼꼼하게 점검하고 있다.

"어떻게 끝내는가 하는 것은 중요하지."

"그렇지만 자기가 언제 마지막을 맞이할지 아무도 모르잖아? 내일 일은 내일이 걱정해줄 거라고."

유키코는 가끔 교회에서 듣는 것 같은 말을 한다.

"증축한 흔적이 알아채지도 못할 만큼 깨끗이 마감되어 있어서 여름 별장이 처음부터 이런 윙이 달린 집인 줄 알았어."

"그래? 속은 셈이네."

"응. 선생님한테."

계단을 내려가 거실 난로 앞에 선다. 이 난로는 처음 무라이 산장 때부터 같은 위치에 있었고, 이 집의 중심에 놓인, 가장 오래된 것이다. 난로 개구부에 머리를 집어넣고 공기 조절판을 열어보았다. 공기가 역류하지 않는 것을 확인하고 나서, 난로 옆의 장작을 바닥에 우물 정자로 쌓아간다. 선생님이 가르쳐준 대로 낡은 신문지 한 장을 바통처럼 둥글려서 성냥으로 불을 붙이고, 연기가 잘 빠져나가는지 체크한다. 연기가 신나게 공기 조절판에 빨려들어간다. 장작 아래 신문을 둥글려서 집어넣고 성냥으로 불을 붙인다. 금방 불이 장작을 핥아간다. 장작이 탁탁 소리를 내는 것을 보고 유키코가 열어둔 유리창을 닫기 시작했다.

어디에선가 새 울음소리가 들려온다. 기억에 있는 소리였다. 처음 여름, 매일처럼 들었던 소리이다. 그렇지만 아무리 해도 그 새 이름이 떠오르지 않는다.

유키코가 유리창을 닫자, 새소리는 들리지 않게 되었다.

난로 앞에 돌아온 유키코에게 내가 말했다.

"선생님의 여름 별장을 우리가 인수하게 되리라고는 생각도 못했는데."

"그래? 난 생각하지 않은 것도 아니었어."

유키코를 돌아봤다. 유키코는 불을 바라보고 있었다.

"왜?"

"……어쩐지."

장작이 기세 좋게 타기 시작한다. 완전히 김빠진 것 같은 장작이었는데 불길이 단단하게 돌아간다.

난로가 빨아들인 방 안의 공기가 연통을 통해 밖으로 나간다. 오랜 부재의 시간이 장작불을 한층 더 타오르게 하고 있는 것 같다. 여름 별장 안으로 나간 것과 같은 양의 새 공기가 들어온다. 마르고 차가운 가을 공기와 난롯불이 방의 습기를 쑥쑥 잡아먹는 것이 피부로 느껴진다.

노란 잎에 감싸인 여름 별장의 굴뚝에서 연기가 피어오르는 모습이 머리에 떠오른다. 저녁이 되어 주위가 완전히 어두워졌어도 오래된 장작이 다 탈 때까지 우리는 말없이 난로 앞에 앉아 있었다. 장작이 타고, 타다 무너지는 것을 싫증도 내지 않고 바라보며 그 소리를 듣고 있었다.

火山のふもとで

옮긴이의 말

소설의 주인공이자 화자인 사카니시 도오루는 건축학과를 막 졸업한 젊은이이다. 그때까지 이어지던 고도경제성장이 가끔 정체를 보이기는 했지만 총체적으로는 아직 호황기라 할 수 있던 1982년이 시대적 배경이다. '나'는 대학원에 진학할 생각도 없고 종합건설회사에 취직하는 데에도, 포스트모더니즘 계열의 개인 설계사무소에 취직하는 데에도 거부감을 지니고 있다. 도편수 밑에 제자로 들어가 견습공부터 시작해서 독립할까 생각도 했지만, 독립하려면 어딘가의 설계사무소에 들어가서 박봉을 감수하며 1급 건축사 자격을 따야 한다. 그가 들어가고 싶은 곳은 일본 건축가 중 유일하게 존경하는 무라이 슌스케의 설계사무소이다. 그러나 이미 칠십대 중반에 들어선 무라이 슌스케는 그에게 사숙하고 싶어하는 수많은 젊은 건축가들이 보내오는 지원서를 묵살하고 1979년부터 일절 신규 채용을 하지 않고 있다. '나'는 헛일인 줄 알면서 무라이 설계사무소에서 일하고 싶다는 자기소개서와 졸업 작품으로 만든, 휠체어 타는 식구가 있는 가족을 위한 집 설계 플랜을 동봉해서 우편으로 보낸다. 간단한 면접 후 예상외로 '나'는 채용된다. 알고 보니 무라이 슌스케는 오랜 지인인 문부장관의 내밀한 부탁으로 국립현대도서관 설계 경합에 참여하게 되어 있었던 것이다. 이야기는 도쿄의 아오야마에 있는 본사와 여름이면 온 사무실이 다 옮겨가는 가루이자와의 여름 별장에서 무라이 슌스케 선생하고 보낸 일 년 남짓한 세월과 삼십 년 뒤에 '나'가 첨부한 현황에 대한 짤막한 설명으로 이루어져 있다. 큰 기복도 드라마틱한 전개도 없이, 노년의 한 건축가와 그의 건축에 대한 철학과 열정을 누구보다도 존경하고 공감하는 젊은 건축가의 일상을 담담하게 그린 이 소설은 건축에 대한 풍부한 지식과 경험이 뒷받침되어 있으면서 동시에 곤충, 조류, 식물, 음식, 역사, 자연에 이르기까지 다양한 분야에 대한 해박한 지식과 세밀한 묘사가 소설의 풍미를 더한다. 길지 않은 세월을 다루지만 소설 속 시간은 유구하고 느리게 흐르는 대하같이 느껴진다. 거기에 탄탄한 구성과 아름다운 언어가 소설에 매력을 더한다.

가와카미 히로미는 이렇게 말한다. "이 책의 매력은 첫째, 명석하고 막힘없는 언어 구사에 있다. 다양한 건축과 다양한 장소—소설 속 가공의 것이 아닌, 우리의 현실세계에 존재하는 것들—에 대해 작가는 세밀하게 묘사한다. 그 묘사하는 언어는 결코 설명을 위한 언어에서 끝나지 않는다. 그 언어들은 그 자체로 소설을 풍요롭게 하는 과정이 되고 결과가 된다. 묘사라는 작업에 불필요한 부분도 모자라는 부분도 전혀 없는 문장에서 느껴지는 신선한 숨결은, 주인공이 선생의 일에 대해 '현시욕과는 인연이 없는, 실질적이고 시대에 좌우되지 않는 아름다움' '디테일에는 모두 이유가 있었고 모든 것이 최대한 합리적으로 작동하고 있었다'라고 표현한 것이 그대로 작가 자신의 지향점이 되고 있음을 일러준다. 사용된 언어는 하나하나 우리 눈에 익숙한 것들인데 작가 마쓰이에 마사시가 조합해서 쓰면 마치 부드러운 애무 같은 독서감을 선사한다."

담백해 보이는 이 작품은 놀랄 만큼 풍요로운 색채와 향기, 아름다움에 차 있다. 무엇보다도 의식주 중 하나인 건축이 우리의 삶과 직결된 것이라는 사실을 재인식시킨다. 가구 하나하나, 가전제품…… 모든 분야가 다 그렇겠지만 건축도 일상의 삶을 풍요롭고 편하게 해주는 역할을 맡고 있다. 그리고 그것은 어떤 집이 집주인에게 영혼의 안식과 육체적 평안, 즉 기능과 편리를 동시에 제공할 수 있는지 끊임없이 생각하고 연구하는 건축가의 삶의 자세에 직결된다.

선생의 작품 가운데 '나'가 입사 전에 실측한 아스카야마 교회에는 편안한 의자에 대한 선생의 생각과 완성도에 대한 엄정함이 잘 나타나 있다. 의자에 사용된 이음쇠 강약에 다소 차이가 있다고 그 많은 의자를 몽땅 뜯어내고 다시 제작하게 한 것이 그 한 예일 것이다. 배열된 의자와 설교대로 향하는 완만한 경사 사이에는 약간의 틈새, 단차가 생기게 마련이다. 그 단차에 노약자나 눈이 불편한 사람은 걸려 넘어질 수도 있다. 아무도 주의하지 않겠지만 선생은 그 단차를 똑같은 목재 부품으로 일일이 메워놓았다.(6장) 나무를 깎아 만든 부품을 일일이 끼워넣으면서 목수들은 선생의 디테일에 대해 어떤 생각을 했을까 하고 '나'는 상념에 잠긴다. 실측을 마친 '나'는 "신앙을 갖지 않은 건축가가 그 경험과 기술을 아낌없이 쏟아부은 교회에는 기도와도 같은 것이 형태가 되어 나타나 있었다"고 느끼고 "그 형태는 여기에 모이는 사람들을 내부로부터 진정시키고, 혹은 격려하고 움직일 것이다"라고 확신한다.

작품에서 비중 있게 다루어지고 있는 스톡홀름 시립도서관과 '숲의 묘지'의 건축가 군나르 아스플룬드Gunnar Asplund에 대한 기술은 많은 것을 생각하게 한다. "숲의 묘지에 돌을 깐 긴 진입로는 의지를 지니는 인간의 자율적인 움직임을 전제로 곧게 깔려 있는 듯이 보인다. 그것은 어쩐지 성경의 '계약'이라는 말을 연상시킨다. 신과 인간의 일대일 관계는 직선으로 맺는 것이 어울린다."

한편 장례식을 기다리는 유족을 위한 대기실은 벽에 붙은 긴 벤치와 옆으로 긴 장방형 유리창 외에 아무런 장식도 없다. "하얀 천장 귀퉁이가 곡선을 그리며 나무 벽으로 내려온다. 벽은 마루로 향하는 도중에 안쪽으로 커브를 그리면서 긴 벤치 등판으로 연결된다. 합판을 구부려 만든 벤치는 무릎 뒤에 닿는 좌면도 R자를 그리고 있다. 이 방에는 직선인 모퉁이나 각이 없다. 한동안은 고인의 부재에 익숙해질 수 없는 유가족을 위로하듯 손에 닿고 눈에 들어오는 모든 각을 곡면으로 한 것일까?"(22장) 이것은 건축물이 기능성을 초월한 인간 영혼의 동반자임을 보여준다. 1915년에 착수하여 1940년에 완성된 스톡홀름 '숲의 묘지'는 화장이 아직 일반화되지 않았던 시절에 만들어졌고, 쉰다섯 살에 급사한 아스플룬드도 화장되어 그곳에 묻혔다. '숲의 묘지'는 지금도 스톡홀름 시민들의 장례와 매장에 사용되고 있으며, 1994년에는 20세기 이후에 건축된 시설 중 최초로 유네스코세계문화유산으로 등록되었다.

이 작품에 등장하는 무라이 슌스케는 요시무라 준조吉村順三가 모델일 것으로 생각된다. 1장에 나오는 1967년의 뉴욕 현대미술관 건축 전시장에서 선생이 미국 굴지의 재벌 3세로부터 저택 설계를 부탁받은 이야기는 록펠러 3세한테 저택 설계를 의뢰받은 실제 에피소드를 인용한 것이다. 일본의 전통 양식과 서양가옥의 조화를 지향한 요시무라 준조는 미국에서 더 주목받는 건축가이기도 했다. 이 소설은 요시무라의 생애와 그 에피소드를 소재로 삼고 있으면서 동시에 그의 스승 안토닌 레이먼드

Antonin Raymond, 프랭크 로이드 라이트와 함께 제국호텔 설계, 감리를 위해 일본에 왔다가 제

2차세계대전 전후 일본에 다수의 건축물을 남긴 건축가적 요소도 엿보인다. 무라이와 여러 면에서 대척점에 있는 듯이 보이는 후나야마 게이이치는 도쿄 대학 건축학과 교수로 많은 제자를 길러낸 단게 겐조丹下健三가 모델일 것으로 추측된다. 서로 지향하는 바는 달랐지만 일본 현대건축사에 한 획을 그었던 두 사람은 도도한 흐름을 이루며 일본현대건축을 풍요롭게 했다고 할 수 있다.

아스카야마 교회는 요시무라 준조가 남긴 유일한 교회인 산리즈카三里塚 교회를 떠올리게 하는데, 산리즈카 교회를 보면 요시무라의 목조 건물에 대한 애착이 잘 드러난다. 사족으로 독자의 이해를 돕기 위해 '나'와 연인 관계로 발전하는 선생의 조카딸 마리코의 본가에서 운영하는 전통 화과점에 대한 설명을 덧붙인다. '시니세'라고 불리는 이런 점포들은 일본 교토 부의 설명에 의하면, '창업한 지 백 년이 넘고 대대로 내려오는 신용 있는 점포'를 지칭한다. 온천이나 전통 숙박 시설인 료칸 같은 서비스업부터 제과, 양조, 의류 등의 제조업에 이르기까지 그 종류는 다양하다. 현재 약 이만 개에 이르는 시니세가 사회로부터 존경을 받으며 영업중이라고 한다. 화과자점 따님과 사랑을 나누면서 '나'가 계층적 위화감을 느끼는 것은 일본인이라면 누구라도 자연스레 이해할 것이다. 시니세가 드물고, 있어도 아직은 사회적 책임이나 평가가 뒷받침되지 않는 우리에게도 언젠가는 몇백 년씩 이어가며 존경받는 가게가 탄생하길 기대해본다.

1958년생인 작가 마쓰이에 마사시는 와세다 대학교 문학부를 졸업한 뒤, 신초사에 입사하여 '신초 크레스트북스' 〈생각하는 사람〉 〈예술 신초〉 등의 편집장을 역임하는 동시에 2009년부터 게이오 대학교 종합정책학부 특별초빙교수로 활동했다. 2010년 신초사를 퇴직하고 2012년《여름은 오래 그곳에 남아》로 데뷔했다. 데뷔작부터 탄탄한 구성과 원숙함으로 화제를 불러일으킨 이 작품은 제34회 노마문예신인상 후보작에 오르고, 2013년 제64회 요미우리문학상을 수상한다. 작가는 데뷔작을 건축가 얘기로 꾸린 것에 대해 이렇게 말하고 있다.

"초등학교, 중학교 때는 고도경제성장이 한창이었다. 거리에 새 건물이 계속해서 서고, 오사카 만국박람회를 보면서 건축이 재미있겠다고 생각했지만 수학 등 이과 과목이 안 돼서 단념했다. 그렇지만 건축에는 계속 관심을 가지고 설계도집도 찾아보고 관련 서적도 곧잘 읽었기 때문에 이 소설을 위해 특별히 취재할 필요는 없었다. 오랜 세월 마음속에 축적해온 것을 끌어냈다고나 할까."

이 소설은 필연적으로 탄생한 것이라고 하겠다. 한편 작가는 이렇게도 말한다.

"주인공이 일하는 곳은 무라이 설계사무소이고, 나도 개인적으로는 무라이의 건축을 좋아하지만, 소설에서는 후나야마의 포스트모던한 건축이 (경합에서 이겨) 남게 되지요. 그렇지만 실현되지 않았더라도 실현된 것과 똑같이 선명하게 누군가의 마음에 깊이 각인되는 것이 있을 겁니다. 소설이란 형체가 남지 않은 것, 사라지는 것을 진혼할 수 있는 것이 아닐까요?"

《여름은 오래 그곳에 남아》는 국립현대도서관 경합에 응모할 설계를 마치고 각층의 책장, 열람대, 의자의 배치와 열람하는 사람들의 미니어처 인형까지 제작한 단계에서 뇌졸중으로 쓰러져 결국 후나야마 게이이치 설계사무소에 일을 빼앗긴 무라이 슌스케와 건축사에 큰 획을 그을 만한 설계를 완성했음에도 시대와 시간의 흐름이 미처 생명을 불어넣어주지 못한 채 묻혀버린 수많은 건축가에 대한 진혼곡인 것이다.

"누군가의 마음에 깊이 각인되는 것"은 이십구 년 뒤, 화자인 '나'가 인수해 아내와 함께 찾아간 가루이자와 여름 별장 설계실의 큰 테이블 위에 놓인, 아크릴 케이스 속 국립현대도서관의 모형으로 압축된다. 그러나 '나'는 이렇게 생각한다. "건축은 준공되고 나서 비로소 숨결이 부여된다." "이만한 플랜이 왜 실현되지 못한 채 끝나버렸을까 하는 강한 개탄은 이렇게 모형을 눈앞에 둔 지금은 내 안에서 찾아볼 수 없었다." 세월은 '나'에게 건축의 생명과 사명에 대해 많은 것을 느끼게 한 듯하다. '나'는 자기가 건축가로서 걸음을 떼기 시작한 여름 별장이 과거 긴 증개축의 역사와 더불어 선생과 그 주변에 모였던 수많은 사람들의 기억과 함께 현재까지 목숨을 이어왔고, 오랜 세월 잠들어 있었지만 숨이 끊어진 것은 아니라고 생각한다. "건축은 예술이 아니야, 현실 그 자체지" 하고 말씀하시던 선생의 음성이 되살아나면서, 건축은 이용하는 사람과 시대에 의해 숨결이 불어넣어지고 생명을 지니게 되는 것이라고 생각하는 '나'는 여름 별장에 다시 한 번 새 숨결을 불어넣겠다고 생각한다.

아름다운 작품을 아름답고 웅위한 문체로 그려내는 마쓰이에는 2014년 두번째 작품으로, 홋카이도를 배경으로 하는《가라앉는 프랜시스》를 펴냈다. 감각을 언어로 표현하는 것을 지향하는 이 작가는 여기에서도 자연에 대해 무척 아름다운 묘사를 전개한다. 늦깎이이지만 앞으로 그의 언어 구사가 어디까지 이를지 이렇게 궁금한 작가도 드물 것이다.

이 작품을 번역하면서 생소한 건축 용어를 비롯해 한국과 다른 일본가옥의 구조 등, 어려움이 많았다. 하지만 그와 동시에 인간 삶에 직결되어 있는 건축이라는 것에 대해 많은 생각을 하게 되었다. 문고리 같은 디테일까지 세세하게 신경쓰는 감성은 가구부터 다양한 음식에 이르기까지 참으로 섬세하게 묘사하고 있었다. 모든 것은—자연, 음식의 맛, 냄새, 향내까지— 디테일이 결정한다. 철학과 애정과 비전을 지니는 건축가는 "요람에서 무덤까지" 인간 삶의 모든 순간이 편안하고 쾌적할 수 있도록 배려하고 연구하는 존재이다.

도쿄 대학교 대학원 단게 겐조 건축연구실에서 수학한 구로카와 기쇼黑川紀章는 '사색과 창조의 궤적'이라는 부제가 붙은《구로카와 기쇼 노트》(1994)에서 이렇게 말하고 있다.

"건축가는 예술가이면서 동시에 기술자이며 직공이고 다른 직업이 누리지 못하는 광범위한 세계에서 사는 존재이다. 나는 철이 든 후로는 시간을 100퍼센트 창조하는 감동, 창조하는 즐거움을 위해 쏟아부었다. 한곳에 몰두하는 과정에서 희생된 부분도 많았지만."

창조의 즐거움을 알고 누리는 작가 마쓰이에는 자기 집을 요시무라 준조의 제자인 나카무라 요시후미에게 의뢰해서 지었다고 한다. 그의 취향이 단게 겐조의 현시적인 화려함보다 소박하고 단아한 요시무라 준조에 기울어져 있음을 알 수 있다. 그리고 어째서 이 작품에 묘사된 자연이, 음식이, 가구가, 음악이 디테일까지 모두 잘 다듬어졌는지, 또한 어째서 모두 오랜 세월 아끼고 애무하여 반들거리는 가구처럼 친숙하게 느껴지는지 알 것 같다.

마지막으로 많은 도움을 주신 건축 관계자 여러분과 고려대학교 대학원 일어일문학과 신재민 군에게 감사의 말씀을 올린다.

2016년 여름 한복판

김춘미

옮긴이 **김춘미**

이화여자대학교 영문학과를 졸업하고 한국외국어대학교 일본어과에서 석사학위를, 고려대학교 국어국문학과에서 박사학위를 받았다. 고려대학교 일어일문학과 교수 및 일본학연구센터장, 한국일본학회장을 역임하고 현재는 일본번역원장을 맡고 있다. 마쓰이에 마사시 《거품》, 무라카미 하루키의 《해변의 카프카》를 비롯해 《물의 가족》《인간 실격》《본격소설》《열대어》 등을 우리말로 옮겼다. 그밖에 《Kujap 일본어 회화》《21세기 일본문학 연구》 등 일본어 교재에서 일본문학 연구서에 이르기까지 집필활동도 활발히 펼치고 있다.

여름은 오래 그곳에 남아

1판 1쇄 발행 2016년 8월 19일 **1판 29쇄 발행** 2024년 7월 23일

지은이 마쓰이에 마사시 **옮긴이** 김춘미
펴낸이 박강휘
편집 장선정 **디자인** 안희정 윤석진
마케팅 이헌영 **홍보** 이혜진

발행처 김영사
주소 경기도 파주시 문발로 197(문발동) 우편번호10881
등록 1979년 5월 17일(제406-2003-036호)
구입 문의 전화 031)955-3100 **팩스** 031)955-3111
편집부 전화 02)3668-3295 **팩스** 02)745-4827 **전자우편** literature@gimmyoung.com

비채 블로그 blog.naver.com/viche_books
인스타그램 @drviche @drviche_editors **트위터** @vichebook
ISBN 978-89-349-7220-4 03830 책값은 뒤표지에 있습니다.

비채는 김영사의 문학 브랜드입니다.